TARA DUNCAN
L'Invasion Fantôme

타라 덩컨

유령들의 습격

TARA DUNCAN, L'Invasion Fantôme
by SOPHIE AUDOUIN-MAMIKONIAN

Copyright©XO EDITIONS (Paris), 2009
Korean Translation Copyright©SODAM&TAEIL Publishing Co.Ltd., 2010
All rights reserved.

This Korean edition was published by arrangement with XO EDITIONS (Paris)
through Bestun Korea Agency Co., Seoul

이 책의 한국어판 저작권은 베스툰 코리아 에이전시를 통해 저작권자와의 독점계약으로 (주)태일소담에 있습니다.
저작권법에 의해 한국 내에서 보호를 받는 저작물이므로 무단전재와 무단복제를 금합니다.

TARA DUNCAN
L'Invasion Fantôme

타라 덩컨
유령들의 습격 ④

펴 낸 날 | 2010년 5월 10일 초판 1쇄
　　　　　 2013년 6월 10일 초판 6쇄

지 은 이 | 소피 오두인 마미코니안
옮 긴 이 | 이원희
펴 낸 이 | 이태권
펴 낸 곳 | (주)태일소담
　　　　　서울시 성북구 성북동 178-2 (우)136-020
　　　　　전화 | 745-8566~7 팩스 | 747-3235
　　　　　e-mail | sodam@dreamsodam.co.kr
　　　　　등록번호 | 제2-42호(1979년 11월 14일)

ISBN 978-89-7381-587-6 04860
　　　 978-89-7381-857-0 (세트)

- 책 가격은 뒤표지에 있습니다.
- 잘못된 책은 구입하신 곳에서 교환해드립니다.

www.dreamsodam.co.kr

TARA DUNCAN
L'Invasion Fantôme

타라 덩컨

유령들의 습격 7/상

소피 오두인 마미코니안 지음 | 이원희 옮김

소담출판사

웃음과 유머에
인생과 사랑에
나의 멋진 가족 필리프, 디안, 마린, 엄마, 세실에게
이제부터 우리 가족이 된 이들에게
내가 사랑하는 모든 이에게

— 소피 오두인 마미코니안

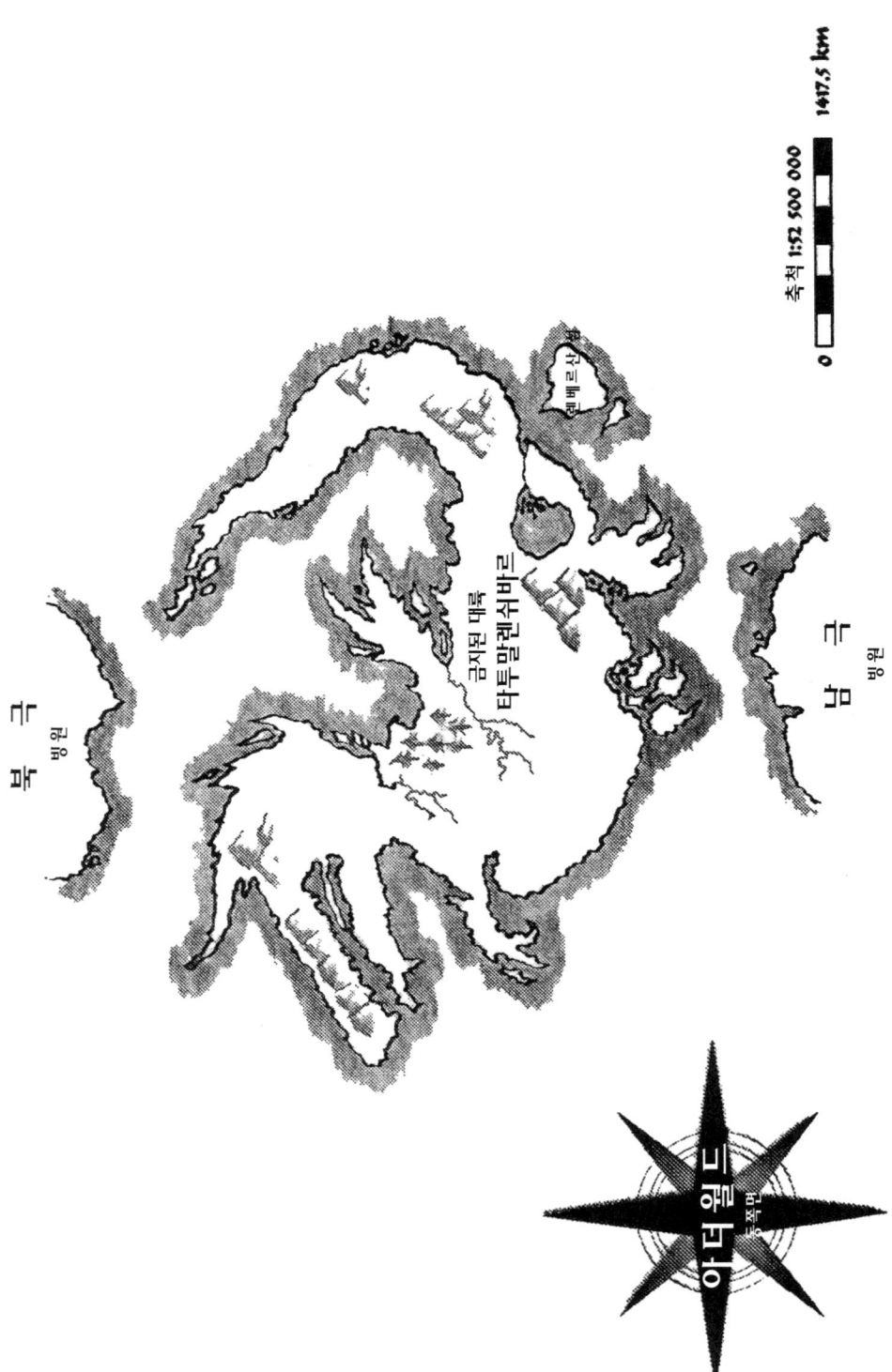

::『타라 덩컨 1』, 「아더월드와 마법사들」::

　타라 덩컨은 자신의 탄생에 관한 비밀을 모른 채 프랑스의 타공 마을에서 할머니와 평화롭게 살고 있다. 어느 날 갑자기 나타난 마지스터의 공격으로 할머니 이사벨라가 중상을 입으면서 타라는 자신이 마법사라는 것과 아마존 정글에서 바이러스에 감염되어 죽은 줄 알았던 어머니 셀레나가 살아 있다는 사실을 알게 된다.

　한편 마법의 세계를 지배하고, 마법 능력이 없는 인간들을 노예로 만들겠다는 야망에 불타는 마지스터는 악마의 힘을 지닌 사물들을 얻기 위해 타라를 납치하려고 혈안이다. 영문도 모른 채 마지스터의 끈질긴 추격을 받는 12세 소녀 타라는 영생하는 마법을 사용하다 잘못되어 사냥개로 변한 증조할아버지 마니투와 마법의 행성 아더월드로 피신한다.

　아더월드의 랑코비트라는 나라에서 살게 된 타라는 페가수스와 정신적으로 결합되는 놀라운 경험을 한다. 아더월드는 수많은 종족의 마법사들과 수시로 풍경을 바꾸는 살아 있는 궁전, 뱀파이어, 키마이라, 하르퓌아, 유니콘 같은 전설의 동물들, 악마……등이 버젓이 활개를 치는 무시무시한 세계지만, 다행히 타라는 지구의 친구 파브리스, 공주의 신분인 무아노, 어린 도둑 칼리반 달 살란, 난쟁이 파프니르, 하프엘프 로빈 등을 만나면서 신기하기 이를 데 없는 마법의 세계에 빠져든다.

　데미데루스의 직계 후손인 타라와 오무아 제국의 여제 리스베스만 악마의 힘을 지닌 사물에 접근할 수 있기 때문에 마지스터는 타라를 납치한다. 그러나 소녀 마법사는 친구들의 도움으로 억류되어 있던 어머니를 구하고, '실루르의 옥좌'를 파괴한다.

　마지스터는 사라지기 직전 죽은 것으로 알고 있는 타라의 아버지가 사실은 오무아의 황제 단비우 탈 바르미 압 산타 압 마루이며, 따라서 타라가 아더월드의 오무아 제국을 계승할 후계자라고 밝히는데…….

::『타라 덩컨 2』, 「비밀의 책」::

　칼이 살인죄로 고소되어 감옥에 갇히자 타라는 하는 수 없이 아더월드로 돌아간다. 땅신령들이 흉악한 마법사에게 억류된 식구들을 구해달라는 조건으로 칼을 탈옥시킨다. 그러나 땅신령들의 함정에 걸려든 칼이 치명적인 벌레에 감염되었기 때문에 타라와 친구들은 악당 마법사와 맞서 싸울 수밖에 없다. 마침내 문제의 마법사를 굴복시키고 땅신령들을 구하지만 칼의 무죄를 증명하기 위해서는 악마들의 세계 림보에 있는 조각상 재판관이 있어야 한다. 죽음을 무릅쓴 모험 끝에 그들은 목적을 달성하고 무사히 아더월드로 돌아온다.
    그러나 이번에는 불과 며칠 사이에 아더월드를 정복한 영혼 약탈자의 기상천외한 공격에 맞서야 한다. 타라의 목숨이 위험해지자 마지스터가 그 싸움에 개입하게 되고, 드래곤으로 변신한 타라와 마지스터는 서로 협력하여 영혼 약탈자를 물리치기에 이른다. 일단 영혼 약탈자를 제거한 뒤에 마지스터는 림보로 홀연히 사라지고, 타라는 마지스터가 죽었다고 생각한다.
    한편 자식이 없는 오무아의 여제는 타라가 자신의 후계자라는 걸 알게 되고, 타라를 아더월드로 데려가겠다고 주장한다. 거절하면 지구가 위험에 처하게 되는데…….

::『타라 덩컨 3』, 「저주받은 왕홀」 ::

    폭탄 테러로 어머니가 부상당했다는 소식을 듣고 황급히 아더월드로 돌아간 타라는 림보로 영원히 사라졌다고 믿었던 상그라브들의 보스 마지스터가 돌아왔음을 알게 된다.
    공간이동의 문 폭발 사고, 도서관의 좀비 살해 사건 등 테러 행위와 이상한 사건이 잇달아 발생하는 가운데 타라는 오무아의 궁전에서 공식적으로 여제 후계자 수업을 받기 시작한다.
    여제를 함정에 빠뜨려서 악마의 힘을 지닌 사물들 중 '저주받은 왕홀'을 손에 넣은 마지스터는 아더월드에 있는 모든 마법사의 능력을 빼앗아버린 데 이어서 악마 군단을 앞세워 오무아 제국을 침략하고 드래곤들을 몰살하겠다고 선전포고한다.
    여제와 황제가 포로로 잡혀 있기 때문에 타라는 여제 후계자로서 오무아 제국과 아더월드를 지키기 위해 또다시 온갖 위험을 무릅써야 한다. 하는 수 없이 타라는 각자의 조국으로 돌아가 있는 친구들을 오무아로 불러들이고 의문의 사건들에 얽힌 미스터리를 하나씩 풀어나간다. 그리고 마지스터가 심복인 여자뱀파이어와 스파이를 궁전에 심어놓았음을 알게 된다.
    타라는 이번에도 하프엘프 로빈, 지구소년 파브리스, 면허 받은 도둑 칼리반, 난쟁이 파프니르, 개로 둔갑한 증조할아버지 마니투, 특히 놀라운 기지를 발휘한 '야수' 무아노의 도움, 그리고 상그라브들의 감옥에서 탈출한 스너피가 전해준 정보 덕분에 마지스터와 가공할 만한 악마 군단을 물리치기에 이른다.

한편 타라는 자신의 열네 번째 생일파티를 엉망으로 만드는 것을 시작으로 말썽을 일으키고 다니는 쌍둥이 남매가 놀랍게도 친동생들이라는 사실을 알게 된다.

여러 가지 이유로 타라의 유전자가 조작되었을 거란 의혹이 제기되면서 여제는 정밀분석을 지시한다. 로빈은 마침내 사랑을 고백하기 위해 타라를 만나러 가지만 소녀의 방은 텅 비어 있다. 후계자가 사라진 것이다…….

::『타라 덩컨 4』,「드래곤의 배반」::

아더월드 오무아 제국의 실험실에서 드래곤과 유전학자가 맞서고 있다. 이 싸움의 결과에 지구의 미래와 어린 마법사들의 운명이 달려 있다. 그러나 학자가 사망하면서 사건은 오리무중에 빠진다.

한편 아더월드를 몰래 빠져나온 타라는 이집트의 한 박물관에서 양피지 문서를 훔치는 데 성공하지만, 유전자 조작으로 너무 강력해진 마법 능력 때문에 목숨이 위태롭다. 게다가 로빈을 공격한 하르퀴아들에게서 알아낸 정보 때문에 초능력 있는 지구소년을 구하러 가지 않을 수 없는 상황에 처한다.

두렵지만 단호하게 결정을 내린 타라는 영국 스톤헨지 유적지로 향한다. 증조할아버지 마니투와 하프엘프 로빈, 난쟁이 파프니르, 야수 무아노, 파브리스, 칼의 도움을 받아 타라는 스톤헨지에 얽힌 비밀로 최대 위기를 맞는 지구를 구하고, 유전자 조작으로 인한 마법 능력의 수수께끼를 풀 수 있을까?

::『타라 덩컨 5』,「금지된 대륙」::

마지스터가 지구에 사는 타라의 친구 베티를 납치하는 사건이 발생한다. 그런데 베티가 억류되어 있는 곳은 드래곤들이 접근을 금하고 있어서 아무도 들어갈 수 없는 대륙이다. 그러나 마지스터는 마법의 장벽을 넘어 베티를 가둬놓는 데 성공한다. 게다가 하르퀴아의 독에 감염된 베티를 살리려면 후계자의 피가 있어야 한다는데…….

마법 능력을 잃고 모처에서 비밀리에 요양하고 있던 타라는 지구의 친구를 구하기 위해 오무아의 황궁으로 돌아가고, 랑코비트에 있는 친구들을 소집한다. 그러나 오무아 여제의 음모에 걸려든 로빈이 행방불명된 상태다.

우여곡절 끝에 마법 능력을 되찾은 타라가 엘프 군단을 이끌고 마침내 금지된 대륙을 향해 출발한다. 그런데 거기서 발견한 것은 붉은 여왕이 지배하는 무시무시한 세계……. 그리고 드래곤들이 비밀에 부치던 끔찍한 비밀을 알게 되는데…….

타라는 흉악한 붉은 여왕에게서 베티를 구해내고 철천지원수 마지스터를 궁지에 몰아넣을 수 있을까?

:: 『타라 덩컨 6』, 「마지스터의 함정」 ::

셀레나에게 접근하는 자는 누구든 죽이겠다고 선포하는 마지스터, 그 협박 때문에 타라는 마지스터가 유일하게 접근하지 못하는 드래곤들의 행성으로 어머니 셀레나를 피신시킨다.

그러나 뱀파이어들이 악마의 마법을 연구한다는 이유로 젠드라의 별과 크라에토비르의 반지를 보관하고 있다는 사실을 알게 된 타라는 크라살비로 향한다. 공식적으로는 약혼녀를 구해달라는 드라고쉬 선생님의 청을 받아들여서 셀렌바를 변호하러 가는 것이지만, 실은 크라에토비르의 반지를 훔쳐 마지스터를 제압하기 위해서다.

우여곡절 끝에 타라는 반지를 손에 넣지만, 이번에는 드래곤들의 여왕으로 선출된 샤름(솀 선생님의 약혼녀)의 대관식에 초청을 받는다. 타라는 오무아 제국의 사절단을 이끌고 드란보우글리스펜쉬르 행성에 도착하지만 쿠데타의 소용돌이에 휘말리게 된다. 위기 상황을 맞은 타라와 친구들은 드래곤들의 행성에 지금까지 알려진 열세 개의 악마의 사물 외에 두 개가 더 있다는 것과 일부 드래곤들이 지구를 정복하려는 엄청난 음모를 꾸미고 있었다는 사실에 경악한다.

타라에게서 멀리 떠나보내려는 속셈으로 위험천만한 해적 소탕 작전에 로빈을 들러리로 이용하는 여제 리스베스, 티라니크 수상과 마지스터의 관계를 밝히려다 살해당하는 엘레아노라, 짝사랑하던 엘레아노라를 잃은 칼의 슬픔, 마법의 힘이 약해 패밀리어를 잃고 실의에 빠져 있다가 돌연 마지스터와 함께 사라지는 파브리스…… 등 우정과 사랑, 모험과 배신이 얽히고설킨다.

한편 아버지의 유령을 소생시키겠다는 일념으로 타라는 양피지에 적힌 조제법에 따라 묘약을 만들지만, 중요한 실수를 저지르는 바람에 저승의 문이 열리고 수많은 유령이 분노의 고함을 지르면서 쏟아져 나오는데…….

:: 『타라 덩컨 7』, 「유령들의 습격」 ::
이 이야기는 이제부터 읽어야지요! 그럼 친애하는 독자 여러분, 재미있게 읽기 바랍니다. 준비하시고…… 읽기 시작!

TARA DUNCAN
L'Invasion Fantôme

타라 덩컨

유령들의 습격 상 | 차례

1장	기다림	18
2장	공격	20
3장	피신	26
4장	랑코비트 왕궁	36
5장	칼	47
6장	레지스탕스	80
7장	배신	108
8장	실버	136
9장	셀레나	187
10장	거시기	213
11장	빛의 손	246

 아더월드의 용어 해설   313

• 일러두기

1. 원저에는 '아더월드'가 '오트르몽드(AutreMonde)'로 표기되어 있으나, 불어보다 영어에 더 익숙한 대다수 독자들의 빠른 이해를 돕기 위해 옮긴이가 영어 표현으로 바꾼 것입니다. 이에 따라 7권에서 처음 나오는 '우트르몽드(OutreMonde)' 역시 그에 대한 영어 표현 '비욘드월드'로 바꾸게 되었음을 알립니다.
   (AutreMonde/OtherWorld, OutreMonde/BeyondWorld)
2. 이 책의 본문에 표시된 ＊부분은 뒤페이지의 '아더월드의 용어 해설'에 자세히 설명해두었습니다.

유령들의 습격 상

기다림
아주 오랜 기다림, 원하는 걸 말할 수는 있어도 아주 긴데……

*

유령들은 기다렸다.

아주 오랜 세월 기다려왔다.

유령 중 대부분이 인간이었다. 죽은 마법사들의 영혼, 마법의 주문에 도통한 자들의 영혼이 머무는 세상 비욘드월드, 마법사들은 죽으면 모두 비욘드월드에서 다시 만났다.

인간 유령들은 비인간 종족 유령들을 안심시키고 있었다. 인간 종족에게는 대단한 능력이 있다면서.

그 대단한 능력이 잘못하고 있는 줄도 모르고…….

그 대단한 능력은 마법으로 장난을 치고 있었다. 마법을 잘 알지도 못하면서, 완벽하게 조절하지도 못하면서.

실패한 주문, 치명적인 묘약, 너무 탐욕스러운 괴물들.

'주의, 아직 세상의 종말에 이르지 않았다', 이런 플래카드 뒤에 누군가 거대한 차단기를 설치해놓았더라도 어떤 인간이 차단기를 치워주면 무슨 일이 일어나는지 볼 수 있으련만…….

유령들 중에 "이런, 난 아직 해보지도 못했는데……."라고 한탄하면서 숨을 거두었던 이들은 다른 유령들에게 이렇게 말했다.

'어딘가에서 누군가 실수를 해 문이 열리는 날이 올 거야. 그러면 우리가 살던 곳으로 돌아갈 수 있어.'

그래서 유령들은 몹시 들떠서 초조하게 기다렸다.

그런데 정말 그런 일이 일어났다.

심한 허기를 채우게 되길, 육신과 감각, 감정, 냄새, 맛을 되찾게 되길 학수고대하면서 그토록 기다리던 날이 왔다.

마침내 그날이 왔다.

유령들은 준비가 되어 있었다.

공격
떡 줄 사람은 생각도 안 하는데……

*

금은보화를 좋아하는 이들이 사는 으리으리한 궁전에서 악취를 풍기는 공 모양의 푸르스름한 묘약 덩어리가 5미터쯤 되는 공중에 둥둥 떠다니고 있었다.

묘약 덩어리는 그렇게 만들어져서는 안 되는 것이었다.

요동치던 묘약 덩어리가 소용돌이를 일으키면서 사방으로 초록색 촉수를 뻗는 사이, 그 한가운데에서 시커먼 구멍이 열리기 시작했다.

그러나 이 시각, 묘약을 만든 금발 소녀 타라 덩컨은 옆방에서 하프 엘프 로빈의 눈을 뚫어져라 쳐다보느라고 묘약 덩어리가 이렇게 비정상적인 상태로 변해버린 걸 전혀 모르고 있었다. 궁전에는 이 비정상적인 덩어리를 지켜보는 사람이 아무도 없었다.

뱀파이어로 변신해 있지만[1] 인간으로 돌아올 기미가 전혀 없는 타라는 로빈을 심하게 깨물지 않으려고 노력하고 있었다.

타라는 오무아의 황위 후계자였고, 까다로운 마법을 수련하면서 아더월드의 위험에서 살아남는다면 여제가 될 것이 틀림없었다. 그리고 로빈은 여제 리스베스가 타라의 예비 배필로 하프엘프를 인정해줄 생각이 전혀 없는데도 여전히 남자친구로 꿋꿋이 버티고 있었다.

이때만 해도 모든 걸 멈출 기회였는데.

하지만 타라는 묘약이 있는 방에 방음의 마법을 걸어놓고, 로빈과 달콤한 말로 구구, 구구 속삭이고 있었다.[2]

스르르보우르 클리 베르지크, 이것이 바로 죽은 이들을 이 세상으로 돌아오게 해서 소생시키고, 다시 한 번 삶의 기회를 주는 묘약의 명칭이다.

타라는 단 한 사람, 두 살 때 살해된 아버지 단비우를 돌아오게 하려는 것이었다. 자신이 돌연변이가 아니라 마법사라는 걸 알게 된 뒤로 줄곧 생각해온 것이다. 타라는 마법이 위험하고, 두렵고, 해로울 수 있다고 생각했다. 하지만 정말 꼴 보기 싫은 사람들을 잠시 개구리로 둔

---

1. 타라는 드라큘라에게 물린 것이 아니기 때문에 흔히 말하는 뱀파이어로 볼 수는 없다. 사악한 뱀파이어 셀렌바를 치료하다가 뱀파이어로 변신하는 방법을 알게 된 타라는 위험에 노출된 아더월드의 삶 때문에 무의식적으로 인간으로 돌아오길 거부하고 있는 것이다. 설익힌 고기를 먹어야 하는 식이요법을 제외하고 뱀파이어로 지내는 것은 더 강하고, 더 날렵해지는 장점이 있기 때문이다. 로빈은 타라가 자기를 쳐다보면서 핏물이 질질 흐르는 갈비를 눈앞에 둔 듯 군침을 흘리지 않길 제발 바라고 있지만…….

2. 타라는 지구의 연인들이 입맞춤할 때 비둘기처럼 '구구, 구구 하고 속삭인다'고 한 파브리스의 말은 은유법이라고 로빈에게 설명해주었다. 그 뒤로 둘은 달콤한 말을 속삭일 때 비둘기처럼 두 팔을 흔들다가 배꼽을 잡고 웃었다. 그러고 있다가 들키면 친구들에게 바보 같다는 놀림을 받았다.

갑시킬 수 있으니 이따금 유용했다.

  타라는 무슨 일이 있어도 꼭 아버지를 이 세상으로 돌아오게 하고 싶었다. 어머니가 매력적인 남자들뿐만 아니라 끔찍하게 위험하거나 짜증 나는 남자들과도 사랑에 빠지는 것이 정말 싫어서였다.

  그래서 타라는 비밀리에 숨겨져 있는 양피지를 찾아냈다.

  그런데 양피지에 쓰인 글은 타라가 해독할 수 없는 언어였고, 칼의 도움을 받아 간신히 읽어내는 데 성공했다.

  하지만 타라는 '**이것은 저주받은 글이다**'라는 경고 메시지와 함께 양피지에 쓰인 주의 사항을 꼼꼼히 살피지 못했다.

  묘약 조제법에 들어가는 재료는 구하기 힘들 뿐 아니라 구역질 나는 것들도 있었다. 갬볼 가루, 만드라고라 뿌리, 맹독성 사카트의 꿀, 칼로르나, 피닉스의 깃털, 키마이라의 담즙, 칼리르의 꽃……. 그 밖에도 악취를 풍기는 늪지에 서식하는 글리이르*의 똥이나 아더월드에서 가장 냄새가 역한 동물 트라둑의 똥처럼 혐오스러운 것들도 있었다. 위험을 무릅쓰고 솜털을 얻기 위해 무시무시한 로크 새의 둥지를 뒤지다가 하마터면 목이 잘릴 뻔했던 타라는 나중에야 로크 새의 솜털은 약재상에서 구입할 수 있다는 걸 알았다.

  죽은 자들을 소생시키는 것이 금지되어 있는데 묘약을 만들었으니 타라는 법을 어긴 것이다.

  여러 왕국과 제국에서 특히, 왕위 찬탈 싸움에 시달리는 꽤 많은 대군들이 계모가 저승으로 떠났을 때 안도의 숨을 내쉬며 앞장서서 철칙을 공포했었다. '자신이 더 빨리 죽고 싶지 않으면 죽은 자들을 소생시키지 말아야 한다.'

불행히도 타라만 그 법을 어긴 것이 아니었다. 타라를 도와 양피지에 쓰인 글을 해독했던 칼 역시 살해된 엘레아노라를 소생시키기 위해 비밀리에 묘약을 만들어놓았던 것이다. 칼은 후계자의 거처인 스위트룸에서 그리 멀지 않은 곳에 묘약을 감춰놓은 상태였다.

엄청난 잘못이었다.

두 개의 묘약 덩어리가 공명을 일으키면서 유령들이 원하는 걸 만들어주고 있었으니……

재앙이 일어날 전조였다.

드란보우글리스펜쉬르에서 왕위를 찬탈하려고 반란을 일으켰던 셰니보우리쉬부가 타라의 스위트룸에 불쑥 나타났었다. 드래곤은 묘약 조제법에 빠진 것이 하나 있다는 말을 내뱉으면서 타라를 경악하게 만들고 숨이 끊어졌다. 궁전에 트란스미투스 방지 주문이 걸려 있는데도 불구하고 타라의 방에 유형화되기 위해 무리하게 마법의 에너지를 소모했기 때문이다.

'묘약은 완성 단계에 이르지 못했으니 모든 것이 폭발할……' 셰니보우리쉬부는 말을 채 맺지도 못하고 죽었다.

두 개의 묘약 덩어리가 공명을 일으키면서 그 사이에서 문이 열린 것 같았지만, 사실은 더 많이 숙성된 묘약의 덩어리만 열려 있었다. 타라의 묘약!

묘약 덩어리 한가운데에서 시커먼 구멍이 점점 크게 벌어지더니 갑자기 마법사와 엘프, 뱀파이어 등의 여러 종족이 사는 마법의 행성 아더월드와 유령들의 세상인 비욘드월드 사이에 소용돌이가 일어났다.

소용돌이를 빠져나온 수백에 이르는 온갖 색깔의 유령들이 환호성을 지르면서 흩어졌다.

 태평하게 메시지를 전하러 오던 하인이 제일 먼저 유령들과 맞닥뜨렸다. 혼비백산한 하인은 후계자에게 알리기 위해 미친 듯이 뛰었다.

 살아 있는 존재를 장악하기로 작정한 유령들은 하인을 따라 타라의 거처로 돌진했다.

 유령들은 드래곤을 거들떠보지도 않았다. 죽은 드래곤이라 관심이 없는 건가?

 유령들은 빨간 눈에 긴 이빨, 아연실색한 표정으로 쳐다보는 금발 소녀에게 달려들었다.

 첫 번째로 구멍을 통과한 유령이 가장 날렵했다.

 흐릿한 빨간색 몸의 유령은 소녀가 만든 마법의 방패를 비웃었다. 유령은 내가 누구인지 알고 까불어? 하는 얼굴이었다. 그 무엇으로도 유령은 막을 수가 없는데…….

 거침없이 육신을 장악한 유령은 소녀를 지배하기 위해 중추신경계를 공격하려고 했다.

 뜻대로 되지 않자 유령은 깜짝 놀랐다. 격분한 소녀가 몸부림을 치기 시작했다. 유령이 손 하나, 팔 하나, 다리 하나, 혀, 눈을 지배하자마자 소녀는 고통과 분노의 고함을 지르면서 빠져나갔다. 소녀 옆에 있는 패밀리어 은빛 페가수스도 영혼의 동반자를 돕기 위해 싸움에 뛰어들었다.

 사실은 소녀가 뱀파이어라는 것이 문제였다. 인간이 아닌 생명체를 공격할 생각이 없는 유령은 몸을 건너뛰고 뇌를 지배하려고 했으나 뜻밖의 저항에 부딪히면서 포기하고 말았다.

불운에 욕설을 퍼부으면서 유령은 마지막으로 한 번 더 시도하다가 끝내 실패하자 두 팔을 내렸다. 더 강력한 유령이라야 완전히 지배할 수 있을 것 같았다. 유령은 흥을 깨어버리는 소녀/뱀파이어의 몸에서 힘겹게 빠져나왔다.

그 순간 소녀는 믿을 수 없는, 상상도 할 수 없는 일을 했다.

소녀는 송곳니를 드러내고 유령을 깨물었다.

그리고 심한 상처를 입혔다.

아연실색한 유령은 찢겨져나가는 듯한 아픔을 느꼈다. 그보다 더 최악은 소녀가 유령을 깨물면서 영혼의 에너지를 빨아들이고 있었다.

유령은 도망치려고 했지만 옴짝달싹할 수 없었다. 소녀는 갈퀴손톱으로 갈기갈기 찢었다. 유령은 눈 깜짝할 사이에 눈독을 들이던 먹이에게 도리어 잡아먹히는 신세가 되었다.

완벽한 패배였다.

누구인지도 모르는 소녀에게 호되게 당한 유령은 완전히 소멸되기 직전에 이번에는 비욘드월드에도 돌아가지 못하리라 생각했다.

그리고 차라리 비욘드월드에 그냥 남아 있는 편이 나았으리라 생각했다.

3
피신

유령들에게 쫓길 때는
무조건 줄행랑치는 것이 상책인데……

*

 타라는 정신을 차렸지만 아직도 충격을 받은 상태였다.
 몸을 점령하고 공격하던 유령을 얼떨결에 제압한 타라는 무지개를 이루며 엄청나게 유령들을 쏟아내는 소용돌이를 향해 거의 본능적으로 돌진했다.
 묘약 덩어리를 빨리 파괴하고 구멍을 봉쇄해야 했다. 타라는 두 팔을 쳐들고 주문을 읊었다. 손에서 검푸른 불이 번쩍였다. 이어서 솟구친 강력한 마법의 불덩이가 공처럼 둥둥 떠다니며 유령들을 쏟아내는 초록색 묘약 덩어리를 후려쳤다.
 불덩이는 묘약 덩어리에 이어서 침실의 천장, 그 위층 침실의 바닥과 천장…… 팅가푸르 황궁의 지붕까지 뚫고 나갔다. 하필이면 그 순간 날아가다 새까맣게 타버린 새 두 마리가 한 남자의 머리 위로 떨어졌고(봉변을 당한 뒤로 이 남자는 머리 전체를 감싸는 헬멧을 쓰지 않고서는 외출을 하지 않았다), 오무아의 수도 팅가푸르의 하늘에 비를 머금고 있던 구름마저 증발해버렸다.

타라의 마법에 문제가 생길 것을 우려한 리스베스 여제가 신중하게 후계자의 거처 가까이 있는 방들을 모조리 비워놓으라는 지시를 내렸기 때문에 위층 침대에 곤히 잠든 누군가를 해칠 위험은 없었다.

에너지원을 잃자 소용돌이는 수그러들었다. 타라는 안도의 숨을 내쉬면서 털썩 주저앉았다.

구멍도 닫혀버렸다.

그때였다. 고통의 비명소리가 울렸다.

맙소사, 로빈!

침실로 뛰어 들어간 타라는 그대로 얼어붙었다. 각양각색의 유령들이 로빈의 몸을 서로 차지하려고 싸움을 벌이고 있었다. 하프엘프가 양손에 쥔 단검을 휘두르면서 필사적으로 버티고 있지만, 유령들은 아랑곳하지 않고 자기들끼리의 싸움에 열중했다.

로빈의 패밀리어 히드라가 여러 개의 머리를 쭉쭉 뻗으면서 날카로운 송곳니로 유령들의 몸을 찢어발기고 있었다. 타라는 아무것도 해줄 수가 없었다.

위험을 감지한 릴란드릴의 활이 로빈의 어깨에 유형화되는 사이에 화살집도 등 뒤에 자리를 잡았다. 현란한 공중돌기로 유령 무리에서 벗어난 하프엘프는 단검들을 거두고 재빨리 화살을 쏘아댔지만 유령들은 꿈쩍도 하지 않았다.

갑자기 유령 중 하나가 사라지더니 순식간에 하프엘프의 몸에 포개졌다. 로빈이 일어나서 두 팔을 내리더니 활을 떨어뜨렸는데 얼굴 표정이 아주 이상했다. 맹목적인 반감과 환희가 섞인 표정이라고 할까.

소우르브는 싸우기를 멈추고 신음소리를 내기 시작했다.

더는 지체할 수 없다고 판단한 타라는 송곳니를 드러내고 달려들었다. 질겁한 유령들이 날아올랐다. 유령 하나가 공격을 받으면 다른 유령들에게도 전해지는지 소녀가 위험한 존재임을 모두 알고 있는 것 같았다. 날쌔게 위험 지역을 벗어난 유령들이 먹이를 덮치는 독수리 같은 자세를 취했다.

타라는 방법을 궁리했다. 하프엘프의 몸에서 유령을 내보내야 하는데, 당장.

그러나 어떻게 공격해야 할지 방법이 떠오르지 않았다. 뭔가 획기적인 방법을 찾아야 하는데! 로빈의 심장, 허파, 내장까지 동시에 뽑아내지 않고 유령만 나오게 해야 되는데…….

타라는 마법을 작동했다. 이번에도 손에서 검푸른 불이 번쩍였다.

"렉스티르푸스의 이름으로 유령은 하프엘프의 몸에서 썩 물러날지어다!"

타라의 마법이 마치 망치처럼 하프엘프를 두들기면서 뒤쪽 황금빛 대리석 벽으로 밀어붙였다. 갑자기 로빈의 잘생긴 얼굴이 일그러졌다. 하지만 몸에서 어떤 유령도 나오지 않았다.

"이놈은 내 거야, 이놈은 내 거야!"

로빈의 입에서 나오는 말은 혐오스러울 정도로 탐욕스러웠다.

상황이 좋지 않게 돌아갔다!

이번에는 소우르브가 괴성을 질러댔다.

"살아있는 돌!" 타라가 소리쳤다.

대번에 체인지라인에서 튀어나온 살아있는 돌이 타라의 머리 위에 나타났다.

"힘을 원해, 예쁜 타라?" 친구를 도와주게 된 것이 기쁜 살아있는 돌이 속삭였다.

"응, 도와줘!"

살아있는 돌의 엄청난 힘이 타라의 마법에 더해졌다. 마법의 물결이 강력해졌다. 로빈의 옆구리에서 우지끈거리는 소리가 나고, 얼굴은 고통 때문에 경련이 일어날 정도였다. 그러나 그것도 통하지 않았다.

두려움이 엄습한 타라는 심장에서 얼음장같이 차가운 물결이 일어나는 것 같았다. 타라는 손가락에 낀 크라에토비르의 반지[3]가 도와주기는커녕 자신의 마법에 맞서고 있는 걸 알아차리지 못했다. 호흡이 느려지고, 정맥 속의 피가 얼어붙는 것 같더니 허파도 충분한 산소를 공급하지 못했다. 타라는 공포에 사로잡혔다. 이대로 쓰러질 것만 같았다. 타라의 마법이 꺼지자 성난 살아있는 돌이 탁자 위에 내려앉았다. 격한 마법의 물결에서 벗어난 로빈도 털썩 주저앉았다.

로빈의 크리스털 눈빛이 흐려졌다. 타라는 사랑하는 로빈에게 다가가고 싶었다. 몇 번이나 목숨을 구해주었던 로빈. 처음 본 순간부터 멋진 모습으로 타라의 마음을 사로잡았던 로빈, 그 명철한 지성에 타라

---

3. 「반지의 제왕」 이후로 '권력을 탐하는 사악한 정신이 만든 반지를 끼면 안 된다'는 걸 모두 알고 있다. 그러나 타라도 모든 사람과 마찬가지로 자신은 위기를 극복할 수 있다고 착각하고 있다.

는 얼마나 감탄했던가. 온갖 위험으로부터 타라를 지켜주었던 로빈. 타라를 위해서라면 목숨이라도 내놓을 정도로 사랑해주던 로빈이 아닌가.

눈앞의 상황을 도저히 믿을 수가 없는 타라는 온몸이 마비되는 것 같았다.

타라가 이름을 부르자 로빈이 무력하게 비틀거리며 다가왔다.

"로빈! 싸워야 해, 이겨내야 해! 유령이 네 몸을 지배하지 못하게 몰아내야 된다고!"

하프엘프는 공포에 질려 있는 것 같았다.

로빈이 갑자기 소스라치더니 표정이 달라졌다. 몸속의 유령이 힘을 잃는 것 같았다. 그러나 얼마나 엄청난 대가를 치르고 있는 걸까? 그토록 맑던 눈빛은 뭔가를 씌워놓은 듯 뿌옇고, 검은 머리털이 섞인 은발이 흐늘거렸다. 그토록 완벽하게 잘생긴 얼굴이 점토 인형처럼 변형되고 있었다.

유령이 끝내 몸속을 장악해버리면서 로빈이 죽어가는 중이었다.

그런데 타라는 아무것도 해줄 수 없었다. 그저 로빈을 살려달라고 간절하게 빌면서 치료를 위한 레파루스 주문에 이어 소생을 위한 레비부스 주문을 읊었다. 살아있는 돌도 과도하게 마법을 출혈하면서까지 최선을 다해 타라를 도왔다.

그러나 완전한 실패.

눈앞에서 로빈이 연체동물처럼 흐물흐물 녹아버리는데도 타라는 아무것도 해줄 수 없었다. 로빈의 육신과 옷은 곰팡이가 슨 것처럼 해어지고 있었다.

갑자기 로빈이 마지막으로 안간힘을 쓰는지 믿을 수 없는 행동을 보였다. 타라는 느닷없이 로빈이 벗어서 던지는 망토를 영문도 모른 채 받았다.

이어서 로빈이 타라를 향해 뼈마디만 앙상한 팔을 내밀었다. 타라는 다가가고 싶지만 산소가 부족해서 호흡이 가빠졌다.

무의식의 시커먼 장막이 타라를 덮쳤다.

안 돼.

로빈을 구해야 하는데…….

배를 타는 것처럼 바닥이 오르락내리락해 타라는 갑작스러운 멀미와 싸워야 했다. 눈을 떴다. 사방에서 사람들이 유령에게서 벗어나려고 안간힘을 썼고, 타라는 누군가의 품에 안겨 있었다.

팔이 네 개인 누군가.

크산디아르.

주홍빛과 금빛 정복 차림의 친위대장이 타라를 안고 내달리고 있었다.

타라는 잔뜩 긴장해서 경직된 얼굴과 불규칙하게 뛰는 심장박동을 통해 친위대장이 공포에 사로잡혀 있음을 느꼈다. 축소된 상태로 타라의 어깨에 앉은 페가수스 갈랑도 영혼의 동반자와 마찬가지로 상태가 좋지 않았다. 하프엘프의 망토를 두르고 있는 걸 알아차린 타라는 가슴이 철렁했다.

"로빈!" 타라가 외쳤다. "맙소사, 내가 로빈을 구하지 못했…… 마법이 통하지 않았어! 로빈…… 로빈이…….."

"네, 죽었어요." 친위대장이 숨을 헐떡이면서 말했다. "이유는 모르겠지만 마마의 방에 도착했을 때 로빈은 얼굴이 완전히 일그러진 상태로 쓰러져 있었습니다. 그래서 무작정 마마를 안고 도망치는 중입니다. 안전한 곳으로 피해야 합니다, 마마. 사방에 유령들이 득실거리고 있습니다!"

타라는 울음을 터뜨렸다.

"로빈에게…… 돌아가야 해요! 어쩌면 죽은 게 아닐 수도……."

"아니, 로빈은 죽었습니다." 친위대장이 단정적으로 말했다. "하프엘프는 유령에 들린 것을 견디지 못할 겁니다. 티그족 친위대원도 여러 명이 당했습니다. 티그족을 점령하는 것이 인간보다 그리 쉽지 않은데도 유령에 들렸어요. 따라서 마마는 안전한 곳으로 피신해야 합니다."

로빈을 잃은 슬픔 때문에 타라는 얼마나 심각한 상황인지 알아채지 못하고 있었다. 친위대장은 타라를 안은 채 접견실로 들어갔다. 그런데 리스베스 여제와 궁인들이 하나같이 마비된 듯 옴짝달싹 못하고 있었다. 타라는 무슨 말을 하려고 했지만, 친위대장이 손으로 입을 막고 기둥 뒤로 숨었다.

"쉿!" 친위대장이 괴로운 얼굴로 말했다. "리스베스 폐하가 제일 먼저 유령에 들렸습니다. 폐하께서는 용맹하게 싸우셨고, 유령 셋을 물리쳤지만 네 번째 유령에게 당하셨지요. 마마, 절대로 소리를 내면 안 됩니다. 위험해질 수 있으니까요."

타라는 알아들었다는 뜻으로 고개를 끄덕였다. 크산디아르가 타라의 입에서 손을 뗐다.

"그럼…… 엄마는?" 타라가 속삭였다.

크산디아르 친위대장은 시선을 피했다.

"죄송합니다. 셀레나 부인도……. 유령들이 몰려왔을 때 부인도 바리우스 덩컨 남작과 함께 폐하 옆에 계셨습니다. 우리는 아무것도 해줄 수가 없습니다."

그제야 사태의 심각성을 알아차린 타라는 떨리는 목소리로 물었다.

"할머니, 증조할아버지, 내 동생 마라, 자르, 내 친구들 무아노, 칼, 파프니르, 그르룰은 어떻게 됐어요?"

"마마의 할머니와 자르는 지구에 있으니까 안전할 겁니다. 마라 공주님은 도둑 대학에서 그르룰의 경호를 받고 있었으니까 아마 지금쯤은 영리한 초록 트롤이 피신시켰을 거라고 생각합니다. 마마의 친구들은 직접 보지 못했지만, 유령들이 몰려들기 얼마 전에 마마를 만나러 오는 중이었기 때문에……."

슬픔과 죄책감 때문에 타라는 너무 괴로웠다. 모든 것이 타라의 잘못 때문인데 아무것도 할 수가 없었다. 유령들에게 마법이 통하지 않았다. 그럼 로빈에 이어서 어머니 셀레나를 비롯한 가족도 구하지 못한다는 것이 아닌가. 열다섯 살의 어린 정신이 감당하기에 너무 무거운 짐이었다. 이대로 다 포기해야 되나. 인형처럼 크산디아르의 품에 안긴 타라는 창백한 얼굴로 몸을 웅크렸다.

끔찍한 상황 때문일까, 타라는 결국 강력하지만 아무런 도움이 되지 않는 뱀파이어의 모습을 포기하고 인간으로 돌아왔다.

친위대장은 반은 뛰고 반은 공중부양을 하듯 전력 질주하다가 이따금 초록빛과 황금빛, 빨간빛으로 화려한 복도에서 자라는 거대한 나무들 뒤로 숨었다.

그리고 여러 번 순찰대를 피해 구석진 곳에 몸을 숨겨야 했다. 친위대장은 곧장 황궁의 중심에 자리 잡은, 수십 킬로미터에 이르는 공원을 가로질렀다.

친위대장에겐 타라를 구해야 할 의무가 있었다. 지구에 있는 자르를 제외하고 황실을 대표하는 후계자를 구하는 것은 친위대장의 본분이다. 하지만 그의 명예를 타라가 회복시켜준 뒤로 후계자에게 더 충성심을 품은 이유도 있었다.

친위대장이 또다시 갑자기 멈춰 섰다. 주홍색 머리, 검은색 눈의 매력적인 티그족 여성이 불쑥 나타났던 것이다. 세네 센스사스! 오무아 제국의 비밀정보국 카무플레의 국장 세네 센스사스는 뛰어난 전사이자 크산디아르의 소중한 동지이며 얼마 전부터는 연인이었다. 세네가 그토록 쫓아다녔건만 이성 관계에 둔한 크산디아르가 어디를 가나 세네가 보이는 이유를 깨닫는 데 시간이 오래 걸렸기 때문이다. 그러나 이 상황에서는 세네를 믿을 수 없었다. 세네가 유령에 들려 있다면 그들을 배신할 가능성이 있기 때문이다. 크산디아르는 숨을 죽이면서 몸을 움츠렸다. 세네는 크산디아르를 보지 못하고 지나갔다.

공포에 질린 크산디아르는 엄청난 노력 끝에 친위대원들과 장관들, 궁인들을 피하면서 아더월드의 여러 나라뿐 아니라 다른 행성으로 갈 수 있는 공간이동의 문에 마침내 이르렀다.

대합실에서 보초를 서는 친위대원들도 유령에 들려 있을지 모르기 때문에 크산디아르는 위험을 무릅쓸 수 없었다. 크산디아르는 여전히 반쯤 정신이 나간 타라를 내려놓은 다음 보초 세 명을 때려눕혔다. 그러고는 다시 타라를 안고 페가수스를 팔오금에 끼고서 이동의 태피스트리들이 만드는 원의 중심에 후계자를 내려놨다.

"지구로 피신해야 합니다." 크산디아르가 빠르게 말하는 사이에 유령들이 대합실의 벽을 뚫고 들어왔다.

"안 돼요." 타라가 깜짝 놀라서 외쳤다. "유령들이 이동의 문을 통해 나를 쫓아올 거예요! 그럼 지구가 위험해요!"

그들은 시간이 없었다. 유령들이 달려들고 있어서 크산디아르는 어쩔 수 없이 외쳤다.

"랑코비트의 수도 트라비아의 살아 있는 궁전으로!"

타라가 안 된다고 말하려고 했지만, 크산디아르는 겨를을 주지 않았다.

공간이동의 문이 작동하는 순간 타라는 유령들과 싸우다 굴복하는 크산디아르를 봤다.

랑코비트 왕궁
살아 있는 궁전에서는
몰래 도망치는 것이 쉽지 않은데……

*

랑코비트의 수도, 트라비아의 살아 있는 궁전에서 맑은시냇가수줍은꽃(플뢰르티미도보르드둔뤼소렝피드)은 공간이동의 문을 지키고 있었다.

맑은시냇가수줍은꽃은 문지기라는 자신의 직책을 좋아했다. 방문객을 맞이하는 일, 하인들을 불러서 방문객을 거처로 안내하게 하는 일, 방문객에게 살아 있는 궁전은 예민하니까 화나게 하지 말라고 알려주는 일, 궁전이 짓궂은 장난을 치고 싶어할 때 슬그머니 도와주는 일……. 수줍은꽃(인간 친구들은 그를 '수줍은꽃'이라고 불렀)은 그렇게 해서 궁전에 질서가 잡혀야 마음이 놓이고 행복을 느끼는 외눈 거인이었다.

팅가푸르에서 오는 이동의 문이 열리면서 오무아 제국의 후계자와 페가수스가 불쑥 나타났을 때 수줍은꽃은 기절할 뻔했다. 위험하고 통제할 수 없기로 이름난 타라 덩컨이 엘프의 망토를 두른 채 의식을 잃고 쓰러져 있지 않은가. 그런데 아더월드를 떠들썩하게 했던 뱀파이어의 모습이 아니라 인간의 모습을 하고, 게다가 흥분해서 날뛰는 유령들까지 뒤이어 나타났으니…….

깔끔하게 정리가 잘되어 있던 대합실이 순식간에 아수라장이 되었다. 질겁한 병사들이 마법과 무기로 유령들을 물리치려고 애를 썼지만 여의치 않았다. 병사들이 날린 데스트룩투스 마법은 유령들을 맞고 튕겨나가거나 몸을 통과하다가 벽이나 바닥에 여러 개의 구멍을 뚫어버렸다. 살아 있는 궁전이 격분했지만 속수무책이었다.

수줍은꽃은 유령들이 하나씩 병사의 몸속으로 들어가는 걸 보면서 경악했다. 살아 있는 인간의 육신을 이미 장악한 유령들이 아직 성공하지 못한 유령들을 도와주고 있었다. 습격 경보 사이렌이 요란하게 울리면서 병사들이 필사적으로 싸워 혈전이 벌어졌다.

수줍은꽃은 이동의 태피스트리들 가운데에 숨어 있는 왕홀을 향해 달려갔다. 공간이동의 문을 정지시켜 습격을 막아야 했다! 그러나 유령들은 틈을 주지 않았다. 유령에 들린 병사들이 문을 지키면서 또 다른 유령들이 끝없이 쏟아져 들어왔다. 병사들이 창을 겨누고 있어서 수줍은꽃은 단념할 수밖에 없었다.

빨간 머리에 눈이 하나밖에 없는 2미터 장신의 수줍은꽃은 공무원이지 전사가 아니었다.

싸워서 이길 수 없다면 도망치는 것이 상책 아닌가. 이상하게도 자신에게는 유령들이 덤벼들지 않기 때문에 저항할 필요가 없는 수줍은꽃은 타라를 답삭 안고 도망쳤다. 격분한 살아 있는 궁전이 으르렁거리더니 수줍은꽃이 통과하기가 무섭게 벽을 닫아버리는 것으로 유령에 들린 병사들을 가둬버렸다.

불행히도 유령들이 모두 살아 있는 인간의 몸을 장악한 것은 아니라 아직 성공하지 못한 유령들은 마치 존재하지 않는 것처럼 벽을 통과했다.

수줍은꽃은 속도를 높였고, 궁전이 도와주었다. 살아 있는 궁전은 복도를 사라지게 하고 대신에 가짜 길과 벽들로 위장하면서 눈 깜짝할 사이에 수줍은꽃을 숨기는 것으로 유령들을 따돌렸다. 그러나 수줍은꽃은 이런 도주가 그리 오래가지 못하리라는 걸 알고 있었다. 유령들은 어린 후계자를 노리고 있는 것 같았다. 따라서 무슨 일이 있어도 타라를 안전한 곳에 숨겨야 했다.

"살아 있는 궁전." 수줍은꽃은 큰 소리로 말했다. "타라 덩컨을 숨겨줄 수 있지? 유령들의 눈에 보이지 않게 숨겨줄 수 있지?"

회색 돌벽에 유니콘들의 나라 멘탈리르의 멋진 풍경이 펼쳐졌다. 파란 풀밭에서 유니콘 하나가 다가와 우아하게 발을 구르면서 머리를 숙였다. 말을 할 수 없는 궁전은 유니콘 이미지로 그럴 수 있다는 표시를 보였다. 안락의자가 빠르게 나타나자 외눈 거인이 타라를 내려놨다. 너무 심한 충격을 받아서일까, 타라는 한 번도 눈을 뜨지 않았다.

벽 속으로 들어간 안락의자가 온데간데없이 사라졌다. 외눈 거인은 안도의 숨을 내쉬면서 큰 소리로 말했다.

"이 위기 상황이 끝나려면 오래 걸릴 테니까 후계자가 있는 곳을 절대 아무에게도 말하면 안 돼, 알았지? 곳곳에 있는 스쿠프를 이용해 유령에 들린 자와 들리지 않은 자를 확인해야 돼. 유령에 들려 있는지 구별할 방법이 없으면 그 누구도 믿으면 안 돼."

수줍은꽃 주위에 나타난 전광판에 작은 카메라들이 날아다니면서 궁전을 탐색하고 감시하는 장면이 보였다. 수줍은꽃은 빨간 머리를 끄덕였다.

"잘했어. 이제 테이프를 되감아서 누가 유령에 들렸는지 정상인지 알아야 해. 그리고 우리가 할 일은 유령들이 너무 쉽게 점령하지 못하게 방해하는 거야, 알았지?"

유니콘이 울음소리를 내면서 또다시 하얀 머리를 숙였다.

이어서 멘탈리르의 파란 초원이 황무지 늪의 을씨년스러운 풍경으로 바뀌더니 바닥에서 썩은 나무 냄새가 올라왔다. 물렁물렁하고 차가운 진창을 걷는 것 같아 수줍은꽃이 얼굴을 찌푸렸다.

"너한테는 괜찮은지 모르지만, 나는 햇살이 눈부시고 꽃이 만발한 초원이 좋은데……."

궁전이 겉으로 드러나는 풍경을 바꿨지만 수줍은꽃은 회색 돌벽의 속이 춥고 우중충하고 습기가 차 있고 미끄러운 걸 느꼈다.

유령들은 우왕좌왕해댔지만 살아 있는 궁전은 유령들에게 안겨줄 놀라운 일을 준비하고 있었다.

외눈 거인이 살아 있는 궁전의 몸체 중심부에 숨어 있는 동안 새 방

문객이 공간이동의 문에 유형화되었다. 유령들이 달려들 겨를도 없이 방문객은 재빠르게 트란스미투스 주문을 읊으면서 살아 있는 궁전의 중심부에서 멀리 떨어진 방으로 사라졌다.

궁전은 새로 나타난 사람을 입력하면서 기쁜 마음에 펄쩍 뛰었다. 수백만 톤에 이르는 궁전이 몸집을 흔들면 무슨 일이 일어날지 뻔하지 않은가. 지진이라도 일어난 듯한 진동에 수백 명의 사람들이 중심을 잃으면서 다치는 바람에 샤먼은 갑자기 몰려오는 환자들을 치료하느라고 진땀을 흘려야 했다.

"쉿!" 칼이 궁전에게 속삭였다. "내가 온 걸 아무에게도 말하면 안 돼. 타라가 여기 왔지? 크산디아르의 품에 안겨 있는 걸 보고 급히 따라온 거야. 궁전, 너는 괜찮아?"

으리으리한 오무아 황실(랑코비트 왕실보다 훨씬 더 큰)을 본 뒤로 칼이 좋아하게 된 금은보석으로 도배한 풍경이 사라지고 유니콘이 나타나서 반가워하는 울음소리를 냈다. 칼을 좋아하는 궁전이 유니콘을 통해 걱정하는 마음을 표현하자 칼은 대답했다.

"응, 난 괜찮아. 유령들을 따돌리느라고 좀 힘들었지. 블롱딘은 거기 두고 나만 간신히 빠져나왔으니까. 이유는 모르겠지만 다행히 유령들이 비인간 종족의 몸속으로는 들어가지 않는 것 같아. 유령들이 엘프, 드래곤, 켄타우로스, 머리 둘 달린 타트리스족을 공격하지 않는 반면에 인간들과 티그족을 공격했어. 티그족은 팔이 네 개지만 인간이니까. 타라는 무사한 거지?"

유니콘이 울음소리를 내면서 머리를 위아래로 끄덕였다. 최악의 상황을 걱정하던 칼은 안도했다.

"타라가 어떻게 무사할 수 있었는지 이유가 궁금해. 유령들은 권력자나 강력한 마법사를 노리고 있거든."

표정이 어두워진 칼은 잿빛 눈을 비볐다.

"게다가 가장 큰 문제는 유령들이 통치자들을 장악했다는 거야. 유령들이 가장 힘들어했던 사람이 크산디아르였는데 결국은 당했어. 여기는 어때?"

궁전이 베어 왕과 티타니아 왕비가 있는 랑코비트의 왕실을 보여주었다. 갈색 머리털이 곤두서고 눈빛이 흐릿한 왕과 왕비는 유령들이 몸속을 장악할수록 움찔거리고 있었다. 랑코비트의 수상 살라타르가 유령들을 상대로 키마이라의 불길을 내뿜었지만 소용이 없었다.

"맙소사, 모두 유령에 들렸잖아!" 칼은 아연실색했다. "보통 심각한 상황이 아냐. 타라는 어디 있어?"

궁전은 잠시 망설였다. 수줍은꽃은 타라가 숨어 있다는 걸 아무에게도 말하면 안 된다고 했다. 하지만 칼은 타라의 친구이고, 유령에 들리지 않은 것 같았다. 게다가 후계자와 절친한 사이이고, 위험에 처한 타라의 목숨을 한두 번이 아니라 아주 여러 번 구해줬던 인물이 아닌가.

칼은 유니콘이 가리키는 안락의자에 앉았다. 욕실의 벽이 열리고 칼은 안락의자에 앉은 채로 궁전의 몸체 속으로 들어갔다.

타라는 눈을 떴다. 한 손이 입을 틀어막았다.

할 일은 한 가지밖에 없었다.

타라는 있는 힘을 다해서 깨물었다.

누군가 질겁하면서 손을 뺐다.

"아야! 미쳤어?" 귀에 익은 목소리가 속삭였다. "왜 깨물어? 인간으로 돌아와 있어서 천만다행이다! 뱀파이어였다면…… 어휴 생각만 해도 끔찍하잖아!"

타라는 눈을 찡그렸지만 어두워서 잘 보이지 않았다.

"카…… 칼? 네가 어떻게…….."

타라는 입에 손을 대다가 움찔했다. 뭔가가 없어졌는데……. 뱀파이어의 이빨이 사라지고 없었다. 어떻게 된 일이지?

그 순간 밀려오는 로빈에 대한 끔찍한 기억이 생생하게 떠올랐다. 타라는 가슴이 찢어질 듯 아파 하프엘프의 망토를 두른 채 웅크리고 흐느껴 울었다.

"타라." 로빈의 망토를 알아본 칼이 말했다. "크산디아르가 너를 탈출시키는 걸 보고 나도 따라온 거야. 다른 애들은 어디 있는지 알아?"

타라는 말 한마디 못할 정도로 괴로워했다. 뭔가 이상한 걸 느낀 칼이 타라를 다정하게 안아주었다. 그러고는 어린 딸을 달래는 어머니처럼 타라를 토닥여주었다. 어차피 곤경에 빠져 있는데 굳이 무슨 일인지 캐물을 필요는 없지 않은가. 잠시 후 타라의 흐느낌이 약간 잦아들었다. 친구가 왜 그토록 서럽게 우는지 이유는 모르지만 칼은 위로의 말을 속삭였다. 마지스터의 악마 군단과도 과감하게 맞서 싸웠던 타라가 유령들이 습격한 것으로 이 지경이 된다고? 분명히 다른 문제가 있을 거라고 칼은 생각했다.

칼이 무슨 말인가 하자 궁전이 타도르 산의 광천수 한 병을 유형화시켰다. 마법이 이상적인 온도를 유지해주어 물은 아주 시원했다. 칼의 손짓에 곧바로 나타난 유리잔이 허공을 둥둥 떠다녔다. 칼이 물을 따라 유리잔을 건네자 타라는 초췌한 얼굴로 물을 몇 모금 마셨다.

타라는 입을 열려고 했지만 고통이 의지보다 더 강했다. 그래서 칼의 천진한 얼굴을 뚫어져라 쳐다보는 것으로 만족했다. 그 옆에 축소된 페가수스 갈랑도 슬퍼하는 영혼의 동반자 때문에 우울해 보였다.

"유령들이 습격해서 아더월드를 쑥대밭으로 만들고 있어." 칼이 말했다. "타라, 다른 애들은 괜찮을까? 나는 정확히 무슨 일이 일어나고 있는지도 모른 채 도망쳤어."

세상을 아수라장으로 만들어놓고도 오직 로빈의 죽음만 생각하며 눈물을 흘리던 타라는 이제 무슨 말이든 해야 한다는 걸 깨달았다. 타라는 손바닥을 통해 칼이 몹시 긴장하는 걸 느꼈다. 헝클어진 검은색 머리의 칼이 간청하는 눈빛으로 불안에 떨고 있었다. 타라는 더 이상 깊이 생각하고 싶지 않았다.

"우리는…… 공격을 받았어(목이 멘 소리였다). 내가 아버지를 소생시키기 위해 만든 묘약이 잘못된 것이 분명해. 굶주린 유령들이 맹목적으로 쏟아져 나왔는데 그 수가 수백, 수천이 넘는 것 같아. 유령 하나가 장악하려고 했는데 나는 버텨냈어. 하지만 로빈은…… 칼, 로빈은 버티지 못했어. 로빈이…… 죽는 걸 봤어."

칼은 눈이 동그래지며 더 많이 긴장했다. 타라의 눈과 마주친 칼은 방금 들은 말이 거짓이기를 간절히 바라는 얼굴로 쳐다봤지만 타라는 이미 눈물을 쏟고 있었다. 로빈의 망토를 두르고 있더라니 그것이 바로 친구의 죽음을 의미할 줄이야…….

칼은 타라의 눈빛이 그토록 절망적이었던 이유를 이제야 알았다.

"네가 왜 이런지 이제야 알았어. 그래도 견뎌야 해, 그럴 거지?"

"죽고 싶어." 타라는 힘없이 대답했다. "너무 괴로워. 이대로 끝내고 싶어."

"타라 너를 위해 아무것도 해줄 수가 없어." 슬퍼하는 친구를 보면서 가슴이 아픈 칼이 말했다. "네가 얼마나 괴로울지 알아. 엘이 죽었을 때 나도 따라 죽고 싶었으니까. 견딜 수가 없어서……."

타라가 다시 오열하기 시작했고, 칼은 따라 울고 싶은 마음을 억눌렀다. 그들의 목숨이 걸린 문제였다. 칼은 시간이 없었다. 아니, 둘은 시간이 없었다.

이 참사는 둘에게 책임이 있기 때문이다. 타라에게만 그 짐을 지게 할 수는 없었다.

"확실히는 모르지만 이 사건에 대한 책임이 너에게만 있는 건 아냐." 칼이 고백했다. "내가 만든 묘약과 너의 묘약이 공명을 일으킨 것 같아. 나도…… 엘레아노라를 소생시키고 싶었어. 그래서 조제법이 적힌 너의 양피지를 훔쳐 여제께서 우리에게 마련해준 방에서 묘약을 만들었거든. 네 거처에서 가까운 그 방 말이야. 미안해. 그러지 말아야 했는데……."

칼이 몰래 또 다른 묘약을 만들었다고 고백하는데도 타라는 아무런 반응이 없었다. 칼은 말을 계속했다.

"우리 둘의 책임이야. 우리가 저지른 엄청난 잘못 때문에 일어난 일이니까 해결책을 찾아야 해! 네 어머니와 친구들이 끔찍한 유령들의 마수에 걸려들게 내버려두면 안 돼. 랑코비트에는 아직 유령들이 그리 많지 않으니까 내 부모님은 아직 안전할 거야. 하지만 언제 어떻게 될지 모르니까 서둘러야 해."

또다시 타라는 좌절한 것처럼 눈물만 흘려댔다. 타라는 칼이 다가갈 수 없는 아주 먼 곳에 가 있는 것 같았다.

"타라, 내 말 듣고 있지? 너를 공격했던 유령을 어떻게 떼어냈는데? 마법을 사용한 거야? 아니면 묘약을 만들 때의 주문을 사용했어? 타라……?"

칼은 타라를 흔들었지만 친구는 헝겊인형처럼 축 늘어진 채 역시나 아무런 반응이 없었다.

칼은 덜컥 겁이 났다. 타라는 친구지만 무시무시하게 강력한 무기이기도 했다. 유령들 때문에 크산디아르가 다른 데 신경 쓸 겨를이 없는 틈을 타서 칼은 타라를 뒤쫓아왔다.

칼은 어떻게 해야 할지 아직은 잘 모르지만 유령들을 가능한 한 빨리 몰아낼 방법을 궁리하기 시작했다. 유령들이 인간에게 하는 짓은 극악무도했다.

칼은 부르르 떨었다. 면허 받은 도둑이라는 것이 늘 목숨을 걸어야 하는 위험한 일이기 때문에 칼은 죽음을 두려워하지 않았다. 그러나 유령들이 인간을 공격하는 현재 상황은 죽음보다 최악이었다. 유령에게 굴복한 희생자들이 모든 걸 포기한 것처럼 보이지만, 칼은 그들의 눈빛에서 절규하는 영혼을 느꼈다.

칼이 도망칠 수 있었던 것은 왜소한 체구가 강력한 힘을 지닌 육신을 찾는 유령들의 관심을 끌지 않기 때문이었다.

이 사실에 기분이 상해야 하는지 안심해야 하는지 아직은 알 수 없었다.

칼은 타라를 쳐다보면서 친구가 슬픔에 빠져 있게 내버려둘 수 없는 것이 가슴 아팠다.

잠시 망설이던 칼은 마지못해서 타라의 뺨을 때렸다.

칼

*예쁜 소녀와 바비 인형 놀이를 하는 것이
즐거운 것만은 아닌데……*

*

그런데도 타라는 그저 칼을 물끄러미 쳐다보기만 했다. 지금 타라의 눈에 칼은 나무나 안락의자쯤으로 보이는 것 같았다. 타라는 아무 관심이 없었다. 뺨을 맞았는데도 아랑곳없는 표정이었다.

칼은 마치 타라가 두꺼비로 둔갑시키길 기다리는 것처럼 눈을 감고 있었다. 절망에 빠진 상태가 아니라면 타라는 웃음을 터뜨리거나 불같이 화를 내면서 칼을 지렁이로 둔갑시키고도 남을 상황이니까.

그러나 타라는 아무런 행동도 취하지 않았다. 여전히 무관심했다. 타라는 죄책감과 슬픔 그리고 후회라는 짙은 안개 속을 떠다니고 있었다. 로빈이 죽었는데…… 더는 아무것도 중요하지 않았다. 타라는 끊임없이 로빈의 마지막 순간을 함께하고 있었다. 아무리 강력한 마법 능력이 있다고 해도 어떻게 운명까지 바꿀 수 있단 말인가. 영화에서라면 몰라도…….

칼은 한쪽 눈을 뜨고 몸을 만져보다가 아직 두 발로 서 있는 것에 깜짝 놀랐다.

타라는 칼이 포기하길 바랐다. 아니, 타라는 그런 걸 바라지도, 더는 바랄 수도 없었다. 그저 친구가 자기를 가만히 내버려두길 바랄 뿐이었다. 하지만 칼은 집요했고 포기하지 않았다.

칼은 타라에게 계속 말하고 있었다. 몇 시간은 되는 것처럼 길게 느껴졌다.

칼은 유령들이 아더월드를 지배할 경우 무슨 일이 일어나게 될지 말하고 있었다. 수세기 동안 갖지 못한 것에 탐욕을 드러내는 유령들이 인간과 비인간 종족들을 노예로 만들 것이라고 말했다.

칼은 유령의 힘과 숙주의 힘이 합해질 수 있는지는 모르지만, 그렇게 될 경우 대재앙이 일어날 거라고 말했다.

칼의 목소리에서 위급한 상황임을 느낄 수 있었다. 타라도 그걸 모르지는 않았다. 심장에 고통의 단검이 박힌 듯 시간이 흐를수록 점점 더 고통스러운 타라는 두꺼운 솜에 파묻혀 차츰 질식되는 것 같았다. 거의 숨을 쉬지 못하고 있었다.

하지만 칼의 목소리는 절박했다. 절박함 때문에 거의 탄식하는 칼에게 타라가 반응을 보였다.

"나를 그냥 내버려둬."

칼이 벌떡 일어났다.

"그럴 수 없어! 타라, 그 묘약을 만든 사람은 너야! 아니, 너와 나야! 유령들을 몰아낼 작전을 짜야 해. 너를 공격하는 유령을 어떻게 물리쳤는지 그 방법을 나한테 말해줘! 다른 사람들도 사용할 수 있는 방법이야?”

"깨물었어. 뱀파이어의 모습으로 있을 때 깨물었는데 유령이 소멸됐어.”

칼은 털썩 주저앉았다. 타라가 드래곤들을 피하기 위해 뱀파이어로 변신한 것에 대해 오무아의 의학 아카데미에서 연구했지만, 아직까지 타라가 어떻게 해냈는지 정확한 방법을 알아내지 못한 상태였다. 게다가 피를 빨아먹는 뱀파이어로 변신하겠다고 나서는 지원자를 찾지 못해 테스트조차 하지 못하고 있었다. 이제는 점점 더 타라의 유전자가 조작되었을 가능성에 무게가 실리고 있었다. 따라서 뱀파이어로 변신한 상태에서 깨물었는데 유령이 소멸되었다는 말은 확실한 해결책이라고 할 수 없었다.

"작전을 짜야 해. 타라, 네가 필요하단 말이야. 제발 정신 좀 차려!”

타라는 고개를 흔들었다. 칼은 해결책을 찾는 시늉이라도 해주길 바랐지만, 타라는 아무 생각이 없었다. 칼은 너무 힘들었다. 어떻게 해야, 무슨 말을 해야 친구가 정신을 차릴까? 이대로 모두 죽어야 하는가?

또다시 칼은 타라가 달아나는 걸 느꼈다.

"힘들다는 거 알아. 하지만 타라, 넌 어릴 적부터 살아남기 위해 싸웠잖아. 이렇게 무너져서는 안 돼, 너무 어린 나이잖아! 타라, 어린 시절을 떠올려봐. 기쁨, 행복, 나는 그 시절이 돌아온다고 확신해, 타라!”

타라는 칼의 말을 들으면서 떠오르는 이미지들을 거부했다. 냉정한 할머니 밑에서 자라던 어린 시절의 이미지가 교차했다. 친구들, 학교, 점심시간, 자유롭게 뛰어다니던 들판, 사다리가 있어야 겨우 오를 수 있는 우람한 페르슈 종의 말을 타고 달리는 모습, 분필 냄새, 초콜릿 냄새, 꽃향기, 뜨거운 햇살, 친구들의 우정……. 또다시 타라의 머릿속에 로빈의 사랑이 떠올랐다.

슬픔에 잠긴 타라는 로빈의 망토를 뒤집어쓰고 눈이 따가운데도 다시 엉엉 울기 시작했다. 타라는 잃어버린 어린 시절을 슬퍼하고, 잃어버린 순수함을 슬퍼하고, 잃어버린 사랑을 슬퍼하고 있었다.

칼은 이를 부드득 갈았다. 쯧! 가까스로 현실로 끌어냈다고 생각하는 순간 타라가 다시 슬픔에 잠기고 있었다.

"로빈은 전사였어, 타라. 로빈이 아직 살아 있다면 너에게 뭐라고 말할 것 같아?"

타라는 대답하지 않았다. 너무 피곤했다. 칼은 타라를 아프게 하려고 팔꿈치를 세게 꼬집었다(면허 받은 도둑들이 즐겨 쓰는 방법 중 하나다). 아픔이 오래가기 때문에 어떤 고집쟁이라도 결국은 말문이 터지고야 말기 때문에 따귀보다 훨씬 효과적인 방법이다.

타라는 신음소리를 내다가 한순간 쪽빛 눈에 분노의 빛이 번뜩였다.

"이거 놔, 아프단 말이야!"

"먼저 대답해."

"로빈이 죽었어!"

칼은 너무 깜짝 놀라서 친구의 팔을 놨다.

"하지만 넌 살아 있잖아!" 칼이 응수했다. "로빈을 위해서라도 싸워야지!"

그러나 타라는 듣지 않고 있었다.

"나는 아버지를 소생시키고 싶었어, 죽음을 무릅쓰고." 타라는 너무 차분한 어조로 말했다. "그 대가로 내 사랑을 앗아간 거야. 내가 로빈을 죽인 거야."

자기 자신에 대한 혐오감으로 가득한 타라의 얼굴을 보면서 칼은 가슴이 미어졌다. 둘은 쪽빛 눈과 잿빛 눈으로 서로를 뚫어져라 쳐다보았다. 칼은 친구를 괴롭히고 있다는 사실에 자책했다.

그러나 포기하지 않았다. 아니, 포기할 수 없었다.

"그래, 죽고 싶겠지." 칼은 절제된 목소리로 말했다. "그게 너의 선택이라면 내가 도와줄 수도 있어. 급소를 찌르면 되니까. 하지만 그 전에 잘못을 바로잡아야 해. 타라, 너는 선택의 여지가 없어."

잘못을 바로잡으라고? 아니, 그게 다 무슨 소용 있어. 타라가 원하는 것은 슬픔에 빠져서 괴로워하다 죽는 것이다. 그러다 보면 고통이 멈추지 않을까.

타라는 시선을 돌리고 다시 무력감에 빠져들었다. 타라를 에워싸는 절망의 안개가 칼의 노력, 목소리를 지우고 있었다. 타라는 여전히 고통스럽지만 칼의 몸은 믿을 수 없을 정도로 뜨거웠다. 타라는 너무 피곤했다.

소녀는 자신도 모르게 잠이 들었다. 칼은 한숨을 내쉬면서 친구를 눕히고 베개를 받쳐준 다음 안락의자에 앉았다. 칼도 갑자기 피곤이 몰려왔다.

주위가 어두워지고 있었다.

칼이 할 수 있는 것은 잠든 친구를 그저 바라보면서 수많은 신에게 있는 힘을 다해 기도하는 것이었다.

며칠 동안 타라는 모든 걸 거부했다. 먹는 것도, 씻는 것도, 말하는 것도.

오직 잠자고 우는 것이 전부였다.

손에 피가 날 정도로 클릭을 꽉 쥐고 오열하는 타라를 보며 칼은 그 물건을 빼앗았다. 로빈과 연락할 수 있게 만들어진 귀걸이 모양의 미니 크리스털 볼 클릭을, 타라와 로빈은 한 짝씩 지니고 있었다. 석영과 금속으로 이뤄진 클릭은 타라에게 로빈을 생각나게 하는 물건이었다.

절망적이지만 그래도 칼은 타라를 지켜야 했다. 타라는 마치 자신의 일부처럼 로빈의 망토에 집착하면서 손에서 놓지 않았다. 칼은 물과 공기의 원소들에게 타라를 씻기고 닦아주게 했고, 만능코디네이터 체인지라인에게 옷을 갈아입히도록 했다.

남자인데 타라의 알몸을 본다는 건 칼이 감당할 수 없는 일 아닌가.

칼은 친구가 정신적으로 엄청난 충격을 받았다는 걸 이해했다. 냉정한 할머니의 손에서 자랐지만 타라의 어린 시절은 그래도 행복했다. 아무도 알려주지 않는 비밀과 미스터리에 둘러싸인 채 살면서 독립심을 키웠고, 아더월드에 와서는 친구들에게 의지하다 로빈에게 마음을 열었는데……. 두 살 때 아버지를 잃은 타라가 로빈이 죽는 모습을 보면서 얼마나 큰 충격을 받았을지 충분히 이해가 되었다.

타라는 절망에 갇혀 있었다. 칼은 타라를 구해낼 수 있을지 의문이

들기 시작했다.

첫째 밤, 칼은 심장마비로 죽을 뻔했었다.

비명소리에 놀란 칼은 침대 밑으로 뛰어내려 본능적으로 전투 자세를 취했다.

유령이 공격해온 것은 아니었다. 분당 200회쯤 뛰던 박동이 정상으로 돌아왔을 때 칼은 비명소리가 난 이유를 알았다. 타라가 악몽과 싸우면서 버둥거리고 있었다. 칼은 타라가 진정될 때까지 한 시간 동안 땀으로 젖은 친구의 머리를 쓰다듬어주었다.

타라에게 뭔가를 먹이는 것은 정말 고역이었다. 한 입 한 입 잘 받아 먹다가도 어떤 때는 무조건 거부했다. 마법을 과다 사용한 탓에 그렇지 않아도 핼쑥하던 타라가 이제는 정말 병색이 돌 정도로 수척해 있었다. 원소들과 체인지라인의 보살핌에도 불구하고 그 아름다운 금발이 변색되어 푸석푸석해 보이고, 쪽빛 눈은 칙칙하고, 볼이 움푹 꺼진 얼굴은 보기 딱할 정도였다.

페가수스도 상태가 좋지 않았다. 타라와 마찬가지로 갈랑도 먹는 걸 거부해 칼은 강제로 귀리와 건초를 삼키게 해야 했다.

칼은 모르고 있지만 타라는 친구가 애쓰고 있는 걸 알고 있었다.

그래서 타라는 집요한 칼이 정말 미웠다.

무관심 속에 감춰진 타라의 분노를 느꼈다면 칼은 아마 줄행랑쳤을 것이다.

칼은 타라를 가만 내버려두지 않았다. 절대로 포기하지 않았다. 그런데도 절망에 빠진 타라를 구해내지 못하고 있었다. 그 벽을 넘을 수가 없었다. 타라는 먹겠다는 의욕도 없었다. 입체감 없는 이미지들. 타라는 몸의 통증조차 느끼지 못했다. 칼이 그나마 하루에 얼마간의 음식을 먹이지만 영양이 터무니없이 부족해 근육과 힘줄, 뼈마디가 아플 텐데 타라는 아무것도 느끼지 못했다.

칼은 살아 있는 궁전의 도움을 받아 숨어 있는 곳을 변화시켰다. 방을 넓히고 욕실을 만들면서 벽에 방음장치까지 했기 때문에 어떤 유령도 그들을 찾을 수 없을 것이다. 면허 받은 도둑의 일상적인 훈련을 계속하기 위해 체육관도 만들었다. 체력 단련을 할 때마다 타라의 근육이 굳어버릴까 걱정이 된 칼은 억지로 팔다리를 움직이게 하면서 걸어 다니게 했다. 칼은 그렇게 타라를 돌보면서 이를 악물고 훈련에 열중했다.

타라를 안락의자에 앉혀놓은 다음 칼은 펄쩍펄쩍 뛰고 구르고 날렵하게 공중제비를 돌면서 땀을 흘렸고, 피로에 지쳐서 온몸이 부들부들 떨릴 때까지 단검 던지는 연습을 했다.

칼이 표적을 놓치는 일은 거의 없었다. 단 한 번 그런 일이 일어났던 것은 잠자던 타라가 비명을 질렀기 때문이다. 소스라치게 놀란 칼이 얼떨결에 단검을 던졌는데 태피스트리의 문양 중에서 드래곤의 눈에 꽂혔다.

타라가 의식이 있었다면 칼의 놀라운 솜씨에 탄성을 질렀을 텐데.

칼은 하루에 두 번, 두 시간 동안 훈련을 했고, 욕조에서 한 시간 동안 수영을 했다. 운동 덕분에 칼은 미치지 않고 버틸 수 있었다.

가족, 패밀리어 블롱딘, 친구들…… 칼은 모두 그리웠다. 패밀리어는 아직 괜찮은 것 같았다. 만약 블롱딘이 다쳤거나 붙잡혀 있다면 정신적으로 결합된 관계이기 때문에 대번에 느낄 수 있었다. 그러나 거리가 멀리 떨어져 있을수록 결합이 느슨해지기 때문에 칼은 점점 더 불안했다. 언젠가는 오무아에 두고 온 여우를 구해내기 위해 유령들의 소굴로 돌아가야 했다.

"빌어먹을!" 유난히 힘든 어느 날, 칼이 투덜거렸다. "누군가 나에게 열다섯 살 소녀의 보모가 될 거라고 말했다면 끔찍한 일이라고 생각했을 거야. 그런데 나에게 정말 이런 날이 올 줄이야!"

그럼에도 포기할 수 없는 것은 죄책감 때문이었다.

살아 있는 궁전이 대형 전광판을 나타나게 해주어 칼은 많은 뉴스를 볼 수 있었다.

좋은 소식은 없었다.

유령들이 아더월드에 있는 인간들의 공화국, 왕국, 제국의 대다수를 장악하고 있었다.

크리스털리스트들의 스쿠프들이 도처에서 유령들이 습격하는 장면을 촬영해 어떤 일도 비밀이 될 수 없었다. 비인간 종족들만 화를 면했다. 뱀파이어 마법사들의 유령, 타트리스족의 유령, 난쟁이들의 유령들은 종족의 몸속에 깃들일 수 없기 때문이었다. 비인간 종족의 유령들은 화가 나서 비욘드월드로 돌아가고 있었다.

이제부터는 유령들이 아더월드와 비욘드월드를 연결하는 문을 마음대로 열고 들이닥칠 수 있으리란 좋지 않은 소식이 쏟아지고 있었다.

타라를 제외하고는 아무도 유령들에게 대항할 방법을 찾지 못한 상태였다. 누군가 유령 하나를 물리쳤다고 해도 인간의 몸을 점령할 때까지 떼거리로 달려드는 유령들을 당해내지 못했다.

칼은 타라를 전광판 앞으로 옮겨놓고 처참한 장면들에 자극받아 친구가 무기력 상태에서 빠져나오길 바랐다.

하지만 처참한 장면은 없었다. 주도면밀한 유령들은 죽은 자들의 혼이 비욘드월드로 가는 걸 고려해 저항하는 인간들을 죽이지 않고 감옥에 가두었기 때문이다.

유령들이 오무아를 점령한 지 2주가 지나자 가장 먼저 엘프들이 떠나기 시작했다.

어둠을 틈타 페가수스에 올라탄 엘프 전사 군단이 오무아를 떠나는 모습을 보며 칼은 아연실색했다. 휘날리는 은빛 머리, 빨간색 옷을 입은 엘프들의 여왕이 주홍빛 페가수스를 타고 선언했다. 오무아의 여제가 유령에 들렸기 때문에 여왕은 더 이상 여제를 고용주로 인정하지 않고 계약을 파기한 것이다.

엘프 군단이 셀렌다로 돌아가고 있었다. 칼은 눈물이 쏟아졌다. 번쩍이는 갑옷 차림으로 검은색 페가수스를 타고 오무아를 떠나는 엘프 군단의 모습은 오무아의 파국을 의미하는 것이다.

타라는 전광판을 뚫어져라 쳐다봤다. 하지만 칼은 타라가 정말 보고 있는 게 아니라는 걸 잘 알았다.

"엘프 군단이 오무아 주재 셀렌다 대사관으로 가는 거겠지?" 칼은 차분한 어조로 말했다. "리스베스 여제의 유령은 엘프 군단이 황궁에 있는 공간이동의 문을 사용하지 못하게 한 모양이야. 드래곤들은 아직 아더월드에 있을까? 드란보우글리스펜쉬르로 돌아갔을까?"

칼은 타라의 상태를 치료할 방법이 있는지 물어보기 위해 최고 마구스 심의회 의원인 셈 선생님에게 연락하려고 노력했지만, 은하계에 위치한 행성 간의 통신이 끊겨버렸다.

아더월드는 고립되어 있었다. 눈 깜짝할 사이에 공간을 이동하는 문이 없으면 드래곤들이 배를 타고 와야 하는데 수십 년이 걸릴 수도 있었다.

황제와 여제에게서 후계자 교육을 받으면서 타라는 적들이 제일 먼저 하는 일은 동맹국의 지원을 차단하는 것이라고 배웠다. 셈 선생님에게 전화를 하려고 애를 쓰다니, 타라는 친구의 순진함에 웃음이 나왔지만 내색하지 않았다.

어떻게든 먹이려고 할 때마다 음식을 얼굴에 던져버리는 타라와 씨름을 하던 칼은 며칠 뒤 엘프들만 오무아를 떠난 게 아니라는 걸 알았다. 크리스털리스트들이 텅 빈 타트리스족 대사관에 이어 뱀파이어 대사관에서 취재를 하고 있었다. 칼은 오무아 제국의 티그족 친위대에 에워싸인 엘프 스타일러 아르노와 뱀파이어 대통령의 딸 킬라가 성난 얼굴로 양탄자 비행기를 타고 떠나기 직전인 모습을 봤다. 대사와 그의 아내, 일부 식솔만 남아서 킬라에게 정중하게 인사를 했다.

킬라가 송곳니를 드러내자 친위대는 당황한 눈치였다. 칼은 유령들이 위험한 뱀파이어들의 악감정을 사는 것은 어리석은 짓이라고 생각했다.

그러나 뱀파이어족만이 아니었다. 꼬마도깨비 파보, 파란 땅신령, 진실의 입, 요정, 거인, 사이렌, 트리톤, 식인귀, 고블린, 영리한 유니콘, 호전적인 켄타우로스, 키마이라 등 대다수가 호위를 받으면서 국경이나 공간이동의 문을 향해 떠나고 있었다. 거대한 연을 띄운 것처럼 집을 통째로 달고 가는 이들도 보이고, 아마도 곧 돌아올 거라고 믿는지 가방만 들고 가는 이들도 있었다.

비극이었다.

칼은 친위대가 왜 그런 위험한 지시에 복종하고 있는지 의문이 들었으나 이내 알아차렸다.

누가 유령에 들리고 안 들렸는지 식별하는 것이 불가능했다. 문제는 바로 그것이다. 오무아의 여제 리스베스의 경우는 궁인들이 지켜보는 앞에서 유령에게 당했고, 주요 장관들도 희생되었다. 그런데 하급 관리들의 경우는 전혀 달랐다. 유령에 들리지 않은 친위대원들이 상관에게 복종하고 있는 것이 틀림없었다.

하지만 그들이 행하고 있는 일을 좋아하지 않는다는 것이 느껴졌다. 그들은 제국을 떠나는 비인간 종족들에게 예의를 보이고 있었다. 마치 사과라도 하는 것처럼.

여제의 몸을 차지한 유령은 신중했다. 제국에 아무런 변화도 없을 거라는 간략한 선언을 함으로써 상인들을 안심시켰고, 궁전에서는 여느 때와 마찬가지로 고소인들과 청원서를 접수했다.

정치를 아는 오무아 국민들도 어떻게 해야 하는지 알고 있었다. 일단은 조용히 사태를 관망하는 것이 상책이었다. 무엇보다 항의를 하거나 장사를 하기 위해서, 허가나 인가를 받기 위해서 궁전에 들어가지 않는 것이다. 그렇다고 통치권과 등지는 것은 아니었다.

여러 크리스털리스트들과 마법사들, 비마들이 체포되었다가 풀려났는데 새 권력에 대한 그들의 적대적인 태도가 호의적으로 바뀌어 있었다.

그들이 유령에 들렸다는 것은 의심의 여지가 없었다.

포섭 공작이 시작된 것이다.

비인간 종족의 크리스털리스트들이 그 사실을 강조했다. 특히 뱀파이어, 엘프, 타트리스족 등이 막후공작을 규탄했다. 오무아 정부는 침착하게 그들이 만족하지 않는다면 대서특필로 상세하고 명확히 설명하겠다고 알렸다.

그래서 레지스탕스들이 비밀 활동에 돌입했다. 아더월드의 통신망 매직넷에 수백 개의 블로그가 성행했다. 오무아 정부는 통신망을 폐쇄했지만, 비인간 종족들과 다른 왕국의 인간 레지스탕스들의 통신망은 더욱 격렬해졌다. 오무아 국민들이 매직넷의 다른 정보망에 접속하거나 비디오크리스털 채널로 정보를 보내는 것은 그리 어려운 일이 아니었다.

그 순간 칼은 손톱을 물어뜯다 멈췄다. 엄지손가락의 살점이 떨어져나갈 뻔했기 때문이다. 칼은 쫓기다 독 안에 든 쥐 신세라고 느꼈다. 이렇게 무거운 책임감을 느끼기는 난생처음이었다. 비로소 부모님의 마음을 이해할 것 같았다. 늘 말썽을 일으키기 때문에 키우기 쉽지 않은 아들이었다. 칼은 그 어느 때보다 어려운 상황에 빠져 있음을 깨달았다.

사태가 점점 더 악화되고 있었다.

타라의 목에 현상금이 걸렸다.

베스턴인지, 웨스턴인지, 우웨스턴인지 정확히 기억나지 않지만, 하여튼 비싼 저작권료를 주고 수입한 지구의 영화에서처럼 어마어마한 현상금이 걸려 있었다. 타라를 넘겨주면 칼은 부자가 될 수 있었다. 물론 배신자가 되겠지만 억만장자가 되는 건데……. 칼은 씁쓸했다. 청렴함이 몸에 배어 있다는 것이 유감스러웠다.

수배령은 '살았든 죽었든 상관없으나 죽었다면 더 좋다'는 식의 극단적인 내용이 아니라 아주 정중했다. 오무아 제국의 여제가 실종된 후계자를 몹시 걱정하고 있으니 행방에 관련한 정보를 주는 분에게 사례하겠다는 내용이다.

리스베스 여제는 타라가 정상으로 돌아온 걸 모르기 때문에 수배령에 실린 타라의 얼굴은 둘이었다. 눈이 빨갛고 얼음처럼 차가워 보이는 뱀파이어의 모습과 정상적인 인간의 얼굴이다. 어떤 모습이든 타라는 눈에 띄었다.

유령들은 서로 협력이 잘되어 아더월드 전 세계 채널의 화면에 타라의 두 얼굴을 비롯한 수배자 명단이 방송되었다.

작용이 있으면 반작용도 있는 법! 레지스탕스 쪽에서는 인간과 비인간 마법사들이 유령들을 괴롭히고 있었다. 유령에 들린 이들에 대한 테러가 일어났고, 장관 두 명이 납치되었다. 물론 레지스탕스는 공격하는 대상이 친구들이거나 무고한 사람들이라는 걸 잊지 않고 있었다. 그래서 정말 힘들었다. 성난 유령들이 레지스탕스와 아무런 관계가 없는 수많은 인간을 체포했다. 그 일로 압제에 대항하는 이들은 봉기했고, 많은 공장을 파괴하는 레지스탕스의 활약이 주르스탈 1면에 실렸다.

칼은 레지스탕스에 합류하지 못하는 것이 원통했다.

무엇보다 칼을 가장 슬프게 하는 것은 레지스탕스의 수가 적다는 것이었다. 무아노도(유령들이 습격했을 때 황궁에 있었는데 끝내 랑코비트에 돌아오지 않는 걸 보면 붙잡혀 있는 것이 틀림없었다), 로빈도, 파브리스도(친구들을 배신하고 마지스터와 함께 사라진 뒤로 생사조차 모른다), 타라의 증조할아버지 마니투도, 이사벨라도, 자르도, 마라도 수배자 명단에 없었다. 칼의 얼굴도 수배자 명단에 올라 있지 않았다. 칼은 유령들의 관심을 끌 만한 인물이 못 되는 모양인가.

몇 주가 흘렀지만 타라는 나아지기는커녕 하루가 다르게 몸이 쇠약해졌다. 흐느껴 우는 횟수가 점점 줄어들면서 멍하니 허공을 응시하는데 눈빛에 생기라곤 없었다. 타라는 뚫고 들어갈 수 없는 두꺼운 고치 안에 틀어박혀 있는 것 같았다.

타라는 죽어가고 있었다.

초조해진 칼은 어찌해야 좋을지 몰랐다. 열다섯 살인 소년이 뭘 할 수 있을까! 칼은 정말 오랜만에 도움이 필요하다는 걸 절실하게 느꼈다. 이런 문제를 해결해줄 수 있는 최고의 사람은 여러 자식을 키우면서 자기 분야에서 정상 자리를 지키고 있는 어머니 알리아나 레안드린 달 살란이다.

그러나 위험을 무릅쓸 필요가 있을까?

마침내 어느 날, 또다시 먹는 걸 거부하는 타라 때문에 평소보다 더 절망에 빠진 칼은 결정을 내렸다.

"타라." 칼은 절박한 어조로 말했다. "우리 집에 별일 없는지, 특히 어머니가 무사한지 만나봐야겠어. 솔직히 말하면 우리 가족의 도움이 필요해. 너는 갈랑과 함께 여기 있어. 가능한 한 빨리 돌아올게, 알았지?"

타라는 칼을 쳐다보지도 듣지도 않았다. 자기 자신에 대한 경멸과 절망, 슬픔의 시커먼 물로 이루어진 지옥에 빠져 있었다. 사실 타라는 칼이 떠났다는 걸 제대로 인지하지 못했다. 그저 강제로 먹이려고 하는 귀찮은 손과 살아야 한다고 강요하는 지겨운 목소리가 주위에서 사라졌다는 것에 안도할 뿐이었다. 아무런 간섭 없이 어둠 속에 칩거할 수 있고, 다시는 현실로 돌아오지 않아도 되는 것이 아닌가.

한편 크라에토비르의 반지는 전혀 동의하지 않고 있었다. 반지는 하프엘프가 죽게 내버려두면서 자신이 영리하다고 생각했다. 로빈이 타라에게 미치는 영향력과 타라에게 반지를 빼야 한다고 고집하는 것이 마음에 들지 않았으니까.

그래서 크라에토비르의 반지는 타라의 마법을 정상적으로 작동하지 못하게 차단했던 것이다.

타라가 죽을 경우 주인을 통해 숨 쉬며 살아갈 가능성이 없어질지 모르지만. 오랜 세월을 기생충처럼 붉은 여왕의 갈퀴발톱에서 보내면서 반지는 일종의 인식능력을 얻었다.

그 인식능력이 큰 잘못을 저질렀다고 알려주었기 때문에 반지는 타라가 죽어가는 로빈의 모습을 떠올릴 때마다 행복한 이미지로 바꿔놓으려 했다. 좀 니글거리지만 입도 위도 없는 반지는 타라를 구할 방법이 그것밖에 없으니 선택의 여지가 없었다.

말을 못하는 반지는 타라에게 절박한 마음을 불어넣기 시작했다. 그리고 가슴속에서 잠자고 있는 투지와 가까운 이들을 걱정하는 마음을 깨어나게 했다.

그러나 타라는 반지가 불어넣는 행복한 감정을 거부하면서 아무런 반응을 보이지 않았다.

반지가 한숨을 쉴 수만 있다면 소리 나게 내쉬었을 텐데.

반지는 본격적으로 돌입했다.

타라의 머릿속에 로빈의 이미지가 만들어졌다. 멋진 하프엘프가 타라를 애정 어린 눈빛으로 쳐다보고 있었다. 로빈이 죽는 걸 본 지 몇 주가 지났기 때문에 타라는 멀쩡한 모습의 로빈을 보며 가슴이 미어졌다. 검은 머리털이 섞인 은발의 로빈이 친숙한 몸짓으로 미소를 지어 보이자 타라는 고통의 신음소리를 냈다. 고양이 눈처럼 갈라진 로빈의 크리스털 눈이 말하고 있었다.

'내가 미안해. 그 상황에서 너도 어쩔 수 없었어.'

"하지만 내가 너를 죽인 거야."

몇 주 동안 한마디도 하지 않은 때문인지 쉰 목소리로 타라가 보이지 않는 누군가를 향해 허공에 대고 대답하는 바람에 갈랑이 소스라치게 놀랐다.

'나를 죽인 건 유령이야.' 로빈이 애정이 가득한 눈으로 말했다. '나는 죽었지만 네 가슴속에 내가 있고, 영원히 너를 사랑해.'

"몰랐어." 타라가 대답했다. "내가 너를 얼마나 사랑하는지 모르고 있었어. 네가 그만큼 편했으니까! 너는 충직하고 믿음직했어. 그래서 너를 연인이라기보다는 친구로 더 많이 생각했던 것 같아. 그게 아니었는데……. 네가 죽은 지금에서야 나 자신보다 너를 더 많이 사랑하고 있다는 걸 깨달았어. 죽고 싶어, 너를 따라가고 싶어!"

로빈의 두 눈이 매서워졌다.

'안 돼, 넌 그러면 안 돼. 너는 이 세상에서 할 일이 많아. 넌 살아야 해! 너를 사랑하지만, 타라, 죽음은 해결책이 아냐. 참고 기다려. 시간이 견딜 수 있게 도와줄 거야. 괜찮아질 거야.'

"하지만 뭘 어떻게 해야 되는데?"

로빈의 두 눈이 강렬해졌다. 타라는 그 두 눈에 자신이 패배한 모습으로 비춰지는 것이 싫었다.

'싸워야지!'

나타났을 때처럼 소리 없이 로빈의 이미지가 사라졌다. 타라는 허공을 응시하다가 은빛이라기보다는 회색 페가수스를 쳐다봤는데 갈랑은 반쯤 죽은 것 같았다.

타라는 한동안 꼼짝하지 않았다. 갈랑도 움직이지 않은 채 금빛 눈으로 그토록 좋아하는 영혼의 동반자를 살폈다. 거의 숨을 쉴 엄두가 나지 않았다. 방금 본 타라의 이상한 모습은 우울증에서 벗어나려는 신호일까? 페가수스들에게는 믿는 신이 없지만, 신이 있다면 갈랑은 무릎을 꿇고 진심을 다해 기도하고 싶은 심정이었다.

이윽고 타라의 얼굴에서 생기가 완전히 사라지고 뺨을 따라 눈물이 줄줄 흘러내렸다.

"내가 대체 무슨 말을 하고 있는 거야. 환영에게 말하고 있잖아. 로빈은 없는데!"

타라는 멍한 눈으로 다시 누웠고, 페가수스는 슬픔 때문에 동반자의 정신이 망가지면 자신도 죽을 거라고 생각했다.

타라의 손가락에 있는 크라에토비르의 반지가 짜증스러운 빛을 번쩍였다. 그래도 반지는 믿는 구석이 있었다. 뭔가 강력한 것을 만들려면 자신의 일부를 희생시켜야 하지만 그것 말고는 다른 방법이 없었다. 또다시 눈속임을 위한 은빛 유니콘들이 핏빛 눈의 악마들로 바뀌었다. 반지가 검은색 마법을 발사하면서 부르르 떨자 반지 안에 갇혀 있는 영혼들이 하나씩 죽어갔다. 힘없는 철 반지가 되느니 속에 축적된 영혼 5000 중 100을 사용해서라도 타라가 정신을 차리게 하는 것이 급선무였다.

갑자기 타라의 머리 위로 유령이 나타났다. 눈을 감고 있던 타라는 불안해하는 갈랑의 울음소리에 눈을 번쩍 떴다. 타라는 고개를 들다가 얼굴이 굳어버렸다.

유령들이 타라를 찾아낸 것이다!

잃어버린 사랑에 대한 복수로 마법을 작동하던 타라는 유령이 다가오지 않는 걸 알아차렸다. 유령이 멀찍이 떨어져서 다정한 눈빛으로 쳐다보고 있었다.

타라는 숨이 멎을 뻔했다.

로빈의 유령?

이번에는 환영이 아니라 진짜 로빈의 유령이었다. 유령은 반투명했지만, 인간의 특징을 나타내는 검은 머리털이 섞인 은빛 머리가 하프 엘프라는 걸 알려주고 있었다.

타라는 벌떡 일어나다가 비틀거렸다. 유령의 얼굴에 불안한 빛이 스쳐갔다.

"로빈? 정말 너야?"

"응, 나야." 로빈의 다정한 목소리가 대답했다. "타라, 어떻게 된 거야?"

의심의 여지없이 로빈이다. 타라는 울음을 터뜨리면서 로빈이 죽은 뒤로 일어난 일을 모두 얘기했다. 유령이 당혹스러운 표정을 지었다.

"죽고 싶다고? 나한테 오려고?"

타라는 고개를 끄덕였다.

"하지만 난 원치 않아!"

타라는 유령을 쳐다봤다. 유령은 그리 기뻐하지 않는 것 같았다.

"타라, 너는 살아 있는 사람이야! 비욘드월드에 와서 뭘 하려고? 거긴 네가 있을 곳이 아냐!"

"난 그러고 싶어." 타라가 중얼거렸다. "내가 유령이 되면 너와 함께 살 수 있잖아."

로빈이 성난 표정을 지었다.

"안 돼." 로빈은 단호했다. "그건 말도 안 돼. 그 나이에 사랑 때문에 죽다니 절대 안 될 일이야. 타라, 너는 예쁘고 착하고 무엇보다 너무 어려. 네가 죽었다면 나는 절대 따라 죽을 생각 따위는 하지 않았을 거야. 그건 어리석은 짓이야!"

타라는 어찌할 바를 몰랐다.

"안 된다고?"

"당연히 안 되지! 나는 새로운 여자친구를 찾을 테니까!"

그 말에 타라는 어이가 없었다. 도저히 자신의 귀가 믿어지지 않았다.

"새…… 새로운 여자친구?"

"물론이지. 뭘 기대하는 거야? 난 엘프야. 너도 우리 엘프들이 어떤지 알잖아, 움직이는 것은 무엇이든 덮친다는걸!"

타라가 눈살을 찌푸렸기 때문에 크라에토비르의 반지는 한순간 너무 심했다고 생각했다. 반지는 타라와 로빈이 함께 있는 모습을 수없이 봤고, 하프엘프의 음성은 그대로 흉내 냈지만, 감정이나 반응은 전혀 다른 문제였다. 영혼들이 예상보다 빨리 사라지기 때문에 이 마법을 빨리 끝내야 했다.

타라의 입이 실룩거렸다.

"내가 죽지 못하게 하려고 괜한 말을 하는 거지?"

로빈의 유령이 신경질적으로 한숨을 내쉬더니 대답했다.

"천만에. 내 말 잘 들어, 타라. 나는 떠나야 해. 이렇게 있는 것이 쉬운 일이 아니거든. 나는 너를 떠나야 해. 그러니 네가 더 이상 이렇듯 실의에 빠져 있지 않겠다고 약속해줘. 내 말 들어. 타라, 난 네가 그러고 있는 것이 정말 싫어."

타라가 대꾸할 겨를도 없이 로빈의 유령이 사라졌다. 타라는 멍하니 입을 벌린 채 허공을 응시하다가 로빈을 목놓아 불렀다. 하지만 유령은 다시 나타나지 않았다.

너무 힘이 없어서 오래 서 있을 수 없는 데다 방금 들은 말에 충격을 받은 타라는 침대에 털썩 주저앉았다. 갈랑이 의혹에 찬 얼굴로 반지를 쳐다보고 있었다. 페가수스는 검은색 반지 위에 유니콘들 대신 나타나 있는 악마들의 빨간 눈을 봤다. 오, 천상의 암말의 똥이여!**4** 이 저주받은 반지가 또 무슨 짓을 꾸민 거지? 로빈의 유령을 나타나게 한 것이 반지란 말인가?

갑자기 타라가 갈랑이 깜짝 놀랄 정도로 몸을 숙이더니 페가수스를 품에 안고 다정하게 쓰다듬어주었다.

"떠났어, 갈랑. 로빈은 떠났는데 우리는 아직 여기 있어. 이제 우리 어떡하지? 로빈은 내가 죽는 걸 원치 않아. 어떻게 해야 될지 모르겠어……."

페가수스가 타라의 머릿속으로 반지의 이미지를 보냈지만, 타라는

....
4. 이상하게 보일 수 있지만 종족 특유의 분개, 저주 따위를 나타내는 감탄문으로 페가수스들이 사용하는 표현이다.

반응하지 않았다. 타라는 사랑하는 로빈의 모습을 여전히 떨치지 못하고 있었다. 갈랑은 포기하고 동반자의 뺨에 부드러운 주둥이를 비볐다. 갈랑도 타라가 살기를 바라지만, 자신의 생각을 강요하지 않았다. 그건 타라가 결정해야 할 몫이었다.

타라가 목이 마른 걸 느낀 갈랑은 품에서 빠져나와 물 한 잔을 주었다. 타라는 숨을 내쉬고 나서 물을 마셨다. 갈랑은 타라의 갈증이 해소될 때까지 물의 원소에게 여섯 번이나 부탁해 잔에 물을 채워주었다.

몽유병자처럼 일어난 타라는 마비된 다리의 통증은 아랑곳없이 욕실로 걸어갔다. 얼마 후 욕실에서 나온 타라는 머리를 빗고 세수를 한 모습이었다. 색깔들이 선물한 목걸이가 박혀 있는 바로 아래쪽 쇄골에 비눗기가 남아 있는 것으로 보아 혼자서 씻은 것 같았다. 물의 원소는 절대로 비눗기를 남기지 않기 때문이다. 페가수스는 희망을 품었다. 침대에 다시 누운 타라는 갈랑을 꼭 끌어안으면서 눈을 감았다. 갈랑이 부적이라도 되는 듯, 안식처라도 되는 듯했다. 갈랑은 타라의 턱 밑에 머리를 기대고 긴장을 풀었다. 몇날 며칠 흘린 눈물에 젖고, 이불로도 베개로도 사용하는 바람에 엉망이 된 하프엘프의 망토가 옆에 놓여 있었다.

마침내, 로빈이 죽은 뒤 처음으로 타라는 악몽에 시달리지 않고 잠이 들었다.

돌아다니는 유령과 맞닥뜨릴까 가슴을 졸이면서 살아 있는 궁전의 지하를 통과한 칼은 발각되지 않고 궁전을 빠져나갈 수 있었다. 칼은 예전에 영혼 약탈자를 피해 도망쳤던 통로를 이용했다. 그때만 해도 그보다 더 최악의 재앙에 직면하는 일은 없을 거라고 생각했건만!

"살아 있는 궁전, 고마워." 안락의자가 비밀 출구 앞으로 데려다놓자 칼이 말했다. "네가 없다면 우리가 뭘 할 수 있을지 모르겠어. 내가 없는 동안 타라를 지켜줘. 가능한 한 빨리 돌아올게."

나가기 전에 칼은 모습을 바꿨다. 칼이 주문을 읊자 머리는 금발로, 눈은 갈색으로 변했고, 순진해 보이는 얼굴이 통통하게 변했다. 랑코비트를 상징하는 은빛 여우 무늬가 있는 파란색 마법복도 아주 평범한 회색 바지와 셔츠로 바뀌었다. 징이 박히고, 잘 들러붙을 수 있게 고무창을 대고, 필요에 따라 변형이 가능한, 면허 받은 도둑의 검은색 신발은 흔히 볼 수 있는 가죽신으로 바뀌었다. 누구도 칼로 알아볼 수 없는 완벽한 변신이었다.

포식동물에게 쫓기는 동물처럼 칼은 조심스럽게 집으로 향했다. 화려한 색으로 치장한 집들과 생기 넘치는 벽화, 랑코비트의 수도 트라비아의 경쾌한 거리는 평상시와 다름없어 보였다.

그러나 거리에 병사들의 수가 좀 많았고, 행인들은 경계하는 시선으로 말소리를 낮추고 있었다. 도처에 트란스미투스로 이동하지 말라는

타라 덩컨 69

벽보가 나붙었고, 침대와 욕조, 양탄자, 안락의자, 마법사들이 사용하는 이동 수단들이 드물게 눈에 띌 뿐, 마치 마법을 사용하지 않으려는 듯이 대부분은 페가수스를 타고 이동하고 있었다.

칼이 알기로 운동을 끔찍이 싫어하는 상인들도 날아가는 소와 페가수스를 타고 편안한 얼굴을 하고 있었다.

흥미로운 일이었다.

왕궁의 정원사들이 수많은 미모사를 거리에 심어놓은 것도 놀라웠다. 멋진 금빛 잎과 흰빛 밑동의 미모사들은 사람들의 감정을 반영하는 데다 너무 빨리 죽는 단점이 있어 도시에는 심지 않았기 때문이다. 사람들이 미모사를 피해서 지나다니고 있었다. 칼은 한 남자가 미모사에 너무 가까이 다가가자 잎이 시커멓게 변하는 걸 봤다. 거의 즉각적으로 나타난 병사 두 명이 남자를 체포해 끌고 갔다. 행인들은 성난 눈길로 쳐다볼 뿐 아무도 개입하지 않았다.

칼은 가슴이 얼어붙는 것 같았다. 베어 왕과 티타니아 왕비는 반감을 갖는 신하들도 사랑으로 품어주었고, 랑코비트의 국민도 서슴지 않고 의사를 명확하게 표현했다. 두 달 만에 유령들이 랑코비트의 수도를 장악했다는 것은 보통 심각한 일이 아니었다.

오무아와 달리 랑코비트 정부는 비인간 종족들을 추방하지 않았다. 그러나 비인간 종족들이 몸을 사리자 불과 몇 주 전만 해도 환영받던 이들이 적대적인 눈총을 받고 있었다.

상인들이 평소와 마찬가지로 물건을 진열해놨지만, 장을 보러 나온 주부들은 흥정도 하지 않고 물건을 사고는 서둘러 자리를 떠났다. 난쟁이들과 엘프들, 뱀파이어들의 진열대도 평소보다 물건이 고루 갖춰 있지 않았다.

랑코비트를 상징하는 파란색 마법복 차림의 수석 조수들이 눈에 띄었다. 칼은 반가운 마음에 하마터면 인사할 뻔했다. 정체가 들통 나지 않으려면 신중해야 하는데…….

카페, 바, 술집, 여인숙, 레스토랑은 텅 비어 있었다. 모두 모여 있는 일 자체를 피하는 것 같았다. 계엄령이 선포되었다는 말을 듣지 못했지만, 분위기는 굉장히 흡사했다.

칼은 모든 걸 유심히 눈여겨보면서 집으로 향했다.

집은 궁전에서 그리 멀지 않았다. 트란스미투스를 이용하면 더 빨리 갈 수도 있지만 다른 사람들처럼 마법을 사용하지 않기로 했다.

칼은 마침내 인동덩굴 향기가 그윽한 집 앞에 도착했다. 크리스털을 깐 산책로에는 아무도 없었다. 집에서 키우던 히드라 토토—로빈의 패밀리어가 되면서 소우르브로 이름이 바뀐—의 못 앞에서 칼은 지난날을 떠올렸다. 주인이 죽으면 패밀리어도 죽는다는 걸 생각하면서 칼은 가슴이 찢어질 듯 아팠다. 토토를 다시는 보지 못하는 건가.

칼은 집을 유심히 살폈다. 어쩐지 이상한 기운이 감돌아 꺼림칙했다.

정찰병이 되어줄 여우 블롱딘이 없으니 칼은 직감에 의지해야 했다. 직감은 옆구리를 치면서 고함치고 있었다. '위험해, 위험해!'

그때 갑자기 작은형 벤지가 창문을 열고 공중부양으로 땅바닥에 내려서더니 걸어왔다.

벤지는 마법을 사용하면서도 두려워하지 않는 것 같았다. 겁이 없는 달 살란 집안의 전형적인 모습에 칼은 미소를 지었다. 벤지는 칼과 똑같이 검은색 머리지만, 눈은 아버지를 닮아 파란빛이었다. 칼보다 키

키가 많이 커서 예전에는 어수선한 동생을 꼼짝 못하게 제압했던 형이었다. 단결이 잘되는 화목한 가정이었다. 작은형 벤지를 보자 칼의 가슴이 뭉클했다.

현관 앞, 파란색 잎과 노란색 가지로 그늘을 만들어주는 자이언트 강철나무 옆에서 수군거리던 병사 둘이 따라오는 걸 보면서 칼은 복잡한 거리로 달아났다. 칼은 나직한 소리로 욕설을 내뱉었다. 가족이 감시를 받고 있는 것이다!

어머니와 칼처럼 도둑을 직업으로 선택하고, 현재 도둑 대학에서 어린 학생들을 가르치고 있는 벤지 형이라 다행이었다. 감시하는 이들이 있지만, 형제는 의사소통을 하는 데 어려움이 없었다.

칼이 걸음을 빨리 하자 벤지가 왼쪽으로 방향을 잡았다. 도둑 대학으로 가는 것이 틀림없었다. 병사들이 겉모습을 꿰뚫어보는 특수안경을 쓰고 있어서 칼의 변장을 알아채는 데 10초 이상 걸리지 않을 것이다.

칼은 그들에게 10초란 시간을 줄 수 없었다.

칼은 되돌아오다가 비틀거리는 척하면서 형과 슬쩍 부딪쳤다. 그러고는 형의 손에 카멜레온 쪽지를 쥐어주고 쏜살같이 달아났다. 칼은 형이 태연하게, 피부색과 똑같이 변한 쪽지를 감추는 걸 봤다. 역시 벤지 형이야! 도둑 대학 지붕에서 만나자고 쓴 쪽지였다. 활달한 어린 학생들이 자주 지붕 위에서 위험한 훈련을 하지만, 그것도 입문 의식에 속하기 때문에 교수들은 눈감아주었다. 벤지는 병사들을 따돌릴 구실을 찾을 것이고, 형이 성공하지 못할 경우에는 칼이 방법을 찾으면 되는 것이다. 병사들을 살피던 칼은 그들의 움직임으로 보아 훈련된 전사들이 아니라는 걸 알아차렸다.

좋았어.

발각되지 않고 벽을 타는 것쯤이야 식은 죽 먹기다. 정면에는 조각상, 벽감(장식을 위해 벽면을 오목하게 파서 만든 공간으로, 등잔이나 조각상 따위를 세워둔다—옮긴이)들, 그리고 다섯 살 정도의 어린아이가 올라갈 수 있는 돌출부가 있었다. 대학 건물은 짙은 분홍색(티타니아 왕비는 분홍색을 몹시 좋아해 이따금 하늘까지 핑크빛으로 물들일 정도였다)을 띠고 있었다. 비둘기들을 엿보고 있는 석루조(빗물이 흘러내리도록 구멍을 뚫어 지붕 처마에 설치한 돌로, 전설의 동물들을 새긴 것도 있다—옮긴이)들이 다정하게 인사했다. 석루조들은 이따금 사탕을 가져다주던 칼을 잘 알고 있었다. 반은 돌이고, 반은 유기체인 석루조들은 아가리 안으로 떨어지는 것을 먹고 살지만, 아더월드력 5012년 도시의 북쪽에 있는 사탕 공장을 휩쓸어버린 토네이도로 인해 사탕이 억수같이 쏟아진 뒤로 거리에서 사탕가게는 좀처럼 볼 수 없었다.

칼은 너무 급해서 지체할 수 없었다. 얼굴을 일그러뜨리면서 올라가는 데 20분이 걸렸다.

지붕에서 빈둥거리는 학생들이 없는 걸 보면 벤지가 미리 지시를 내린 모양이었다.

칼은 신호를 보내는 소리가 날 때까지 한 시간을 기다려야 했다. 이윽고 조각상들 사이로 낯익은 머리를 보면서 긴장을 풀었다.

"동생아." 벤지가 외쳤다. "진짜 반갑다. 정말 네가 맞는지 보게 변장을 풀어주면 좋겠는데!"

칼은 눈살을 찌푸렸다. 벤지는 칼을 여러 가지 이름, '바보, 멍청이, 시궁쥐, 트라둑의 똥'이라고 부른 적은 있어도 한 번도 '동생아'라고는 부르지 않았다. 그리고 정말 많이 화가 나 있거나 불안할 때는 칼리반이라고 불렀다.

형이 위험하다고 주의를 주려는 걸까? 지금 감시를 받고 있다고?

"변장을 풀 수 없어. 대학의 지붕에서는 마법을 사용하면 안 되잖아." 교수들이 금지한 규정을 잊은 형에게 놀란 칼이 대답했다. "형, 식구들은 다 무사한 거지?"

칼은 손짓으로 '우리가 감시 받고 있는 거지?' 하고 물었다.

칼을 유심히 쳐다보던 벤지는 곰곰이 생각하다가 무언의 질문에 대답했다.

"아니, 괜찮아. 병사들을 따돌렸으니까. 네가 숨어 있었다는 걸 알고 나니 안심이 된다. 너는 타라 덩컨이 어디 있는지 알지?"

형의 대답에 마음이 놓였지만, 칼은 마지막 질문이 아무래도 걸렸다.

"타라? 그걸 왜 나한테 물어?"

"네 친구잖아?"

칼의 머릿속에서 종소리가 울렸다. 벤지 형의 태도가 이상했다. 칼은 가슴이 죄어들었다.

형이 유령에 들린 것이다. 틀림없다. 하지만 왜? 이름난 집안도 아니고, 권세도 없는데! 칼은 그 순간 가슴이 철렁했다. 이 모든 것이 타라를 생포하기 위한 함정이 분명했다!

칼은 담담한 얼굴로 마치 도시 경관을 감상하려는 듯 슬그머니 뒷걸음쳤다.

"타라를 만난 지 오래돼서 난 전혀 몰라. 엄마와 아빠는 어떠셔?"

칼은 가능한 한 태연하게 물었다.

"잘 계셔." 벤지가 대답했다. "이쪽으로 와봐. 랑코비트에 돌아온 지 두 달이 지나는 동안 뭘 했는지, 어디에 숨어 있었는지 들어보자."

칼은 아무런 내색도 하지 않았지만 자신의 의혹에 확신을 갖게 되었다. 오무아에 있는 것으로 알고 있어야 할 형이 어떻게 두 달 전에 돌아와 있다는 걸 알지? 공간이동의 문을 지키는 유령들만 칼을 봤는데……. 더는 의심의 여지가 없었다.

"랑코비트에는 오무아의 고관들이 묵는 숙소가 꽤 많아." 칼은 얼른 둘러댔다. "난 그 숙소 한 곳에 숨어 있었어."

그건 사실이었다. 그렇게 말하면서도 칼은 아주 자연스럽게 계속 뒷걸음쳤다.

"거짓말하지 마!"

벤지의 단호한 말에 칼은 깜짝 놀랐다. 벤지는 노골적으로 말하기 시작했다.

"모든 숙소는 감시를 받고 있어. 너는 궁전에 도착하면서 사라졌어. 그래서 우리는 오무아의 후계자와 함께 있다고 확신하게 되었지. 그러니까 동생아, 타라를 어디다 숨겨놨는지 빨리 말해. 우리 엄마가 준비해놓은 맛있는 음식이 기다리고 있어서 난 꾸물거릴 시간이 없거든. 맛에 굶주린 지 수백 년이 됐어."

그 순간에야 비로소 칼은 형의 얼굴에서 낯선 모습을 봤다. 유령의 낯설고 탐욕스러운 얼굴이었다.

지붕 가장자리에 이르려면 아직 거리가 멀지만 하는 수 없었다. 칼은 예고 없이 뒤로 공중돌기를 하면서 허공으로 뛰어내렸다.

칼은 오른손을 내리는 것과 동시에 손바닥에서 나타난 아주 가는 줄을 한 조각상에 둘둘 감았다. 당장이라도 체포할 기세로 페가수스에 올라탄 병사들을 봤기 때문에 칼은 공중부양을 하지 않았다. 공중부양으로는 강력한 페가수스를 당해낼 수 없지 않은가.

도둑 대학을 훤히 알고 있는 칼은 발길질로 대학 건물의 유리창을 박살 내고 안으로 뛰어내리다가 기다리고 있던 병사들의 품으로 곧장 떨어졌다. 꼼짝 못하게 하는 마법에 걸린 칼은 생각이 짧았던 자신을 원망했다. 이렇게 멍청할 수가!

벤지/유령이 뒤에서 나타났다.

"쯧쯧." 유령이 고개를 흔들면서 말했다. "네 형의 머릿속에 있는 모든 기억에 접근하지 못했다는 건 인정해. 네가 더 괴롭힐 거라고 생각했는데 이렇게 싱겁게 끝나다니."

그 말에 칼이 욕설을 내뱉자 벤지/유령이 웃음을 터뜨렸다.

"형한테 욕을 하면 못 쓰지."

그러면서 유령이 옆구리를 발로 차는 바람에 숨이 턱 막힌 칼은 아무 말도 할 수 없었다.

벤지/유령이 칼의 머리채를 움켜잡고 뒤로 잡아끌었다. 칼은 신음소리를 억눌렀다. 갈비뼈 한두 개가 부러졌는지 움직일 때마다 참을 수 없는 통증이 일었다.

"이제 후계자가 어디 있는지 말해!"

칼은 유령 얼굴에 침이라도 뱉어주고 싶었지만 아직은 숨이 가빴다.

"꿈 깨시지!" 칼은 가까스로 말했다.

벤지/유령은 미소를 지었다.

"우리 유령들에게는 몇 가지 약점이 있지. 냄새와 음식에 집착하기 때문에 나머지는 잊어버리는 경향이 있거든. 육신과 분리되어 있을 때 한 유령이 보는 것은 다른 모든 유령에게 알려지는 반면에 다른 육신에 깃들여 있을 때는 의사소통이 단절되기 때문에 예전에 쓰던 낡은 크리스털 볼을 사용해야 하지. 우리 중의 한 유령이 죽어서…… 다시 말해 그 유령이 장악하고 있는 육신이 죽으면 유령은 아더월드에 있지 못하고, 비욘드월드나 다른 어딘가로 돌아가기 때문에 다시는 돌아올 수 없게 되지."

칼은 유령이 왜 그런 걸 얘기해주는지 의문이 들었다.

"게다가 정말 짜증 나지만 우리는 너희들의 모든 기억에 접근할 수가 없어. 예를 들어 네가 좀 전에 나한테 보낸 신호는 알아챘지만 그건 운이 따랐다고 할 수 있지. 너희 중에서 반항적이고 고집이 센 이들의 머릿속은 접근하지 못하기 때문에 너희 행세를 할 수 없어. 네 어머니와 아버지가 대번에 아들이 유령에 들렸다는 걸 알아차렸기 때문에 나는 네 가족 전체를 장악하기 위해 유령 몇 명을 동원할 수밖에 없었지."

칼은 신음했다. 온 식구가 유령에 들렸다는 것은 생각만 해도 견딜 수 없었다.

벤지/유령은 몸을 더 숙이고 덧붙였다.

"물론 내가 후계자를 생포하면 그들은 무사할 거다. 그러니까 어린 친구, 네가 나를 도와줘야지."

손가락이 근질거리는 칼은 단검을 뽑아들고 싶은 충동이 일었다. 이런 함정을 놓았다는 걸 후회하게 만들어줘야 하는데.

그런데 유령을 단검으로 찔러 죽이면, 벤지 형도 죽는 것이다.

"그런데 병사들은 왜?" 칼이 물었다.

유령이 눈살을 찌푸렸다. 칼은 유령이 대답하지 않을 거라고 생각했다. 잠시 후 갑자기 마음을 바꿨는지 유령이 말했다.

"비인간 종족 레지스탕스 때문에."

칼은 전혀 감이 잡히지 않았다. 비인간 종족 레지스탕스라니, 이건 또 무슨 소리지?

"우리는 비인간 종족들을 장악할 수 없는데 이 행성에는 너무 많아서 술책을 쓸 필요가 있으니까. 난쟁이, 뱀파이어, 괴물 들은 정말 역겹단 말이야!"

빨간 머리 난쟁이 전사 파프니르를 친누이만큼 사랑하는 칼은 얼굴을 찌푸렸다.

집단 학살을 꿈꾸는 유령은 잠시 침묵하다가 말을 이었다.

"인간과 비인간 종족들의 레지스탕스가 단결해서 우리에게 맞서고 있다. 엘프족이 가장 격렬하지. 뱀파이어족은 우리와 타협하려고 애를 쓰고 있어. 지금은 뱀파이어족이 우리가 공격하지 않을 거라고 믿고 있지만······."

또다시 칼은 고통의 딸꾹질을 꾹 참았다. 이 미치광이들은 아더월드를 큰 혼란에 빠뜨릴 작정인 것이다!

"우리는 너와 후계자의 관계 때문에 네 가족이 레지스탕스와 접촉할 거라고 생각했지. 따라서 달 살란 가족이 유령에게 당하지 않았다는 걸 믿게 하려고 병사 둘이 감시하는 것처럼 꾸몄던 거다. 그런데 정말 고맙게도 네가 그 함정에 걸려들었단 말이다. 도와줘서 고맙다, 동생아."

"네가 원하는 대로 하고 싶으면 나를 감옥에 가둬, 유령." 칼이 단검을 손에 쥐면서 말했다. "너를 절대로 돕지 않을 거니까."

"너만 형제가 있는 게 아냐, 어린 친구. 이제 내 형제를 소개해줄게."

고개를 처들던 칼은 머리 위에 떠 있는 유령이 느닷없이 달려드는 걸 봤고…… 비명을 질렀다.

6
레지스탕스

*냉혹하고 잔혹한 적을 상대할 때는
똑같이 냉혹하고 잔혹해져야 하는데……*

*

칼은 낯선 곳에 있었다. 펌프질을 할 때처럼 꾸르륵꾸르륵, 콸콸거리는 물소리가 들렸다. 달러드는 유령을 본 것은 기억이 나는데 그다음은 전혀 생각나지 않았다. 머릿속이 텅 빈 듯했다. 칼이 단 1초도 저항할 수 없었던 것으로 보아 육신을 장악하는 유령들의 기술이 상상을 초월하는 수준인 것 같았다. 이제는 머리에 충격을 받았던 것도 기억났다. 또 하나의 유령이 덮치는 순간 벤지/유령에게 뒤통수를 얻어맞고 쓰러진 칼은 움직이려고 하다가 몸이 말을 안 듣는 것을 알고 공포에 사로잡혔었다.

무슨 짓을 한 거지?

시커먼 동굴을 갑자기 밝혀주는 촛불처럼 빛이 보였다. 희미하게 보이는 듯하다가 느닷없이 눈이 부셨다. 두 태양의 빛! 북적거리는 시장의 낯익은 모습, 선생님들에게 에워싸인 어린 학생들, 선생님들 몰래 공중부양하는 아이들, 근위병들, 페가수스들이 보였다. 그 이미지들이 연속해서 반복되고 있는데 단속적이지만 아주 명확했다.

마침내 칼은 알아차렸다. 콸콸 쏟아지는 물소리는 자신의 피가 순환하는 소리였고, 펌프 소리는 규칙적인 리듬으로 뛰는 심장 소리였다. 유령이 칼의 몸속에 들어와 있는 것이다.

유령이 칼의 육신을 장악했다. 뭘 하고 있는지 알았을 때 칼은 심장이 오그라드는 것 같았다.

칼은 걸어가고 있었다.

살아 있는 궁전을 향해.

유령이 비밀 통로가 아니라 궁전의 정문으로 향하고 있다는 것은 칼의 머릿속을 읽지 못한다는 뜻인가? 병사들 앞에 이르자 유령이 칼의 팔뚝에 박힌 인식 패스를 제시했다. 유령이 팔을 들었을 때 칼은 은빛 여우들이 수놓인 파란색 소매를 봤다. 그리고 거울 앞을 지나가는 순간 알았다. 유령이 칼의 모습을 날씬하게 만들어놨다는 것을.

정문을 지키는 병사들이 창을 내리고 통과하라고 신호했다. 칼은 마음속으로 궁전이 뭔가 문제가 있다는 걸 눈치채길 빌었다. 영리한 궁전이 칼의 모습에서 뭔가 이상한 낌새를 알아채면 경계할 것이 아닌가.

궁인들, 전령들, 마법사들, 고소인들, 비마들이 들락거리고 있어서 정문은 혼잡했다. 경비에게 알현을 청하는 용건을 말한 다음, 가짜 칼은 가짜 티타니아 왕비와 베어 왕이 오후 내내 신하들을 만나고 있는 접견실로 향했다. 이미 오후 5시였고, 칼이 타라를 떠난 지 세 시간이

지난 뒤였다.

　벽에는 여전히 황량한 풍경이 전개되고 있었다. 이따금 세르팡 밀리에르* 한 마리가 궁인들의 발밑 진창으로 슬금슬금 기어가는가 하면 궁전이 일부러 냉방 장치를 고장 냈는지 몹시 추웠다. 그러다 갑자기 점액질로 뒤덮인 크로아들이 펄쩍펄쩍 뛰는 늪으로 장면이 바뀌었다. 칼은 머릿속으로 미소를 지었다. 비록 유령들에게 정복되었지만 궁전이 굴복하지 않고 있다는 뜻이었다.

　앞에 있는 한 남자가 자기가 요구한 것을 빨리 가져오지 않았다면서 느닷없이 시동의 따귀를 갈겼다. 너무 놀란 소년이 뺨을 만지면서 요란하게 장식한 은빛 갑옷 차림의 궁인을 쳐다봤다. 랑코비트에서는 그 누구도 시동의 뺨을 때리는 일이 없었다.

　그 난폭한 남자가 접견실로 향하는 순간 갑자기 앞에서 엄청난 균열이 일어났다. 그 속에서 크기로 보나 생김새로 보나 혐오스러운 동물이 집게발들을 딱딱 마주치면서 금방이라도 집어삼킬 듯 남자를 노려봤다. 남자는 허겁지겁 기둥에 매달려 비명을 질러댔다.

　모든 사람이 웃음을 터뜨렸다. 그것은 궁전이 장난을 친 것으로, 아주 사실적으로 만들어낸 환영에 지나지 않는다는 걸 남자가 알아차리기까지는 몇 분이 걸렸다. 성난 남자가 주먹을 휘두르면서 자리를 떴지만, 이내 쏟아지는 우박을 뒤집어썼고, 이어서 벼락까지 맞았다. 물론 진짜 벼락이 아니라 남자가 죽지는 않았지만, 그 멋진 갑옷은 견디지 못했는지 흠뻑 젖은 데다 시커멓게 그을려 있었다. 남자는 두 팔을 휘저으며 빠르게 걸어갔지만, 성난 구름이 계속 쫓아가고 있었다.

　칼은 그 난폭한 남자가 유령에 들렸는지 아닌지 알 수 없지만, 무례

한 자에게 따끔한 맛을 보여준 궁전이 고마웠다. 하지만 칼의 탈을 쓴 유령이 그 함정에 걸려들지 않은 것은 유감스러웠다. 그랬으면 살아 있는 궁전에게 경계하라는 신호라도 보낼 수 있었을 텐데.

여섯 번이나 인식 패스를 보여준 뒤에야(유령들은 믿지 못하는 편집증세가 있는 모양이었다) 가짜 칼은 접견실 앞에 이르렀다. 문이 닫혀 있었다. 칼은 유령이 눈살을 찌푸리는 걸 느꼈다. 그건 보기 드문 일이었다. 가짜 칼이 다가갔지만, 문을 지키는 근위병들은 무표정한 얼굴로 잠자코 있었다. 칼의 탈을 쓴 유령만 접견실로 들어가려는 것이 아니었다. 줄지어 기다리고 있던 사람들의 표정이 험악해졌다.

칼/유령은 또다시 인식 패스를 보여주었다. 칼은 유령이 뭘 하는지 알 수가 없지만, 근위병들이 질겁한 얼굴로 재빠르게 문을 열어주었다. 문이 닫히는 순간 뒤에서 불만의 웅성거림이 일었다. 접견실에 들어서자 진짜 칼은 마법의 장막인 오파쿠스 주문이 걸려 있다는 걸 대번에 알아차렸다. 여기서 무슨 일이 일어나든 밖에서는 들을 수 없다는 뜻이다. 쥐도 새도 모르게 살인을 저지를 수도 있다는 것 아닌가.

유령이 방을 훑어봤다. 반쯤 비어 있는 접견실, 좀처럼 드문 일이었다.

두 개의 은빛 옥좌를 빙 둘러싸고 진수성찬이 차려 있었다.

부드러운 크림수프, 맑은 수프. 꼬치에 꿰어 통째로 구운 스파슌 구이, 알버섯 소스를 얹거나 발분 크림과 산티보르의 향신료를 곁들인, 뼈를 발라내고 졸인 스파슌 고기, 아직도 마법의 김이 모락모락 나는 공작 고기와 영계, 수탉, 칠면조, 꿩, 보벨, 죽으면서 깃털의 불이 꺼진 불새, 거위, 오리 요리, 푸아그라 토스트, 호수 모양의 소스 위에서 꼼짝 않는 흑조와 백조 요리, 버터에 구운 트라둑 갈비, 트라둑 로스구이, 장작불에 구운 등심 구이, 오븐에 구운 등심살, 어린 트라둑의 간, 검은 버터에 구운 어린 베에의 혀와 골, 육지동물의 넓적다리와 어깨, 노루, 수사슴, 암사슴, 새끼노루와 새끼사슴, 고라니, 순록, 야생염소, 돼지와 멧돼지 요리, 크루이크크크의 훈제 햄, 뚜껑 달린 도제 용기 테린느에 담아 조리한 파테, 널빤지에 진열한 순대와 트리프(소의 위, 장 따위를 사과주로 찐 요리―옮긴이), 소시지. 그라탱, 브릴의 싹, 감자를 사용한 수십 가지 요리, 베에 치즈와 갈색 소금, 스튜, 온갖 색깔의 껍질콩, 버섯이나 비계, 해산물 파스타, 꽃양배추, 시금치, 부드러운 소스를 끼얹거나 센 불에 살짝 익힌 생선 요리 수십 가지, 백포도주에 향료를 섞어서 만든 수프와 마요네즈, 마늘, 토예*, 산파(백합과의 식물. 비늘줄기와 연한 잎은 식용한다―옮긴이)를 곁들여 익힌 조개 요리. 바닷가재, 왕새우, 크르룩* 등 위협적인 집게발이 달렸지만 아주 맛있는 갑각류 요리. 부드러운 치즈, 딱딱한 치즈, 동그란 치즈, 네모난 치즈, 타원형 치즈, 향신료나 곡식, 건포도, 호두, 잣, 참깨, 양귀비 등을 넣은 크고 작은 수백 가지의 치즈…….

그 치즈들 중 불룩하게 부풀어 오른 치즈에 경고 문구를 새긴 패널이 꽂혀 있었다.

산소마스크가 필요하며 가까이에서 불 사용 금지, 금연!

디저트도 다양했다. 설탕과 잼을 얹은 튀김 요리, 비즈즈즈의 꿀과 화려한 색깔의 크림, 설탕에 절이거나 싱싱한 과일을 수북이 올린 케이크들, 온갖 색깔의 마카롱(편도나 코코넛, 밀가루, 달걀 흰자위, 설탕 따위를 넣어 만든 고급 과자―옮긴이), 쿠키, 아이스크림, 지구와 아더월드 및 다른 행성들의 온갖 과일로 만든 셔벗, 우유와 크림, 캐러멜로 속을 채운 검은색과 흰색의 초콜릿, 말랑말랑한 사탕과 딱딱한 사탕, 키디코이 막대사탕, 비싼 값으로 수입한 지구의 커피, 차, 일명 '몰몰 탕약'이라고 불리는 칵스 차…….

왕과 왕비는 옥좌에 앉아 있고, 요리가 담긴 쟁반이 두 사람 주위를 날아다니고 있었다. 왕과 왕비는 음식 재료를 칭찬하면서 진한 수프를 떠먹다가 본격적으로 먹기 시작했는데 게걸스럽게, 아니 배가 터져라 먹어치우고 있었다.

목이 화끈거리는 매운 고추 맛에 화들짝 놀란 왕이 급기야 소리를 지르면서 입안의 음식을 뱉었다.

"앗, 뜨거워! 어유, 짜! 오, 젤리소르의 충치여! 이놈의 멍청한 요리사가 한 번만 더 음식에 소금을 넣었다가는 교수형에 처하고 그 몸뚱어리를 길거리에 내걸겠다!"

유령들은 소금을 싫어하는군. 칼은 그 정보를 머릿속에 새기면서 왕과 왕비가 굉장히 뚱뚱해져 있는 것에 주목했다.

체중이 적어도 200킬로그램은 나갈 것 같았다. 마법복이 신음소리를 내면서 몸집을 감싸려고 애쓰고 있는데 두 사람은 흡사 은빛 옥좌에 올려놓은 통나무 같았다.

칼은 유령이 고백했던 말, 즉 유령들은 오랜 세월 맛에 굶주려 있었기 때문에 먹는 걸 좋아한다는 말이 기억났다. 칼은 머릿속으로 얼굴을 찌푸렸다. 계속 이런 식이면 왕과 왕비는 움직이지도 못할 것이다. 왕비가 뚱뚱한 손가락으로 보내는 신호에 가짜 칼이 다가갔다.

칼은 이따금 궁전에서 기거하기 때문에 접견실에도 자주 오는 편이었다. 늘 그랬듯이 칼은 파란빛과 은빛의 접견실, 숲 속의 나무들처럼 천장을 향해 멋지게 뻗은 기둥들의 아름다움에 경탄했다. 엘프와 난쟁이들이 공들여 작업한 조각 작품들이 저마다 이야기를 하고 있었다. 살아 있는 궁전이 심술을 부리고 있는 반면에 근사한 태피스트리들은 랑코비트 조상들의 역사를 이야기하고 있었다. 불빛 머리의 미녀 마리앙드레의 위업, 전우의 배신으로 구원을 요청하는 마법 피리, 다섯 개의 백작령으로 나뉜 랑코비트를 단일 왕국으로 통합하기 위해 메리에 무레글리즈(현재 군주의 조상)가 이끄는 전투, 저주의 마법에 걸려 야수로 변한 다미엥을 구해주는 미녀…….

친구 무아노는 그 저주를 물려받았고, 의지에 따라 야수로 변할 수 있었다.

마치 그렇게 신기한 일들은 처음 본다는 듯 사방을 둘러보는 걸 보면 유령도 깊은 인상을 받은 모양이었다.

"안녕, 내 형제자매들이여." 유령은 옥좌에 다가가면서 쾌활한 목소리로 말했다. "여기는 팔자가 늘어졌군!"

베어 왕의 탈을 쓴 유령이 간신히 배를 집어넣으면서 일어났다.

"유령, 높으신 분들에게는 경의를 표해야 하느니! 대체 누구인가?"

"현재는 칼리반 달 살란의 몸을 점령하고 있는 티른 고울이다." 유령이 대답했다. "그리고 너희가 운 좋게 차지한 그 높으신 분들은 내 윗사람이 아닌데 무슨 헛소리!"

잔뜩 거드름을 피우던 왕/유령은 마지막 말에 깜짝 놀랐다.

"오무아 후계자의 절친한 친구, 칼리반 달 살란?"

"그렇다, 내 형이 칼리반의 형 벤지의 몸을 차지했거든. 우리가 파놓은 함정에 칼리반이 걸려들었지. 칼리반은 후계자가 어디 있는지 분명히 알고 있을 것이다. 조용히 얘기를 좀 나눠야겠다."

왕/유령이 고개를 끄덕였다.

"좋아. 오파쿠스 주문에 걸려 있기 때문에 살아 있는 궁전은 우리가 하는 말을 들을 수 없다. 여기 있는 자들은 모두 유령에 들려 있고."

칼은 속으로 탄식하면서 제발 궁전이 눈치를 채고 칼/유령을 경계하기를 바랐다.

"이 궁전은 살기 힘든 곳이다." 칼/유령이 말했다. "우리의 세상을 되찾는 것은 시간이 많이 걸리지 않았어. 살아 있는 인간의 육신을 차지하고 있다는 것이 얼마나 행복한지!"

티타니아 왕비의 탈을 쓴 유령이 크림 케이크를 먹으면서 대답했다. 입속이 꽉 차 있어서일까? 말이 서로 달라붙어서 튀어나오는 것 같았다.

"하지만우리는그리많지않아!"

"뭐라고?"

왕비/유령은 눈을 흘기며 다른 케이크 한 조각을 집어 먹으면서 반복했다.

"우리는 그리 많지 않다고! 비욘드월드의 어리석은 유령들은 거기서 사는 것에 만족하고 있어. 우리 중에서 가장 난폭하고 잔혹한 무법자들만 돌아와서 복수를 하거나 권력을 잡으려고 한다. 하지만 비욘드월드에 남아 있는 유령들에 비해 우리는 그리 많지 않기 때문에 수적으로 열세야."

아, 이것도 흥미로운 정보가 아닌가! 탈주한 유령들이 무법자라는 걸 알게 된 칼은 부르르 떨면서 유령들의 약점을 머릿속에 새겨두었다.

왕/유령이 빵으로 소스를 닦아 먹으면서 호기심이 가득한 얼굴로 가짜 칼을 향해 몸을 숙였다.

"그토록 후계자를 찾는 이유가 뭐야? 우리는 이미 여제를 붙잡고 있잖아. 나는 그 타라라는 후계자를 찾는 데 시간과 에너지를 낭비하고 싶지 않아!"

칼/유령이 어깨를 으쓱했다.

"나도 모른다. 그리고 관심 없어. 나는 미션을 이행하는 즉시 내 고향 브론타뉴로 가서 작은 왕국을 차지할 거니까. 나를 죽였던 농부들에게 태어난 걸 후회하게 만들어줄 거야." 가짜 칼이 주먹을 불끈 쥐면서 핏대를 올렸다. "발분 젖의 가격을 올려서 내 사업을 파산하게 만든 그 빌어먹을 트리톤들에게도 복수해야지!"

격한 말에 왕/유령과 왕비/유령이 몸서리쳤다.

"그래, 알았으니까 자네는 타라를 찾아. 우리는 그동안 이 나라의 음식 문화를 자세히 연구할 테니까." 마침내 왕/유령이 목청을 돋우면서 말했다.

칼/유령은 작별 인사를 하고 돌아섰다.

"머저리들!" 칼/유령이 중얼거렸다. "저렇게 게걸스럽게 먹다가 숙주가 죽으면 결국 자기들도 파멸이라는 것을 모르는 명청이들!"

칼/유령은 인식 패스에게 칼의 방으로 가는 길을 표시하라고 명했다.

방에 도착하자마자 벽에 유니콘들이 나타나 있는 걸 보고 칼은 질겁했다. 칼/유령은 미소를 지으면서 신중하게 아무 말도 하지 않았다. 칼이 타라에게 돌아온 것이라고 생각한 궁전이 안락의자를 내주었다. 안락의자가 벽을 뚫고 들어자가 칼/유령은 소스라치게 놀랐고, 진짜 칼은 속으로 고함을 질렀다.

'안 돼! 안 돼, 이 멍청한 살아 있는 궁전아, 이러면 안 돼! 내가 아니란 말이야!'

그러나 너무 늦었다. 안락의자는 눈 깜짝할 사이에 타라가 잠들어 있는 방으로 그들을 데려갔다.

타라는 맞서 싸울 수 없는 무방비 상태인데…….

칼은 대번에 무슨 일이 일어나 있음을 알아차렸다. 칼이 쟁반에 담아놓은 음식 중에서 타라가 쉽게 먹을 수 있도록 준비해놓은 햄 절반과 수프 몇 숟가락을 누군가 떠먹은 흔적이 있었다. 그리고 물 한 병이 거의 다 비워져 있었다.

타라가 벌떡 일어나자 칼/유령은 소스라쳤다. 타라가 졸린 눈을 비비면서 물었다.

"칼, 어디 갔었어?"

유령에 들리지 않았더라도 칼은 타라가 말을 건네는 것에 깜짝 놀랐을 것이다. 더군다나 비난하는 어조로 말하다니.

"부모님을 만나러 갔다 왔어." 칼/유령이 다정한 어조로 대답했고, 칼은 극도로 긴장한 유령이 호주머니 안의 크리스털 볼을 꽉 쥐고 있는 걸 느꼈다. "하지만 여행 중인지 안 계셨어. 너는 좀 어때?"

타라가 고개를 들었다. 칼/유령은 초췌한 얼굴의 타라를 보면서 신중하게 가까이 가지 않고 다시 물었다. 영악한 유령이었다.

"기분이 어떠냐고."

"안 좋아." 타라가 대답했다.

타라는 쪽빛 눈으로 칼의 잿빛 눈을 응시했다. 슬픔 때문에 인식능력에 문제가 생긴 걸까? 칼이 어딘가 변한 것 같고 부자연스러웠다. 만약 칼을 잘 모르는 사람이었다면 타라를 두려워하고 있는 것으로 생각할 수도 있었다.

타라는 한숨을 내쉬면서 갈랑을 인형처럼 꼭 끌어안았다. 생기를 되찾은 타라를 보게 되어 너무 기쁜 페가수스는 털이 곤두서 있기는 해도 저항하지 않았다. 타라는 패밀리어의 부드러운 이마에 대고 턱을 비볐고, 장난기가 발동한 갈랑은 타라의 코끝을 핥았다.

"에이, 나는 키디코이가 아냐!"

타라는 미소를 짓지 않았지만, 페가수스의 애정 표현에 마음이 약간 진정된 것 같았다. 그리고 친구에게 눈길을 돌렸지만 이상하게도 칼이 움직이지 않았다.

"미안해." 타라가 사과했다.

칼/유령은 눈살을 찌푸릴 뿐 아무 말도 하지 않았다. 칼은 타라를 원망하고 있는 것이 틀림없었다. 얼마나 질렸으면 저럴까, 타라는 칼이 그럴 수 있다고 이해했다.

"내가 너에게 못되게 굴었던 거 알아. 칼, 네가 없었다면 나는 죽었을 거야. 지금은 내가 이 꼴이라 너에게 고마움을 표시할 수 없지만, 이 은혜는 영원히 잊지 않을게."

비록 손은 여전히 마법복 주머니 속에 있지만, 타라는 칼이 긴장을 푸는 게 느껴졌다.

이윽고 칼/유령은 호기심이 가득한 얼굴로 물었다.

"자살할 생각이었어?"

타라는 충격받은 표정을 지었다.

"천만에. 죽음은 바보 같은 짓이잖아! 난 그저 로빈에게 가고 싶었을 뿐이야. 비욘드월드에서 로빈과 함께 지낼 수 있다는 확신이 없다면 죽을 필요가 없겠지."

칼의 얼굴을 보니 이해가 되지 않는 것 같았다. 질문과 표정이 전혀 어울리지 않았다.

"무슨 일 있었어?"

타라는 한숨을 내쉬면서 갑자기 기지개를 켜고 싶었다. 너무 오랫동안 꼼짝도 안 하고 웅크리고 있지 않았던가. 타라는 허리를 길게 펴면서 두 팔을 쭉 뻗었다. 칼의 얼굴이 일그러지면서 뒷걸음쳤다. 타라는 칼에게 관심을 기울이지 않고 몸속에서 되살아나는 생동감에 정신을 집중했다. 근육통이 너무 심한 데다 기력도 없었다.

타라의 입에서 아야! 아야! 소리가 저절로 나왔다.

"칼, 네 말을 듣기로 했어." 타라는 오만상을 찌푸리면서 허벅지를 주물렀다. "네 말이 옳았고, 내가 잘못 생각했어. 슬픔을 이기지 못해서 내가 죽는다고 달라지는 건 없어. 내가 저지른 잘못이 지워지는 것도, 바로잡을 수 있는 것도 아니니까. 유령들을 물리치려면 무슨 일이든 해야 해. 내가 할 수 있는 일이면 뭐든 할 거야."

칼/유령이 겁먹은 표정으로 호주머니에서 크리스털 볼을 꺼냈는데 번호를 이미 누른 상태였다.

"누구랑 통화하려고?" 타라가 놀란 얼굴로 물었다.

"그게…… 별일 아냐. 그러니까 네 말은 유령들과 싸우겠다는 거야?"

"응, 아직은 몸이 너무 쇠약한 상태지만 노력해야지. 그리고 레지스탕스가 연락해왔어."

칼/유령은 이미 작동하고 있는 크리스털 볼을 잊고 있었다.

"뭐라고?"

타라는 깜짝 놀라는 친구의 반응이 재미있다는 얼굴로 고개를 끄덕였다.

"네가 떠나 있는 동안 환영을 봤는데(타라는 칼이 겁먹지 않도록 유령이라는 표현을 쓰지 않았다) 로빈이었어. 로빈은 나를 원망하지 않는다면서 내가 싸우기를 바란다고 했어. 그냥 무시하고 누웠다가 잠이 들었는데 이번에는 악몽을 꾸지 않았어. 계속 자고 싶을 정도로 아주 좋았어, 칼. 고통도 후회도 없이 그냥 실컷 잘 수 있었거든."

칼/유령이 크리스털 볼을 호주머니에 도로 집어넣으면서 이해할 수 없는 말을 중얼거렸다.

"그래서?" 호기심이 가득한 얼굴로 칼/유령이 물었다.

"우리의 친구 살아 있는 궁전이 공간이동의 문지기 외눈 거인 수줍은꽃과 연결해줬어. 우리와 마찬가지로 궁전에 숨어 있다면서 지난 두 달 동안 아더월드 곳곳에서 유령들에게 대항하는 레지스탕스 운동이 일어나고 있다고 알려줬어. 그리고 누군가를 소개시켜주겠다는 거야. 우리가 이미 만난 적이 있는, 아니 정확하게 말하면 크리스털 볼을 통해서 알게 된 누군가였어. (타라가 목소리를 높였다) 궁전, 녹화한 걸 보여줄래?"

벽에 유니콘이 나타나서 머릿짓으로 인사했다. 이어서 유니콘이 사라지고 트리톤이 나타났다. 트리톤이 공중에 정지된 물방울 속에 떠 있었다. 칼은 트리톤 뒤쪽의 벽이 살아 있는 궁전의 벽이라는 걸 대번에 알아봤다. 궁전의 회색 돌벽은 쉽게 알아볼 수 있지 않은가.

또 하나의 이미지가 나타났는데 몇 시간 전 침대에서 갑자기 자다 깨서 머리가 헝클어진 타라의 침울한 모습이었다.

트리톤은 잠시 날카로운 눈길로 야윈 타라를 쳐다보고 있다가 다시 정중하게 허리를 굽혔다.

"타라틸랑넴 탈 바르미 압 산타 압 마루 탈 덩컨 마마가 맞으십니까?"

아직 잠에서 덜 깬 타라는 짜증스럽다는 듯 고개를 끄덕였다.

그제야 타라를 알아본 트리톤이 정지된 물방울 속에서 다시 허리를 굽혔다.

"마마, 어디 아프십니까?" 트리톤이 걱정이 가득한 어조로 물었다.

타라는 피곤한 듯 하품을 해댔다.

"그럴지도 모르죠. 난 졸려요."

"깨워서 죄송합니다, 마마. 인간의 모습으로 돌아오신 걸 축하합니다."

사실 오무아의 인간들이나 비인간들은 타라가 뱀파이어로 변해 있는 걸 몹시 불편해했다. 트리톤이 주저했던 것은 그 때문이었다. 타라가 뱀파이어의 모습일 거라고 생각했던 것이다.

"궁전!" 타라는 트리톤이 깜짝 놀랄 정도로 크게 외쳤다. "조용히 있고 싶은데 이 이미지를 사라지게 해줄래? 방해받고 싶지 않아!"

타라가 말하고 싶어하지 않는다는 걸 알아차린 트리톤이 당황하는 눈치였다.

"잠깐, 잠깐만요!" 트리톤은 눈이 휘둥그레져서 소리쳤다. "나는 레지스탕스의 일원입니다. 마마가 필요합니다!"

타라는 어깨를 으쓱하면서 이미 눈을 감고 있었다.

"관심 없어요. 궁전!"

"마마의 가족에 대한 소식을 전해드리겠습니다."

다시 눈을 뜬 타라가 경계하는 태도로 트리톤을 뚫어져라 쏘아봤다.

"궁전, 잠깐 기다려."

유니콘이 갈기를 흔들면서 눈을 깜박이자 트리톤의 이미지가 또렷해졌다. 반면에 트리톤은 불안정해 보였다.

"좋아요, 할 말이 있으면 해요. 나는 잘 거니까!" 타라가 명했다.

"알겠습니다." 트리톤은 침착하게 행동하려고 애를 쓰며 말했다. "마마의 어머니는 무사하십니다. 유령에 들리지 않으셨지요. 유령이 처음부터 어머니를 거의 포기해버렸는데 이유는 알아내지 못했습니다. 현재 어머니는 엄중한 감시를 받고 있습니다. 여동생과 남동생도 유령에 들리지 않았어요. 자르 왕자의 경우는 지구에 있기 때문인 듯합니다. 아직까지는 유령이 지구에 침투하지 않았으니까요. 이사벨라 부인도 무사합니다. 우리는 이사벨라 부인과 마마의 증조할아버지와 함께 아더월드를 구하기 위해 싸우고 있습니다. 마마의 할머니는 지구에서 인간 레지스탕스를 지휘하고 있습니다."

타라는 고개를 끄덕였다. 언제라도 마음만 먹으면 권력을 잡을 수 있는 할머니인데 그리 놀랄 일이 아니었다. 어쨌든 타라는 할머니가 유령에 들리지 않았다는 것이 기뻤다.

"유령들이 자기들만 이용하기 위해 공간이동의 문들을 봉쇄했기 때문에 우리는 이제 드래곤들의 행성 드란보우글리스펜쉬르와 연락할 수가 없습니다. 난쟁이족이 비밀 공간이동의 문을 여는 방법을 찾았으나 불행히도 그 문은 다른 행성들과는 연결이 안 되고 오직 지구와만 연결됩니다. 그 문 덕분에 우리는 마마의 할머니와 연락해 제일 위기에 처한 레지스탕스 조직들을 지구로 탈출시킬 수 있었지요. 마마의 할머니는 저택에 몰려든 인간들 때문에 시끌벅적한 여인숙이 되어버렸다고 불평하고 계시지만……."

타라는 장난기가 발동했다. 쌀쌀맞은 할머니가 그렇게 몰려든 난민들을 달가워할 리 없었다. 타라는 어느 쪽이 더 불만일지 궁금했다. 할머니를 견뎌야 하는 레지스탕스 대원들일까, 아니면 무정한 할머니일까?

"마마의 친구 파프니르 덕분에 난쟁이 종족은 물론이고 엘프 종족과 뱀파이어 종족도 레지스탕스에 가입했습니다."

난쟁이족은 너무 속물이라면서 엘프족을 굉장히 싫어하는데 협력을 하다니, 타라의 눈이 반짝였다. 게다가 아더월드에서 누구도 좋아하지 않는 뱀파이어족까지!

"불행하게도 리스베스 여제께서는 제일 먼저 유령에 들렸습니다. 티라니크 후임이던 타트리스족 벨로비시클 수상은 해임되었지요. 신임 수상으로 임명된 인간을 포함해서 오무아 정부의 각료 대부분이 유령에 들려 있는 상태입니다. 그러나 산도르 황제의 소식은 전혀 알 길이 없습니다. 유령들이 습격해왔을 때 황제는 궁전에 있지 않았으니까요. 유령에 들렸거나 어딘가에 숨어 있으리라고 생각합니다."

산도르 황제는 결코 숨을 사람이 아니다. 유령에 들렸을 가능성이 더 컸다. 아니면 움직이지 않는 공간이동의 문 때문에 어딘가에 갇혀 있을 가능성도 배제할 수 없었다.

"이것이 현재까지 마마의 가족에 관해 우리가 알고 있는 전부입니다. 이 행성의 모든 궁전과 성 내부에 지지자들이 있지만, 크리스털 볼을 사용할 때는 조심해야 합니다. 도청이 되고 있어서 '레지스탕스', '군대', '쿠데타'라는 말을 하는 즉시 발각됩니다. 레지스탕스 대원 중 몇 명은 미처 반격할 겨를도 없이 감옥에 갇혀버렸습니다."

타라가 눈살을 추어올렸다. 트리톤은 무슨 뜻인지 알아차렸다.

"걱정하지 마세요. 이 통신망은 안전합니다."

트리톤이 타라를 무기력 상태에서 끌어내는 데 성공한 것이다. 타라는 하는 수 없이 몇 가지 질문을 했다.

"나를 어떻게 찾았죠?"

"사실은 공간이동의 문지기 맑은시냇가수줍은꽃이 내가 수장으로 있는 오무아 레지스탕스에 연락해왔습니다. 우리가 마마를 찾는다는 걸 알고 마마와 접촉할 방법을 알고 있다고 했지요. 물론 마마가 계신 장소는 알려주지 않았습니다. 발각되지 않기 위해 트란스미투스를 여러 번 사용했고, 랑코비트에 오기까지 거의 사흘이 걸렸습니다. 위성으로 대규모 시위를 감시하기 때문에 정말 조심해야 합니다."

타라는 놀라는 표정을 지었다. 유령들이 그렇게 주도면밀하다니.

"당신이 오무아 레지스탕스의 수장이라는 것만으로 수줍은꽃이 당신을 믿었단 말입니까?"

"아니, 단지 그것만은 아닙니다. 내가 비인간이라서 유령들은 나를 점령할 수 없을 뿐만 아니라 내가 마마의 친구 로빈을 알기 때문입니다. 수줍은꽃에게 내가 어떻게 로빈과 발라를 알게 되었는지 설명해주었지요. 그런데 걱정입니다. 로빈의 소식을 전혀 알 수가 없어요. 수없이 연락했는데도 로빈의 크리스털 볼이 응답하지 않아요. 우리 레지스탕스는 로빈이 꼭 필요하거든요. 로빈이 마마와 함께 있습니까?"

전광판 속의 타라는 목이 멘 얼굴을 하고 있었다. 자신의 모습을 보면서 타라는 감정을 절제했다. 또다시 울고 싶지 않았다. 로빈을 떠올릴 때마다 너무 고통스러웠다. 가슴속이 텅 빈 듯한 공허감, 타라는 그걸 채울 방법을 찾아야 했다. 빨리.

"로빈은 죽었어요." 전광판의 타라는 아주 작은 목소리로 말했다. "유령들이 로빈을 죽였어요."

아무 말도 하지 않는 트리톤의 청록색 눈에 고통의 빛이 반짝였다.

"훌륭한 청년이었는데……." 트리톤이 마침내 입을 열었다. "플렐나이르비[5] 의식으로 로빈을 추모하겠습니다. 로빈을 죽인 자들은 후회하게 될 겁니다."

플렐나이르비가 무엇인지 전혀 모르는 타라는 별다른 반응을 보이지 않고 말했다.

"그래서 나한테 원하는 게 뭐죠?"

타라는 그저 자고 싶을 뿐이라고 노골적으로 표시했다. 트리톤이 콧구멍을 벌름거리다 닫았는데 분노를 표시하는 종족 특유의 방식이었다. 그러나 답변하는 목소리는 차분했다.

"그걸 말하기에 앞서 무엇보다도 내 목숨은 마마의 뜻에 달려 있다

....
5. 트리톤들의 복수 의식. 내가 유령들의 입장이라면 굉장히 불안할 것이다.

는 걸 알려드리겠습니다."

"뭐라고요?"

"마마의 친구인 이 궁전은 정말이지…… 수줍은꽃보다 훨씬 의심이 많았습니다. 마마를 만나 직접 말하는 걸 허락하지 않고 궁전의 벽 속으로 들어가게 했으니 나는 지금 포로로 잡혀 있는 것이나 다름없지요. 마마가 있는 곳이 어디인지 나는 전혀 모릅니다. 내 행동에서 조금이라도 수상한 점이 느껴지면 궁전이 나를 어떻게 할지 뻔합니다."

타라는 트리톤이 질문해주길 기다리는 걸 느꼈다. 소녀는 피곤하지만 게임에 참여했다.

"궁전이 당신을 어떻게 하는데요?"

"잘 익은 호두처럼 으스러뜨리겠죠."

전광판 속의 타라가 부르르 떨었다. 칼도 떨었다. 아니, 아직 육신이 있었다면 그렇게 했을 것이다. 칼의 육신을 차지한 유령은 아무 반응도 하지 않았다.

"음, 알겠어요." 타라가 말했다. "살아 있는 궁전과 수줍은꽃은 당신의 충성심을 확인하기 위해 벽 속으로 들여보낸 거예요. 외부와 차단되었으니 당신의 목숨은 이제 내 손에 달려 있는데 그런 말을 하다니 경솔하군요."

"아더월드에 수많은 유령을 쏟아져 들어오게 한 것보다는 덜 경솔합니다, 마마."

타라는 파랗게 질려서 움찔거렸다.

"그걸 어떻게 알았죠?"

"유령들은 뉴스 보도를 하지 않지만, 궁전에 '동지'들이 있기 때문에 무슨 일이 일어나는지 알아내는 데는 문제가 없지요. 그리고 누가 책임을 져야 하는지도 알고 있습니다. 마마가 아더월드에 엄청난 불행을 몰고 온 그런 경솔한 일을 왜 벌였는지 이유는 아직 모르고 있습니다만."

트리톤은 정말이지 수완이라곤 없었다. 칼은 트리톤의 경계심이 의도적이라고 확신했다. 타라는 한숨을 쉬면서 어깨를 움츠렸다.

"그 정도로 내가 상처를 받겠어요? 두 달 동안 내가 나 자신에게 사용한 수식어보다도 못하네요, 몽타뉴크리스토, 아니 악명 높은 해적 상누아르."

트리톤은 감탄한 표정으로 턱을 내렸다. 역습! 예상했던 대로 호전적이군!

"옛 이름이든, 새 이름이든 나를 어떻게 불러도 상관없습니다. 유령들보다 우리가 먼저 마마를 찾아야 하는 이유가 있으니까요. 어떻게 된 일입니까?"

칼은 유령들의 습격에 대해 자세히 설명하면서 자신도 묘약을 만들어놓았다고 분명히 고백했는데……. 하지만 타라는 또 하나의 묘약에 대해서 언급하지 않았다. 타라가 아버지를 소생시킬 의도로 그랬다는 걸 알게 된 트리톤은 우거지상을 하면서 애꿎은 발톱을 물어뜯었다. 트리톤이 내뱉은 살점이 물속에 떠다니고 있었다. 웩! 혐오스러웠다.

얘기는 그리 길지 않았고, 좋지 않게 끝났다.

"나는 아버지를 소생시키지 못했을 뿐만 아니라 사랑하는 연인과 수많은 사람을 죽였어요." 타라는 시무룩한 얼굴로 말했다. "그래요, 당신 말이 맞아요. 나는 믿을 수 없을 만큼 어리석었어요. 그래서 뭐가 잘못돼서 실패했는지 알아야겠어요."

트리톤은 반박할 뻔했지만, 괜한 흥분으로 시간을 낭비하지 않기 위해 감정을 절제했다.

"앞으로 어떻게 할 겁니까?" 트리톤이 부드럽게 물었다.

"싸워야지요. 유령들이 떠나온 비욘드월드로 영원히 돌아가게 해야지요."

"그래서 내가 여기 온 겁니다. 유령들을 물리칠 방법을 알고 있습니까? 유령들이 마마에게 현상금을 걸었습니다. 우리는 묘약과 무슨 관련이 있고, 그 때문에 유령들이 마마를 두려워하고 있다고 생각합니다. 계획은 있습니까?"

"상누아르, 몽타뉴크리스토, 더 이상 괴로워하지 말고 살아야겠다고 생각한 지 겨우 두 시간밖에 안 됐어요. 아직은 유령들을 몰아낼 방법도 모르고, 계획도 없어요. 묘약 조제법이 적힌 양피지에는 유령들을 돌아가게 하는 방법에 대해서는 전혀 언급되어 있지 않았어요. 다시 말하는데 유령들을 돌아오게 하는 방법밖에 없었어요."

트리톤은 실망하는 표정이 역력했다. 양피지가 도움을 줄 거라고 잔뜩 기대한 모양이었다.

"확실합니까?" 트리톤이 물었다. "정말 전혀 없었습니까?"

"네, 위험하기 때문에 묘약을 만들지 말아야 한다는 경고는 있었어요. 그리고 묘약을 사용할 경우 엄중한 처벌을 받는다고 덧붙여 있었고……."

그렇게 말하면서 타라는 호주머니에서 구겨진 양피지를 꺼내면서 말했다.

"이게 원본이에요. 난해한 언어였고 시간이 없었기 때문에 경고문을 해독하는 데 어려움이 있었어요. 하지만 유니콘에게 도움을 청하면 여기에 적힌 경고문에서 우리가 간과했던 걸 찾아낼지도 모르죠."

트리톤이 크리스털 볼을 꺼내 양피지를 클로즈업으로 촬영했다.

"마마는 우리 동지들을 만나셔야 합니다." 트리톤이 말했다. "이 양피지를 해독하는 즉시 모임을 준비하겠습니다. 이 궁전이 나를 나가게 해준다면요."

"궁전?"

유니콘이 나타났다.

"풀어줘, 우리 편인 것 같아."

유니콘이 머리를 숙여 인사하자 트리톤 뒤로 안락의자가 나타났다. 물방울 속의 트리톤이 안락의자에 앉았다.

"곧 다시 연락하겠습니다." 트리톤은 그렇게 말하고 사라졌다.

타라는 이미지가 사라지는 걸 지켜본 뒤에 칼/유령을 향해 말했다.

"넌 어떻게 생각해?"

칼/유령이 아주 난처한 얼굴로 입술을 깨물었다.

"레지스탕스를 만나야 한다고 생각해. 될 수 있는 한 빨리."

타라는 고개를 끄덕였다.

"그래, 맞는 말이야. 근데 이상한 게 있단 말이야."

"뭐가 이상한데?" 칼/유령이 물었다.

"상누아르는 돌연변이이기 때문에 다른 트리톤이나 사이렌처럼 이동하는 데 물방울이 필요 없다고 로빈이 말했거든. 그런데 물방울 속에 있었단 말이야……."

그렇게 말하면서 벌떡 일어나던 타라가 신음소리를 내자 칼/유령이 소스라치게 놀랐다. 타라는 조금만 움직여도 아직은 온몸이 아팠다.
"칼, 네가 나를 도와줘야 해."
칼/유령이 의심이 가득한 얼굴로 눈살을 찌푸렸다.
"내가 뭐, 뭘 도와야 하는데?"
"몸 상태가 엉망이야. 무기력 상태에 빠져 있는 동안 이따금 봤던 이미지들이 어렴풋이 떠올라. 네가 체력 단련하는 걸 봤어. 내가 빨리 기력을 되찾게 몇 가지만 가르쳐줄 수 있지?"
칼/유령이 감지할 수 없을 정도로 조그맣게 안도의 숨을 내쉬었다. 그러고는 마지못해서 고개를 끄덕였다.
칼/유령은 무술 훈련을 선택했다. 타라를 체육관으로 데려간 칼/유령은 한순간도 주저하지 않고 레파루스 주문으로 타라를 치료했다. 그렇지 않으면 타라가 다리를 조금도 올릴 수 없었기 때문이다.
칼은 이 기회에 어떤 방법이든 써서 자신의 정체를 타라에게 알려주고 싶었지만, 유령이 단박에 눈치챌 것이 틀림없었다.
몹시 힘들었다. 타라는 어찌나 힘든지 살기로 맘먹은 것이 어리석었다는 생각이 들 정도로 후회되었다. 모든 근육이 굳어 있고, 뼈마디가 으드득거리고, 무릎도 말을 듣지 않았다. 훈련이 끝났을 때 타라는 거칠게 숨을 헐떡였다. 온몸이 쑤시고 손가락까지 아팠다.
"휴! 침대에 누워야겠어." 타라는 기지개를 켜려다가 이내 포기하고 중얼거렸다. "끝난 거지?"
칼/유령이 고개를 끄덕였다. 땀 한 방울 흘리지 않는 칼을 보면서 타라는 이상하다고 생각했다. 칼은 긴장해 있고, 걱정이 가득해 보였다. 타라는 후회가 되었다. 이런! 집에 갔다 오는 길이라고 말했는데도 가족에게 별일 없는지 친구에게 묻지도 않았으니. 지금이라도 안부를 물어야 했다.

"가족은 어때? 모두 무사해?"

칼/유령이 소스라치게 놀라면서 손을 호주머니에 집어넣었다.

"갑자기 그걸 왜 물어?"

타라는 눈살을 찌푸렸다.

"어머니를 만나러 간다고 했잖아? 정신이 좀 몽롱한 상태였지만 분명히 그렇게 기억하는데."

"아, 맞아." 칼/유령이 얼른 대답했다. "모두 무사해. 부모님은 집에 안 계셨어. 여행을 떠나셨대. 감시를 받고 있는 상황이지만 괜찮은 것 같았어. 그리고 위기를 맞는 것이 처음 있는 일도 아니잖아. 역사는 영원히 반복되는 거니까."

타라는 칼에게 미소를 지어 보였다. 친구가 약간 당황하는 것 같지만 가족이 무사하다는 것은 좋은 소식이었다.

그러다 타라가 갑자기 멈칫했다.

"방금 한 말 다시 해봐!" 타라는 칼의 팔을 잡으면서 외쳤다.

칼/유령의 얼굴이 파랗게 질렸다.

"음, 부모님은 괜찮은 것 같다고……."

"아니, 역사는 영원히 반복되는 거라고 했잖아. 그래, 네 말이 맞아. 그게 방법이야! 나는 왜 이렇게 멍청한지 모르겠어. 리스베스 고모가 머리를 쓰지 않는 멍청한 아이라고 하더니 그 말이 맞네!"

어찌나 세게 움켜잡고 있는지 팔이 아픈 칼/유령은 타라가 놓아주자 안도했다. 그 순간 타라는 미친 사람처럼 주머니를 뒤지기 시작했다.

"빌어먹을! 내가 그걸 어쨌지? 오무아에 두고 오지 않았는데……! 체인지라인, 내 책을 찾아줘, 『궁정 비사』 말이야, 빨리!"

체인지라인이 복종했고, 잠시 후 검은색 스팔렌디탈 가죽과 유니콘 뿔로 장정된 책을 손에 쥐면서 타라는 안도의 숨을 내쉬었다. 타라는 책을 품에 안았다.

자물쇠로 채운 책이었다. 오무아를 상징하는 금빛 눈의 주홍빛 공작이 각인된 『궁정 비사』.

겉모습만으로도 아주 위험한 내용이 들어 있을 거란 느낌이 들었다. 호기심이 동한 유령이 다가갔다. 칼과 유령이 이번만은 감정이 일치했다. 그러나 타라가 손으로 칼을 막았다.

"칼, 미안하지만 이 책은 오무아의 후계자만 읽을 수 있어. 원본은 오무아에 있고, 이건 사본인데 다른 사람은 볼 권리가 없거든. 유령과 관련된 것은 뭐든 찾아볼 생각이야. 과거의 군주들 중에서 유령들의 습격을 경험해본 군주가 있을지도 모르잖아. 이런 바보 같은 짓을 나만 저지른 건 아닐 테니까. 분명히 처음 있는 일이 아닐 거라고 확신해. 마법사들이 언제 어떻게 대처했는지 기록되어 있을 거야. 고마워, 이게 다 네 덕분이야!"

"뭐?"

"네가 좀 전에 역사는 영원히 반복되는 거라고 말했잖아. 늘 그랬듯이 네 말이 맞아. 칼, 넌 천재야!"

칼/유령이 얼떨떨한 얼굴로 이맛살을 찌푸렸다. 마음이 편치 않은 가짜 칼은 한숨을 크게 내쉬었다. 그러고는 주머니에서 손을 뺐다.

"그냥 궁금해서 나도 모르게 보려고 했던 거니까 걱정 마. 나는 샤워할 테니까 어서 읽어. 방해하지 않을게."

타라는 그제야 자신에게서도 냄새가 날 거란 생각이 들었다.

"어, 그래, 미안해." 타라의 얼굴이 빨개졌다. "땀을 많이 흘렸는데 그 생각을 못했네. 나야말로 샤워를 해야겠어. 그 전에 레파루스로 한 번 더 치료해줄래? 몸에 힘이 하나도 없어서 그래."

잠시 후, 칼/유령이 원기를 회복시키기 위해 보내는 자줏빛 광선이 타라의 몸을 휘감았다. 타라는 처음에는 주의를 기울이지 않았지만, 이상하다는 느낌이 들었다. 드래곤 못지않게 금을 좋아하는 칼의 레파루스 마법은 금빛이었는데……. 혹시 엘레아노라를 애도하는 뜻에서 마법의 빛을 어두운 색으로 바꾼 걸까?

"주의해야 돼." 칼/유령이 손가락으로 위협하는 표시를 하면서 말했다. "한 시간도 안 돼서 두 번째 레파루스를 사용했기 때문에 이번에는 너에게 필요한 비타민을 주지 못해. 먼저 원기부터 회복해야 되는데."

"배는 별로 고프지 않아." 유식한 체하는 칼의 말투에 약간 놀란 타라는 근육을 시험해보면서 말했다. "노력할게. 이따 봐."

샤워기 밑에 선 타라는 칼의 레파루스 치료에도 불구하고 아직 긴장된 근육을 풀기 위해 물의 원소에게 물의 세기를 높여달라고 부탁했다. 뜨거운 물에 근육통이 사라졌고, 타라는 오랜만에 처음으로 배고픔을 느꼈다.

"궁전? 샌드위치를 부탁할게. 트라둑 고기와 발분 치즈, 스파슌 알로 만든 마요네즈와 톨리스 기름을 바른 거면 좋겠어."

2000칼로리의 트라둑 고기를 한 입만 먹어도 타라에게 필요한 열량을 얻을 수 있었다. 몇 초 후, 돌벽을 통과한 샌드위치가 타라의 손이 닿는 곳에 유형화되었다. 타라는 샌드위치를 잡아서 한 입 베어 물었고, 샌드위치가 물에 젖지 않게 조심하면서 샤워를 했다. 입안에 퍼지는 맛에 타라는 행복한 신음소리를 낼 뻔했다. 로빈이 없는 세상에서 행복이라니, 타라는 이건 그저 맛있는 것일 뿐이라고 자신을 질책하면서 행복이 아니라고 애써 부인했다.

자석에 끌리는 것처럼 정신은 로빈을 향하고 있지만, 타라는 감정을 절제하면서 식욕을 다시 잃기 전에 샌드위치를 먹었다. 지금은 무엇보다 로빈을 생각하지 말아야 했다. 로빈을 잃었다는 것은 가슴이 찢어지도록 괴롭지만, 먼저 무슨 실수를 했는지 찾아내 바로잡아야 했다.

우물우물 씹어 먹으면서 타라가 수건을 향해 손을 내밀 때 갑자기 사이렌이 울렸다.

그리고 모든 불빛이 꺼졌다.

타라는 알몸 상태로 물을 뚝뚝 흘리면서 어둠 속에 서 있었다. 먹은 것이 기도로 들어가는 바람에 다 토해내면서 소리치려는 순간이었다. 뭔가가 소리를 내지 못하게 막는 느낌이 들었다.

천장 가까이에 유령이 나타났다. 어둠 속에서 파란빛을 반짝이는 유령이 주위를 살피면서 소리 없이 이동하고 있었다. 유령은 마치 안개 속을 지나가듯 벽을 통과했다.

　타라가 바닥에 엎드리자 체인지라인이 검은 천으로 덮어주었다. 타라는 거의 보이지 않을 것이 틀림없었다. 심장박동을 세는 사이에 유령이 사라졌지만 타라는 꼼짝도 하지 않았다. 영화에서 악당들이 떠나는 척하다가 느닷없이 다시 나타나 상대를 급습하는 장면을 수없이 보지 않았던가. 경험상 옴짝달싹하지 않는 것이 나았다. 그러나 유령이 돌아오지 않는 걸 보면 그런 영화를 보지 않은 모양이다.

　욕실 문이 열리고 실루엣이 나타났다.

　"타라, 괜찮아?" 칼의 목소리가 들렸다. "유령이 우리를 찾지 못하게 궁전이 불을 껐는데 지금은 멀리 간 것 같아."

　타라는 대답하려고 했지만 몇 분 사이에 또다시 뭔가가 소리가 나오지 못하게 막는 것 같았다.

　깜깜한데도 타라는 칼이 보였다.

　희미한 빛이 반짝이고 있었다.

　유령처럼.

배신
<small>육신과 정신이 언제나 하나로 이뤄져 있는 건 아닌데……</small>

*

칼이 유령이었다니! 등골이 오싹해진 타라는 침을 삼켰다. 이제는 이해가 되었다. 나갔다 온 뒤로 왠지 불편해하는 칼의 태도, 평소와 다른 마법의 빛, 그리고 농담을 하지 않던 것도. 처음에 타라는 엘레아노라를 잃은 슬픔에 잠겨 있는 탓이라고 생각했다.

그 모든 것이 유령에 들렸기 때문이라니!

아마도 유령에 들린 가족을 만나러 갔다가 당한 것 같았다.

따라서 부모님이 여행을 갔다는 말은 거짓이었다. 더 이상 칼이 아니었다.

타라는 가슴이 아팠다. 친구들을 하나둘 잃고 있었다.

칼을 장악한 유령은 왜 정체를 숨기고 있는 걸까? 답은 두말할 것 없이 레지스탕스 때문이다. 트리톤을 봤을 때 유령은 후계자만 잡기보다는 레지스탕스 조직의 전원을 잡아들이는 것이 낫다고 판단하지 않았겠는가!

타라가 그런 생각을 하고 있는 사이에 칼이 더듬거리면서 욕실로 들어섰다. 그 순간 불이 켜졌다. 어쨌든 타라는 칼이 유령에 들려 있다는 걸 알아차린 것이 어둠 속이었기 때문이라고 깨달았다.

좀 전에 나타났던 다른 유령이 본의 아니게 타라에게 도움을 준 것이다.

타라가 일어나자 체인지라인이 금빛 수를 놓은 주홍색 짧은 원피스를 입혀주고, 긴 금발도 땋아주었다.

타라는 유령에게 미소를 지었다.

"휴, 진짜 놀랐어. 궁전이 반사적으로 행동한 거겠지?"

"응." 칼/유령이 침울하게 대답했다. "궁전이 유령들을 관찰하고 있다가 너무 가까이 접근했다 싶어서 우리에게 알려준 거야. 하지만 난 오히려 요란한 사이렌 소리에 놀랐어."

"잘되고 있는 거야." 타라는 시치미를 뚝 떼고 쾌활하게 말했다. "이제 어떡하지?"

"궁전이 수줍은꽃에게 연락할 수 있을까? 레지스탕스와 접촉하게 해달라고 부탁하는 게 좋을 것 같아. 그러면 만날 수 있을 텐데…… 넌 어떻게 생각해?"

의견을 묻는 체했지만, 타라는 칼/유령이 레지스탕스 조직을 모조리 소탕하리라는 생각에 흥분하고 있음을 느꼈다.

"살아 있는 궁전을 통해 수줍은꽃에게 연락하는 건 문제없어. 칼, 네가 옆에 있어서 얼마나 다행인지 몰라. 네가 없었다면 난 어찌해야 할지 몰랐을 거야."

난처한 유령이 몸을 비틀다가 활짝 웃었다.

"궁전?" 칼이 불렀다.

유니콘이 나타나서 거리낌 없이 욕조에 발을 들여놨다. 그러고는 은빛 머리를 숙이면서 지시를 기다렸다.

"수줍은꽃과 접촉하게 해줄 수 있지?" 칼/유령이 부탁했다.

유니콘이 갈기를 휘날렸고, 잠시 후 수줍은꽃의 이미지가 나타났다. 외눈 거인은 사다리에 올라서서 군주들의 초상화를 벽에 걸고 있었다. 유령에 들리기 전의 모습을 담은 그림인데 외눈 거인이 나름대로 군주들에 대한 경의를 표하고 있는 것이다. 칼의 이미지가 나타나자 깜짝 놀란 수줍은꽃은 사다리에서 굴러떨어질 뻔했다.

"뭐? 뭐라고?" 수줍은꽃이 질겁한 얼굴로 물었다.

"나예요, 칼." 유령이 웃음을 참으면서 대답했다. "방해해서 미안하지만, 우리는 레지스탕스와 만날 약속을 해야 돼요. 트리톤을 풀어주었으니까 연락할 방법을 알고 있겠죠?"

"그야 물론이지." 외눈 거인은 마치 심장이 튀어나오려고 하는지 가슴을 부여잡으면서 대답했다. "잠깐만, 휴! 숨 좀 돌리고."

창백한 얼굴에 주근깨가 두드러져 보인다는 건 수줍은꽃이 아주 많이 놀랐다는 뜻이다.

사다리에서 내려온 수줍은꽃이 크리스털 볼을 이리저리 옮기면서 위치를 잡자 궁전의 통신망에 접속되었다. 정탐 프로그램들이 기능을 발휘하지 못하게 궁전이 회선자동선택장치들을 작동하고 있기 때문에 아무도 통화하는 위치를 잡아낼 수 없었다. 호기심이 동한 타라는 안락의자에 앉아서 관찰했다. 이미지들이 모이면서 그들이 수줍은꽃과 같은 방에 있는 느낌이 들었다.

"내 이미지는 빼줄래?" 타라가 부탁했다. "나는 수배 중이야. 스파이에게 발각되는 걸 원치 않아."

궁전이 지시를 따르자 마법의 장막이 수줍은꽃과 칼/유령만 에워싸는 정도로 그 범위가 좁아졌다.

트리톤의 이미지가 그들 앞에 유형화되었는데 인사도 없이 대뜸 물었다.

"누군데 나를 찾는가?"

수줍은꽃이 대답했다.

"당신과 대화하고 싶어하는 사람이 있어서요."

그사이에 칼/유령이 앞으로 나섰다.

"당신의 물이 맑기를!" 유령이 의례적인 인사로 말문을 열었다. "나는 아까 낮에 당신과 대화를 나누면서 궁전의 벽에 으스러지는 일이 없게 해준 사람의 친구예요."

몽타뉴크리스토를 은연중에 협박하는 건가? 마법의 장막 밖에 있는 타라는 유령의 말에 눈살을 찌푸렸다. 만만한 상대가 아니다.

"트리톤, 당신을 만나 발분 젖의 가격에 대해 얘기를 좀 하고 싶군요."

타라 덩컨을 의미하는 것임을 알아차린 순간 미소를 짓던 트리톤이 그다음 말에 눈초리가 매서워졌다.

"당신의 마법이 빛나기를! 발분 젖의 가격에 대해 얘기를 하자고? 그거 흥미롭군. 내 동족들이 좀 지나치게 가격을 인상한 것은 사실이지만······."

"좀 지나쳐요?" 칼/유령이 격분했다. "설마 농담이죠? 그건 사기나 다름없어요! 지난 200년 동안 변동이 없던 발분 젖의 가격을 얼마나 올려놨는지 아세요? 거의 만 퍼센트를 인상했단 말입니다! 그런 폭리를 취하다니, 파렴치한 짓이란 말이오!"

트리톤은 어안이 벙벙한 얼굴로 칼을 쳐다봤다. 정말 화가 난 듯한 유령을 보며 놀란 타라도 대체 무슨 짓을 하려는 것인지 궁금했다.

갑자기 유령은 발분 젖의 가격을 협상하기 위해서가 아니라 음모자들을 잡으러 왔다는 것이 기억났다.

"하여튼…… 결정권이 있는 주요 생산자들과 논의할 필요가 있다고 생각합니다. 이런 독점 사태는 조속히 중단되어야 해요. 용납할 수 없는 일이에요."

다시 말해서 레지스탕스 조직의 책임자들이 모두 참석해야 한다는 점을 강조한 것이 아닌가. 트리톤은 비늘로 덮인 머리를 끄덕였다.

"모두 참석할 테니 그건 걱정하지 마. 날짜는?"

"빠를수록 좋죠. 프레디 26시 어때요?"

"그렇게 늦은 시간에?" 트리톤이 깜짝 놀랐다. "한밤중에 모이는 것은 거의 드문 일이라서……."

프레디 26시는 아더월드 시간으로 다음 날 자정을 뜻했다. 만일의 경우를 대비해야 되는데……. 트리톤은 동지들에게 알려서 함정을 준비하려면 시간이 필요했다. 타라는 엷은 미소를 지었다. 이렇게 되면 누가 고양이고 누가 쥐가 될까? 아니, 아더월드의 동물 이름으로 바꿔 표현하면 누가 므르르고, 누가 뿌익이 될까?

"맞는 말이지만, 친구와 내가 낮에는 너무 바빠서요." 유령이 천연덕스럽게 대답했다. "미안하지만 프레디 26시밖에 시간이 없어요."

트리톤은 한숨을 내쉬다가 머리를 끄덕였다.

"모두에게 알리겠다. 이게 내 주소야. 그럼 내일 보자고."

트리톤의 이미지가 사라지고, 빛의 글씨로 새긴 주소가 나타났다. 유령은 주소를 적은 다음 타라 쪽으로 머리를 들었다. 그러고는 생각에 잠긴 얼굴로 타라를 뚫어져라 쳐다봤다.

"트리톤이 사는 곳을 탐색하고, 한 바퀴 돌면서 바깥 상황도 살피고 돌아올게."

트집 잡을 수 없는 유령의 말에 타라는 보조개가 파일 정도로 활짝 웃어 보였다.

"그래, 좋은 생각이야. 트리톤을 놓치면 안 돼. 이따 봐."

"응, 이따 봐."

안락의자가 칼/유령을 실어갔다. 유령이 나가자마자 타라는 조심스럽게 펄쩍 뛰어봤다. 아프지 않았다. 두 번의 레파루스 치료와 온수 마사지, 영양가 높은 샌드위치의 효과였다. 거의 완쾌된 모양이다.

"궁전!" 타라가 외쳤다. "긴급 상황이야!"

유니콘이 즉시 나타났는데 불안한지 귀가 젖혀 있었다.

타라는 짤막하게 말했다.

"칼이 유령에 들렸어!"

유니콘의 은빛 털이 검은색으로 변했다. 유니콘이 으르렁거렸다.

"안 돼, 네가 의심하고 있다는 걸 칼/유령에게 들키면 안 돼." 타라가 재빨리 말했다. "그 유령을 함정에 빠뜨려야 해. 궁전, 가짜 칼이 너의 울타리를 빠져나갔어?"

유니콘이 뜨거운 입김을 내뿜었다. 보통 유니콘들과는 달리 이 유니콘은 특별한 능력이 있었다. 유니콘 뒤로 황급히 궁전을 나가는 칼의 이미지가 보였다. 칼은 눈 깜짝할 사이에 군중 속으로 사라졌다.

궁전이 칼/유령을 미행하기 위해 스쿠프를 보내려고 했지만, 타라가 말렸다.

"아니, 미행당하고 있다는 걸 눈치채면 안 돼. 칼의 육신을 차지한 유령이 우리 친구에 대해 얼마나 알고 있는지 모르겠어. 하지만 칼에게는 육감이 있어서 대번에 알아챌 거야. 먼저 나와 트리톤을 연결해 줘. 체인지라인, 내 얼굴에 가면을 씌워줘."

지시에 따라 궁전이 교신하는 사이에 체인지라인은 타라의 얼굴에 검은색 레이스 가면을 씌웠다. 너무 눈에 띄는 금발도 윤기를 잃은 백발로 변했다. 타라는 노파처럼 허리를 약간 구부렸다.

전혀 모르는 노파를 보면서 트리톤의 눈이 휘둥그레졌다.

"누구요?"

"가면을 써서 미안해요." 타라가 숨 막히는 목소리로 젊어지려고 애쓰는 오무아 궁중 부인 흉내를 내면서 말했다. "묘약을 먹었는데 잘못되는 바람에……. 오! 잃어버린 젊음을 되찾기가 이렇게 어려울 줄이야!"

트리톤이 동정하듯 머리를 끄덕였다.

"뭘 도와드릴까요, 부인?"

"내 친구가 당신과 약속을 했는데요. 발분 젖의 가격에 대해 논의하기 위해서……."

트리톤의 콧구멍이 벌름거렸다. 예민해져 있다는 증거였다.

"무슨 말씀인지 모르……."

"내일, 프레디 26시." 타라는 말을 끊었다. "그 약속 시간을 앞당겨야 해요. 이 약속을 알고 있는 한 불청객 때문에 우리의 계획을 망칠 위험이 있거든요."

물방울 속의 트리톤이 긴장했다.

"네?"

타라는 한숨을 억제했다.

"이런 경우를 뭐라고 해야 되나…… 한 몸에 두 사람이 있다고 해야 하나요? 그런데 그 두 사람이 각각 원하는 것이 다르거든요."

그제야 무슨 말인지 알아차린 트리톤은 당황하는 기색이 역력했다.

"알겠습니다." 트리톤이 정중하게 말했다. "어떻게 해야 하는지 말씀하십시오."

"약속 시간을 앞당겨야겠어요. 오늘 밤 24시, 괜찮겠어요?"

"시간이 촉박해서 동지들 전원이 참석하지 못할 수도 있습니다." 트리톤이 반대했다.

"그건 괜찮으니까 최선을 다해보세요." 타라는 안심시켰다. "아, 그리고 장소도 변경해야 합니다. 혹시 모르니까요."

트리톤은 입술을 깨물면서 씁쓸한 미소를 지었다.

"그럼 장소는 이곳으로 변경하겠습니다." 트리톤이 주소를 표시하면서 말했다. "우리의 동지가 경영하는 식당 겸 여인숙인데…… 사람들로 북적거리지만 2층의 방 하나를 잡아두겠습니다. 뒷문을 이용하면 로비를 거치지 않고 곧장 2층으로 연결됩니다."

"좋아요. 그럼 이따 봐요."

타라는 주소를 적은 다음 접속을 끊었다. 약속 시간까지 할 일이 많았다. 더 이상 칼을 믿으면 안 된다는 것을 수줍은꽃에게 먼저 알려야 했다. 이미 예민해져 있는 외눈 거인이 충격을 받겠지만 어쩔 수 없었다.

"맙소사!" 수줍은꽃이 두 손을 비틀면서 말했다. "점점 더 상황이 나빠지는군요! 적들이 여기 레지스탕스의 수장이 누군지 알고 있으니 나를 잡으려고 혈안이 될 겁니다!"

"궁전이 보호해줄 거니까 걱정하지 마요." 타라는 안심시켰다. "궁전이 원치 않으면 절대로 유령들은 당신을 찾지 못해요."

"하지만 칼을 장악한 유령이 마마를 찾았잖아요!"

그렇게 말하고 나서 외눈 거인은 완전히 절망한 표정으로 접속을 끊었다.

물론 맞는 말이다. 이제부터는 불신이 독처럼 퍼져서 모든 교신이 수월하지 않을 텐데…….

타라는 궁전에게 칼이 보이는 즉시 알려달라고 부탁했다.

일단 레지스탕스와 접촉한 다음에는 이곳으로 돌아오지 않을 생각이었다. 칼은 유령들보다 훨씬 효과적으로 추격할 텐데……. 타라는 어디로 가야 할지 아직 아무런 생각이 없었다.

타라는 한숨지었다. 가장 긴급한 일은 유령들을 섬멸하는, 아니 이제는 로빈도 포함되어 있으니 유령들을 섬멸하기보다는 비욘드월드로 떠나보낼 방법을 찾는 것이다. 따라서 『궁정 비사』에 담긴 유령들에 대한 정보를 철저히 연구해야 했다.

타라가 책에 부착된 열쇠를 불러내자 오무아의 물건 아니랄까 봐, 금과 다이아몬드로 이뤄진 열쇠가 나타났다. 자물쇠에 열쇠를 집어넣자 책이 펼쳐졌다. 이미지들이 꿈틀거리면서 본문을 채울 준비를 하고 있지만 타라는 무시했다. 대뜸 책의 첫 페이지를 세 번 톡톡 치면서 큰 소리로 유령! 하고 말했다. 페이지 숫자를 표시한 색인이 즉시 나타났는데 3만 개가 넘는 페이지를 보며 타라는 비명을 지를 뻔했다.

"어휴! 갈랑, 이걸 다 읽으려면 수백 년은 걸리겠어."

페가수스는 부드러운 울음소리를 냈다. 타라가 살기 위해 애를 쓰면서부터 덩달아 기운을 차린 페가수스도 타라의 어깨에 앉아서 같이 읽었다. 전부 실제로 일어났던 일이란 것만 빼면 소설처럼 흥미진진했다. 유령들이 산 자들의 세상 아더월드와 죽은 자들의 세상 비욘드월드 사이에서 간혹 열리는 지각단층을 이용하여 우연히 장벽을 넘었다는 기록이 있었다.

유령들에 관련된 사건들이 모두 비극적인 것만은 아니었다. 단 한 가지 이유 때문에 아더월드로 돌아오고 싶어한 유령도 있었다. 돌아온 걸 기뻐하는 유령 중에는 엄청난 피해를 입혔던 흉악한 자들도 있었다. 하지만 애석하게도 유령들과 상대했던 군주들은 그들을 어떻게 쫓아냈는지 방법을 밝혀놓지 않았다. 타라는 대충 훑어보려고 했지만 그럴 수가 없었다. 단 한 문장만 놓쳐도 효과적으로 싸워서 이기는 방법을 찾을 가능성이 없어지는 것이다. 타라는 이를 악물고 정독할 수밖에 없었다. 50권에 이르는 백과사전 전집을 이리저리 갖고 다닐 필요가 없도록 마법으로 압축한 엄청난 분량의 책이라는 걸 생각하면 몇 달을 꼬박 읽어도 다 읽지 못할 것 같았다.

오랜 굶주림으로 아직 지쳐 있는 갈랑이 타라의 무릎 위에 앉아서 이내 잠이 들었다. 타라는 『궁정 비사』를 읽다가 잠시 깊은 생각에 잠겼다. 유령에게 붙잡힐 경우나 재빨리 도시를 떠나는 경우를 포함한 모든 돌발 사건을 대비해 계획을 세워야 했다. 타라가 바구니에 내려놓자 축소된 페가수스가 편안한지 코를 골았다. 타라는 패밀리어를 쓰다듬어준 다음 궁전의 유니콘을 불렀다. 궁전은 필요할 만한 모든 걸 제공하면서 타라를 세심하게 보살펴주었다. 무기, 음식, 물, 화장품, 갈고리, 밧줄, 텐트, 혼자 있다가 다쳐서 레파루스[6]로 치료하지 못하는 경우를 대비한 약품, 밴드, 다양한 종류의 물약 등.

체인지라인이 그 잡동사니를 모조리 삼키고 있는데도 주머니의 무게가 전혀 느껴지지 않기 때문에 타라는 이럴 때는 마법이 편리하다는 걸 인정했다. 타라는 마지못해서 로빈의 망토도 체인지라인에 집어넣었다.

타라는 다시 정신을 집중해 『궁정 비사』를 읽기 시작했다. 칼/유령이 곧 돌아올 텐데 졸린 상태에서 유령과 맞서고 싶지 않았다.

그때 갑자기 벽에 나타난 유니콘 때문에 타라는 비명을 질렀다. 유니콘 바로 뒤에서 휘파람을 불며 궁전으로 침투하는 칼의 이미지가 보였다. 쾌활한 얼굴이었다.

"어쭈, 휘파람을 분단 말이지!" 타라는 중얼거렸다. "너를 당장 무력화시킬 수도 있지만, 지금은 때가 아니라 참는 줄 알아!"

타라는 재빨리 책을 열쇠로 잠그고 체인지라인에 집어넣었다. 유령이 책에 관심을 보이면서 두려워하고 있다는 걸 알아챘기 때문이다.

---

[6]. 레파루스 마법은 자기 자신에게 작동하지 않기 때문에 다른 마법사가 사용해야 치료할 수 있다. 많은 마법사가 거울을 이용하여 레파루스 치료를 하려고 노력하는 덕분에 아더월드는 거울 산업이 발달했다.

비밀리에 스쿠프들이 가짜 칼을 뒤쫓고 있었다. 그러나 칼/유령은 곧장 돌아오지 않고 먼저 접견실로 들어갔다. 얼마 후, 흡족한 얼굴로 접견실을 나온 칼은 자신의 방으로 가서 궁전이 안락의자를 내어주길 기다렸다.

궁전은 시간을 낭비하지 않았다. 얼마 후, 궁전은 타라가 있는 비밀의 방으로 칼/유령을 데려왔다.

"잘되고 있어." 칼/유령이 미소를 지으며 타라에게 말했다. "트리톤이 알려준 주소의 집과 모든 출구, 주변의 거리들을 확인했어. 지도를 그려줄 테니까 무슨 일이 생겨도 무사히 빠져나갈 수 있을 거야."

칼/유령은 연기를 잘하고 있었다. 친구가 유령에 들렸다는 걸 눈치채지 못했다면 감쪽같이 속아 넘어갔을 텐데.

아무짝에도 소용없는 지도지만 타라는 유령이 그려주는 지도를 태연하게 암기했다.

"『궁정 비사』는 읽어봤어?" 유령이 관심이 없는 체하면서 물었다.

"아니, 아직." 타라는 거짓말했다. "레지스탕스를 만나고 난 뒤에 읽으려고."

"둘이서 읽으면 네 조상들의 대책으로 유령들을 당장 림보[7]로 보내버리는 시간을 앞당길 수 있을 텐데! 지금은 전쟁 중이라 규범을 지킬 시간이 없어!"

그러나 타라는 고개를 설레설레 저었다.

---

7. 아더월드에서 '지옥'을 뜻하는 표현이다.

"고모가 '어떤 상황에서도 우리 황족의 직계 후계자만 읽어야 한다'고 말씀하셨어. 미안하지만 그 약속을 깨뜨릴 순 없어. 때가 되면 읽어볼 거야. 그리고 너무 피곤해서 잠을 좀 자야겠는데 괜찮지?"

"이제 겨우 20시야!" 그렇게 쉽게 포기할 리 없는 유령이 반박했다. "내가……."

"내일 봐, 칼." 타라는 단호하게 말을 잘랐다. "잘 자."

유령이 뭐라고 하기 전에 침실로 들어간 타라는 이를 닦은 다음 침대에 눕는 모습이 보이게 문을 약간 열어놨다.

유령은 투덜거리면서 잠시 타라를 살피고 있다가 단념했는지 자신의 방에서 영화 한 편을 보다 이내 잠들었다.

타라도 잠이 들었다.

물론 타라는 궁전에게 23시에 깨워달라고 부탁을 해놓았다. 타라는 준비가 완료된 상태였다. 살아있는 돌은 체인지라인 안에 있고, 크라에토비르의 반지는 손가락에 끼고 있고, 갈랑도 준비가 되어 있었다. 타라에게 필요한 것은 그게 다였다. 눈 깜짝할 사이에 체인지라인이 카멜레온 천으로 지은 면허 받은 도둑의 복장을 입혀주었다. 타라는 그림자처럼 조용히 침실 밖에 놓인 마법의 안락의자에 앉아서 빠져나갔다.

타라가 나가자마자 방에 나타난 유령은 잠이 확 달아난 얼굴이었다.

"나를 아주 바보로 아는군, 맹랑한 계집애." 유령이 욕설을 내뱉었다. "절친한 친구 칼에게 알리지도 않고 대체 어디로 간 거야?"

유령은 두 번째 안락의자에 앉아서 벽을 통과하려고 했지만, 안락의자는 꿈쩍도 하지 않았다. 유령이 달려가서 거칠게 문을 흔들었지만 소용없었다.

성난 유령은 궁전에게 문을 열라고 명했지만 반응이 없었다. 유니콘이 나타나서 위협적으로 쏘아보다 갈라진 발굽으로 바닥을 긁어댔다. 유령은 그제야 알아차렸다. 자신의 정체가 탄로 난 것이다. 어떻게 알았지?

"흥, 이렇게 나오겠다?" 유령이 이를 악물고 으르렁거렸다. "하지만 나를 그렇게 얕보면 안 되지. 일이 잘못될 경우 어떻게 할지 방법을 생각해놨거든. 궁전! 네가 베어 왕과 티타니아 왕비에게 충성을 다한다는 걸 알고 있다. 왕과 왕비 그리고 왕가 식구들에게 구속되어 있다는 것도 알아. 나를 당장 석방하지 않으면 그들에게 무슨 일이 일어날지 잘 봐."

유령이 크리스털 볼을 처들었고, 잠시 후 나타난 접견실의 이미지를 보고 궁전은 경악했다.

근위병들의 위협을 받는 베어 왕과 티타니아 왕비, 그 발치에서 아이들이 겁에 질려 울고 있었다.

더군다나 왕과 왕비의 목에서 피가 흘러내리고 있었다.

"내 말 한마디면 모두 죽는다." 유령이 말했다. "왕과 왕비를 장악한 멍청이들이 어찌되거나 말거나 난 상관하지 않거든."

궁전이 부르르 떨면서 망설였다.

잠시 머뭇거렸지만 아주 잠깐이었다. 궁전은 타라를 정말 좋아하지만, 타라와 자신의 합법적인 군주들, 그 둘 중에서는 선택의 여지가 없었다.

궁전은 마지못해서 문을 열었고, 안락의자가 작동했다.

"이제 됐으니까 그 돼지 같은 머저리들을 풀어줘라!" 유령이 근위병들에게 외쳤다. "그리고 다이어트를 시켜. 죽이면 안 돼, 한 명이 아쉬운 때니까. 궁전, 너는 내가 따라잡을 수 있게 타라의 걸음을 지연시켜."

궁전이 굴복했다. 타라는 알아차리지 못했지만, 출구로 이르는 길이 은밀하게 두 갈래로 갈라지면서 시간을 허비하게 만들었다. 안락의자는 칼/유령을 엄청난 속도로 지하 통로로 데려갔다. 타라가 비밀의 문에 이르는 순간 칼/유령이 어느새 따라잡고 있었다. 그 뒤를 따르는 무장한 병사들을 보면서 궁전은 부르르 떨었다.

궁전은 슬픈 운명에 눈물을 흘리기 시작했다. 얼음장 같은 잿빛 빗줄기가 복도에 쏟아져 내리면서 궁인들과 장관들이 흠뻑 젖었고, 밖에 있는 타라도 그 슬픔의 비를 맞고 있었다.

"에이!" 타라는 침통한 얼굴로 잿빛 하늘을 쳐다보며 내뱉었다. "두 달 만에 밖으로 나온 첫날인데 재수 없게 비가 쏟아지다니! 비를 피하기 위해 마법을 쓰고 싶지는 않은데."

타라도 마법사들이 마법을 삼가고 있다는 걸 알아챘다. 비가 쏟아지는 밤인데도 트라비아 거리에는 사람이 많았다. 사람들이 사용하는 것은 공중부양이나 비를 피하기 위한 마법이 아니라 옴브렐루스나 안티플뤼우스처럼 임시방편으로 사용하는 아주 간단한 마법이었다. 몇몇 아름다운 거리에는 나무나 식물 위로만 빗줄기가 떨어지는 고성능 마법의 장막이 작동되고 있었다. 저 멀리 많은 사람이 들락거리는 카페와 지구의 시네마(영화관)에 해당하는 크리스토마들이 보였다. 날씨는 덥고, 곳곳이 빗물에 젖어 있지만, 흙냄새와 풀 냄새가 진하게 올라와 싱그럽게 느껴졌다. 영화, 연극, 오페라, 콘서트를 광고하는 포스터들이 행인들의 눈길을 잡았다.

아더월드에서는 비 오는 밤에도 달빛이 밝게 빛나는 건가? 타라는 환히 비추는 두 개의 달빛이 마음에 걸렸다. 대부분은 관심을 보이지 않았지만, 허리가 구부정한 노파로 변장하고 있는데도 좀 심하다 싶을 정도로 타라를 빤히 쳐다보는 이들도 있었다.

크리스털 전광판마다 클로즈업된 타라의 사진(뱀파이어로 변해 있는 얼굴과 인간의 얼굴)이 도배를 하고 있었다.

얼굴이 알려져 있어서 체포될지도 모른다는 생각에 너무 불안한 탓일까? 타라는 황제에게 훈련을 받았는데도 미행당하고 있다는 걸 눈치채지 못했다.

트라비아는 큰 도시지만 타라는 약속 장소로 가기 위해 양탄자 택시를 타고 싶지 않았다. 타라는 아라뉴 비글뢰즈 식당 겸 여인숙에 도착하는 데 45분쯤 걸리고, 여인숙이 감시를 받고 있는지 확인하는 데 15분쯤 걸릴 거라고 계산했다. 그렇게 걸어가면서 두 달 만에 처음으로 다시 사는 느낌이 들었다. 슬픔에 잠겨 있었다면 결코 밖으로 나올 생각은 하지 못했을 것이다. 다시는 자학 따위는 하지 않으리라. 엄청난 잘못을 바로잡기 위해 필사적으로 노력한다는 사실이 타라의 마음을 안정시켜주었다. 무엇보다 자신보다는 다른 것에 정신을 집중해야 했다. 타라는 골목길을 주의 깊게 살폈다.

좀 더 세심하게 주위를 살펴야 했건만……

마침내 타라는 여인숙에 도착했다. 트라비아에 있는 건물들이 대부분 그렇듯 초록색, 빨간색, 노란색, 파란색 장식으로 환상적인 분위기를 연출하는 여인숙에는 출입문이 여러 개였다. 아래쪽은 거인들과 난쟁이들을 위한 문이 있고, 위쪽에는 요정처럼 공중부양이나 날아다니길 좋아하는 이들을 위한 문이 있었다. 온갖 종류의 술병 수백 개가 진열되어 있는데 그중 변질될 염려가 없는 술은 크리스털 병에 들어 있었다. 마치 멀리서도 여인숙을 볼 수 있게 설치한 일종의 간판처럼 건물 상공에서 별 모양의 불꽃이 내는 소리 때문에 안에서 떠들어대는 소리가 들리지 않았다. 비밀이 많은 이들에게 적합한 곳이었다. 등잔 밑이 어둡다고 했던가, 최상의 은신처는 혈안이 돼서 찾는 이들의 바로 코앞에 있기 때문이다.

타라는 정문을 통해서 블랙 엘프, 바이올렛 엘프, 화이트 엘프, 블루 엘프들, 난쟁이들, 타트리스들, 뱀파이어 둘이 황급히 피하는 걸 봤다. 비인간들이 즐겨 찾는 곳이기도 했다. 대체로 엘프와 난쟁이는 사이가 좋지 않기 때문에 그렇게 한 장소에 같이 있는 것이 좀 놀라웠다. 타라는 솟구치는 슬픔을 애써 억눌렀다. 아름답고 우아한 엘프들을 보는 것이 괴로웠다. 거의 견딜 수 없는 고통이었다. 난쟁이들이나 인간들만 있는 식당이라면 딴 생각을 하지도 않았을 것이고, 칼/유령의 병사들에게 서서히 포위되고 있다는 걸 눈치챘을 텐데……. 엘프들을 보면서 되살아난 슬픔 때문에 이상한 낌새를 전혀 알아채지 못한 타라는 뒷문으로 들어가기 위해 건물 뒤쪽으로 돌았다.

난쟁이들이 썩지 않는 성질 때문에 광산에서 사용하는, 타도르 산의 아주 단단한 초록색 나무 글로르 목재로 지은 건물이었다. 단단한데도 여기저기 갈라져 있는 걸 보면 온갖 수난을 겪은 것이 틀림없었다. 문틈으로 경사가 심한 층계가 보였다. 계단을 오르는데 삐걱거린다기보다는 밟고 올라감에 따라 탄식하는 소리를 냈다. 타라는 그것이 일종의 경보장치라는 걸 몰랐는데 공중부양을 하지 않는 한 누구도 조용히 올라갈 수 없었다.

산도르 황제에게 늘 경계하라고 배웠기 때문에 타라는 초록색으로 위장한 스쿠프가 한쪽 구석에서 감시하고 있는 걸 눈여겨봤다. 경비가 삼엄한 것 같았다. 침입자가 있을 경우 즉시 도망칠 수 있도록 트란스미투스 주문이 걸려 있었다.

겨우 층계참에 이르렀는데 숨이 차서 타라는 운동 부족을 실감했다.

타라는 머뭇거렸다. 어떡하지? 첩보 영화처럼 어떤 암호에 따라 노크를 해야 되나? 암호를 모르는 타라는 그냥 문을 두드렸다.

그리고 방문 손잡이를 잡으려는 순간, 문이 열리고 몽타뉴크리스토가 물방울 속에서 인사했다.

바로 옆에 타라가 잘 아는 바이올렛 엘프가 있었다. 너무나 싫어하는 발라. 눈부시게 아름다운 바이올렛 엘프가 싸늘한 미소를 지어 보였다. 그런데 으르렁거리면서 싸우는 트리톤과 엘프가 어떻게 같이 있지? 타라는 깜짝 놀랐다. 트리톤이 몸속에 독을 집어넣은 뒤로 발라는 만나기만 하면 죽여버리겠다고 이를 갈지 않았던가.

타라의 반응을 알아챈 발라가 말했다.

"여제께서 이 늙은 어류에게 해독제를 주라는 명을 내리겠다고 한 말 기억 안 나?" 발라가 몽타뉴크리스토를 가리켰다. 타라는 고개를 끄덕였다. 그래, 그랬었다. 타라는 짜증 나게 하는 바이올렛 엘프를 구해준 고모가 원망스러웠다.

"로빈에게 트리톤을 가만두지 않겠다는 말을 하러 네 방으로 가는데 유령들이 몰려왔어." 발라가 말을 이었다. "그 바람에 몽타뉴와 나는 휴전을 결정했지. 물론 유령들을 몰아내고 나면 즉시 트리톤을 죽여버릴 거야."

"벌써 죽였어야지!" 트리톤이 미소를 지으면서 거리낌 없이 말했다. "내 기억이 맞는다면 유령들이 들이닥쳤을 때 좋지 않은 상황에 빠져 있던 건 너였는데."

"당신이 나를 함정에 빠뜨렸기 때문이잖아!" 성난 발라가 쏘아붙였다.

"그런데 내가 가만히 당할 거라고 누가 그래? 네가 예쁘다는 게 내가 순순히 죽어줄 이유도 아니고. 그래도 하고 싶다면 대적은 해주지. 하지만 정정당당하게 싸울 거니까 각오해."

말은 그렇게 해도 트리톤의 청록색 눈에 즐거워하는 빛이 역력했다. 트리톤이 발라를 좋아하는 건가? 이런 생각을 하고 있을 때가 아니지만 타라는 문득 궁금했다. 바이올렛 엘프/트리톤하프엘프의 잡종은 뭐가 되는 거지? 타라는 한숨을 내쉬었다.

"본래의 모습을 되찾다니 유감이군." 발라가 말했다. "허약하고 느려터진 인간의 모습보다 뱀파이어 모습의 너와 싸우는 게 훨씬 재미있었을 텐데."

타라는 의문이 들었다. 도대체 왜 모두들 오무아의 후계자가 뱀파이어에서 인간으로 돌아와 있는 것에 대해 한마디씩 하는 걸까?

발라가 몸을 숙이더니 타라만 들리게 속삭였다.

"몽타뉴에게서 들었는데 네가 로빈을 유령들에게 넘겨줬다면서?"

갑자기 목이 멘 타라는 아무 말도 못하고 고개만 끄덕였다.

"나라면 그냥 뱀파이어로 있었을 텐데." 발라가 단언했는데 목소리에 쾌감이 실려 있었다. "그리고 로빈을 지켜줬을 텐데."

타라는 발라가 무슨 말을 지껄이든 무시하기로 마음먹었다. 잔혹한 바이올렛 엘프에게 괴로워하는 마음을 보여줄 필요는 없었다.

커다란 방에 모인 많은 사람이 타라를 쳐다보고 있었다. 가면을 쓴 이들도 있는데 마법 때문에 눈앞의 광경이 실제 상황이라고 말할 수는 없었다. 어쨌든 바이올렛 엘프는 둘이었다. 한 명은 발라고, 다른 한 명은 키가 좀 큰 바이올렛 엘프다. 발라의 사촌인가? 그리고 은빛 정맥이 두드러지는 블랙 엘프, 트리톤 둘, 사이렌 하나, 검을 쥔 자세로 보아 무시무시한 해적으로 보이는 존재, 타트리스 둘, 빨간 눈 달린 노란 배처럼 보이는 카흠보움이 촉수들을 흔들고 있었다. 타라는 깜짝 놀랐다. 카흠보움은 흥분하면 온몸이 폭발해버리는 특성 때문에 감정 표현을 하지 않았다. 그래서 대체로 행정관, 사서처럼 평온하게 일할 수 있는 직업을 선택하는데 이런 카흠보움이 레지스탕스 조직에 끼여 있다니. 도살업자 무리에 섞여 있는 아주 감정적이고 과격한 양을 보는 것 같았다.

트롤도 둘 있었다. 거대한 초록색 덩치들을 보면서 타라는 충성스러운 경호원 그르률이 그리웠다. 수줍은꽃이 참석해 있지만, 실재가 아니라 이미지로 나타나 있는 것이다. 곳곳에 놓인 크리스털 볼들이 3D, 3차원 입체 영상을 투사하고 있었다. 누가 참석했고, 참석하지 않았는지 알기 힘들 정도였다. 몇몇 이미지가 흔들리는 걸 보면서 타라는 실제로 참석한 이들보다 투사된 이미지가 더 많다는 걸 알아차렸다.

레지스탕스 조직이 크리스털 볼 도청에 대응책을 마련한 것이다.

크리스털 볼이 하나둘 커지면서 나타난 또 다른 인물들이 서 있거나 앉은 자세로 인사하면서 서로 호통을 쳤다. 뒤쪽으로 정원, 응접실, 벽난로 등의 일부 모습이 투사되어 그들이 어디에 있는지 짐작하게 했다.

갑자기 실루엣 하나가 다가오더니 가면을 벗었다. 갈색의 긴 머리에 검은 눈빛, 키가 큰 여자가 타라 앞에 버티고 섰다. 증오에 차서 비죽거리는 입을 보며 타라는 눈살을 찌푸렸다. 안젤리카?

예전의 앙숙이 타라를 노려봤다.

"못된 계집애!" 안젤리카가 소리쳤다. "네가 내 인생을 어떻게 만들어놨는지 알아? 처음에 재수 없게 굴 때 없애버렸어야 했는데. 네가 우리 세상에 온 뒤로 엉망이 되고 있어. 영혼 약탈자가 나타나서 아수라장으로 만들어놓더니 이번에는 유령들까지 습격하고! 다음에는 또 뭘 준비하고 있니? 악마들의 습격인가?"

"안젤리카!" 타라도 질세라 외쳤다. "네가 왜 여기 있어?"

"빌어먹을 유령 둘이 내 부모님을 장악했어." 껑다리 안젤리카가 내뱉었다. "멋지게 차려입고 파리와 밀라노를 여행하고 돌아오는 길이었는데 어떻게 됐는지 알아? 어머니와 아버지가 농부가 되었단 말이야. 합성섬유로 지은 꽃무늬 원피스에 숄을 두른 차림으로 우아하게 산책을 다니던 어머니가 시골구석에서 잼을 만들고, 아버지는 장미꽃 손질이나 하고 있다고! 세상을 지배…… 음 여러 가지 계획과 할 일이 많은 아버지가 그걸 다 포기하고 페가수스 사육장에 장미 정원을 만들고 있단 말이야! 그리고 계속 먹어대고 있어! 두 달 사이에 적어도 10킬로그램은 더 쪘을 거야! 그게 다 너 때문이야! 그래서 레지스탕스에 들어왔어. 내 삶을 되돌려놓으려고!"

안락하던 삶이 엉망이 되었기 때문에 레지스탕스에 들어오다니 안젤리카다운 결정이었다. 타라가 대꾸하려는 순간 트럼펫 소리가 울렸다. 이어서 유형화된 이미지에 타라는 질겁했다. 안젤리카보다 훨씬 위협적인 상대였다.

엘프들의 여왕, 그 무시무시한 타빌라였다. 가공할 힘을 지닌, 공기와 암흑의 여왕은 등골이 오싹할 정도로 공포의 대상이었다. 어둠 속에서 경솔하게 여왕의 이름을 언급하며 쓸데없는 말을 했다가는 여왕이 그 소리를 들을 수 있다는 걸 이내 알게 된다. 어디에 있든 입을 놀린 이들에게 여왕의 메시지가 도착했던 것이다. 어김없이.

여왕이 결정을 내리면 대대적인 사냥이 시작되었다. 여왕을 모욕하는 자는 누구를 막론하고 살아 있는 걸 후회할 정도로 수명이 아주 짧아졌다.

검은색 옷차림에 망토를 걸치고, 번쩍거리는 왕홀을 손에 쥔 타빌라 여왕은 당장이라도 누군가를 죽일 기세로 성난 모습이었다. 타라는 설마 그 대상이 자신은 아니겠지 하며 안심하고 있었다.

아니, 착각은 이내 깨졌다.

"우리 세계를 큰 혼란에 빠뜨린 무모한 멍청이로군." 여왕이 격분한 눈초리로 타라를 쏘아봤다.

역시 기대를 저버리지 않는군. 타빌라와의 재회는 우호적이지 않았다. 다른 이들도 일어나서 타라를 뚫어져라 쳐다봤다. 안젤리카는 고소해죽겠다는 얼굴로 비웃음을 흘렸다.

한 가지 긍정적인 점이 있다면 여왕은 타라의 변신에 대해 빈정거리지 않았다는 것이다.

그때 또 다른 이미지가 나타났다. 타라는 뱀파이어들의 대통령 드라큘을 대번에 알아봤다. 인간의 피를 먹은 딸 킬라를 구해준 뒤로 타라는 드라큘 대통령이 우군이라고 생각하고 있었다. 어쩌면 타라의 희망 사항일지도 모르지만.

"친애하는 공기와 암흑의 여왕 전하, 우리의 손님을 모욕하지 마십시오." 드라큘이 경건한 목소리로 타빌라를 진정시켰다. "어쨌든 잘못을 바로잡기 위해 여기까지 왔으니 오무아의 후계자가 열의를 보여주고 있는 것 아닙니까?"

타라는 겸손함을 보여야 할 때라는 걸 알고 있었다.

"네, 노력하겠습니다." 타라는 순종적인 어조로 대답했다.

드라큘이 몸을 숙이더니 말했다.

"인간의 모습으로 돌아왔군요? 왜 그랬어요? 뱀파이어 모습이 아주 멋졌는데!"

이런, 드라큘까지!

"그래서 유령들을 비욘드월드로 보낼 방법은 있는 건가, 어린 인간?" 여왕이 다짜고짜로 물었다.

타라는 이를 악물었다. 어린애로 취급하는 말에 신랄하게 쏘아붙이고 싶지만 간신히 참았다.

"지금은 없습니다, 전하. 그러나 유령들에 대한 정보를 상세히 기록해놓은…… 어떤 문서에서 방법을 찾을 겁니다."

유령들을 몰아낼 방법이 정말 있는지 알기 위해 모였다는 레지스탕스, 타라는 눈앞에 보이는 이들을 전적으로 믿을 수가 없었다. 특히 귀를 세우고 있는 안젤리카를 어떻게 믿는단 말인가. 타라는 신중하게 말을 이었다.

"내가 보여준 양피지의 나머지 부분을 해독했어요?" 타라는 트리톤을 보면서 물었다.

"네." 몽타뉴크리스토는 여전히 물방울 속에서 대답했다. "애석하게도 마마의 말이 맞았어요. 위험한 묘약이니 사용하지 말라고만 적혀 있더군요. 유령들을 쫓아내는 방법에 대해서는 전혀 언급되어 있지 않았습니다."

사실 타라는 묘약 조제법이 적힌 양피지에서 유령들을 쫓아버리는 방법을 읽은 기억이 없었다. 그런데도 트리톤에게 양피지 해독을 부탁했던 것은 혹시라도 실수를 했을까 확인하기 위해서였다.

"그러니까 지금은 전혀 방법이 없다는 거군." 엘프들의 여왕이 지적했다. "이렇게 엄청난 잘못을 저질렀을 경우 엘프들은 어떻게 해결하는지 아는가?"

타라는 고개를 흔들었다.

직접 보여주기로 작정한 여왕이 주문을 읊었다. 타빌라의 등에 한 쌍의 검은 날개가 나타났고, 왕홀이 낫으로 변하더니 얼굴에 뼈가 드러나 보였다.

귀신이 된 엘프의 모습이라고 해야 되나?

소름 끼치는 모습에 방에 있는 이들이 모두 뒷걸음쳤다.

산송장 같은 모습의 여왕이 낫을 놓지 않은 채 손가락을 꼽으면서 열거했다.

"국가반역죄를 저지른 자에 대한 형벌은 여러 가지가 있지. 참수형은 너무 빨리 끝나기 때문에 나는 별로 마음에 들지 않아. 수족 절단, 그게 더 낫지. 죄인의 팔다리를 트라둑 네 마리에 묶어 양쪽에서 천천히 끌어당기면 걸음을 뗄 때마다 뼈가 부러지면서 수족이 떨어져나가지. 죄인은 피를 흘리면서 서서히 죽게 되니까 더 참혹한 형벌이다. 나는 아주 고통스러우면서 더 빨리 죽는, 타오르미 형벌을 좋아하지. 죄인의 몸에 비즈즈즈 꿀을 발라 타오르미 굴 부근에 옮겨놓으면 5분에서 15분이면 끝장이 나거든. 타오르미들이 순식간에 먹어치우니까."

타라는 마른침을 삼켰다. 물론 두 달 동안 로빈을 따라 죽으려고 했지만, 결코 그런 식으로 죽고 싶지는 않았다.

"글루릅스들의 먹이로 던져주는 형벌도 있지." 여왕이 비웃음을 흘리면서 말을 이었다. "움직이는 것은 뭐든 공격하는 성질이 있거든. 글루릅스가 우글거리는 물에 던져버리면 죄인이 어떻게든 움직이지 않으려고 애를 쓰지만, 널빤지를 만들지 않는 한 물에 빠지지 않으려고 수영할 수밖에 없으니까. 시간이 좀 오래 걸리는 게 단점인데 최고 기록이 아마 46시간 23분 32초일 거다. 불새에 태워 죽이는 형벌도 있어. 고통이 너무 심해서 심장마비로 죽게 되지. 창문으로 내던져서 죽이는 형벌도 있지만, 한 번에 끝나지 않을 경우 반복해야 하기 때문에 참혹하기 그지없다. 가시나무 숲에서 페가수스가 목을 매달아서 죽이는 교수형. 미끄럽지 않은 밧줄이라 죄인이 들려졌을 때 목이 부러지는 것이 아니라 서서히 목이 졸리는 거야. 페가수스가 그 죄인을 끌고 독성이 있는 가시나무 숲으로 가면 산 채로 살갗이 벗겨진 채 독살되지. 아! 내가 선호하는 형벌을 빠뜨릴 뻔했군. 은 조각상 형벌. 비용이 많이 들지만 효과적이기 때문에 왕족들에게만 내리는 형벌이지. 욕조에 은을 가득 채워 넣고 죄인을 그 속에 빠뜨리면 흥미로운 조각상이 만들어지지. 어린 인간, 네가 뭘 선택할지 궁금하구나."

도망쳐야 하나? 당장 도망치는 게 나을 것 같았다. 아더월드에서는 어쩌면 이렇게 모든 걸 적나라하게 알려주는지, 이럴 때는 차라리 속이는 것이 고맙겠는데. 게다가 평화적인 방법과 잔혹한 방법 중에서 선택되는 것은 늘 잔혹한 방법이었다.

안젤리카조차 새파랗게 질려 있었다.

"타라 덩컨을 죽인다고 우리 문제가 해결되는 건 아닙니다." 카흠보움이 침착한 어조로 끼어들었다. "오히려 사태를 악화시킬 수 있어요. 어쨌거나 오무아의 후계자입니다. 나는 이 위기 상황을 벗어날 때 오무아 제국의 보복을 받고 싶지 않습니다."

그 말에 난처해진 다른 참석자들이 술렁거렸다. 생각에 변화가 있는지 가면을 쓰지 않은 이들의 얼굴이 진지해졌다.

엘프들의 여왕이 본래의 모습을 되찾았는데 좀 전의 소름 끼치는 산송장 못지않게 위압적이었다.

"후계자라고 달라지는 건 없어요." 여왕이 선언했다. "권력층일수록 공정한 심판을 받아야 합니다! 이 아더월드의 법이 요구하고 있다는 걸 잊지 마시오."

"당연히 처벌을 받아야겠지요." 카흠보움이 여전히 차분한 어조로 대꾸했다. "하지만 지금은 유령들을 몰아낼 방법에 집중해야 합니다. 누가 무슨 이유로 그랬는지는 부차적인 문제입니다."

벌은 이미 받았다고 생각하면서 타라는 잠자코 있었다. 로빈을 잃은 슬픔은 엘프들의 여왕이 거론한 형벌들보다 훨씬 고통스럽지 않았던가.

"옳은 말씀이오, 브롬즈즈즈 선생. 우리가 유령들에 대해 알고 있는 정보들을 근거로 상황 판단을 해서 교란작전을 폅시다." 뱀파이어들의 대통령이 말했다. "숙주를 죽이면 유령들이 즉시 비욘드월드로 돌아간다는 걸 알았어요. 유령들의 주장과는 달리 비욘드월드로 돌아가면 다시 오는 것이 그리 쉽지 않아요. 그리고 소문에 따르면 몇몇 유령이 사라졌는데 비욘드월드로 가지 않았답니다. 우리는 아직 그 이유도 모르고 있어요. 육신과 분리된 유령이 아는 것은 다른 유령들도 알게 되지만, 다른 육신에 깃들어 있는 유령들은 텔레파시가 이뤄지지 않기 때문에 크리스털 볼을 사용합니다. 장악한 인간의 저항력에 따라 유령은 숙주의 기억에 접근하거나 접근하지 못한다는 사실도 주목해야 해요. 수석 조수들이나 최고 마구스들이 점령되었지만, 유령들은 그들의 머릿속을 읽지 못하기 때문에 쉽게 정체를 들키니까요. 그리고 은이나 철은 유령들에게 아무 효과가 없는 반면에 소금을 두려워합니다. 소금으로 원을 그려놓으면 유령들이 넘어가질 못해요."

다른 참석자들이 고개를 끄덕였고, 그중 여럿이 소금값이 폭등하고 있다는 사실에 주목했다.

"게다가." 드라큘이 흡족한 어조로 말을 이었다. "우리 뱀파이어의 송곳니와 손톱으로 유령들을 찢어발길 수 있지요. 안전하다고 생각하면서 숙주의 육신에 숨어 있어도 우리의 공격을 피하진 못하지요."

드라큘의 말에 그 진가를 인정한다는 듯 웅성거림이 일었다.

"유령들을 깨물면서 우리는 피와 에너지를 빨아들일 수 있어요." 드라큘이 말을 이었다. "하지만 그러면 중독이 되기 때문에 인간의 피를 먹으면 안 된다는 것이 문제지요. 유령에게는 그 어떤 무기도 통하지 않아요. 뱀파이어의 공격을 막을 수 없다는 소문이 퍼지면서 유령들이 권력을 잡은 곳에서는 뱀파이어 거류민들이 모조리 추방되었지요."

타라는 소스라치게 놀랐다. 드라큘의 말을 들으면서 갑자기 뒤통수를 얻어맞는 것 같았다. 로빈을 깨물었다면 목숨을 구할 수 있었다는 것이 아닌가! 고통과 슬픔이 엄습해왔다. 타라는 내색하지 않으려고 애를 썼다.

"뱀파이어들이 인간의 피에 감염되었지요." 드라큘이 걱정이 가득한 목소리로 말했다. "우리는 오무아의 후계자가 반역자 셀렌바에게 했던 것처럼 그들을 치료해주리라 믿습니다."

드라큘은 타라가 그 악명 높은 사냥꾼 외에 다른 뱀파이어들도 치료했다는 말은 하지 않았다.

"알겠습니다. 인간의 피에 감염된 뱀파이어가 얼마나 됩니까?"

"넷입니다. 마마가 이렇게 자유의 몸으로 살아 있다는 걸 몰랐기 때문에 우리는 위험을 무릅쓸 수밖에 없었지요. 마마가 무사해서 안도했습니다. 오무아에 두 명, 랑코비트에 한 명, 빌랭 왕국에 한 명이 있지요. 그들이 임무를 완수하는 즉시 치료를 받을 수 있게 이곳으로 불러들이겠습니다."

그때였다. 한 바이올렛 엘프가 귀를 세우면서 이맛살을 찌푸렸다. 이상한 낌새를 느낀 발라도 벌떡 일어났다.

"이상해요. 공기 속에서 압력 같은 것…… 느껴져요."

발라는 눈을 치켜뜨다가 소리쳤다.

"트란스미투스 방지 주문! 우리가 발각됐어요! 도망쳐야 돼요!"

창문들이 산산조각 나면서 양탄자와 페가수스를 탄 병사들이 불쑥 나타났다. 그 뒤를 이어 타라가 잘 아는 얼굴이 보였다.

칼!

실버

비탄에 잠긴 아가씨를 구하러 달려가는 것이
반드시 좋은 생각은 아닌데……

*

사방에서 마법의 광선이 솟구쳤고, 이미지들이 순식간에 사라졌다. 인간 병사들이 감히 바이올렛 엘프들과 블랙 엘프에게 덤비는 실수를 저질렀을 때 고통의 비명소리가 울렸다. 훨씬 민첩하고 위협적인 비인간들은 날렵하게 마법의 주문을 피했다.

그러나 병사들의 수가 너무 많았다. 타라는 마법의 광선으로 대응했고, 단숨에 세 명을 쓰러뜨렸지만…… 유감스럽게도 금세 또 다른 세 명이 달려들었다. 다시 발사한 타라의 광선이 빗나가면서 엘프를 쓰러뜨리고 말았다. 트롤들이 큰 덩치로 병사들을 깔아뭉개면서 격렬하게 싸웠지만 끈끈이 주문에 걸려 다리를 움직일 수 없었다. 요리조리 잘 피하는 갈랑을 보고 병사들은 날렵한 페가수스의 발톱에 맞서 봐야 별로 승산이 없다는 걸 이내 알아차렸다. 안젤리카는 냉정하게 해치우고 있었다. 다른 레지스탕스 조직원들은 병사들을 죽이려고 하지 않는 반면에 발라는 가차 없이 해치웠고, 죽어가는 숙주들의 몸에서 나온 유령들의 비명소리가 공기를 흔들었다.

트리톤들, 사이렌, 해적, 발라가 타라를 엄호하는 몽타뉴크리스토 옆에서 싸우고 있었다. 트리톤은 물방울 덕분에 마법의 광선을 막아내고 있지만, 그리 오래 버티지 못할 듯싶었다. 발라가 현란한 손놀림으로 검을 회오리처럼 휘둘렀지만, 많은 수를 상대하느라 힘이 빠지는 것 같았다. 그들 앞에서 카흠보움이 수많은 촉수를 흔들어대고 있었다.

"항복하라!" 칼/유령이 고함쳤다. "아무도 도망치지 못한다!"

몽타뉴크리스토가 뭔가를 봤는지 갑자기 앞에 있는 탁자를 걷어차면서 타라에게 말했다. "엎드려요! 빨리!"

타라는 시키는 대로 했다.

그 순간 카흠보움이 폭발했다.

폭발음 때문에 귀가 먹먹해서 한동안 아무 소리도 들리지 않았다. 공격하던 병사들의 절반 정도가 카흠보움 주위에 있었지만, 나머지 병사들은 진입할 때를 기다리면서 아직 밖에 있었다. 폭발로 인해 이제 벽은 거의 남아 있지 않았다.

칼/유령이 비스듬히 쓰러져 있고, 머리에서 피가 흘러내렸다. 유령이 신음소리를 내면서 일어났다. 브리앙트는 모두 꺼져 있고, 구름에 가린 달빛만 은은히 비추고 있었다. 그러나 어두컴컴해서 누가 공격하고 공격을 받는지 구별되지 않았다.

아직도 귀가 먹먹한 타라는 벌떡 일어나서 몽타뉴크리스토에게 손짓을 한 다음 전속력으로 층계를 내려갔다. 그 신호에 물방울을 포기한 트리톤(타라의 기억대로 트리톤은 물이 필요 없었다)과 한쪽 귀에서 피가 흐르는 발라, 나머지 레지스탕스 조직원들이 뒤따랐다. 병사들이 출구를 지키고 있다고 예상한 타라는 뒷문이 아니라 중앙 홀로 향했다. 엘프 10여 명이 위층에서 난 폭발음 때문에 불안한 얼굴로 천장을 쳐다보고 있었다. 병사들이 출입문을 지키고 있지만 수는 그리 많지 않았다. 칼/유령이 레지스탕스가 홀을 통해 도망칠 거란 예상을 하지 않은 것이다. 타라는 심호흡을 했다. 엘프들은 흥분을 잘하고 싸우기를 좋아하는 전사들이 아닌가.

"우리는 레지스탕스입니다." 타라는 마법으로 목소리를 증폭시키면서 외쳤다. "아더월드의 엘프들이여! 여러분을 억압하는 유령들에 대항하여 함께 싸웁시다. 유령에 들린 병사들을 물리칩시다!"

이미 부글부글 끓어오르던 엘프들은 타라의 호전적인 목소리에 완전히 흥분했다. 즉시 활을 잡고 달려간 엘프들이 순식간에 병사들을 해치웠다. 그사이, 2층에서 병사 몇 명이 달려 내려왔다. 지체 없이 탁자 위로 뛰어오른 타라가 출입문을 향해 날아가듯 뛰어가자 몽타뉴크리스토와 발라가 뒤따랐다.

"나와 함께 밖에 있는 병사들을 공격합시다!" 타라가 고함쳤다. "동지들이 도망치게 도와줍시다!"

엘프들이 고함을 지르면서 돌진했다. 순식간에 벌어진 상황에 병사들은 정신을 못 차렸고, 2층에 남아 있던 병사들은 개입할 겨를조차 없었다. 엘프들의 화살에 병사들이 하나둘 쓰러졌다.

혼전 속에서 타라는 삼지창으로 병사 두 명과 싸우는 몽타뉴크리스토를 발견했다. 타라가 도우려고 했지만, 트리톤이 외쳤다.

"어서 피하세요! 마마는 방법을 찾아야 합니다! 마마는 우리의 유일한 희망입니다!"

트리톤의 말이 옳은지는 모르겠지만, 붙잡히면 방법을 찾지 못하는 것이 아닌가. 타라는 어쨌든 일단 피하기로 결정하고 눈에 띄지 않게 해주는 카무플라주 작업복으로 위장했다.

전속력으로 달리다 골목길로 접어들던 타라는 뭔가와 정면으로 충돌했다. 엄청난 덩치는 끄떡도 하지 않는 반면에 타라는 그 충격으로 엉덩방아를 찧으면서 나자빠졌다.

"아야!" 타라는 비명을 질렀다.

타라는 거대한 동물이 킁킁 냄새를 맡는 느낌이 들었다.

"아가씨, 송구하옵니다. 제가 다치게 했사옵니까?"

타라는 대답할 시간이 없었다. 등이 아프지만 벌떡 일어난 타라는 대꾸 없이 달아났다.

정체불명의 존재는 대번에 타라를 따라왔다. 타라는 더 빨리 뛰었다. 존재도 뛰었다. 타라는 속도를 올렸다. 존재도 똑같이 속도를 올렸다. 이런! 따돌리려면 마법이라도 사용해야 하나? 몸속에 마법의 양이 아주 적다는 걸 알지만, 선택의 여지가 없는 타라는 악셀레라투스 주문을 읊었다.

그러나 이상한 존재는 소녀의 갑작스러운 출발에 깜짝 놀라면서도 또다시 눈 깜짝할 사이에 쫓아왔다.

도대체 정체가 뭐지? 암페타민(중추신경을 자극하는 각성제—옮긴이)을 복용한 마라톤 선수인가?

그런데 행동이 많이 어설픈 것 같았다. 정체불명의 존재는 장애물들을 요리조리 날렵하게 피하는가 싶다가도 벽에 쿵쿵 부딪히질 않나, 진열창을 깨뜨리질 않나, 쓰레기를 밟고 미끄러지질 않나, 행인들과 부딪치는 바람에 연거푸 "죄송합니다", "미안합니다"를 입에 달고 있었다.

어수룩한 존재에 호기심이 생겼지만 타라는 어떻게든 따돌려야 했다.

타라는 주위를 둘러봤다. 병사들이 도망친 레지스탕스 조직원들을 찾기 위해 여러 패로 나뉘어 수색을 시작했다. 타라는 트란스미투스로 이동하려고 했지만, 도시의 절반가량이 트란스미투스 방지 주문에 걸려 있었다. 구속받지 않는 구역에 이르려면 시간이 걸릴 텐데…… 그러면 너무 늦는다.

진퇴양난이었다.

멀리서 들리는 소리에 타라는 등골이 오싹해졌다. 샤트릭스들이 짖어대는 소리였다. 아더월드에서 사냥개 역할을 하는 하이에나 샤트릭스는 이빨에 독이 있어서 지구의 사냥개들과는 비교도 할 수 없을 정도로 무시무시했다. 녀석들이 곧 냄새를 맡고 타라를 찾아낼 텐데. 타라는 궁전으로 돌아갈 수 없었다. 빨리 도시를 떠나야 했다.

하지만 숨을 헐떡이면서 거머리처럼 쫓아오는 존재가 타라가 어디로 가는지 볼 것이 아닌가. 우선 이 거머리부터 떼어내야 했다. 따돌리든지 때려눕히든지 무슨 수를 써야 하는데……. 어수룩하지만 타라보다 더 빨리 뛰는 걸 생각하면 때려눕히는 것이 더 효과적일 듯싶었다.

막다른 골목이라는 걸 알아챈 타라는 멈춰 서서 숨을 가쁘게 몰아쉬었다.

그리고 추격자와 마주 섰다.

깜짝 놀란 추격자가 딸꾹질을 했다. 그 순간 구름이 흩어지면서 달빛이 갑자기 골목길을 비추었다.

눈앞에 서 있는 것은 완벽의 화신이라고 해야 할까? 타라보다 나이가 약간 많거나 또래로 보이는 소년, 검은색 두꺼운 바지에 부츠를 신고, 묘한 옷감으로 지은 긴소매 셔츠, 더운 날씨인데도 조끼까지 걸친 차림이었다. 난쟁이들처럼 도끼 두 개를 등에 둘러메고 있었다. 키가 아주 크고, 천사 같은 얼굴에 초록색이 감도는 금빛 눈은 광채 때문에 눈이 부셨다. 떡 벌어진 어깨 위에서 사자의 갈기처럼 휘날리는 비단결 같은 캐러멜색 머리는 허리에 닿을 정도로 길었다.

보고 있으면 만지고 싶은 충동이 일어나는 얼굴이다. 긴 속눈썹, 입을 맞추고 싶게 만드는 아름다운 입술, 단단한 턱, 훤한 이마…….

가장 인상적인 것은 얼굴의 피부였다. 두 개의 달빛을 받아 오팔보석 같은 광택이 났다. 믿을 수 없을 정도로 뛰어난 외모는 혹시 뭔가를 숨기기 위한 위장술일까? 그렇지만 뱀파이어의 카리스마와는 분명히 달랐다. 소년의 매력적인 모습에도 불구하고 타라는 본능적으로 위험하다는 느낌이 들었다.

하지만 소년이 미소를 지었을 때 타라는 숨이 막힐 뻔했다.

"아가씨, 도와드리겠사옵니다. 죽은 혼령들의 살인청부업자들, 전혀 두려워할 필요 없사옵니다."

소년의 말투가 마치 랑코비트 고어로 쓰인 옛날 역사책을 읽는 것 같았다. 그 말투 때문에 매력이 한순간에 사라져버렸다. 타라는 몸을 흔들었고, 두 손에서 파란색 마법의 광선이 번쩍였다.

"아소무스의 이름으로 내가 도망치는 동안 소년을 잠들게 할지어다!"

좀 유치하지만 멋진 주문을 생각할 겨를이 없었다. 타라는 소년이 대응하기 전에 초강력 마법의 광선을 날렸는데…… 오팔보석 광택이 나는 묘한 피부를 맞고 튕겨 나오는 것이 아닌가. 마치 거대한 거울에 부딪혀서 되돌아오는 것 같은 마법의 광선이 타라를 후려쳤다.

갈랑과 타라는 그 자리에 쓰러졌다.

타라는 자신의 마법을 경험하기는 처음이었고, 깨어나면서 맨 처음 생각한 것은 '아프다'였다.

타라는 이제야 적들이 자기를 두려워하는 이유가 이해되었다.

두 번째로 생각한 건 이상한 곳에 와 있다는 것이었다. 타라는 움직여보다가 눈살을 찌푸렸다. 아더월드의 빨갛고 파란 나무들로 덮인 둥근 천장이 머리 위에서 흔들리고 있었다. 흙냄새가 나고, 허리 밑에서 뿌리가 느껴졌다.

그러나 묶여 있는 건 아니었다. 갈랑도 머리를 들이미는 것으로 무사하다는 표시를 했다.

따라서 이번만은 타라와 갈랑이 감옥에 갇혀 있는 것이 아니었다. 그렇다고 방에 있는 것도 아니었다. 뜨거운 바람도 습기도 느껴지지 않았다. 타라는 살아 있는 궁전에 있다고 믿을 수도 있었지만, 여러 가지 정황으로 보아 실내가 아니라 밖에 있는 것이 분명했다. 타라의 생각을 알아차린 갈랑이 날개를 파닥이며 날아오르는 것으로 그들이 자유롭다는 걸 보여주었다.

"아가씨, 괜찮사옵니까?" 걱정이 가득한 목소리가 물었다. "너무 놀랐사옵니다. 저는 방어했사온데 마법이 튕겨나갔사옵니다. 아가씨의 마법이 작동했사옵니다. 그래서 저는 방어해야 했사옵니다. 정말 송구하옵니다."

도대체 뭐라는 거야? 의사소통을 하려면 통역이라도 불러야 하나? 자이언트 거미처럼 운을 맞춰서 말하는 건 아니지만 어딘지 모르게 비슷한 말투였다.

타라는 소년을 쳐다봤다. 아까의 그 이상한 소년이 분명했다. 잘생긴 소년이 다정하게 미소를 보내고 있지만, 경계하는 건지 가까이 다가올 엄두를 내지 못했다.

타라가 질문을 하려는 순간 누군가 빈정거렸다.

"흥, 잠자는 숲 속의 미녀가 드디어 깨어나셨군!"

타라는 한숨을 내쉬었다. 악몽을 꾸고 있는 게 틀림없어. 타라는 벌떡 일어났는데 어지러웠다.

"안젤리카? 맞지?"

"그래, 나야. 그리고 여기 이 미남은 유령들을 피해서 혼자 도망치는 걸 보고 단지 너를 도와주려고 쫓아온 왕자님인데 공격하다니!"

"뭐라고?"

"이름이 실버 클라쿠에투알이야. 며칠 전에 레지스탕스에 입단했어. 우리 모임에 늦게 도착하는 바람에 사태가 심상치 않은 걸 목격했고, 너를 도와주기 위해 지름길로 달려오다가 너와 부딪쳤던 거야."

"뭐라고?"

"네 편이라는 설명을 할 겨를도 주지 않고 네가 미치광이처럼 공격한 거라고!"

"뭐라고?"

"멍청한 거야, 멍청한 척하는 거야? 자꾸 뭐라고, 뭐라고 묻지 말고 똑똑히 잘 들으란 말이야! 실버는 우리 편이고, 우리를 도와주려고 여기 있는 거라고! '도망의 명수' 아가씨, 알아들었어?"

아직은 좀 혼란스럽지만 타라는 두 가지 충동을 느꼈다. 안젤리카는 개구리로, 실버는 두꺼비로 둔갑시키고 싶었다.

타라는 유혹을 간신히 떨쳐냈다.

"여기는 트라비아에서 100타트롤(150킬로미터) 이상 떨어진 시골이야." 안젤리카가 말했다. "시골이라면 난 정말 질색인데!"

"알았어, 나와 실버 클라쿠에투알이 여기 있는 건 이해했어. 그런데 너는 왜 여기 있는데?"

"너를 따라왔지." 안젤리카는 말귀 못 알아듣는 모자란 인간에게 말하는 것처럼 또박또박 설명했다. "네가 어떻게 하는지 보기 위해서. 정말 구역질 나는 일이지만 넌 내가 이제껏 만난 사람 중에서 가장 운이 좋은 애니까. 너는 틀림없이 궁지에서 벗어날 거라고 생각했고, 그러면 나도 사는 거니까. 네가 실버를 따돌리려고 했을 때 실버는 너의 마법을 제압하고 쓰러뜨렸어. 내가 도착한 것이 바로 그때였고, 나를 추격하는 병사들을 실버가 순식간에 해치웠지. 내 목숨을 구해준 거야. 물론 내가 꼭 도움이 필요했던 상황은 아니지만, 실버의 재빠른 개

입이 아주 효과적이었다고 생각해. 나는 너를 그냥 두고 가자고 했지만, 실버는 너를 데려오고 싶어했어. 이유는 모르겠지만. 실버 덕분에 우리는 트라비아를 벗어날 수 있었지. 실버는 유령에 들린 병사를 알아내는 방법을 알고 있었거든. 카무플레 정보국 요원 뺨치는 실력이었지. 게다가 샤트릭스들까지 실버를 따라오려고 하지 않았어. 마치 실버의 냄새를 싫어하는 것처럼."

샤트릭스들의 울음소리…… 기억이 난 타라는 눈살을 찌푸렸다.

"병사들이 아직도 우리를 추격하고 있어?"

"우리가 아니라 너를 추격하고 있지. 수비대가 너를 체포하려고 혈안이 되어 있으니까. 왕이 트란스미투스 사용을 금한다는 성명을 발표했기 때문에 위반하면 감옥행이야. 트란스미투스를 사용하면 위성이 탐지할 수 있다는데 성과를 거두지는 못할 거야. 트란스미투스로 이동하는 장소를 알아내는 것이 불가능하니까. 마법사가 외치는 장소를 듣는다면 몰라도."

그렇다면 트란스미투스 사용을 탐지하기 위해 위성을 작동하는 것이 무슨 소용이 있을까? 타라는 불길한 느낌이 들었지만 섣불리 말했다가 꺽다리의 조롱을 받으니 아무런 내색을 하지 않기로 했다,

"왕과 왕비는 사소한 마법만 허용했어. 예를 들어 레파루스, 트라둑투스 같은 일상생활에 필요한 사소한 주문만 사용할 수 있지. 물, 불, 흙, 공기의 원소를 부르는 마법을 포함해서 에너지가 많이 방출되는 마법은 모두 금지했어. 도시 밖에서도 병사들이 검문을 하고 있고."

사소한 마법은 사용하지 않아도 그만이지만, 꼭 필요한 마법을 금지하다니 유령들은 영악했다. 여행하는 사람들은 불과 물이 필요했다. 따

라서 원소를 불러오기 위해 마법을 사용할 경우 발각된다는 것이 아닌가.

"나는 도망쳐야 해." 타라가 말했다. "나 혼자 갈게. 나는 수배 중이니까 같이 있으면 너희도 위험해."

안젤리카는 고개를 끄덕였다.

"당연하지. 내가 두 번이나 이 미남에게 그렇게 말했지만 너를 포기하지 않았어."

안젤리카는 소년의 태도에 매우 유감스러운 모양이었다.

타라는 실버에게 환한 미소를 지어 보였다.

"고마워요."

소년이 흠칫 놀랐다.

"좋아. 우리는 지금 떠날게." 안젤리카는 불안해하는 얼굴로 말을 이었다. "네가 트라비아를 빠져나갔다는 걸 알아차리고 병사들이 곧 추격해올 거야. 가요, 실버."

안젤리카는 멋진 소년과 헤어지고 싶지 않은 것이 역력했다.

타라는 서글펐지만 이성적으로 받아들여야 했다. 그들에게 작별 인사를 하고 어둠에 잠긴 숲 속을 걸어갔다. 아무리 뛰어난 병사들이라도 빨간색과 파란색 나뭇가지들로 빽빽한 숲에서 타라를 찾는 것이 그리 쉽지는 않을 것이다.

갑자기 소년이 뛰어오면서 소리쳤다.

"아가씨를 저버릴 수 없사옵니다. 몸이 아직 허약해 보이옵니다. 보호자가 있어야 하옵니다."

"진짜 짜증 나네!" 안젤리카가 발끈했다. "그럼 나는 보호자가 필요 없고?"

타라는 걸음을 멈췄다.

"내 몸 상태가 좋지 않다고 같이 있어달라고 강요할 수는 없어요." 타라가 대꾸했다.

"강요 때문이 아니고 의지에 따라 기꺼이 동행하겠다는 것이옵니다." 실버는 반박했다. "아가씨는 걷기 힘들어 보이옵니다. 너무 지쳐 있사옵니다."

지쳐 있는 건 사실이지만, 겉으로 드러날 정도일 줄은 타라도 미처 몰랐다.

실망한 안젤리카는 돌을 걷어차면서 말했다.

"그래, 알았어, 알았다고! 너희들이 이겼어. 돌아와!"

현기증이 점점 심해지는 걸 느낀 타라는 안도하면서 돌아왔다. 쫓기는 처지인데 숲 속에서 쓰러지기라도 하면 살아남을 가능성이 없었다.

"고마워, 안젤리카. 그리고 도시를 벗어나게 해준 것도 고마워."

꺽다리는 눈살을 찌푸리면서 모욕적인 말로 쏘아붙이려다 적당한 말을 못 찾았는지 미워죽겠다는 눈길로 타라를 째려봤다.

"이렇게 나를 도와줘서 고마워요, 실버 클라쿠에투알."

실버는 마치 평형감각에 문제가 있는 것처럼 아주 조심스럽게 허리를 굽혔다. 어눌한 말투와 어설픈 동작을 빼면 정말 용감하고 의젓해 보이는 소년이다. 타라는 곰곰이 생각하다가 제안했다.

"가능한 한 조심하고, 허용된 마법만 사용하자. 그리고 도망쳐야 할 경우에는 트란스미투스를 사용해 이동하는 게 좋겠어."

안젤리카는 팔짱을 끼고 노려봤다.

"필요하면 내가 알아서 할 거니까 나한테 이래라저래라 하지 마!"

타라는 두통이 너무 심해서 표독스러운 안젤리카와 말싸움을 할 수가 없지만, 인내심이 한계에 다다르는 걸 느꼈다.

여전히 약간 뻣뻣한 자세로 서 있던 실버가 몸을 웅크리면서 싸움을 중단시켰다.

"이 나라의 풍습과 관례를 전혀 모르옵니다. 고귀한 아가씨들, 제가 어떻게 도와드리면 되겠사옵니까?"

"다른 사람들처럼 자연스럽게 말할 줄 몰라요?" 소년이 원망스러운 안젤리카가 트집을 잡았다. "무슨 말을 하는지 반밖에 이해가 안 되네요. 간단명료하게, 오케이?"

실버는 한숨을 내쉬면서 생각에 잠겼다.

"혼령들, 제거하는 것, 도와드리겠사옵니다."

"이런! 그건 너무 간단명료하고." 안젤리카가 내뱉었다.

"아가씨가 무엇을 원하시는지 모르겠사옵니다." 몹시 당황한 실버가 대꾸했다.

실버는 두 도망자를 도와주겠다는 의지를 보이는 것이 틀림없었다. 좋은 의도로 도와주려는 소년을 실망시키고 싶지 않아 타라는 친절하게 대해주기로 마음먹었다.

타라가 몸을 숙이자 소년이 부리나케 물러서다가 넘어질 뻔했다. 타라는 눈살을 찌푸리면서 코를 실룩거렸다. 이게 무슨 냄새지?

초조해진 안젤리카는 발로 땅바닥을 툭툭 찼다.

"특히 무슨 일이 생길 경우." 꺽다리가 퉁명스럽게 말하면서 이때다 싶었는지 말을 놨다. "서로의 말을 잘 이해해야 되는데…… 이래서는 의사소통에 문제가 생기니까 랑코비트 고어를 현대어로 바꾸는 동시 통역 주문을 걸어야겠어. 허용된 마법이니까 발각되지 않을 거야. 이번에는 방어 마법을 사용하지 마. 그럴 수 있지?"

"아가씨의 목소리에 분별력이 있사옵니다. 내 방어 마법을 거두겠사옵니다."

"무슨 말인지 정확하게 이해 못했지만, '그러겠다'는 뜻으로 받아들일게. *트라둑투스의 이름으로 우리가 서로의 말을 쉽게 이해할 수 있게 할지어다.*"

마법이 후려치자 실버의 입에서 신음소리가 새 나왔지만 저항하지 않았다.

"이제 말해봐요." 호기심이 동한 타라가 말했다.

"이상해요. 달라진 느낌, 전혀 없어요." 실버가 말했다.

많이 완화되긴 했지만 존대는 여전했다. 서로 말을 놓으면 훨씬 편할 텐데.

"생각하는 방식이 달라지는 건 아니니까요. 다만 통역 주문 때문에 표현만 바뀌는 거예요. 예를 들어 머릿속으로 '살인청부업자'라고 생각하고 말해도 우리 귀에는 '살인자'로 들리고, '혼령'이라고 생각하고 말해도 우리 귀에는 '유령'이나 '영혼'으로 들리게 되죠. 곧 익숙해질 거예요. 그리고 미안해요."

"뭐라고……? 아, 그게 아니라……."

아! 안젤리카가 타라에게 '뭐라고'라고 묻지 말고 똑똑히 잘 들으라고 지적했던 말을 기억하고 있는 것이 아닌가.

타라는 실버에게 손을 내밀면서 말했다.

"공격해서 미안해요. 공격하지 말았어야 했는데……."

실버는 마치 독거미라도 되듯 타라의 손을 쳐다보면서 뒷걸음쳤다.

"아, 괜찮아요."

타라는 손을 내렸다. 이것 봐! 내 생각이 맞았어. 실버는 타라의 손을 잡으려고 하지 않았다.

이유가 뭘까?

이 일은 일단 머릿속에 새겨두었다가 나중에 알아보기로 하고 타라는 정신을 집중했다.

"여기가 어디지?"

"트라비아 북쪽." 안젤리카가 감탄하는 눈길로 실버를 쳐다보면서 대답했다. "대단한 체력이야. 너를 업고 몇 시간을 걸었는데도 끄떡없었어!"

실버가 놀라는 눈길을 던졌다.

"몇 시간 동안 아니에요. 그렇게 오래 업을 수 없어요, 덩컨 아가씨. 그거 불가능한 일이에요. 솔직히 나 많이 비틀거렸어요."

"많이 걸었어. 너무 지쳐서 나는 걸음을 멈춰야 했으니까." 안젤리카가 말했다.

"이 아가씨, 도와주려고 하는 상인 때려눕혔어요." 실버가 비난하는 어조로 덧붙였다. "훔치는 것, 나쁜 짓이에요!"

"그 상인과 우리, 둘 중 하나를 선택해야 했어. 네가 이 멍청한 계집애를 데려가려고 했기 때문에 어쩔 수가 없었잖아." 안젤리카가 응수하면서 타라를 향해 고개를 돌렸다. "상인의 양탄자를 훔쳐서 도망쳤거든. 파란 배추를 잔뜩 실어놨기 때문에 양탄자의 속도가 빠르지 않앉지만, 몇 시간 동안 다른 양탄자들과 마주치지 않았어. 유령들이 도시를 봉쇄했기 때문이겠지."

"그 상인에게 무슨 짓을 했는데?"

"상인을 묶고 입을 틀어막은 다음 숨겨놨지. 아소무스 주문에 이어서 민투스 주문을 날렸으니까 몇 시간이 지나면 깨어나겠지만 아무것도 기억하지 못해. 그리고 도시에서 멀리 떨어진 곳에 숨겨놨으니까 신고하려면 시간이 좀 걸릴 거야. 게다가 여기 시골은 어두워서 쉽게 눈에 띄지 않아."

비는 그쳤는데 구름이 달들을 가리고 있었다.

애꿎은 사람을 희생시키는 것으로 몇 시간을 벌다니……. 타라는 고개를 설레설레 저었다.

"그럼 이제 떠나자. 병사들은 적외선 안경을 끼고 있어서 어두운 것과 관계없이 우리의 체온을 탐지해낼 거야. 시골이라고 안심할 수는 없어."

타라의 말에 안젤리카가 거만하게 턱을 꼿꼿이 세웠다.

"물론 떠나야지. 그래서 어디로 가겠다는 건데, 만물박사 양? 지금은 레지스탕스도 끝장났는데……."

타라는 눈을 감으면서 꾹 참았다. 안젤리카를 지렁이로 둔갑시키지 않으려고 이를 악물었다. 불행히도 꺽다리의 말이 맞기 때문이다. 누가 붙잡히고 무사히 도주했는지 알 길이 없었다. 따라서 지금은 레지스탕스와 접촉하는 것은 불가능했다.

"비인간 종족의 나라로 피신해야 돼." 타라는 눈을 뜨면서 큰 소리로 말했다. "그들만 유령에 들린 인간들로부터 우리를 지켜줄 수 있어."

"와우, 그거 좋은 생각이네." 안젤리카가 기분 나쁜 목소리로 외쳤다. "엘프들의 여왕에게 가자. 유령들이 이 세상을 침략하게 만든 것으로도 모자라서 지난 두 달 동안 힘들게 조직한 레지스탕스까지 괴멸시켰으니 너를 굉장히 환영해줄 거라고 확신해. 넌 진짜 걸어 다니는 재앙이야!"

타라는 모욕적인 말에 대꾸하지 않고 경계하는 눈빛으로 안젤리카를 쳐다봤다. 껄다리가 레지스탕스가 습격을 받은 것이 누구 때문에 일어난 일인지 어떻게 알았지? 타라는 아무도 알아채지 못하도록 손에서 광선이 나타나지 않게 마법을 작동했다. 안젤리카가 유령에 들려 있는 건가? 불행히도 안젤리카의 몸에서 빛이 나는지 볼 수 있을 정도로 주위가 많이 어둡지 않았다.

확인하려면 전혀 의심을 사지 않을 만한 구실을 만들어 주위를 깜깜하게 만드는 주문을 읊어야 하는데…….

그렇지 않으면 안젤리카가 유령에 들렸는지 아닌지 확인할 방법이 없다.

"내가 미행당했다는 건 어떻게 알았어?" 타라는 차분한 목소리로 물었다.

"병사들에게 공격을 지휘하는 사람을 봤는데 네 친구 칼리반 달 살란이었거든. 그리고 몽타뉴크리스토가 칼이 유령에 들렸다고 알려줬어. 그래서 칼이 너를 뒤쫓고 있다는 결론을 내렸지. 그러니까 레지스탕스 모임에 병사들이 들이닥친 건 바로 너 때문이잖아!"

안젤리카는 유령에 들리지 않은 게 틀림없었다. 어떤 유령이 저렇게 못된 성질을 똑같이 흉내 낼 수 있을까? 타라는 마법을 껐다.

"맞아." 타라의 목소리에 슬픔이 실렸다. "칼은 유령에 들렸어. 로빈도. 하지만 로빈은 그 때문에……(타라는 힘들지만 억지로 말을 이었다) 죽었어."

잠시 침묵이 흘렀다. 이윽고 안젤리카가 조그맣게 휘파람을 불었다.

"트리톤이 그 말은 하지 않았는데…… 어쨌든 나에게는 말해주지 않았어. 네가 사랑하는 남자친구를 죽였단 말이야? 맙소사, 네가 지옥에 떨어지길 바랐지만 스스로 네 무덤을 팔 줄은 몰랐다."

동정이라곤 없는 매정한 목소리였지만 안젤리카는 정말 놀란 것 같았다. 타라는 슬픔을 떨치려고 한숨을 내쉬고 말을 이었다.

"엘프족의 나라에는 친구가 없기 때문에 갈 수 없어. 하지만 난쟁이족은 달라. 절친한 친구 파프니르가 있으니까. 파프니르의 집에 숨어 있으면 오무아 대륙과 랑코비트에서 멀리 떨어져 안심할 수 있어. 게다가 타도르 산에서는 공간이동의 문들이 작동하지 않으니까 안전하고. 이런저런 이유로 난쟁이족의 나라로 피신할 수 없다면 크라살비로 가면 돼. 뱀파이어들이 나에게 호의적이니까 우리를 받아줄 거야."

"우리?" 안젤리카는 매섭게 쏘아봤다. "어떻게 우리야? '우리'란 건 없어. 절대로. '나'만 있을 뿐이지. 하필이면 왜 오만 방자하고 악취가 나는 난쟁이들의 나라로 가자는 건데? 그리고 뭐? 그 소름 끼치는 뱀파이어들의 나라로 가자고? 난 싫어. 차라리 내 부모님의 시골 별장으로 가자. 병사들이 거긴 절대 오지 않을 거야."

"뉴스 접속했어요." 실버가 당황하면서 장갑 낀 손에 들린 크리스털 볼의 화면을 보여주었는데 이미지들이 많이 흔들리고 있었다. "그거 좋은 생각 아닌 것 같아요. 우리 집 가서 함께 지내는 게 좋겠어요."

안젤리카는 함박미소를 지으며 실버를 돌아봤다.

"왜 너네 집으로 가자는 건데?" 꺽다리가 코맹맹이 소리로 물었다. "나를 네 침실로 데려가려고?"

통역 주문에도 불구하고 표현 방식은 여전히 어색했다. 책을 읽는 것 같은 말투에 어색한 존댓말, 달빛을 받아 유난히 반짝이는 피부, 친절하면서도 사람들과 살이 닿는 걸 원치 않는 이상한 행동, 이 미남이 도대체 아더월드의 어느 나라에서 왔을지 궁금했다.

실버는 눈이 동그래져서 안젤리카를 쳐다봤다.

"이제 우리 집 돌아갈 수 없어요." 실버가 대답했는데 슬픔이 가득한 목소리였다. "도망칠 때 덩컨 아가씨 모습, 카메라에 찍힌 것 같아요. 아가씨들이 말하는 칼리반이 여인숙 주위에 스쿠프들, 설치해놨던 모양이에요. 모임에 참석했던 레지스탕스 조직원들, 대부분 가면으로 얼굴 가렸어요. 하지만 아가씨들, 가면 쓰지 않아서 금방 발각될 거예요."

크리스털 볼을 통해 보는 뉴스에 헝클어진 머리로 골목길을 질주하는 안젤리카와 그 뒤를 쫓는 병사들의 모습이 보였다. 또 다른 도망자의 모습도 담겨 있는 걸 보면 스쿠프는 움직이지 말라는 지시를 받은 것이 틀림없었다. 밤인데도 모습이 또렷했다.

"제기랄!" 안젤리카가 욕설을 뱉었다. "병사들에게 쫓긴 건 사실이지만, 스쿠프는 못 봤는데. 빌어먹을 칼!"

"진짜 칼이 아냐." 타라가 상기시켰다. "어쨌든 미안해, 안젤리카."

꺽다리는 땅바닥에 털썩 주저앉았다.

"레지스탕스 모임을 갖는다고 했을 때 왠지 불안하더니!" 안젤리카가 투덜거렸다. "내가 이럴 줄 알았다니까. 지금으로서는 선택의 여지도 없는데. 난 난쟁이들과 어울리지 않아서 친구가 없단 말이야. 하지만 두고 봐, 넌 대가를 치를 테니까!"

벌떡 일어난 안젤리카가 홱 돌아서더니 나뭇가지에 묶인 채 둥둥 떠 있는 대형 양탄자를 향해 걸어갔다. 양탄자 뒤에 연결된 트레일러에 배추가 잔뜩 실려 있었다. 길이가 수 미터에 이르는 청록색과 금색의 양탄자인데 수명이 다 된 것 같은 고물이었다. 스프링이 드러나 있는 좌석들, 거의 시커메진, 마법을 공급하는 동력장치, 여섯 개의 수평 조절기 중 한 개가 파손되었는지 양탄자가 기울어진 상태로 떠 있는데 군데군데 찢어져 있었다.

"서둘러야겠어." 안젤리카가 말했다. "이런 고물 양탄자로 여길 통과하려면 며칠은 걸릴 거야. 특히 왕래가 많은 노선을 피해야 돼."

"어디로 갈 건데?" 타라는 안젤리카의 성질을 건드리지 않으려고 차분하게 물었다.

"네 친구 난쟁이의 나라로 가자면서? 적어도 난쟁이족이 싸울 줄은 아니까. 몇 시간 동안 이유와 방법을 토론해야 움직이는 그 건방진 뱀파이어들보다는 훨씬 낫지."

안젤리카는 뱀파이어를 두려워하고 있었다.

이렇게 되면 꺽다리가 대장이 되는 건가? 타라는 한숨을 내쉬었다. 하지만 너무 지치고 온몸이 아프기 때문에 더 이상 안젤리카와 다투고 싶지 않았다.

실버는 타라에게 덮어주었던 담요를 집어 들고 양탄자에 올랐다. 양탄자가 크게 흔들리는 바람에 놀란 타라와 안젤리카는 넘어지지 않으려고 좌석에 매달려야 했다. 타라는 이맛살을 찌푸렸다. 몇 톤의 무게 정도에는 끄떡없는 양탄자가 흔들렸다는 것은 실버의 체중이 그렇게 많이 나간다는 뜻인가? 실버는 수상한 점이 한두 가지가 아니었다. 타라는 이제 믿을 사람이 없었다. 실버는 어깨에 둘러멘 도끼 두 개를 풀어 손닿는 데에 고정시켰다.

그들은 트레일러에 실린 배추를 버리지 않기로 했다. 상인이 도둑맞았다는 신고를 하지 않는 한 그보다 더 좋은 위장술이 있을까.

"실버, 네가 조종해." 안젤리카는 카멜레온 천을 두르고 웅크리면서 말했다.

"그거, 좋은 생각 아니에요." 실버는 거부했다. "마법, 나에게 비정상적 반응 보이는 것 같아요. 이따금 마법, 전혀 작동하지 않아요. 아가씨들, 위험에 빠뜨리고 싶지 않아요."

아! 좀 전에 크리스털 볼이 불안정했던 이유를 설명해주는 건가?

"하지만 실버는 쫓기지 않잖아요." 타라가 대꾸했다. "검문을 받을 경우 우리 셋 중에서 실버만 병사들에게 답변할 수 있고, 화살을 맞는 일도 없을 거예요. 그리고 앞에는 핸들, 변속기어, 브레이크만 있어요. 마법의 엔진은 뒤에 있으니까 문제가 생기진 않을 거예요."

"무슨, 문제 생겨요?"

타라는 눈을 두리번거렸다.

"문제가 생긴다는 것이 아니라 잘될 거란 뜻이에요."

실버는 '친절하지만 말을 이상하게 하는 여자야'라고 생각하는 얼굴로 마지못해서 조종석에 앉았다.

배추가 잔뜩 실린 트레일러는 무겁고 느리기 때문에 떠오르는 장치를 잘 조종해야 했다.

그런데 양탄자를 조종한 적이 한 번도 없는 실버는 너무 빨리 출발시켰다. 뒤에 달린 트레일러가 훨씬 느리게 반응하면서 양탄자는 심하게 요동쳤고, 그 바람에 중심을 잃고 자빠진 실버는 자신도 모르게 변속기어를 잡아당기고 말았다. 양탄자가 갑자기 하늘 높이 펄쩍 뛰어오르면서 트레일러도 덩달아 떠올랐다. 타라와 안젤리카는 비명을 지르면서 좌석 다리에 매달렸지만 몸의 절반은 양탄자 밖의 허공으로 밀려나갔다.

"실버!" 타라가 외쳤다. "떨어질 것 같아. 수평으로, 빨리!"

실버는 미친 사람처럼 브레이크를 밟았다. 그것도 좋은 생각이 아니었다. 양탄자가 그 자리에서 멈췄으니!

양탄자와 트레일러를 연결하는 철봉이 무게를 이기지 못하고 휘어지더니…… 결국 트레일러는 양탄자를 들이받고 말았다.

핸들에 머리를 부딪치면서 쓰러진 실버는 조종석에서 튕겨 나왔다. 안전벨트를 채우지 않았기 때문이다. 실버는 끽소리도 내지 못한 채 어둠 속 땅바닥으로 곤두박질쳤다.

양탄자도 떨어지고 있었다.

타라와 안젤리카는 필사적으로 좌석 다리를 붙잡고 늘어졌지만 엄청난 충격에 배추 더미에 처박혔고, 썩은 냄새를 풍기는 파란색 배추잎을 뒤집어쓰게 되었다.

"으악, 죽을 것 같아!" 안젤리카는 악을 썼다. "마법으로 양탄자의 속도를 늦춰야겠어!"

"안 돼, 그건 절대 안 돼!" 타라가 외쳤다. "대번에 발각될 거야. 갈랑, 네가 날아가서 핸들에 있는 장치를 수평으로 전환해, 빨리!"

타라의 어깨에 달라붙어 있던 갈랑이 울음소리를 내면서 날아갔다. 양탄자는 지면을 향해 전속력으로 떨어지고 있었다. 어두워서 지면까지의 거리가 얼마나 되는지 알 수 없었다.

"분명히 말하는데." 안젤리카가 고함쳤다. "3초만 기다리다 마법을 날릴 거야!"

갈랑이 잘하는지 보느라고 타라는 대답하지 않았다.

축소되어 있는 페가수스는 너무 작고 가볍기 때문에 핸들을 잡아당기는 것이 쉽지 않았다. 그렇지만 핸들을 잡은 갈랑은 거의 정상적인 수평을 되찾을 때까지 변속기어와 하강 각도를 줄이기에 이르렀다. 갈랑이 조종 장치들과 씨름을 하는 사이에 떨어질까 잔뜩 겁먹은 타라와 안젤리카는 양탄자 앞쪽으로 가까스로 기어갔다.

머리가 헝클어진 두 소녀는 숨을 헐떡이면서 조종석에 주저앉고 나서야 안도의 숨을 내쉬었다.

그때 울창한 숲 위로 거대한 언덕이 불쑥 나타났다.

타라와 안젤리카는 마법을 작동할 겨를이 없었다. 안젤리카는 비명을 지르면서 두 손을 뻗었다. 믿을 수 없을 정도로 강렬한 빛을 번쩍이면서 안젤리카의 두 손이 언덕을 박살 냈다. 언덕은 흔적도 없이 사라졌다.

눈부신 섬광 때문에 타라는 잠시 아무것도 보이지 않았다. 양탄자가 심하게 요동치는 동안 실체가 없는 언덕의 정령이 사방에서 나무들을 후려치고 뒤흔들고 있었다. 트레일러는 부서지고 그 위로 양탄자가 떨어졌다. 두 소녀는 배추 더미 위로 떨어져서 천만다행이었다. 충격을 흡수해주었으니.

"휴!" 아직 살아 있다는 것이 놀라운 타라가 중얼거렸다. "어떻게 된 거지?"

타라는 몸을 뒤덮은 양탄자를 밀쳐냈다. 그러자 양탄자가 얌전히 둥둥 떠올랐다.

타라는 여전히 눈이 부셔서 눈살을 찌푸렸다. 배추 잎들을 머리에 쓰고 일어난 안젤리카는 작은 태양처럼 빛나는 오른손을 쳐다보고 있었다.

"오, 빛의 손!" 안젤리카는 계속 되뇌었다. "빛의 손!"

반경 15킬로미터쯤은 환히 비출 정도로 강한 빛이었다.

"안젤리카, 그 빛을 끄는 게 좋을 텐데!"

"오, 빛의 손! 빛의 손!"

"그래, 알아! 차라리 암흑의 손이면 도움이라도 되지."

안젤리카는 활짝 웃으면서 타라를 돌아봤다.

"이게 바로 빛의 손이란 말이야!"

"그래, 알았다니까!" 타라는 야유했다. "그 빛을 끄는 방법은 아는 거지?"

빈정거리는 말에 불쾌해진 안젤리카는 이맛살을 찌푸렸다.

"너 이게 안 보여? 이건……."

"빛의 손이라면서!" 타라가 말을 잘랐다. "그렇게 빛나는데 당연히 보이지. 다시 말하는데 그걸 꺼주면 좋겠어. 제발 부탁이다."

그러고는 안젤리카의 관심을 다른 데로 돌리기 위해 덧붙였다.

"그리고 네 머리에 붙어 있는 배추 잎이나 떼어내."

안젤리카는 코를 킁킁거리다가 눈을 감았다. 콧김에 꺼지는 촛불처럼 손에서 번쩍이던 빛이 꺼졌다. 그러나 배추 잎을 떼어내고는 다시 거만한 표정이 되었다.

"내가 빛의 손을 갖게 되다니!" 안젤리카는 몇 초 사이에 완전히 달라진 손을 쳐다보면서 도저히 믿기지 않는다는 얼굴로 되뇌었다.

타라는 대꾸하지 않으려고 입술을 깨물고 있다가 한마디 툭 던졌다.
"그게 뭔데?"

"일종의 무기야. 지각단층 전쟁이 일어나는 동안 나의 조상이신 브란다우드가 만들었지. 우리의 유전형질 속에 삽입했는데 우리 가족에게 한 번도 나타난 적이 없었어. 그런데 그걸 내가 물려받다니! 아버지가 몹시 분해하실 거야! 빛의 손이 있으면 굳이 마법을 작동할 필요도 없어. 아주 강력한 무기라고 할 수 있으니까. 언덕이 순식간에 사라지는 거 너도 봤지?"

물론 타라는 똑똑히 기억하고 있었다. 빛의 손이 그들의 목숨을 구해주지 않았던가! 브라보, 안젤리카! 그런 능력이 있다니, 타라는 깜짝 놀랐다.

타라는 배추 더미에서 빠져나오다가 갑자기 실버가 생각났다. 소년이 공중부양에 성공했으면 좋으련만! 마법을 그리 좋아하지 않는 타라지만, 이럴 때는 실버가 마법을 사용했기를 진심으로 빌었다. 어둠 때문에 타라는 눈을 찡그리면서 주위를 둘러봤지만, 실버는 보이지 않았다. 갑자기 달빛을 받아 뭔가 반짝이는 것이 눈에 띄었다.

타라는 달려갔다. 잘못 본 게 아니었다. 실버였다. 커다란 웅덩이에 처박힌 실버는 꿈쩍도 하지 않았고, 파리한 이마에서 피가 흘러내리고 있었다.

타라는 가까이 다가갔다. 소년의 모습이 어딘지 이상했다. 몸이 두 배로 늘어나 있다고 해야 되나? 타라는 실버가 아직 살아 있는지 확인하기 위해 몸을 숙이고 맥을 짚었다. 그저 목을 건드렸을 뿐인데…… 뼈가 보일 정도로 손가락을 깊게 베였다.

이럴 수가! 타라는 놀란 얼굴로 피투성이가 된 자기 손을 쳐다봤다. 눈물이 나올 정도로 통증이 심했다.

"안젤리카!" 타라는 출혈을 억제하려고 있는 힘을 다해 손목을 꽉 쥐면서 외쳤다. "빨리 와봐!"

아직 흥분 상태에 있는 안젤리카는 아무 생각 없이 양탄자에서 내렸다. 그러고는 타라의 손을 보면서 눈이 동그래졌다.

"너 또 무슨 짓을 한 거야?"

"아무 짓도 하지 않았어. 그냥 실버를 건드렸는데 피부가 어찌나 날카로운지……. 이것 좀 봐, 이렇게 깊게 베였어. 레파루스 치료가 필요해."

안젤리카는 타라의 고통을 즐기듯 쳐다보고만 있었다.

"안젤리카." 타라는 침착한 목소리로 말했다. "다른 사람이 고통스러워하는 모습을 보면서 즐거워하는 건 심각한 정신병이야. 어릴 적에 아무렇지도 않게 파리의 날개나 곤충의 다리를 떼어내던 사람은 나아가 고양이와 개를 괴롭히게 되고, 결국은 인간을 해치는 것도 서슴지 않게 되는 거야."

"나는 네 고통을 즐기는 게 아냐." 꺽다리는 뻔한 거짓말로 반박했다. "우리는 마법을 사용하면 안 된다는 거 잊었어?"

"레파루스나 트라둑투스는 허용된다면서!" 타라는 고통 때문에 이를 악물면서 대꾸했다. "빨리 치료해주지 않고 뭐 하는데?"

"어떡할까 생각하는 중이야." 꺽다리가 거들먹거렸다. "왼손으로 마법을 사용하는 게 낫겠어. 오른손을 사용하면 너를 치료하는 게 아니라 박살 낼 위험이 있으니까."

"그건 네 마음이고 빨리 치료해줘. 아파죽겠단 말이야!"

안젤리카는 타라가 고통스러워하게 잠시 꾸물거리다 마지못해서 레파루스를 실행했다. 상처가 아물고 피만 남아 있었다.

"휴! 아파서 혼났네." 통증이 사라지자 타라가 말했다. "고마워, 안젤리카."

실버가 죽었는지 살았는지 모르지만, 이번에는 타라가 레파루스 주문으로 소년을 치료했다. 이마의 상처가 사라지고, 얼굴의 오팔 광택이 선명해지는 걸 보면서 타라는 안도의 숨을 내쉬었다. 소년이 신음 소리를 내면서 몸을 움직이다가 눈을 떴다. 실버의 동공이 뱀의 눈처럼 세로로 갈라지다가 원형으로 변했다.

타라는 실버의 정체가 점점 더 수상했다. 어떻게 인간의 피부가 만지면 손이 베일 정도로 날카로울 수 있을까?

모습만 인간이지 진짜 인간이 아니란 말인가?

타라의 의혹을 확인해주듯 실버가 몸을 파르르 떠는데 피부가 수축되는 것 같았다.

실버가 일어나려고 하자 타라는 조심스럽게 거리를 두고 서서 도와주지 않았다. 실버는 이마에 손을 가져갔다.

"나, 매머드에게 깔렸던 느낌이에요. 어떻게 된 거예요?"

"제동을 걸 때 핸들에 부딪혔던 것 같아." 존댓말이 너무 불편했던 타라는 자연스럽게 말을 놓았다. "네가 안전벨트를 하지 않아서 조종석에서 튕겨 나왔고, 땅바닥으로 추락하면서 의식을 잃었어."

실버는 고개를 흔들었다.

"모르겠어요. 나, 아무것도 기억나지 않아요."

거짓말이다. 1000미터 상공에서 떨어지다 땅바닥과 충돌하면서 파인 웅덩이가 그 충격이 얼마나 격렬했는지 잘 보여주고 있는데!

묵사발이 되었어야 정상인데 실버는 이마에 난 상처를 제외하고 부러진 데 없이 멀쩡해 보였다.

"깨어나서 다행이지, 뭐." 안젤리카는 건방진 어조로 내뱉었다. "완전히 으스러질 뻔했는데!"

"나, 절대 으스러지지 않아요." 실버가 고백했다. "나, 세상에서 가장 미숙한 존재예요. 피부 단단하지 않았다면 나, 벌써 죽었을 거예요."

실버는 비틀비틀 일어나서 기계적으로 등을 문질렀다.

"내 도끼……?" 눈이 동그래진 실버가 질겁한 목소리로 물었다.

1000미터 상공에서 추락했다가 방금 깨어난 사람 맞아?

"양탄자에 있어." 타라가 뒤쪽을 가리켰다.

"내 빛의 손에 대한 얘기나 하자." 안젤리카가 끼어들었다.

"그래, 그 얘기나 하자." 난데없이 타라가 잘 아는 목소리가 대꾸했다.

적외선 안경에 카무플라주 작업복 차림의 시커먼 형체들이 어둠 속에 불쑥 나타나서 타라 일행을 포위했다. 날카롭고 너무 빨라서 피할 수 없는, 쇠뇌의 강철화살들이 그들을 겨누고 있었다. 이윽고 나타난 그림자가 잿빛 눈의 얼굴을 드러냈다.

칼이 그들을 찾아낸 것이다.

 열 명의 무장한 병사들, 쇠뇌로 무장하지 않은 병사들의 손에서는 마법의 빛이 번쩍이고 있었다. 타라와 갈랑, 안젤리카와 실버는 옴짝달싹하지 못했다.
 "누구든 움직이거나 마법을 사용하려는 것이 느껴지면, 미간에 화살이 날아갈 거다. 알았나?" 칼/유령이 외쳤다.
 "우리를 어떻게 찾았어?" 타라가 냉랭하게 물었다.
 "엄청 힘들었지." 유령이 냉소적으로 대답했다. "너희들이 강력한 마법을 사용하지 않는 한 찾을 수 없으니까."
 그래서 마법을 사용하지 않으려고 노력했는데 실패한 것이다.
 "샅샅이 수색했는데도 너희들이 어디 있는지 도저히 찾을 수 없었어." 유령이 말을 이었다. "그래서 돌아가려고 할 때 반경 10여 타트롤까지 훤히 밝힐 정도로 엄청난 빛을 보게 되었지."
 타라는 이를 갈았다. 그래서 안젤리카에게 그 빛의 손이라는 걸 끄라고 했던 건데!
 "하지만 우리 탐지기에는 마법의 흐름이 전혀 감지되지 않았어." 유령이 설명했다. "이상하다는 생각에 무슨 일인지 확인하기로 했지. 오무아의 후계자가 지닌 그 전설적인 초강력 마법이 아닐까 생각했는데…… 네가 한 게 아닌 것 같군. 아더월드에 그 유명한 빛의 손이 다시 나타났다는 걸 알려주면 나의 유령 동지들이 굉장히 흥미로워하겠어."

평소에도 칼을 좋아하지 않던 안젤리카는 유령에 들린 칼은 더 싫었다. 쇠뇌들이 겨누고 있는데도 안젤리카는 아랑곳없이 독설을 내뱉었다.

"이런 난쟁이 똥자루 같은 놈! 너의 유령 친구들을 위해 내 귀한 손을 사용할 거라고 생각하는 모양인데 꿈 깨!"

칼/유령은 슬픈 얼굴로 자신의 왜소한 몸을 쳐다봤다.

"신체적인 약점을 들먹이면 안 되지. 나도 어쩔 수 없이 이런 변변치 못한 몸속으로 들어간 거니까. 너희들은 이제 선택의 여지가 없다. 희망 따위는 당장 버려. 너희의 몸도 곧 점령될 거니까."

파랗게 질린 안젤리카의 이마에 땀방울이 맺혔다. 꺽다리를 싫어하는 타라지만 기분이 좋지 않았다.

칼/유령은 병사들에게 포로들이 마법을 사용할 수 없게 등 뒤로 손을 묶으라고 지시했다. 마법이 화살보다 빠르지 않다는 걸 알기 때문에 타라는 순순히 굴복했다. 분명히 기회는 올 거야.

물론 타라는 주문을 읊지 않아도, 몸이 자유롭지 않아도 마법을 사용할 수 있었다. 고맙게도 유령은 칼의 기억 속에 완전히 접근하지 못한 것이 분명했다. 칼의 머릿속을 읽었다면 지체 없이 타라를 때려눕혔을 텐데.

타라는 속내를 들키지 않으려고 조심하면서 물었다.

"우리를 살아 있는 궁전으로 데려갈 거야?"

칼/유령은 씁쓸한 미소를 지었다.

"궁전이 즉시 너희들을 빼돌리려고 할 게 뻔한데 갈 필요 없지. 그리고 살아 있는 돌덩어리와 싸우는 건 쉽지 않아. 궁전 맞은편 광장에 있는 국제 공간이동의 문으로 갈 거야. 우리 모두 이동하려면 위험할 수도 있지만 그게 가장 안전하거든. 어쨌든 대가를 치르는 건 내가 아니니까."

"그래서 어디로 가겠다는 거야?" 안젤리카가 거만하게 물었다.

"오무아. 후계자가 돌아오길 초조하게 기다리는 사람이 많거든. 그중에서도 특히 우물 바닥으로 떨어져 죽은 반디우 대군이 후계자를 기다리고 있지. 죽은 뒤로 반디우가 후계자를 몹시 원망하는 것 같던데……."

타라는 파랗게 질렸다. 매직 6총사가 여제의 삼촌 반디우 대군과 맞서 싸웠던 건 사실이고, 그 일은 좋지 않은 기억으로 남아 있었다. 대군은 땅신령들의 여자들을 노예로 만들기 위해 납치했던 흉악한 인간이었다. 타라와 친구들은 땅신령들을 구해냈고, 난쟁이 여전사 파프니르가 반디우 대군을 공격하려는 순간 대군이 우물 속으로 떨어지면서 목이 부러져 사망하는 끔찍한 사고가 일어났었다.

타라는 포승줄을 잡아당겼지만 아주 단단하게 묶여 있었다. 밧줄에 마법이 걸려 있는 것이 틀림없었다.

타라 옆에 있던 실버가 등 뒤로 손이 묶인 채 칼/유령에게 다가갔다.

"당신, 해치고 싶지 않아요." 실버는 부드럽게 말했다. "하지만 우리 떠나는 거 방해하면 나, 주저치 않아요. 유령들, 우리 세상에서 할 일 전혀 없어요."

실버가 비틀거리는 바람에 당당하던 모습이 경감되었지만 이내 품위를 되찾았다.

칼/유령은 웃지 않았다. 영화에서 영리한 악당들은 불리한 상황에 처한 꼬마 녀석이 해치우겠다고 큰소리칠 때 웃지 않는데 그걸 흉내 내는 건가?

유령이 방심하지 않는 것으로 보아 타라와 같은 영화를 본 모양이다.

그러나 실버는 대답을 기다리지 않았다. 가까이 다가갔던 것은 교란작전일 뿐이었다. 실버가 아주 이상한 짓을 했다.

칼의 얼굴에 침을 뱉는 것이 아닌가.

보통 사람의 침이라고 하기에는 양이 꽤 많은 투명한 침이 유령의 얼굴에 날아갔다.

"이건……." 침을 닦으려고 하던 유령이 갑자기 비명을 지르기 시작했다.

병사들과 타라, 안젤리카는 소스라치게 놀랐다. 두 손으로 얼굴을 감싸던 유령은 더 크게 비명을 질렀다. 유령이 얼굴에서 두 손을 떼는 순간, 타라와 안젤리카는 숨이 멎을 뻔했다. 유령의 얼굴이 흐물흐물 녹아내리고 있었다. 손도 마찬가지였다.

실버의 침이 그렇게 독하단 말인가!

타라와 안젤리카에게 쇠뇌를 겨누고 있던 병사들이 실버를 향해 화살을 날렸다. 그것이야말로 실버가 원하는 바였다. 빗발치는 화살들이 마치 강철에 맞는 듯 몸에 맞고 튕겨나갔다. 실버가 몸을 한 번 흔들자 두 손이 자유로워졌다. 실버는 묶여 있는 체하고 있었지만, 남몰래 포승줄을 끊어놓았던 것이다. 양탄자 위로 펄쩍 뛰어오른 실버가 자신의 도끼 두 개를 움켜잡고는 적들 속으로 뛰어내렸다. 그다음은 자신이 큰소리쳤던 것과 정확하게 일치했다. 실버는 덤벼드는 병사들을 죽이지 않고 방어만 하면서 쓰러뜨렸다. 병사들이 일제히 실버를 향해 마법의 광선을 발사했지만, 도리어 자신이 발사한 광선을 되맞고 하나둘 쓰러지고 있으니. 싸움터에는 석상처럼 굳어버린 병사들이 늘어갔다.

그런데 실버가 싸우는 모습을 보면서 타라는 난쟁이 친구 파프니르가 떠올랐다. 어릴 적부터 도끼를 다루는 난쟁이족에게서나 볼 수 있는 능란한 솜씨가 아닌가.

타라는 선택의 여지가 없었다. 실버를 돕기 위해 드래곤들을 상대했을 때처럼 뱀파이어로 변신해야 했다. 타라는 정신을 집중했고, 몸이 변하기 시작했다.

빨간 눈빛, 소름 끼치는 송곳니, 갈퀴 모양의 손톱으로 변하는 사이에 키가 커지면서 얼굴이 조각처럼 차갑게 변했다. 타라는 갈퀴손톱으로 포승줄을 끊어버린 다음 마법의 방패를 만들어 안젤리카와 갈랑을 보호했다. 이어 타라의 손에서 빛나는 마법의 불이 번쩍거렸다. 실버가 난공불락의 요새처럼 끄떡도 하지 않는다는 걸 깨달은 병사들이 공격 대상을 타라로 바꿨기 때문이다.

안젤리카는 흥분하고 있었다.

"나한테 맡겨, 내 손이 놈들을 한 방에 박살 낼 거니까!"

"병사들은 명령에 복종하고 있을 뿐이야." 타라는 이를 악물고 병사들의 광선에 맞서면서 말했다. "그렇다고 병사들을 죽인다는 건 말도 안 돼. 실버에게 맡겨."

안젤리카는 뿌루퉁한 얼굴로 마지못해서 단념했다. 타라가 방패를 거두지 않는 한 빛의 손을 사용할 수 없지 않은가. 안젤리카는 한숨을 쉬었다. 이 계집애가 찬물을 끼얹는군!

통증으로 죽을 것 같은 칼이 무릎을 꿇자 숙주와 같이 죽고 싶지 않은 유령은 불안해졌다.

실버가 마지막 병사를 때려눕히는 순간 칼의 몸에서 빠져나온 유령의 검게 부풀어 오른 붉은 덩어리가 별처럼 반짝이고 있었다.

"맙소사!" 타라가 외쳤다. "놈이 도망치면 다른 유령들에게 알릴 거야! 붙잡아야 해!"

타라는 방패를 버렸다. 아연실색해서 쳐다보는 안젤리카의 눈길을 받으면서 3미터 공중으로 날아오른 타라는 달아나는 유령을 물고 늘어졌다. 페가수스/뱀파이어로 변한 갈랑도 타라와 합세해 유령을 할퀴고 물어뜯었다.

"더러운 계집애!" 유령이 몸부림치면서 악을 썼다. "이거 놔! 머리통을 뽑아버리겠어!"

타라는 유령이 아무 짓도 할 수 없다는 걸 알고 있었다. 갈랑과 타라는 갈기갈기 물어뜯으면서 유령의 마법 에너지를 실컷 빨아들였다. 유령은 절망적인 비명을 지르면서 사라졌다.

경계하는 시선으로 쳐다보고 있던 안젤리카는 뱀파이어 모습의 타라가 다가가자 뒷걸음쳤다. 타라의 어깨에 앉은 갈랑이 주둥이를 핥고 있었다.

꺽다리가 쳐다보거나 말거나 타라는 흡족한 미소를 지으면서 칼에게 몸을 숙였다. 순간 타라의 미소가 사라졌다. 뼈와 안구가 드러난 친구의 얼굴에서 연기가 나고 있었다. 끔찍한 고통에 시달리는 칼은 신음소리조차 내지 못했다.

"그냥 놔둬요." 등 뒤에서 실버가 단호하게 말했다. "내 독, 나만 중화시킬 수 있어요. 그 사람 만지면, 아가씨 감염돼요."

타라는 실버를 쳐다봤다. 실버는 괴로운 얼굴로 도끼에 묻은 피를 닦고 있었다. 사람들을 다치게 한 것 때문에 마음이 편치 않은 것 같았다. 싸울 때는 서툴거나 망설이는 기색이 전혀 없더니…….

타라는 비켜섰다. 그리고 실버가 뱀파이어로 변한 소녀의 긴 송곳니, 오므려지는 갈퀴손톱을 뚫어져라 쳐다보면서 말은 하지 않지만 당황하고 있음을 느꼈다. 실버는 칼의 얼굴에 손을 대는 것이 아니라 아주 가까이에 손을 가져가 통역 주문으로도 알 수 없는 언어로 주문을 읊었다.

칼의 얼굴에서 연기가 멈췄고, 근육과 피부가 회복되고, 눈이 제 모습을 찾으면서 낯익은 잿빛 눈동자가 타라의 쪽빛 눈을 쳐다봤다.

"아, 안녕 친구!" 칼은 더듬더듬 말하다 정신을 잃었다.

또다시 뱀파이어의 몸에서 헤어나지 못하게 될까 불안해진 타라는 갈랑과 함께 재빨리 인간의 모습을 되찾기로 했다. 긴 송곳니에 적응하려면 시간이 좀 걸리는 데다 뱀파이어 특유의 이상한 발음으로 말하는 것이 싫고, 무엇보다 누군가를 깨물고 싶지 않았다. 게다가 뱀파이어 모습을 하고 있으면 주위에서 나는 피 냄새 때문에 배고픔을 느끼는 것도 견디기 힘들었다.

이번에는 순조롭게 인간의 모습을 되찾은 것에 안도한 타라가 중얼거렸다.

"칼, 정말 미안해!"

마법을 사용한 싸움이 벌어졌기 때문에 탐지기들이 그들을 감지했을 것이 틀림없었다. 빨리 떠나야 했다. 타라는 부상자들을 치료하고,

병사들이 착용한 작업복의 카무플라주 기능을 작동시킨 다음 숲 속으로 옮겨놓았다. 실버도 합세해서 병사들을 석상처럼 마비시켰고, 타라는 민투스 주문으로 기억을 지워버렸다. 누군가 기억을 찾는다 해도 아주 오랜 세월이 지나야 할 것이다.

그들은 트레일러에 실린 배추를 모조리 가까운 호수에 쏟아버렸다.

그러나 생각과는 달리 그 많은 배추가 물 위에 둥둥 떠 있는 것이 아닌가. 움직이는 것은 무엇이든 먹어치우는 글루룹스들이 정말 마음에 안 드는지 구역질 나는 낯짝으로 배추 잎을 토해냈다. 타라는 맑은 물 위에 떠다니는 배추들을 이상하게 생각하는 사람이 없기를 바랄 수밖에 없었다.

실버는 마치 크리스털로 만든 것처럼 가벼워진 양탄자를 조종했다. 타라와 안젤리카는 실버 옆에 자리를 잡았지만 여차하면 좌석 뒤에 숨을 생각으로 엉거주춤하게 앉았다. 두 소녀는 발치에 칼을 눕혀놓고 자게 두었다. 육체적으로나 정신적으로나 엄청난 충격을 받았기에 칼에겐 충분한 휴식이 필요했다.

멀리서 진압부대의 사이렌 소리가 들렸다. 마법을 사용했기 때문에 발각이 된 것이다. 실버는 양탄자를 지면에 닿을 듯 말 듯 하강시켰고, 어둠 속에서도 잘 보이는 것처럼 조종했다.

실버의 얼굴이 달빛을 받아 반짝였고, 따뜻한 바람을 가르며 양탄자는 미끄러지듯 날았다. 그러나 실버의 조종술은 기복이 심해 양탄자가 갑자기 상승과 하강을 반복했다.

처음 15분 정도는 조용했지만, 얼마쯤 지나 양탄자가 지면이나 나무를 스치듯 지나가거나 핸들을 꺾으면서 급회전하는 아슬아슬한 상황이 벌어질 때마다 안젤리카와 타라는 비명을 내질렀다. 두 소녀는 결국 제발 상승하라고 애원하기에 이르렀고, 실버가 안정을 찾으면서 양탄자 비행이 평온해졌다.

더는 참을 수 없다는 듯 안젤리카가 침묵을 깨면서 내뱉었다.

"너…… 너 대체 뭐야?"

타라가 하고 싶은 말인데 고맙게도 안젤리카가 대신 해주었다. 타라는 미소를 머금은 채 잠자코 있었다.

"아까 깨어났어요, 내 목과 옷, 피 묻어 있었어요." 실버는 묻는 말에는 답을 하지 않았다. "내 이마에서 흐른 피 아니었어요. 누구 다친 거, 나 때문이에요?"

"나야." 타라가 대답했다. "네가 살아 있는지 확인하고 싶었어. 그래서 너의 맥을 짚어보다가……."

"베인 상처 깊어서 피 많이 흘렸겠어요. 미안해요. 조심하려고…… 노력했어요. 정말 미안해요."

"뭐에 베인 거지?" 타라가 물었다.

실버는 말을 많이 하지 않는 성격이라 타라는 절대로 대답하지 않을 거라고 생각했다. 이윽고 실버가 허리를 숙이면서 등을 내보였다.

"내 비늘." 실버는 마치 들리지 않기를 바라는 것처럼 중얼거렸다. "이 저주받은 비늘이 그랬어요."

타라와 안젤리카의 눈이 동그래졌다. 이제야 빛을 받는 순간 실버의 피부가 그토록 반짝였던 이유가 이해되었다. 온몸이 비늘로 덮여 있기 때문이다. 그러나 고운 비늘이 어찌나 섬세하게 얽혀 있는지 물고기의 비늘과는 차원이 달랐다. 더군다나 길고 칼날처럼 날카로웠다.

"몸에 비늘이 있다니……." 안젤리카는 홀린 듯한 얼굴로 물었다. "그럼 네가 트리톤이란 말이야?"

그러나 실버는 다시 침묵을 지켰다. 타라가 예상한 대로였다. 실버의 몸은 굉장히 무거워 바다에 집어넣으면 즉시 가라앉을 것 같았다. 하지만 겉모습으로는 머리에서 발끝까지 온통 비늘로 덮여 있고 아가미라곤 보이지 않았다.

실버의 침통한 모습에 안젤리카는 잠자코 있다가 다른 질문을 했다.

"피부에서 이렇게 아름다운 빛이 반짝이는 이유가 비늘 때문이라니! 그래서 네가 미남인 건가?"

실버는 의외라는 얼굴로 눈살을 찌푸렸다.

"나, 미남 아니에요. 수염 없어요!"

타라의 머릿속에서 종소리가 울렸다. 마법 사용하길 꺼리는 것, 도끼를 다루는 기술, 수염이 없는 걸 유감스러워하는 것은…….

"난쟁이!" 타라가 외쳤다.

실버의 입꼬리가 살짝 올라갔다.

마치 비밀을 지키고 싶은 듯 실버는 이번에도 대답하지 않았다.

"무슨 헛소리야?" 안젤리카가 경멸하는 얼굴로 타라에게 쏘아붙였다. "이렇게 키가 크고 잘생긴 난쟁이 봤어? 언젠가 제국을 다스려야 할 사람이면 미래의 신하들에 대해 좀 더 관심을 가져야지! 난쟁이라니! 종족들의 특성도 모르면서 후계자라고 설치는 꼴이잖아!"

타라는 안젤리카와 말이 안 통해 1분 이상 대화를 나눌 수 없다는 걸 이미 오래전부터 알고 있었다. 꺽다리의 입을 닥치게 하려고 애쓰느니 그냥 무시해버리는 게 나았다.

"침에 독이 있고 피부가 그렇게 날카로우면." 안젤리카가 사뭇 진지한 얼굴로 실버에게 물었다. "나와 키스도 할 수 없는 건가? 너는 아무도 만질 수 없는 거야?"

실버는 좀 더 등을 구부렸다. 그러고는 아무 말없이 등을 돌리고 양탄자를 조종했다. 그 모습에서 실버가 느끼는 슬픔이 고스란히 전해졌다. 타라는 우연히 만난 이상한 소년에게 동정심을 느꼈다.

"여자들을 상대하는 건 정말 어렵다니까!" 그들의 발치에서 허스키한 목소리가 말했다.

"칼!" 타라가 칼을 내려다보면서 물었다. "어때, 괜찮아?"

아직 정신이 멍한 칼은 타라의 부축을 받아 좌석에 앉았다.

"응, 그거 있잖아? 지구에서 뱅크…… 라고 하던가? 그거에 깔려 묵사발이 된 느낌이야."

"뱅크가 아니라 탱크겠지." 타라는 웃으면서 말했다. "아프지 않아?"

"괜찮아. 피부가 좀 당기는 것 같지만 레파루스 치료 덕분에 얼굴이 멀쩡하게 붙어 있는 것만으로도 감사할 일이지. 근데 양탄자에서 왜 배추 냄새가 나지?"

코를 찡그리면서 킁킁거리는 칼을 보며 타라는 웃음이 나왔다.

"안젤리카가 배추 상인의 양탄자를 훔쳤거든. 뭐 기억나는 거 있어? 유령은? 유령은 기억나?"

칼이 몸을 부르르 떨었다.

"어렴풋이. 진짜 내가 아니라는 걸 너에게 알려야 한다는 생각에 마음을 졸였던 기억은 나. 나는 유령의 기억 속에 접근하지 못했고, 유령도 내 기억 속에 접근하지 못했어. 하지만 유령이 내 몸을 떠나면서 무슨 일이 있었는지 거의 다 지워져버렸어. 너는 괜찮아? 내가 너를 배신한 거야?"

이런 불행한 사태가 일어난 것이 모두 타라의 탓인데도 칼은 친구를 걱정했다. 타라는 칼을 끌어안으면서 뺨에 입을 맞췄다.

"칼, 네가 없었다면 난 죽었을 거야! 절대로 넌 나를 배신하지 않았어. 넌 나의 영원한 친구야!"

"와우!" 머리 하나가 더 큰 타라의 열렬한 포옹에 숨이 막힐 지경인 칼이 행복한 미소를 지었다. "그럼 다행이고."

그렇게 말하며 칼은 울음을 터뜨리기 직전인 타라의 등을 토닥여주면서 진정시켰다.

"아주 꼴값을 떨어요." 안젤리카가 실버 옆으로 자리를 옮기면서 내뱉었다. "음, 정말 못 봐주겠다!"

이번에는 실버가 반응을 보이면서 차분한 어조로 지적했다.

"누군가 좋아하는 표시하는 거. 꼴값 떠는 거 아니에요!"

안젤리카는 표독스럽기는 해도 영리한 소녀였다. 날카로운 비늘 피부와 독성 있는 침 문제를 해결할 방법을 찾아야 하지만, 미남 소년을 유혹할 생각인 안젤리카는 순순히 인정했다.

"그래, 네 말이 맞아, 실버." 안젤리카는 실버의 잘생긴 얼굴에 시선을 고정하면서 말했다. "하지만 우리 집에서는 사랑한다고 드러내놓고 애정 표현을 하면 안 된다고 배웠거든. 그래서……."

거기까지 말하고 안젤리카는 고개를 숙이면서 갈색의 긴 머리로 얼굴 표정을 가렸다.

잠시 후, 장갑 낀 손이 안젤리카의 손에 놓였다. 실버의 마음이 움직인 건가! 이러면 일이 너무 쉽게 풀리는 거잖아! 내색하지 않으려고 조심하면서 고개를 들던 안젤리카는 실버의 동정하는 눈길과 마주쳤다. 초록색이 감도는 금빛 눈을 뚫어져라 쳐다보는 안젤리카의 얼굴은 '나 너한테 완전 반했어!'라고 말하고 있었다. 어쩌면 이렇게 미남일까!

온몸을 뒤덮은 날카로운 비늘……. 안젤리카는 거북한 것들을 없애 버리려면 어떻게 해야 하는지 잘 알았다. 그런 비늘은 아무짝에도 소용없는 것이라고 실버를 설득하면 된다. 그러나 독성이 있는 침, 그건 해결하기가 그리 쉽지 않은데…….

타라는 칼과 얘기를 나눈 뒤에 좌석에 앉았다.

"양탄자를 착륙시켜줘, 실버. 칼은 트라비아에 들렀다가 팅가푸르로 돌아갈 생각이야. 패밀리어를 찾아야 하거든. 헤어진 지 두 달이 넘으면서 견디기 힘든 상태가 되었어."

"말도 안 되는 소리!" 안젤리카가 쏘아붙였다. "그러다 붙잡히면 칼이 우리가 있는 곳을 불어버릴 텐데!"

"난 붙잡히지 않아." 칼이 자신 있게 말했다. "우리 집 식구가 모두 유령에 들렸다는 걸 아는데 가만히 있을 수는 없어. 가족을 구해야 돼."

타라는 가슴이 뜨끔했다. 로빈이 죽었다는 것에 절망한 타라는 어머니와 나머지 가족에 대한 걱정은 하지도 않았는데…….

실버는 양탄자를 착륙시켰고, 칼이 내렸다. 타라도 따라 내려서 친구를 힘껏 끌어안았다.

"와우!" 칼이 농담을 했다. "10분도 안 돼서 두 번이나 포옹을 받네. 가끔 유령에 들리는 것도 괜찮겠는데!"

타라는 눈물을 닦으면서 미소를 지었다.

"칼, 많이 보고 싶을 거야. 네가 없으면 누가 날 구해주지?"
타라는 농담으로 한 말인데 칼의 얼굴이 너무 진지했다.
"미안해, 타라. 하지만……."
칼의 반응에 난처해진 타라가 말을 잘랐다.
"칼, 네 가족과 나, 둘 중 하나를 선택하라는 말이 아냐. 이별의 순간을 힘들지 않게 하려고 농담한 거야. 네가 그립겠지만 내가 헤쳐나갈 거니까 걱정 마. 그리고 내가 어디로 가는지는 너에게 말하지 않을 거야. 적들에게 네가 붙잡힐 경우 동지들이 위험에 빠질 수 있으니까. 하지만 네가 무사한지 자주 알아볼게."
칼은 안도의 숨을 내쉬며 눈빛을 반짝였다.
"나라면 난쟁이들의 나라로 피신하겠어. 다혈질에 말이 많아 좀 시끄럽긴 해도 훌륭한 전사들이니까. 우리의 친구 파프니르도 있고. 네가 여러 번 목숨을 구해줬잖아."
타라는 미소를 지었지만 대답하지 않았다. 칼은 이따금 너무 영리한 게 문제였다. 타라는 칼이 붙잡히지 않기를 바랄 수밖에 없었다. 타라를 쉽게 찾을 수 있는 유일한 사람이니까.
"조심해. 우린 곧 만나게 될 거야."
빨리 떠나야 하지만 칼은 몇 가지 정보가 필요했다.
"잠깐, 궁금한 게 있어. 내가 유령이라는 걸 어떻게 알았어? 네가 궁전에서 예고도 없이 도망쳤을 때 내가 안도했던 것이 기억나. 그 빌어먹을 유령이 금방 알아채긴 했지만. 유령이 정체를 드러내는 무슨 짓이나 말실수를 해서 알아차린 거야?"
"전혀." 타라는 빙긋이 웃으며 대답했다. "몸에서 빛이 났거든!"

빛? 칼은 자신의 두 손을 쳐다봤다.

"무슨 빛이 난다는 거야?"

"칠흑 같은 어둠 속에서 유령은 빛이 나. 우리가 또 다른 유령에게 발각될 뻔했을 때 살아 있는 궁전이 불빛을 모조리 꺼버렸잖아. 하지만 유령의 몸에서 빛이 나고 있었어. 그리고 어둠 속에 네가 나타났는데 너도 번쩍이고 있었지. 그래서 네가 유령에 들렸다는 걸 알아차렸어."

"아, 그랬구나. 귀중한 정보야. 특히 숙주의 기억 속에 접근한 유령들의 경우는 정체를 알아내기가 쉽지 않은데…… 어둠 속에서 빛이 나는지 그것만 확인하면 되잖아."

칼은 허공을 바라보면서 가족뿐만 아니라 조국의 통치자들을 유령들에게서 구해낼 방법을 궁리하기 시작했다.

그러다 문득 방법은 한 가지밖에 없다는 걸 깨달았다. 칼은 타라의 손을 잡아끌면서 양탄자로부터 멀찍이 데려갔다. 빨리 떠나야 한다는 걸 알지만 너무 중요한 일이었다.

깜짝 놀라는 실버의 눈길을 받으며 양탄자에서 펄쩍 뛰어내린 안젤리카가 몰래 따라갔다. 타라가 또 무슨 일을 꾸미게 내버려둘 수는 없었다.

안젤리카의 예상은 적중했다.

"나를 뱀파이어로 둔갑시켜줘." 칼이 힘주어 말했다. "타라, 그 방

법밖에 없어."

타라는 입을 멍하니 벌린 채 칼을 쳐다봤다.

"뱀파이어? 왜? 유령들을 죽이는 것으로 가족을 구하겠다는 뜻이야?"

"응. 뱀파이어로 둔갑하는 것이 까다롭고 고통스럽다는 거 알아. 가족을 구하기 위해 피를 빨아먹는다는 것은 내가 셀렌바 같은 인간 사냥꾼이 된다는 의미지만, 선택의 여지가 없어. 유령들에게서 내 가족을 구해낼 유일한 방법이니까."

타라는 소스라쳤다. 그렇지 않아도 칼은 방금 죽을 고비를 가까스로 넘겼는데 또다시 인간의 피를 마시는 뱀파이어로 변하면 훨씬 더 위험해질 텐데.

타라는 머리를 흔들었다.

"미안하지만 그건 안 돼. 까다롭고 고통스럽다는 걸 안다고 했어? 칼, 네가 상상하는 것과는 차원이 달라. 성대가 끊어지는 것처럼 고통스러워. 까다롭다기보다는 아주 위험해. 죽을 수도 있어! 인간의 DNA가 완전히 바뀌는 건 아니기 때문에."

칼은 타라의 손을 잡았다. 그러고는 비명소리가 나올 정도로 아프게 꽉 쥐었다.

"넌 해냈잖아. 타라, 네가 원하지 않으면 나 혼자라도 해봐야지. 네가 해주는 것보다는 훨씬 더 위험하겠지만!"

칼은 잿빛 눈으로 타라를 뚫어져라 응시했다.

타라는 항복했다.

"그래 알았어. 어쨌거나 문제는 네 피부야. 그리고 분명히 말하는데 전혀 좋은 생각이 아냐."

"왜?"

"좋은 생각이 아니니까. 뭐든 시작할 때는 아주 좋은 생각으로 보였는데 끔찍한 상황이 되고 말았다는 건 너도 알잖아. 유령들을 불러들인 건 최악으로 좋지 않은 생각이었어. 지금 나한테 해달라는 것도 마찬가지고."

"그래도 어쩔 수 없어. 타라, 위험을 감수하고서라도 무조건 뱀파이어가 되어야 해."

몰래 지켜보던 안젤리카는 끔찍한 일이 일어나기 전에 개입하기로 했다.

"정말 아주 끔찍한 생각이야." 어둠 속에서 불쑥 나오는 꺽다리 때문에 타라는 소스라치게 놀랐다. "유감이지만 이번만은 걸어 다니는 재앙의 말이 맞아."

아까부터 꺽다리가 훔쳐보고 있다는 걸 눈치챈 칼은 전혀 놀라지 않았다.

"게다가 지금은 이렇게 꾸물거리고 있을 때가 아냐. 칼을 변신시키기 위해 마법을 사용할 경우 반경 15킬로미터 지역의 모든 마법 탐지기가 브리양트처럼 번쩍일 거야. 그러니까 단념해."

안젤리카가 무슨 말을 하거나 말거나 칼은 잿빛 눈으로 타라의 쪽빛 눈을 응시했다.

"타라, 그 방법밖에 없다는 거 너도 알잖아. 빨리 해줘! 부탁이야."

"안젤리카의 말이 맞아." 어떻게 빠져나갈까 궁리를 하던 타라가 얼른 맞장구쳤다. "내 마법 때문에 우리가 발각되면 너무 위험해!"

"알고 있어, 타라. 놈들이 마법의 흐름을 감지해도 수색대를 파견하기까지는 적어도 한 시간이 걸릴 거야. 금지령에도 불구하고 많은 마법사가 습관상 마법을 사용하고 있으니까. 물론 내 몸에서 빠져나간 그 빌어먹을 유령과 너희들이 때려눕힌 병사들과도 연락이 끊어진 걸 수상히 여길 테니 수색대가 틀림없이 올 거야. 수색대가 나타나는 즉시 트란스미투스 주문을 외치는 것으로 유인해서 나를 뒤쫓게 할게. 그다음 붉은 산 부근의 소포르 군락지로 가면 놈들은 나를 놓칠 수밖에 없어. 나를 추적하던 수색대가 최면 작용 때문에 잠이 들 테니까. 그런 다음 트라비아로 가서 내 가족을 구할 거야. 뱀파이어는 위장술에 아주 능하잖아. 성공할 자신 있어."

타라는 불안한 얼굴로 칼을 쳐다봤다.

"하지만 위성이 트란스미투스 마법을 감지할 수 있다면서?"

"응. 내가 알기로 오무아 비밀정보국에는 최첨단 연구실이 있어. 트란스미투스 마법의 징후를 감지해서 뒤쫓다가 다시 유형화되는 순간 탐지해내는 신제품을 개발했어. 그러니까 너희들은 난쟁이들의 나라로 갈 때 트란미투스를 사용하지 마. 대번에 발각될 테니까."

"무슨 소리야?" 잘 들리지 않아서 전부 다 알아듣지 못한 안젤리카가 격분해서 외쳤다. "제국의 후계자라는 애가 이렇게 멍청해서야! 너, 우리가 어디로 가는지 칼에게 말한 거야?"

"쓸데없는 말 지껄이지 말고 넌 빠져." 칼이 차갑게 내뱉었다. "나 혼자 추측한 거니까. (안젤리카를 완전히 무시해버리고 칼은 타라를 향해 돌아섰다.) 타라, 나는 뱀파이어로 변신하는 주문을 알아야 해. 제발 부탁이야, 타라."

타라는 겁이 났지만 내색하지 않았다. 인간의 피에 중독된 뱀파이어들을 치료할 때와 절친한 친구의 DNA를 바꾸는 것은 완전히 다른 문제다. 타라는 심호흡을 하고 나서 말했다.

"엄밀하게 말하면 주문으로 하는 게 아냐. 그리고 나 뱀파이어가 아닌 사람에게 해본 적이 없어. 칼, 실수로 내가 너를 죽일 수도 있어."

칼은 장난이 아니었다. 그 어느 때보다 진지했다.

"난 단념하지 않을 거야. 위험을 무릅쓸 수밖에 없어. 그리고 웬만하면 내가 죽지 않게 살살 다뤄주면 고맙고."

너무 불안한 타라는 미소를 지을 수 없었다.

"넌 내 말을 이해하지 못했어, 칼. 아주 고통스러울 거야. 셀렌바를 치료했을 때 몹시 고통스러워하는 걸 봤어. 칼, 펄펄 끓는 기름통에 빠진 것 같을 거야."

칼은 침을 삼키며 고개를 끄덕였고, 각오가 되었다는 얼굴로 물었다.

"내가 어떻게 하면 되지?"

오랫동안 침묵하고 있어서 칼은 타라가 거절할 거라고 생각했다. 타라는 깊은 한숨을 내쉬었다.

"네 정신과 일치가 되어야 해." 타라는 두려움을 떨치기 위해 과정에 정신을 집중하면서 또박또박 말했다. "너와 함께 DNA를 바꿀 수 있게 정신을 열어. 그래야 더 쉽고, 너 혼자서도 할 수 있을 거야. 그리고 칼……."

"응?"

"아무한테나 가르쳐주면 안 돼. 아더월드 사람을 모조리 뱀파이어로 바꾸는 건 좋은 해결책이 아냐. 유령들과 싸우기 위한 것이라고 해도."

"약속할게." 칼이 얼굴을 찌푸렸다. "나만 알고 있을게. 자, 빨리. 난 준비됐어."

타라는 부드럽게 칼의 정신 속으로 들어갔다. 그러고는 셀렌바에게 했던 것(잔혹한 뱀파이어에 대한 정보가 필요했기 때문에)과는 달리 칼의 기억 속을 조사하지 않았다.

'잘 보고 있다가 나를 따라와.' 타라는 정신적으로 말했다.

칼은 타라를 따라 자신의 몸속으로 들어갔다. 둘은 세포들을 지났고, 타라는 DNA를 바꿔서 뱀파이어로 변신하려면 해야 하는 것을 칼에게 보여주었다.

타라가 DNA를 바꾸기 시작했지만, 쉽지 않았다. 안젤리카와 실버는 얼이 빠진 얼굴로 칼이 반복해서 뱀파이어에서 인간으로, 다시 인간에서 뱀파이어로 변신하는 과정을 지켜봤다.

칼이 여러 번 목을 쥐어뜯으며 비명을 지르는 걸 보면 엄청난 고통이라는 걸 짐작할 수 있었다. 칼의 팔다리가 뒤틀리고, 뼈가 어긋나고, 인대가 팽창했다. 그 모습을 보면서 안젤리카는 타라에게 같은 걸 부탁할 마음이 싹 달아났다.

마침내 칼이 완전히 뱀파이어로 변신했다.

'오, 젤리소르의 충치여! 아파서 죽는 줄 알았네.' 통증이 누그러들자 칼이 정신적으로 말했다. '유령에 들린 형에게 두들겨 맞질 않나, 산성 침에 녹아서 얼굴이 흐물흐물 녹아버리질 않나……. 신들이시여, 내가 뭘 그렇게 잘못했습니까?'

'어때? 괜찮겠어?' 타라는 탄식하는 친구의 말에 웃지 않으려고 애쓰면서 물었다.

'아프지, 뭐. 이번에는 내가 해볼게, 잘 봐.'

칼은 인간으로 변신하려고 시도했지만 되지 않았다.

칼은 다시 한 번 시도했다.

역시 실패.

'휴.' 칼은 인정해야 했다. '네 도움 없이는 할 수 없구나.'

'응.' 타라의 목소리가 칼의 머릿속에서 말했다. '바로 그런 이유 때문에 내가 두려웠던 거야. 칼, 내가 해줄 때까지는 너는 계속 뱀파이어로 있어야 해. 그래도 자신 있어?'

'응, 자신 있어, 고마워, 타라.'

타라는 칼의 머리에서 나왔다.

큰 키에 마르고 각진 얼굴, 이제 칼은 전형적인 뱀파이어의 모습이었다. 검은색 짧은 머리는 곱슬곱슬한 갈기처럼 등을 덮었고, 빨간 눈빛은 반짝였다.

"웃기고들 있네. 뱀파이어치고는 진짜 볼품없다!" 안젤리카가 깐죽거렸다.

칼이 머리를 숙이더니 송곳니를 드러내며 미소를 지었다.

빈정거리던 안젤리카가 두려워하는 걸 느낀 칼은 속으로 쾌재를 올렸다.

칼은 뱀파이어의 카리스마를 발휘했다. 사냥한 인간을 유혹하거나 동물을 진정시키기 위해 사용하는 카리스마.

온몸에서 번쩍거리는 빛 때문에 눈이 부실 정도였다.

변신하기 전의 칼은 천진한 천사의 얼굴이었는데 지금은 타락한 천사의 얼굴을 하고 있었다.

거만하게 쳐다보던 안젤리카의 눈이 휘둥그레졌다. 뱀파이어들이 크라살비 밖에서는 카리스마를 사용하는 것이 엄격하게 금지되어 있기 때문에 놀라운 신통력을 처음 접하는 안젤리카는 홀린 얼굴로 번쩍번쩍 빛나는 백색과 흑색의 조각미남에게 다가갔다. 달빛을 받아 반짝이는 실버와는 달리 칼은 몸에서 발광하는 빛이었다.

타라에게 뱀파이어의 카리스마에 대해 알려주기 위해 드라고쉬 선생님이 했던 것처럼 빨간빛 눈을 자신의 잿빛 눈으로 바꾼 칼이 눈빛을 이글거리면서 유혹하는 목소리로 속삭였다.

"아름다운 안젤리카, 이리 와, 키스해줘!"

최면에 걸린 듯 가까이 다가선 안젤리카가 입을 맞추려는 순간 칼이 카리스마를 중단했다. 안젤리카는 눈을 깜박이다가 자신이 입맞춤하려는 상대를 보면서 후닥닥 물러섰다.

칼은 메피스토펠레스[8] 같은 냉소를 흘렸다. 뼈마디가 쑤시고 힘줄이 당겨 아직은 많이 고통스럽지만, 이거야말로 정말 해볼 만한 가치가 있지 않은가.

격분해서 괴성을 지르던 안젤리카는 욕설을 퍼붓고 싶지만 적당한 말이 떠오르지 않는지 멍하니 입만 벌리고 있었다.

칼은 안젤리카를 무시하고 타라를 향해 돌아섰다. 타라는 터져 나오려는 폭소를 참느라고 입술을 깨물었다.

"지금은 고맙다는 말밖에 할 수 없어서 유감입니다, 친애하는 타라." 칼이 익살스러운 몸짓으로 허리를 굽히면서 예를 갖췄다.

---

[8] 독일의 파우스트 전설에 나오는 악마.

"천만의 말씀." 타라도 우아하게 맞장구쳤다. "이제 더는 지체할 수 없어. 수색대가 들이닥치기 전에 빨리 떠나자. 시간이 없어."

칼/뱀파이어가 미소를 지어 보이더니 주문을 읊으면서 사라졌다.

타라에 이어서 안젤리카도 양탄자에 올랐다. 실버는 아무 말도 하지 않았고, 안젤리카는 토라져 있었다.

그제야 타라는 칼이 한 말을 조용히 되새겨볼 수 있었다. 어머니 셀레나를 저버렸다는 생각에 또다시 가슴이 아렸다. 그러나 지금 오무아로 돌아가 봐야 무슨 소용이 있단 말인가. 먼저 유령들을 제거할 방법을 찾은 다음 어머니를 구하고 용서를 빌어야 했다.

타라는 진심으로 어머니가 무사하기를 빌었다.

셀레나

신랑감이 여러 명일 때
가장 중요한 건 좋은 사람을 선택하는 것인데……

*

셀레나는 속이 울렁거려서 초록빛 눈을 감았다. 윙윙거리면서 지나가는 유령들을 보지 않기 위해서였다.

타라의 어머니 셀레나는 온몸이 부들부들 떨렸다. 유령은 육신이 없는데 이동하면서 왜 소리가 나지? 유령은 소리 없이 움직인다는 고정관념을 버려야 하나? 금빛 퓨마 셈보르도 옆에 쭈그리고 있었다.

타라를 납치하고, 딸의 친구들을 죽이려고 하는 마지스터, 일련의 위험한 사건에 이어 뱀파이어로 변해 있는 딸 때문에 마음을 졸이던 셀레나가 차츰 정상적인 생활을 되찾았다고 생각할 때 유령들이 아더월드를 습격했다.

셀레나가 오무아의 여제 리스베스와 바리우스 덩컨 남작과 함께 있을 때였다. 느닷없이 유령(남자 유령인지 여자 유령인지 모르지만)이 셀레나의 몸을 덮쳤고, 심한 허기가 느껴지는 걸 제외하고는 무슨 일이 일어났는지 기억이 잘 나지 않았다.

그러나 리스베스의 몸을 차지한 유령이 셀레나의 몸은 점령하지 말라는 명을 내렸다. 그래서 몇 시간 만에 셀레나는 자유의 몸이 되었다.

말이 자유의 몸이지 온통 유령에 들린 사람들 속에서 셀레나는 외로움을 느꼈다. 타라와 마라, 딸 둘은 어디 있는지 행방조차 모르는 상태였다. 지구에 있는 아들 자르는 유령들이 공간이동의 문을 장악하지 않는 한 안전하지만, 소식을 알 수 없었다.

셀레나는 아무것도 하지 못한 채 걱정만 하고 있는 자신이 한심하게 느껴졌다.

한 유령이 점령하고 싶은 욕망을 억누르면서 스쳐 지나갈 때 셀레나는 소스라치게 놀랐다.

셀레나는 무슨 이유로 자신이 제외되었는지 모르지만, 유령에 들리지 않은 것에 안도하면서도 유령에 들린 리스베스를 보고 있자니 마음이 편치 않았다.

셀레나는 딸의 눈빛과 똑같은 쪽빛 눈 너머에서 여제의 몸을 차지한 이상한 영혼이 흥분하고 있음을 느꼈다.

리스베스/유령은 오무아 제국을 상징하는, 100개의 금빛 눈을 가진 주홍빛 공작을 새긴 옥좌에 앉아 있고, 그 옆에 스파슈 한 마리가 날개를 파닥이며 절망적인 울음소리를 토해내고 있었다.

스파슈은 트리 반트릴의 영주, 바리우스 덩컨 남작이었다.

얼마 전, 리스베스는 자신을 사랑한다고 생각하던 바리우스가 정작 셀레나에게 청혼을 하자 금빛 칠면조로 둔갑시켜버린 웃지 못할 사건이 있지 않았던가.

여제의 몸을 차지한 유령이 리스베스의 기억 속에서 그 일화를 알게 된 모양이었다.

그래서 바리우스는 이번에도 스파슌으로 둔갑하는 불운을 당했고, 격분한 바리우스/스파슌이 물어뜯을 기세로 난폭하게 굴었기 때문에 금과 루비로 만든 우리에 갇혀버린 신세가 된 것이다.

리스베스/유령은 빨간색과 검은색의 긴 드레스를 겹쳐 입고 있었다. 옷감이라고 하기에는 안개처럼 움직이면서 영롱하게 반짝이는 얇은 물질이라 언뜻 몸이 드러나 보이는 착시 현상이 일어났다. 평소에 드레스와 머리칼의 색을 일치시키는 습관과는 달리 원래의 금발이 강물처럼 루비 구두까지 구불구불 흘러내렸다. 오무아 제국의 시황제 데미데루스의 후손임을 나타내는 흰 머리털이 반짝이고 있었다.

유령이 짜증스러운 얼굴로 옥좌의 붉은 벨벳을 씌운 팔걸이를 톡톡 치는 것으로 보아 초조한 모양이다.

황금으로 도배를 하고, 머리통만 한 보석들로 장식한 궁전의 어마어마하게 큰 접견실은 사방이 온통 유령들이 알레르기 반응 때문에 피해야 할 것들이었다.

궁인들을 보지 못하는 마법에 걸린 흰색과 금색의 고양이과 동물 브르리르들이 야옹거리면서 지나갔다. 구석진 곳을 장식하는 조각상들, 벽면은 태피스트리와 그림으로 가득했다. 궁전 바닥에 뿌리를 내린 나무에서 알록달록한 새들이 지저귀고 있지만, 청결 주문이 걸려 있어 새똥은 보이지 않았다. 이날 여제/유령의 명으로 지붕이 열려 있었기 때문에 아더월드의 두 태양이 쏟아내는 햇살이 눈부셨다.

셀레나는 이맛살을 찌푸렸다. 지나치게 과시적인 오무아의 황궁이 취향에 맞지 않을뿐더러 감옥살이나 다름없는 오무아를 떠나 랑코비트로 갈 수 있다면 오른손이라도 내주고 싶은 심정이었다.

그 순간 그림자가 휙 지나가서 셀레나는 고개를 들었다.

팔이 넷 달린 티그족 친위대원들이 감시하고 있었다.

공중에 떠 있는 마법의 길에 오무아의 주홍빛과 금빛 정복 차림의 친위대원들이 배치되어 있었다. 양탄자를 타고 정찰하는 병사들도 보였다. 아더월드의 땅속에서 힘을 끌어내는 마법 기구를 통해 에너지를 공급받기 때문에 가능한 한 마법 소모가 많은 공중부양을 하지 않기 위해서였다.

무기와 마법으로 무장한 티그족 병사들이 전투태세를 취하고 있었다.

친위대장 크산디아르는 타라의 도주를 돕다가 유령에 들렸는데 가공할 티그족을 지휘하는 걸 보면 크산디아르를 점령한 이 유령도 숙주 못지않게 능력이 출중한 모양이다.

티그족 병사들은 무언가 수상한 것을 발견하는 즉시 공중부양해서 포위했다.

허위 경보에 지나지 않을 때도 있고, 무고한 사람을 연행하는 경우도 있었다.

옥좌 위쪽 상공에 최고 마구스들이 붉은 독수리 떼처럼 맴돌고 있었다. 유령에 들린 최고 마구스들도 주위를 삼엄하게 감시하고 있지만, 여제는 그들을 신뢰하지 않는 것 같았다.

어쨌든 여제/유령은 예전보다 훨씬 강화된 경호를 받고 있는 것이 틀림없었다.

맙소사!

레지스탕스가 자객들을 보내서 시험했지만 모두 실패했다.

셀레나는 그들의 운명을 생각하고 부르르 떨었다.

주위에는 호시탐탐 덮칠 기회를 노리고 있는 유령들뿐이었다.

그런데 셀레나 바로 뒤쪽 머리 위에서 여러 명의 유령이 떠들어대는 대화가 아주 이상했다. 남자 유령들인가? 아니, 모두 노파 유령들이고, 다른 유령들과는 사뭇 달라 보였다.

"음, 정말 예쁘군, 안 그래요?" 수백 년 전에 사망한 늙은 여제 1의 유령이 리스베스를 가리키며 말했다.

"무슨! 비쩍 말라가지고 꼭 빗자루 같은데." 또 다른 늙은 여제 2가 코안경을 통해 리스베스를 뜯어보면서 평했다. "난 예쁘다고 생각하지 않아. 내가 젊었을 때는 남자들과 엘프들이 서로 내 눈에 들려고 결투까지 벌였다니까!"

"세상에, 눈들이 어지간히 나빴나 보군요." 늙은 여제 1이 응수했다.

"내가 이래 봬도 110 E컵인데 사람 볼 줄 아는 거지!"

펑! 하는 소리에 이어 여제 2 대신에 정말로 가슴이 아주 풍만한 젊은 여인이 나타났다.

"오, 조상들이시여!" 늙은 여제 1이 눈이 동그래져서 속삭였다. "제대로 걸을 수나 있을지! 가슴이 그렇게 크면 발이 보이지도 않을 텐데."

젊은 여인이 어깨를 으쓱하더니 마치 지진이라도 일어난 듯 격렬하게 흔들다가 노파의 모습을 되찾았다.

"균형의 문제지. 이 가슴으로 많은 남자를 유혹했고, 통치하는 동안 나의 이 에이스 카드 덕분에 매력적인 남자들과 유리한 계약을 체결

할 수 있었지…….”

"뭐라고요? 그걸 무기 삼아 깔아뭉갰단 말이에요?"

셀레나는 가까스로 웃음을 참았다. 정말 별난 유령들이네.

셀레나는 정신을 집중하고 유심히 관찰했다.

"그런데 오늘은 지원자가 없는 거요?" 갑자기 여제/유령이 빈정거리는 말투로 물었다.

이유는 알 수 없지만 여제/유령은 침략하는 데 꼭 필요한 이들을 제외하고는 허락 없이 사람들의 몸을 점령하지 말라는 명을 다른 유령들에게 내렸었다.

거대한 접견실에 요란스럽거나 화려하게 치장하고 모인 궁인들이 새파랗게 질렸다. 그중에는 아이들을 데리고 온 이들도 있는데 유령이 아이들은 건드리지 않는다는 걸 알기 때문이다.

물론 유령을 피할 생각으로 궁전에 출근하지 않으면 불이익을 당할까 두렵기도 하겠지만, 그렇다고 신변 보호를 위해 자식을 앞세우다니, 셀레나는 너무 무책임한 부모라고 생각했다. 어디서나 위험보다는 먹고사는 것이 우선이란 말인가!

그래서 위험을 무릅쓰고 궁전에 와 있는 궁인들이었다. 하지만 그 대가를 치르는 이들은 있기 마련이다.

"짜증이 나서 폭발할 지경이니까 지원자는 앞으로 나오시오!" 리스베스 여제/유령이 호통쳤다. "당장!"

갑자기 소동이 일어났고, 뚱뚱한 부인이 질겁한 얼굴로 떠밀려 나왔다.

"하지만…… 하지만 자발적으로 나온 게 아니라 뒤에서 나를 떠밀었습니다."

부인 뒤에서 남편으로 보이는 남자가 비웃음을 흘리며 말했다.

"어서 점령하세요. 두세 명은 너끈히 들어가게 생겼잖아요!"

그 말이 끝나기가 무섭게 유령 하나가 번개 같은 속도로 뚱뚱한 부인을 덮쳤다.

인간 궁인들을 비롯하여 머리 둘 달린 타트리스, 켄타우로스, 유니콘 등 여러 종족의 대표자들과 외교관들이 일제히 뒷걸음쳤다.

저항 없이 항복했기 때문에 뚱뚱한 부인의 몸은 눈 깜짝할 사이에 유령에게 점령되었다. 빨간색 미암 무늬 드레스 차림의 부인이 웅크리고 있다가 뱀처럼 날렵하게 허리를 세웠다.

아내가 남편을 마주 보고 섰다.

이번에는 남편이 뒷걸음쳤다.

아내의 눈이 증오의 빛으로 이글거리고 있었기 때문이다.

"다른 사람의 약점을 들추는 건 정말 참을 수 없어!" 아내는 험악한 얼굴로 외쳤다.

"하물며 당신 같은 변태성욕자가!"

남편이 잔뜩 질린 얼굴로 아내를 뚫어져라 쳐다봤다.

"에스메랄다, 어, 어떻게 당신이?"

"에스메랄다 좋아하시네!" 뚱뚱한 부인의 생각을 읽은 유령이 응수했다. "그런 웃기는 별명으로 아내를 조롱하는 짓 따위는 집어치우시지! 우리 둘은 아주 잘 통하고 있다. 부인, 이 거만한 작자를 혼내줄 건데 동의하겠나?"

에스메랄다가 고개를 끄덕였다. 유령이 숙주의 의견을 묻는 것은 아주 이례적이었다.

"나를 혼내준다고?" 성난 남편이 냉정을 되찾았다. "마법사라고 부르기도 민망한 그 알량한 마법 능력으로 나를 혼내?"

"부인은 그럴지 모르지만 난 아니거든!" 유령이 악랄한 미소를 지으면서 응수했다. "이 멍청한 작자의 몸은 터져서 풍선들이 되어 사방으로 흩어질지어다!"

말이 떨어지기가 무섭게 에스메랄다/유령의 손에서 발사된 강력한 마법의 광선이 남자를 후려쳤다. 잠시 후 풍선 터지는 소리와 함께 남자의 몸이 분쇄되었다.

궁인들이 비명을 질러댔고, 옥좌에 앉아 있던 리스베스/유령은 사라지고 없었다.

풍선의 바다에 잠긴 궁인들은 머리로, 두 팔로, 촉수로 풍선을 날려 보내려고 애쓰고 있었다. 다행히 힘의 장막이 작동하고 있어서 보이지 않는 천장에 풍선들이 모여 있었다.

"풍선을 터뜨리지 마라." 유령이 소리쳤다. "그걸 터뜨리면 다시 조합할 수 없게 되고, 그러면 내 숙주 에스메랄다가 몹시 슬퍼할 테니까. 자, 이제 풍선을 모조리 잡아라!"

그 말이 어찌나 위압적인지 궁인들은 끽소리 없이 복종했다. 그들은 풍선을 잡으려고 펄쩍펄쩍 뛰기 시작했다. 잠시 후 엄숙한 접견실은 아수라장이 되고 말았다.

리스베스/유령이 다시 나타났는데 몹시 격분해 있었다. 누군가가 너무 가까이에서 마법을 사용하는 순간 리스베스는 자동 트란스미투스 기구를 이용해 안전한 곳으로 피신했다가 돌아온 모양이었다.

리스베스는 깜짝 놀란 눈으로 아수라장이 된 접견실을 둘러보다가 눈살을 찌푸렸다. 매혹적인 얼굴 뒤로 갑자기 몰려드는 먹구름이 느껴졌고, 10초 이내에 엄청난 천둥이 내려칠 것 같았다.

에스메랄다는 바닥에 굴러다니는 풍선을 발로 차버리고 나서 리스베스 여제/유령을 향해 걸어갔다.

에스메랄다는 이상하게도 자기 자신이 말하고 있는 느낌이 들었다. 다른 유령들과는 달리 이 유령은 그녀의 성격을 그대로 살려서 말하는 것이 아닌가.

"그래도 내 남편을 되찾게 되겠지요?" 에스메랄다는 몹시 불안한 얼굴이었다.

"풍선들을 다 맞추면 당신의 남편을 되찾을 것이다." 에스메랄다의 몸을 차지한 유령이 대답했다. "이제 내가 우리 몸을 지배해도 괜찮겠나?"

"물론입니다." 에스메랄다는 공손하게 대답했다.

그렇게 유령과 숙주가 대화를 나누는 모습은 아주 인상적이면서도 불안해 보였다.

뚱뚱한 부인이 리스베스/유령을 향해 돌아서서 팔짱을 꼈다.

"너는 버텨낼 거라고 생각했건만……." 부인이 실망한 어조로 말했다. "내 딸이 더 강할 거라고 생각했어."

그 말에 벌떡 일어난 리스베스/유령은 온몸이 뻣뻣해졌다.

이윽고 리스베스/유령의 입에서 한 이름이 새 나왔다.

"엘세스!"

그 이름이 입에서 입으로 전해지면서 풍선을 잡던 궁인들이 동작을 멈췄다.

리스베스/유령이 반응할 겨를도 없이 궁인들이 허리를 굽히면서 오무아 제국의 선대 여제이자 리스베스의 어머니 엘세스틸랑넴에게 경의를 표했다.

"당신은 더 이상 여제가 아닙니다." 리스베스/유령은 옥좌에 다시 앉으면서 지적했다. "여기서 뭐 하는 겁니까?"

"내 친구들과 함께 너희 유령들 중에서 아더월드로 돌아가고 싶어 하는 자들을 감시하고 있었다." 엘세스는 공중에서 수다를 떨고 있는 선대 여제들을 가리키면서 대답했다. "하지만 기습적인 소용돌이에 휩쓸려 여기까지 오게 되었고, 무슨 일이 일어나는지 지켜보고 있었다. 내 딸의 몸을 점령한 유령, 나는 네가 누구인지 모른다. 하지만 너는 아더월드의 비인간 종족들에게 악감정을 사고 있다. 인간들의 제국, 왕국, 공화국들은 너희 유령들을 버텨낼 힘이 없을지 모르지만, 뱀파이어, 난쟁이, 엘프, 특히 늑대인간들이 결집하면 너는 유령에 들린 나의 오무아 국민을 몰살시키게 되는 것이다!"

리스베스/유령은 이맛살을 찌푸렸다.

"당신의 국민? 비인간족들이 결집해서 나를 이기기 전까지는 내 국민이오."

두 유령이 서로 쏘아보면서 살벌한 눈싸움을 벌였고, 마침내 리스베스/유령이 눈길을 내렸다.

"늑대인간들의 대통령 틸은 붉은 여왕이라 불리는 드래곤의 속박에서 해방시켜준 타라에 대한 경의의 표시로 오무아 사건에 개입하지 않겠다는 메시지를 보내왔지요."

"하지만 그 메시지에는 단서가 있었지." 엘세스는 다 알고 있다는 듯 단호하게 말했다. "늑대인간들은 너희들의 대표가 타라 덩컨이 아닐 경우에는 협상하지 않는다고 명시하였다. 그리고 유령에 들리지 않은 온전한 타라 덩컨이어야 한다는 점도 강조하였다. 그런데 나는 어디서도 그 아이를 보지 못했다. 내 기억이 맞는다면 그 기한이 석 달로 되어 있었고……"

리스베스/유령은 더 이상 말싸움을 하지 않겠다는 듯 대꾸했다.

"그건 해결될 겁니다. 타라 덩컨을 곧 찾을 거니까요. 그 아이는 곧 돌아올 겁니다. 가족이 여기 있으니까."

속셈은 뻔했다. 리스베스/유령은 타라의 어머니를 이용해 오무아의 후계자를 유인하려는 것이다.

"아직 한 달이 남았으니 늑대인간들은 기다리겠지. 하지만 엘프들을 설득하는 건 그리 쉽지 않을 거야." 엘세스가 응수했다. "뱀파이어들도 마찬가지고."

"엘프족은 자기들의 나라로 돌아갔고, 뱀파이어들과 우리의 관계는 정상화되었지요. 그러니까 할망구는 나한테 정치에 대해 이러쿵저러쿵 가르치려고 하지 마시오. 정치라면 너무나 잘 알고 있으니까."

"멍청한 것!" 엘세스가 폭발했다. "네가 모두 장악할 수 있다고 생각하는가? 비인간족은 결코 유령들이 아더월드를 지배하는 걸 용납하지 않아!"

리스베스/유령은 전혀 흔들리지 않고 거칠게 내뱉었다.

"그건 두고 보면 알 것이고! 할망구, 당신은 여기서 할 일이 없다. 친위대!"

난처해진 친위대가 마지못해서 엘세스/에스메랄다를 에워쌌다. 엘세스는 고개를 절레절레 젓다가 턱을 세웠다. 즉시, 유령 수십 명이 주위에 몰려들면서 티그족 친위대를 위협했다. 친위대는 꼼짝하지 않았다. 리스베스/유령은 이를 부드득 갈았다.

"음, 그럴듯했어." 엘세스가 조롱했다. "하지만 내게도 지지자들이 있다는 걸 이제 똑똑히 알았겠지? 따라서 나는 여기 있을 것이다. 그리고 네가 우리 제국을 다스리기 위해 어떻게 하는지 지켜보겠다. 뿐만 아니라 네가 누구든 내 딸을 구하기 위해 내가 할 수 있는 모든 걸 할 것이다."

격분한 리스베스/유령이 자제력을 잃고 벌떡 일어났다.

"내가 누구인지 알고 싶은가, 할망구? 그렇다면 알게 해주겠다. 내일 알릴 생각이었지만 26시간을 채우지 않는다고 달라질 건 없겠지. 나를 보고 나서 눈물이나 흘리지 마시지!"

리스베스/유령의 몸이 부풀고 키가 커지더니 어깨가 넓어지고 머리칼이 짧아졌다. 여제의 긴 드레스 대신 빨간색 원을 새긴, 검은색에 가까운 잿빛 망토가 나타났다. 이어서 반사경 마스크가 리스베스의 얼굴과 쪽빛 눈을 가렸다.

공포에 질린 궁인들이 뒷걸음쳤다.

마지스터!

엄청난 충격에 셀레나는 토할 뻔했다.

철천지원수! 오랜 세월 사랑한다면서 쫓아다녔던 남자! 셀레나는 이제야 이유를 알았다. 마지스터였기에 유령들에게 자신의 몸을 장악하지 말라는 명을 내린 것이다.

그리고 그것이 무엇을 의미하는지도 알아차렸다.

마지스터가 죽었다는 뜻이 아닌가!

흥분한 셀레나가 마지스터의 죽음이 자신과 제국에 어떤 결과를 가져올지 곰곰이 생각하고 있을 때였다. 마지스터의 신호에 따라 여제의 별궁으로 통하는 비밀 문이 열리고 한 실루엣이 나타났다.

셀레나는 대번에 알아봤다.

파브리스!

어깨가 떡 벌어진 금발 소년, 파브리스는 많이 달라져 있었다. 슬픔과 죄의식 때문인지 얼굴빛이 어둡고, 많이 말라 보였다. 파브리스는 아더월드에 오면서부터 제2의 조국으로 삼은 랑코비트의 파란빛과 은빛 마법복 대신 잿빛 옷을 입고 있었다.

잿빛 옷의 가슴 부분에 새긴 오렌지색 원과 죽은 패밀리어 파란 매머드를 상징하는 무늬가 눈에 띄었다.

오무아의 후계자 타라 덩컨의 절친한 친구 파브리스가 끔찍한 적, 마지스터에게 복종하는 상그라브가 되었다니. 셀레나를 비롯한 모든 궁인이 경악했다.

뒤를 이어 어둠 속에서 빨간 눈에 긴 송곳니, 창백한 얼굴의 실루엣이 모습을 드러냈다. 하얀 대리석으로 새긴 조각 같은 얼굴이 아더월드의 햇빛에 잠시 반짝이는가 싶더니 마지스터가 앉은 옥좌 옆의 그림자 속으로 사라졌다.

인간 사냥꾼, 무시무시한 뱀파이어 셀렌바. 모두 공포에 떨고 있었다. 몇몇 궁인은 직장을 잃는 한이 있더라도 접견실을 나가기로 결정했다. 친위대는 그들이 나가는 걸 막지 않았다. 그러나 스쿠프들이 은밀하게 나가는 자들을 촬영하고 있었다.

파브리스는 잔혹한 셀렌바를 본 척도 않고 앞으로 나섰다.

"나의 어린 추종자, 여기 모인 이들에게 어떻게 된 일인지, 네 덕분에 내가 어떻게 유령이 되었는지 설명해주어라." 마지스터가 닭살이 돋게 느끼한 목소리로 말했다.

파브리스는 마지스터의 명에 복종했다.

"나의 패밀리어 바룬을 잃고 슬퍼할 때 타라가 나의 나리에게 중상을 입혔지요."

동정하는 웅성거림이 일었다. 마법사에게 패밀리어는 살아 있는 동안 영혼의 동반자로 결속되어 있는 동물이었다. 그런 패밀리어를 잃는다는 것은 팔 하나를 절단한 것이나 다름없다. 패밀리어 없이 살아갈 수는 있지만, 마법사에게는 몹시 고통스러운 일이다.

"사랑하는 이들을 보호할 수 있을 정도의 강력한 마법을 원했기 때문에 나는 나리를 구하고 싶었어요. 그러나 내 마법이 약해서 공간이동이 잘되지 않았지요. 나리의 지시를 받아 트란스미투스 마법을 세

번이나 작동한 끝에 가까스로 이동하는 데 성공했습니다."

"그리고 나는 죽었다." 마지스터가 즐거워하는 어조로 말했다. "나의 추종자들에게 지시를 내린 직후에 내 혼은 비욘드월드로 날아갔다."

마지스터가 또다시 신호를 보내자 불쑥 나타난 상그라브 여섯 명이 둥둥 떠다니는 크리스털 관을 에워쌌다. 마지스터의 시신이 들어 있었다.

"사망한 지 몇 초 후, 나리의 몸은 혈액순환이 정지되었어요." 파브리스는 침울한 목소리로 말했다. "나리의 몸이 되살아날 수 있도록 크리스털 관이 손상된 세포를 재생하는 중이에요. 회복되는 즉시 나리가 여제를 해방시킬 겁니다. 그리고 여제는 나리의 감독을 받게 될 겁니다."

"물론 나는 이렇게 빨리 돌아오게 될 줄은 몰랐다." 마지스터는 아주 흡족한 목소리로 덧붙였다. "예기치 않았던 뜻밖의 기쁨이었지. 고로 나를 죽인 오무아 제국의 후계자 타라 덩컨에게 아주 고마워하고 있다!"

마지스터는 자신의 모습을 오랫동안 보여주는 것으로 마법을 낭비할 생각이 없었다. 그가 마법을 중단하자 상그라브의 마스크 대신에 천천히 리스베스 여제의 얼굴이 다시 나타났다. 금발의 여제가 아름다운 얼굴을 들고 주위를 둘러봤다.

"크리스털 관에 들어 있는 육신을 파괴하면 네놈이 완전히 소멸되는 건가?" 엘세스가 한마디 했다.

리스베스/마지스터가 분노의 휘파람을 불었다.

"그렇게 계속 나에게 대항하겠다는 건가, 할망구? 내가 누군지 알았는데도?"

엘세스는 어깨를 으쓱했다.

"지난 몇 달 동안 너에 대한 소문을 듣긴 했지. 네놈이 뭐 그리 대단하다고!"

셀레나는 숨을 죽였다. 선대 여제 엘세스가 미친 건가, 저런 식으로 마지스터와 맞서다니! 엘세스는 싸움을 촉발시킬 위험이 있다는 걸 전혀 모르는 건가? 마지스터가 얼마나 잔혹한지에 대해서는 셀레나가 얼마든지 증언할 수 있었다.

"지금은 너도 우리랑 똑같아." 엘세스는 대담하게 말을 이었다. "산 자의 몸을 훔친 유령이니까. 나는 너를 두려워할 이유가 없고, 너는 나에게 아무 짓도 할 수 없어. 네가 거드름이나 피우는 저 멍청한 놈들을 규합할 수 있었던 이유는 알 만하다. 네가 멍청한 놈들에게 산 자의 육신을 점령하는 방법을 보여줬기 때문이지. 다른 유령들은 마법 능력이 뛰어난 최고 마구스를 지배하는 것도 몹시 어려운데 네가 강력한 여제인 내 딸의 의식을 무력화시키는 걸 보고 다들 깊은 인상을 받았을 테니까."

엘세스의 거침없는 발언에 질겁하면서도 셀레나는 속으로 그 말에 동의했다. 엘세스는 사실을 말하고 있다. 마지스터의 도움으로 최고 마구스들을 수월하게 점령하게 된 유령들이 가장 강력한 여제를 지배하는 마지스터를 믿고 따르는 것이야 당연한 일이 아니겠는가.

마지스터가 치를 떨면서 엘세스에게 삿대질을 했다.

"그 입 닥치시지, 할망구! 뱀파이어에게 물리면 유령이 소멸된다는 걸 알고 있거든. 더 이상 입을 놀리지 못하게 해주지. 셀렌바!"

"네, 나리."

"이 할망구를 없애버려라!"

"알겠습니다, 나리."

송곳니를 드러낸 뱀파이어가 고양이처럼 뛰어오르기 앞서서 몸을 웅크렸다.

선대 여제 엘세스가 명을 내리자 육신의 지원을 받지 않으면 마법이 너무 약하기 때문에 유령 다섯이 힘을 합했다. 엘세스를 따르는 유령들이 눈 깜짝할 사이에 만든 밧줄로 뱀파이어를 묶었고, 함께 날아올랐다. 셀렌바가 몸부림치면서 유령을 하나둘 할퀴고 깨무는 사이에 나머지 유령들이 머리 위쪽 힘의 장막을 피하기 위해 창문을 통해 뱀파이어를 내던지는 데 성공했다.

창문의 크리스털이 박살 났다. 잠시 후, 성난 고함소리에 이어 쿵 하는 둔탁한 소리…… 모두 소스라치게 놀랐다.

"깨어나려면 시간이 좀 걸리겠군." 선대 여제들 중 한 명이 흡족한 얼굴로 손을 비비면서 말했다. "착지하면서 다리가 부러졌는데 레파루스로 치료해줄 사람이 아무도 없을 테니 엘세스가 알아서 해요."

엘세스는 마지스터 앞을 막아섰다. 그 순간 궁인 여러 명이 엘세스를 에워싸면서 팔짱을 끼고 노려보자 예상 밖의 상황에 마지스터가 당황스러워했다.

궁인들이 알록달록한 풍선을 한 손 가득 들고 있기에 망정이지 일촉즉발의 상황이었다.

엘세스는 비웃음을 흘리면서 마지스터에게 내뱉었다.

"나는 여기 머물면서 네가 무슨 짓을 하는지 지켜보겠다. 네가 마지스터든 누구든, 아더월드에 온 걸 후회하게 만들어줄 테니까!"

"나는 누구도 두렵지 않다." 마지스터가 큰소리쳤다. "당신들의 반대를 물리치는 것은 시간문제일 뿐이고, 당신들은 배신자다."

"배신자?" 엘세스가 엄한 얼굴로 받아쳤다. "천만에. 난 내 국민의 안전이 가장 중요하다고 생각하는 사람, 아니 유령이다. 그리고 난 여기에 있을 생각이 전혀 없었다. 비욘드월드는 생활하는 데 아무런 불편이 없는 곳이니까."

"거기가 그렇게 좋아? 할망구, 내가 당신을 그곳으로 빨리 보내주지!"

"그래, 어디 한번 해봐라! 네놈이 어떻게 하는지 구경하는 것도 재미있을 것 같군."

마지스터는 그 말을 무시하기로 했다. 엘세스를 아더월드에서 쫓아낼 방법을 찾아야지, 아니면 사사건건 성가실 것 같았다. 그리고 유령들 중에 마지스터와 비슷한 야심을 가진 리스베스의 삼촌 반디우 대군이 있었다. 따라서 엘세스와 반디우 등 유령 몇 명을 제거하는 것이 급선무였다.

마지스터가 생각에 잠겨 있는 사이에 엘세스는 눈치를 채고 쪼르르 달려온 안락의자에 편안하게 앉았다. 그러다 셀레나의 눈길과 마주쳤다. 이때다 싶어 셀레나는 분노와 두려움을 담은 눈빛으로 메시지를 보냈다. '저는 적이 아닙니다. 우리를 도와주세요!' 엘세스는 아무런 반응을 보이지 않다가 천천히, 아주 천천히 눈을 깜박였다. 셀레나를 제외하고는 아무도 보지 못했다. 셀레나는 안도의 숨을 내쉬었다. 엘세스/에스메랄다와 단둘이서만 얘기할 방법을 찾아야 했다.

궁인들은 여전히 산산조각이 난 에스메랄다의 남편을 결합하기 위해 풍선을 거둬들이고 있었다. 누군가 마법으로 끈을 만들었고, 몇 분

뒤, 한 무더기의 풍선이 거대한 접견실 한복판에 둥둥 떠 있었다. 티그족 친위대원들이 양탄자를 타고 다니며 힘의 장막에 들러붙은 풍선들도 수거했다. 기적적으로 단 한 개의 풍선도 터지지 않았다. 리스베스의 먼 친척인 다섯 살 난 여자아이가 움켜잡은 풍선을 회수하는 것이 가장 힘들었다. 손에서 풍선을 빼내려고 하자 아이가 눈물을 뚝뚝 흘리면서 까무러칠 듯 울어댔다. 마지스터의 시선을 끌까 봐 불안해진 아이의 어머니는 재빨리 다른 풍선 하나를 만들었지만, 풍선이 하나 더 생긴 것에 신이 난 아이는 두 개를 다 갖고 싶어했다. 잠시 승강이가 벌어진 끝에 풍선을 회수할 수 있었다.

아이는 예쁜 풍선 하나를 들고, 화가 머리끝까지 난 어머니를 따라 접견실을 나갔다.

에스메랄다는 관대하게 남편을 소생시키는 것에 동의했다. 유령의 마법이 풍선들을 후려치자 그들 앞에 알몸 남자가 얼빠진 미소를 지으며 서 있었다.

"플를브브블를, 플를브브블를."

남자는 그렇게 말하면서 주저앉았다.

다리 하나가 없기 때문이다.

아이와 승강이를 벌이던 어머니가 잘못 고른 풍선을 에스메랄다에게 준 것이다. 남자의 한 조각, 풍선으로 이뤄진 다리 한쪽이 아이의 손에 들린 채 궁전 어딘가에 있는 것이다. 에스메랄다의 남편은 그 풍선이 돌아오길 기다리는 수밖에 없었다.

이 예기치 못한 사건에 궁인들은 여러 가지 상상을 하면서 잠시나마 심각한 상황을 잊을 수 있었다.

어떻게 하면 엘세스와 얘기할 수 있을까 생각에 잠긴 셀레나, 엘세스와 반디우를 제거할 방법을 궁리하는 마지스터, 산 자의 몸을 점령하게 되길 애타게 기다리는 유령들, 모두가 그렇듯 자기들의 생각에 빠져 있는 사이, 파브리스는 만나게 될까 가장 두려워하던 무아노와 결국 맞닥뜨렸다.

그러나 방금 파브리스의 눈앞에 끌려온 무아노는 예쁜 모습의 친구가 아니었다. 불안한 데다 기진맥진한 야수가 히플리아의 강철로 만든 수갑을 차고 있는데 통통 부은 발목에 피딱지가 앉아 있었다.

무아노의 표범 쉬바는 보이지 않았다. 마법사와 패밀리어가 얼마나 중요한 관계인지 잘 아는 유령들이 패밀리어를 영혼의 동반자에게서 멀리 떨어진 동물원에 가둔 것이다.

"파브리스, 난 네가 죽었는지 알았어." 야수가 말했다.

"나도 내가 죽었다고 생각했어." 파브리스는 아주 진지하게 대답했다. "근데 너는 왜 야수의 모습을 하고 있어?"

미녀와 야수의 후손인 무아노는 자신의 의지대로 옅은 갈색 눈에 구불구불한 머리의 예쁜 소녀에서 갈퀴발톱과 이빨이 많은 털북숭이 괴물로 변할 수 있다는 걸 우연히 알게 되었다.

"리스베스…… 아니 마지스터가 유령들에게 내 몸을 점령하라는 명을 내렸어." 땀에 털이 젖은 야수가 지칠 대로 지친 목소리로 속삭였다. "하지만 이 모습을 하고 있으니까 유령들이 가까이 오려고 하지 않았어."

"두 달 전부터 이 모습으로 있었다는 거야?" 깜짝 놀란 파브리스가 목멘 소리로 물었다.

"계속은 아냐. 혼자 있을 때는 인간의 모습으로 돌아왔지. 하지만 유령들이 알아채고 나타나는 즉시 야수로 변신해야 했어."

"난 전혀 모르고 있었어." 파브리스가 고백했다. "마지스터가 나를 교육시키기 위해 상그라브들의 요새를 벗어나지 못하게 했거든. 그러다 어제 이 놀라운 소식을 알려주면서 나를 궁전으로 불러들였어."

무아노는 야수의 금빛 눈으로 파브리스의 까만 눈을 뚫어져라 쳐다봤다.

"네가 한 일, 너의 배신, 우리 원수의 편이 된 것은 왜 그랬느냐고 묻지 않을게. 이유를 알고 있으니까. 바룬을 잃었기 때문에 네가 거의 미칠 거 같다는 것도 알아. 그것도 이해해. 쉬바와 멀리 떨어져 있는 것만으로도 이렇게 힘든데 패밀리어를 잃은 너의 고통이 어떨지 상상이 돼. 하지만 한 가지는 알고 싶어. 네가 지금 하고 있는 모든 일이 그럴 만한 가치가 있니? 파브리스, 우리 모두를 배신할 정도로 정말 그럴 만한 가치가 있는 거야?"

파브리스는 괴로운 나머지 고개를 돌리는 것으로 시선을 피하면서 마법을 작동했다. 시커먼 불이 털북숭이 야수에게 날아갔다. 아연실색한 무아노는 몸이 줄어드는 느낌이 들었다. 털이 사라지는 것과 동시에 마법복이 알몸을 가려주었다. 수갑이 줄어들면서 가느다란 손목에 난 상처가 확연히 드러났다.

파브리스가 무아노를 인간으로 되돌려놓은 것이다. 이렇게 쉽게 해내다니! 예전의 파브리스라면 어림도 없는 일이다. 다시 한 번 시커먼 불이 수갑으로 향했고, 어떤 마법에도 버티는 것으로 알려진 히플리아의 강철인데도 수갑이 철컥 열리면서 바닥으로 떨어졌다.

무아노의 손목에 난 상처도 사라졌다. 눈 깜짝할 사이에 치료가 된 것이다.

파브리스는 만족스러운 얼굴로 시커먼 불의 마법을 중단했다. 그러고는 얼굴이 일그러지더니 가슴에 손을 얹었다.

"응, 그럴 만한 가치가 있지. 치러야 할 대가는 크지만. 글로리아, 내 몸과 정신에 가하는 검은 마법의 압박을 견디기 힘들거든."

녹초가 된 무아노가 비틀거렸다. 파브리스는 재빨리 무아노를 품에 안으면서 답삭 들었다. 무아노를 노리는 유령들이 주위를 맴돌고 있었다. 화가 치민 파브리스가 늑대로 변신하자 유령들이 질겁한 브볼*[9] 떼처럼 흩어졌다. 파브리스는 송곳니를 드러내면서 미소를 지었다. 금지된 대륙에서 늑대에게 물린 뒤로 늑대인간이 된 파브리스는 마음대로 변신하는 능력을 얻었다. 하지만 예민한 후각 때문에 지금처럼 많은 사람이 모여 있고, 온갖 향수 냄새가 진동할 때는 아주 짜증스러웠다.

물론 좋은 점도 있었다. 늑대인간은 은을 이용한 공격이나 참수형을 당해야 죽음에 이르고, 모든 상처를 즉석에서 치료할 수 있으며, 아더월드에서 드래곤들을 제외하고는 강력하다는 비인간 종족 중에서 단연 민첩했다.

게다가 유령들이 파브리스를 두려워하고 있었다.

....
9. 아더월드의 참새에 해당하며, 위험이 닥쳤을 때 한 몸처럼 일사불란한 움직임으로 무시무시한 포식동물의 모습을 흉내 내 공격자들을 도망치게 만든다. 예를 들어, 매 떼의 공격을 받을 경우 순식간에 집결한 브볼들이 독수리 모습을 만들어 매들을 공격한다.

갑자기 접견실의 문 근처에서 소동이 일어났다. 피투성이가 된 셀렌바가 에스메랄다 모습의 엘세스를 향해 걸어오는데 격분한 얼굴이 당장이라도 죽일 기세였다.

유령들이 공격하기 직전에 마지스터가 셀렌바를 제지했다.

"이제 됐다, 기회는 또 있어. 지금은 가만 내버려둬."

파브리스는 이맛살을 찌푸렸다. 사냥꾼 셀렌바는 절대 호락호락하지 않은데……. 무슨 짓을 할지 상상을 초월하는 뱀파이어였다. 파브리스는 마지스터에게 뭘 했는지 보여주어야 했다. 무아노를 안은 채 옥좌를 향해 걸어갔다. 새 주인을 따르기로 했을 때 이 정도로 속박되리라고는 상상하지 못했다.

반쯤 정신을 잃은 무아노를 안은 파브리스를 보면서 마지스터가 일어났다.

"무슨 일이냐?"

화가 나지만 속내를 드러내지 않으면서 파브리스는 늑대의 금빛 눈을 내리깔고 대답했다.

"너무 오랫동안 야수의 모습으로 있으면 오직 원초적 본능에 따라 행동하는 야수가 될 겁니다, 나리. 인간의 지성이 없어지면 무아노는 우리에게 아무런 쓸모가 없게 돼요."

"하지만 너는 그 아이를 설득해서 다시 변신시켰잖아." 마지스터가 흡족해했다. "네가 여기 오자마자 대단한 능력을 보여주는구나. 잘했다, 내가 즉시 그 아이를 유령에 들리게 하겠다."

어? 이상한데. 파브리스는 의문이 들었다. 마지스터의 능력이라면 무아노를 인간으로 바꿔놓는 것쯤은 식은 죽 먹기일 텐데.

마지스터는 왜 그 능력을 사용하지 않았을까? 유령에게 무아노를 점령하게 하는 것은 그리 힘든 일이 아니다.

"허락하신다면 우리 편으로 만들고 싶습니다." 파브리스는 마지스터를 자극하는 것은 위험하다는 걸 알기 때문에 고개를 숙인 채 감히 말했다. "무아노를 설득해 우리 편으로 끌어들이겠습니다."

"나의 추종자, 너에게 그런 권리를 준 적이 없다. 난 찬성하지 않아. 이 아이를 믿지 않거든."

화가 난 파브리스는 속으로 외쳤다. '그건 나도 마찬가지죠.'

무아노는 눈을 게슴츠레 뜨고 코를 찡그리면서 속삭였다.

"어쨌든 네 노력이 가상하다."

파브리스가 미처 반응하기 전에 야수로 변신한 무아노는 엄청난 몸무게로 강력한 근육질의 늑대인간을 제압했다.

그러고는 리스베스 여제 모습의 마지스터 앞으로 가서 씹어뱉듯이 말했다.

"노예로 사느니 죽는 편이 낫다. 나는 굴복하지 않겠다."

"넌 이제 겨우 열다섯 살이다, 어린 공주. 죽음이나 고통이 뭔지도 모르는 어린아이야."

마지스터는 옥좌에 등을 기대면서 잔혹한 미소를 흘렸다.

"파브리스?"

"네, 나리?"

"채찍질 몇 대면 이 반항아를 굴복시킬 수 있어. 의식을 잃으면 다시 변신시켜. 그런 다음 유령이 덮치면 되니까."

파브리스는 분노를 참느라고 이를 악물었다.

"알겠습니다, 나리."

"그리고…… 파브리스?"

"네, 나리?"

"채찍질은 네가 하거라."

그 말에 고개를 들던 파브리스는 악의적인 희열에 찬 마지스터의 시선과 마주쳤다.

파브리스는 허리를 숙이면서 굴복했다.

"알겠습니다, 나리."

"사냥꾼?"

"네, 나리?"

"파브리스가 하는 짓이 신통치 않으면 네가 책임져."

엘세스를 노려보던 셀렌바가 부들부들 떠는 야수를 향해 고개를 돌렸다. 뱀파이어는 하얀 송곳니를 드러내면서 냉소를 흘렸다.

"알겠습니다, 나리."

"하지만 깨물지는 마, 셀렌바. 비록 직계는 아니지만 랑코비트의 왕위 계승을 위해 그 아이가 필요할지도 몰라. 따라서 살려야 한다, 알았나?"

실망한 셀렌바는 한숨을 내쉬었다.

"알겠습니다, 나리."

셀렌바의 신호에 친위대원들이 파브리스와 무아노를 에워쌌다. 그들이 다시 수갑을 채웠지만, 힘이 없는 야수는 어깨를 축 늘어뜨리고 꼬리를 내린 채 가만히 있었다. 파브리스는 아무 말도 하지 않았지만, 얼굴은 차가웠고 눈에 괴로워하는 빛이 역력했다.

이 길을 선택했을 때 파브리스는 이렇듯 괴로운 일이 일어날 줄은 상상도 못했다. 그 장면을 지켜보며 셀레나는 파브리스가 이제 와 자신의 결정을 포기하리라곤 생각되지 않았다. 파브리스는 무슨 수를 써서라도 계속할 테니까. 타라의 어머니는 그저 소년이 모두를 죽이지 않기만 바랄 수밖에 없었다.

한편으로는 끔찍한 시련 때문에 어쩌면 파브리스가 마지스터에게 반항할지도 모른다는 희망을 품었다.

마지스터가 파브리스의 자존심을 건드리는 실수를 저질렀기 때문이다. 무아노를 피가 날 정도로 때리라는 것으로도 모자라 셀렌바에게 거들라고 했으니.

파브리스가 티그족 두 명에게 붙잡힌 무아노와 함께 나가는 사이에 화가 치민 셀레나는 마지스터 앞에 서서 소리쳤다.

"이런 괴물! 아이들을 상대로 이런 유치한 짓을 하다니! 고작 그것밖에 안 되는 인간이야? 공격을 하더라도 당신에게 어울리는 상대를 골라야지!"

"당신은 끼어들지 마." 마지스터가 미소를 지었다. "당신은 괴롭히고 싶지 않소. 그리고 앞으로 몇 달 동안 해야 할 일이 있으니까."

"내가 무슨 일을 해야 하는데?" 셀레나가 물었다.

리스베스 모습의 마지스터는 흐트러진 드레스 매무새를 가다듬고 얼굴을 들었다. 그러고는 모두가 들을 수 있게 큰 소리로 외쳤다.

"당연히 우리의 결혼식을 준비해야지!"

거시기
아무나 마구 죽이는 괴물로 변신하면
친구를 만들기 힘든데……

*

 칼/뱀파이어에게 입을 맞출 뻔한 뒤로 안젤리카는 입을 꼭 다물고 있었다. 칼이 안젤리카를 속인 것은 이번이 두 번째였다. 첫 번째는 살인 누명을 쓴 칼이 미남 청년의 모습으로 변신해(패밀리어처럼 붉은 사자를 데리고 있었다) 가짜 신분(제임스 본드라는 이름을 사용)으로 소개했을 때 안젤리카는 첫눈에 홀딱 반했었다. 그리고 이번에는 뱀파이어로 변신한 칼의 카리스마에 또다시 홀렸으니. 두 번씩이나! 안젤리카는 언제, 어떻게 할지 아직은 모르지만 반드시 복수하리라고 다짐했다.
 안젤리카는 경탄을 금치 못하는 눈길로 자신의 손을 쳐다보면서 집 안에 내려오는 빛의 손에 대한 전설을 떠올렸다.
 빛의 손이란 지각단층 전쟁이 일어났을 때 조상 시프리엔 브란다우드가 소유하고 있던 무기였다. 재능 있는 마법사 시프리엔은 데미데루스의 도움을 받아 이 무기를 만들었고, 악마들과 싸우면서 처음으로 빛의 손을 시험했다. 레드 드래곤의 공격으로 목숨을 잃을 뻔했을 때 빛의 손을 사용하면서 엄청난 힘이 있다는 걸 알게 된 브란다우드는 자신의 혈통을 잇는 후손의 게놈에 '빛의 손' 유전인자를 삽입했다. 자세한 기능에 대해서는 전해지지 않지만, 빛의 손이 지각단층을 봉쇄하고, 아틀란티스를 파괴하는 데 성공했다는 전설이 내려오고 있었다.

빛의 손은 가공할 만한 무기였다.

그런 강력한 무기를 안젤리카가 지니게 된 것이다.

그런데 빛의 손이 타라의 마법만큼 강력할까? 천진한 얼굴을 하고 은근히 최고인 양 뽐내는 쪽빛 눈의 계집애를 볼 때마다 안젤리카는 짜증이 났다. 순간순간 타라를 박살 내버리고 싶은 충동이 일었다.

이제 안젤리카가 빛의 손을 지니게 되었으니 무슨 일이든 가능했다. 타라가 불의의 사고를 당한다든가 흔적도 없이 사라져버린다든가…… 얼마든지 가능한 일이었다.

트라비아에서 멀리 떨어져 있는 그들은 관리가 잘되어 있는 밭, 암소와 머리가 둘 달린 고라니의 일종인 모오오오우우우, 베에에, 트라둑들이 유유히 풀을 뜯어먹는 방목장의 상공을 날고 있었다. 안젤리카는 목가적인 풍경을 아주 오랜만에 보는데도 전혀 반갑지 않다는 생각을 잠시 하면서 황홀한 얼굴로 자신의 손에 눈길을 고정했다.

"어디로 달아나지 않아!"

난데없는 말에 안젤리카는 소스라치게 놀랐다.

"뭐라고?"

"네 손 말이야." 타라는 말을 이었다. "어디로 달아나지 않으니까 그렇게 지키듯 쳐다볼 필요 없다고!"

발끈한 안젤리카가 타라에게 삿대질을 했다.

"내가 너라면 나를 자극하지 않을 거야."

"그래, 알았으니까 너도 그 손가락이나 치워."

꺽다리는 얼굴이 일그러지면서 손가락을 구부렸다.

"너, 목숨을 갖고 장난치고 싶니?"

"안젤리카, 장난 아냐. 특히 내 목숨을 갖고 장난치지는 않아." 타라는 꺽다리의 손을 가리켰다. "너, 그거 사용할 줄 알아?"

안젤리카는 당황했다. 타라가 재빨리 화제를 바꾼 것이 적중한 것이다.

"당연히 사용할 줄 알지." 안젤리카는 거들먹거리면서 대답했다. "전혀 어렵지 않아. 손을 내밀고 내 마법을 보내면 쾅! 모든 게 박살이 나지."

"아니, 그건 네 마법이 아냐. 강의 시간에 들었는데……."

"네가 강의를 들어?" 깜짝 놀란 안젤리카가 말을 잘랐다.

타라는 어깨를 으쓱했다.

"응. 수학, 물리, 철학, 역사, 지리, 지정학, 거시경제학, 미시경제학…… 등의 강의를 듣고 있지."

"하지만…… 왜? 책을 한 번만 읽으면 다 기억할 수 있는데!"

"그렇지, 그런 점에서는 마법이 아주 유용하지. 하지만 책으로는 깊이 알 수 없는 것들을 가르쳐주고 전문 분야에서 활용할 수 있게 이끌어주는 선생님들이 있어. 그래서 나는 자연과학(표본으로 삼는 것들이 살아 있는 데다 공격적이라 타라는 이 시간을 정말 싫어했다) 강의뿐만 아니라, 전투 훈련을 위해 검이나 창을 다루고 단도를 날리는 기술을 연마하고(타라의 실력이 형편없어 교관의 한쪽 귀가 날아갈 뻔했다), 요리도 배우고(증조할아버지 마니투가 그 실습 요리를 맛있게 먹어줘서 그나마 다행이었다), 외교적 의례(너무 제약이 많고 복잡해서 제일 싫어했다), 게다가 마법 강의도 듣고 있어. 최근에 받은 강의에서 지각단층 전쟁 때 마법의 에너지를 방출하지 않는 무기에 대해 들었어. 악마들도 알아채지 못했다고 했는데 선생님이 말한 그 무기가 빛의 손인 것 같아. 방출된 마법의 양이 아주 경미했다고 칼이 말했거든. 그런데 네가 언덕을 파괴하기 위해 빛의 손을 사용했을 때 탐지기는 마법의 에너지가 아니라 빛을 감지한 거였어."

안젤리카의 눈이 동그래졌다.

"그러니까 빛의 손은 사용해도 탐지되지 않는다는 말이잖아?" 안젤리카는 모르고 있었다는 내색을 하지 않으려고 받아쳤다. "그래, 내가 하고 싶은 말이 바로 그거야! 내 빛의 손은 강력하면서 탐지기에 발각되지 않는 완벽한 무기란 말이지!"

'생각보다 빨리 그 효과를 경험하게 해줄게' 갈색 머리 꺽다리는 그렇게 속으로 말하면서 타라를 쏘아봤다.

"그래서 말인데 시험해볼 필요가 있을 거야." 타라는 그렇게 제안하면서도 안젤리카의 손에 그런 강력한 무기가 있다는 것이 달갑지 않았다.

대답은 반사적으로 튀어나왔다.

"너한테 시험해볼까?"

"에이. 그건 안 되지. 바위나 죽은 나무, 폐허가 된 오두막…… 같은 무생물을 상대로 시험해봐."

물론 맞는 말이지만, 안젤리카는 타라의 말이 맞다고 인정하기가 죽기보다 싫었다.

"나는 시험해볼 필요 없어." 안젤리카는 거만하게 말했다. "나에게 마법은 자연스러운 일이니까. 너랑은 달라!"

안젤리카가 코를 킁킁거리면서 눈살을 찌푸렸다.

"이게 무슨 냄새지?"

그 순간 실버가 돌아보면서 외쳤다.

"저 앞에 불빛, 보여요. 양탄자의 GPS(위성항법장치)를 보면 글루안트에 도착한 것 같아요. 어떡해요? 도시로 곧장 들어가요, 아니면 피할까요?"

"들어가자!" 안젤리카가 지시했다.

"피하자!" 타라가 외쳤다.

동시에 대답을 뱉어낸 두 소녀가 서로를 노려봤다.

"나는 이 냄새나는 농촌이 아닌 곳에서 잘 먹고 씻고 편안하게 쉬어야겠어." 안젤리카가 말했다.

"병사들이 진짜 모습을 보기 위해 적외선 안경을 착용하고 있어서 우리는 마법을 사용할 수 없어." 타라가 응수했다. "그리고 우리 둘은 대번에 발각될 거잖아. 실버에게 필요한 것을 사오게 하고 도시 밖에서 머무는 것이 안전해. 안젤리카, 아더월드의 운명이 우리에게 달려 있는데 침대에서 자고 싶다는 이유로 위험을 무릅쓸 수 없어."

실버는 고개를 끄덕였다.

"타라 아가씨 말, 맞아요. 우리 셋 함께 도시로 들어가는 건 현명하지 않아요. 내가 필요한 것 사가지고 올게요. 도시 밖에서 지내요."

안젤리카가 뭐라고 구시렁거리는데 기분이 몹시 상해 있었다.

"이 언덕에 착륙할게요." 어둠 속에서도 언덕이 잘 보이는지 실버가 말했다.

이번에는 타라가 냄새를 맡고 소리쳤다.

"잠깐, 여기는……."

너무 늦었다. 실버가 이미 양탄자를 착륙시켰는데 트라둑의 똥이 무더기로 쌓여 있었으니.

양탄자는 그대로 똥 무더기에 처박혔다. 퉤퉤, 안젤리카가 요란을 떨면서 좌석으로 펄쩍 뛰어올랐고, 그 바람에 양탄자는 똥이 섞인 진창에 점점 더 파묻혔다.

"다시 이륙해, 빨리!" 타라가 외쳤다.

실버가 애를 썼지만, 진창에 박히면서 올라앉은 오물의 무게 때문에 양탄자는 들리는 듯하다가 꾸르륵꾸르륵 절망적인 소리를 내면서 더 깊이 묻혔다. 실버와 두 소녀는 선택의 여지가 없었다. 셋은 양탄자에서 펄쩍 뛰었다.

농부들이 언덕에서 오물을 썩혀 밭으로 흘러들게 하려고 똥 무더기 주위에 마법의 울타리를 쳐서 막아놓았던 것이다. 실버와 타라, 안젤리카는 다행히 울타리를 따라 땅바닥으로 굴러갈 수 있었다. 오물진창은 양탄자를 꿀꺽 삼켜버렸다.

타라의 몸이 떨리고 있었다. 두려움 때문에 타라가 떠는 것이 아니라 오물을 뒤집어쓴 것에 화가 난 체인지라인이 마구 흔들어댔기 때문이다.

"휴, 똥 냄새 정말 지독하다!" 타라는 결국 내뱉었다.

"빌어먹을!" 안젤리카도 욕설을 퍼부었다.

실버는 입으로 숨을 쉬려고 애쓰고 있었다. 냄새 때문에 미칠 지경이었다. 기절을 하거나 토하면 너무 남자답지 못한 것이 아닌가. 어머니가 들려준 이야기에 똥을 뒤집어쓴 영웅이란 없었다. 위험한 순간 도주하다 진흙이나 피투성이가 되었다면 몰라도.

실버는 나오려는 한숨을 꾹 참았다. 그제야 실버의 상태를 알아차린 두 소녀는 불안한 얼굴로 쳐다봤다.

"이걸로 문제는 해결됐네." 안젤리카가 말했다. "주위가 온통 똥 냄새가 진동하는 밭으로 둘러싸여 있으니 도시로 들어가는 수밖에 없겠어."

"그래, 위험하지만 도시로 들어가야겠다." 꺽다리를 기쁘게 해주는 것이 유감스럽지만 타라도 동의했다.

안젤리카가 깜짝 놀라서 타라를 쳐다봤다.

"아까는 안 된다면서?"

"이제는 양탄자가 없잖아. 들판에서 마법을 사용하는 것도 좋은 생각이 아니고. 씻으려고 물의 원소를 불렀다가는 대번에 발각될 테니까. 도시로 들어가서 씻고, 좀 쉬면서 새 양탄자를 사는 게 좋겠어. 그리고 어차피 이제부터는 각자 떨어져서 다녀야 할 거야. 지금쯤은 배추 상인이 양탄자를 도둑맞았다고 신고했을 테니까."

실버는 잠자코 고개를 끄덕였다. 이 끔찍한 냄새에서 벗어날 수만 있다면 뭔들 못할까. 더 이상 견딜 수 없는 코가 기권하겠다는 신호를 보내고 있었다. 그런데 어머니는 조심해야 한다고 당부했었다. 후각,

촉각, 미각, 시각, 청각의 귀중한 감각 중 어느 것 하나도 잃어서는 안 된다고 했다. 오감이야말로 실버를 어떤 희귀종이 아니라 인간임을 증명해주는 유일한 특성이기 때문이다.

어쨌든 지독한 악취는 소녀들의 향기를 덮어버리는 장점이 있었다. 소녀들의 향기는 너무 괴로웠다. 실버는 소녀들에게 가까이 가는 순간 감미롭고 유혹적이고 매혹적인 향기에 취했다. 그 향기만 맡으면 군침이 돌면서 깨물고 싶은 충동이 일었다. 그런 생각을 하면 안 되는데…… 절대로. 실버는 이런 상태로 계속 있다가는 죽을 것만 같았다.

"그런데 이 꼴로 들어가면 사람들이 쳐다볼 텐데 뭐라고 하지?" 타라가 말했다.

"설명은 무슨! 아무 말도 하지 말아야지." 안젤리카는 거만하게 물었다. "돈은 있어?"

"응, 내 체인지라인 안에 항상 있어."

"많아?"

"충분할 거야." 타라는 신중하게 대답했다.

실제로 작은 나라 하나를 살 정도로 많은 돈을 지니고 있었다. 리스베스 고모는 오무아 밖에 나가 있을 때 안전을 보장해주는 것은 돈이라고 말했다.

"그럼 됐네. 돈으로 안 되는 건 없으니까. 어수선한 시기라 우리를 이상하게 보겠지만."

그래, 돈만 있으면 뭐든 할 수 있기는 지구에서도 마찬가지였다. 훨씬 더 많은 시간을 살았기에 진정한 안식처로 여기는 지구를 생각하던 타라는 아이디어가 떠올랐다. 마법에 의존하면서 사는 아더월드의 사람들은 다른 방법이 있다는 걸 생각하지 못했다.

"우리 변장을 하고 도시로 들어가자." 타라는 마법복 호주머니를 뒤지면서 제안했다. "나는 마법을 사용하지 않아도 네 모습을 바꿀 수 있어, 안젤리카."

갈색 머리 꺽다리는 타라의 말을 건성으로 들었다.

"이 도시 최고의 호텔, 최고의 방에서 묵자." 안젤리카는 꿈에 부푼 얼굴로 말했다.

"그러면 최고의 경찰이 즉시 우리를 체포하겠지." 타라가 빈정거렸다.

"아니, 도망자들이 최고의 호텔에 숨을 거란 상상은 절대 하지 않을 거야. 내 생각이 맞을 테니까 너나 변신해."

"그건 아무 소용없어." 타라는 참을성 있게 대답했다. "아까 말했잖아, 병사들이 적외선 안경을 착용하고 있다고."

"내 말은 너의 멍청한 친구 칼처럼 뱀파이어로 변신하라는 거야."

"하지만 너도 크리스털 전광판에서 나의 두 가지 모습을 봤잖아. 인간의 모습과 뱀파이어의 모습, 내가 인간으로 다시 돌아와 있는 걸 아는 사람은 별로 없어. 내가 두 달 전만 해도 인간의 모습으로 돌아오지 못했던 거 기억 안 나?"

"당연히 알지, 네 눈엔 내가 바보로 보이냐?" 안젤리카는 멸시하듯 내뱉었다. "뱀파이어에서 다시 동물로 변신하면 적외선 안경이라도 탐지하지 못해. 그러니까 늑대나 박쥐로 변신해 도시로 들어가면 들키지 않고 통과할 수 있어. 나의 패밀리어라고 생각할 테니까."

타라는 고개를 끄덕였다. 성깔을 부려서 짜증 나는 소녀지만, 안젤리카의 말에 일리가 있었다. 좋은 생각이었다.

"그럼 아가씨, 어떻게 변장해요?" 실버가 안젤리카를 쳐다보면서 물었다.

"솜뭉치로." 타라는 호주머니에서 상자를 꺼냈다.

그리고는 상자에서 꺼낸 솜뭉치를 흔들었다. 살아 있는 궁전이 만일을 대비해서 마련해준 것이다. 50킬로그램의 체중을 90킬로그램의 거구로 만들 수 있는 양의 솜뭉치였다.

"이걸 마법복 안에 넣는 거야. 마법을 사용해서 모습을 바꾸는 것이 아니기 때문에 적외선 안경으로도 감지할 수 없어."

안젤리카는 질겁하면서 뒷걸음쳤다.

"무슨 소리야? 나를 뚱보로 만들겠다는 거야?"

"정답!" 타라는 천연덕스럽게 대답했다. "체인지라인의 도움을 받으면 아무도 너를 알아보지 못할 거야."

타라는 안젤리카의 뺨을 통통하게 만들 탈지면과 옷 속에 넣을 솜뭉치 여러 개를 꺼냈다. 체인지라인이 갈색 머리 소녀의 눈을 둥글게 강조하는 화장을 하고, 나이가 들어 보이게 주름을 그렸다. 그리고 머리를 틀어 올려 얼굴 윤곽을 드러내고, 파운데이션 크림으로 가무잡잡한 피부를 뽀얗게 만들었다. 타라는 입안에 탈지면을 집어넣고, 마법복 안에 솜을 마구 쑤셔 넣으면서 안젤리카를 포동포동한 뚱보의 모습으로 만들었다.

"이건 너무 쉽하잖아." 안젤리카가 악을 쓰는데 입안의 탈지면 때문에 시옷 발음이 이상해졌다. "솜을 샤용해 뚱보로 만든다는 게 말이 돼?"

"걱정 마, 아주 완벽하니까. 아무도 너를 알아보지 못할 거야."

"아이, 짜증 나. 너랑 다니는 건 정말 끔찍하다!" 화가 난 안젤리카가 쏟아붙였다. "여기서 일단 헤어지자. 그리고 돈이나 줘, 내가 먼저 호텔에 가서 너희를 기다릴게."

타라는 안젤리카가 돈을 슬쩍 빼돌리라는 걸 알았지만 아무 말도 하지 않았다. 꺽다리에게 크레디트-무트 금화가 가득한 돈주머니를 내주었다. 이어서 실버에게도 돈주머니를 건네자 소년이 흠칫 놀라면서 손사래 쳤다.

"그 정도 돈, 나 있어요. 고맙지만 사양해요."

안젤리카가 뒤뚱뒤뚱 도시를 향해 멀어져가는 사이에 타라는 변신했다. 변신이 점점 쉬워졌다. 셀렌바의 DNA를 복제한 세포유전자가 머릿속에 새겨져 있어서 타라는 어떻게 해야 하는지 방법을 알고 있었다. 따라서 단순한 뱀파이어가 아니라 인간의 피를 먹은 뱀파이어로 변신했는데 그것은 섬세하게 깎은 다이아몬드와 돌멩이만큼이나 큰 차이가 있었다.

타라가 칼의 유령을 죽인 뱀파이어와는 많이 다른 모습의 뱀파이어로 나타났을 때 실버는 소스라치게 놀랐다. 창백한 피부색에 새빨간 눈과 흰색 머리, 뱀파이어로 변신한 칼과 마찬가지로 키가 2미터는 되는 것 같았다.

무엇보다 굶주린 얼굴이었다.

"휴, 진짜 이상하다." 뱀파이어로 변신한 타라는 입술을 핥으면서 혼잣말로 중얼거렸다. "보통 뱀파이어와는 완전히 다르잖아."

타라는 냄새를 맡았다. 이게 무슨 냄새지? 타라의 눈이 동그래졌다. 실버에게서 나는 냄새였다. 화덕에서 갓 구워져 나온 뜨거운 빵이라고 할까. 타라는 유연한 몸짓으로 머리를 숙이며 실버에게 한 걸음 다가셨다.

"음, 너한테서 좋은 냄새가 나."

실버는 뒷걸음쳤다. 갑옷이나 다름없는 비늘 덕분에 두려움을 모르는 실버지만 난생처음 이상한 느낌이 들었다. 타라는 두려움을 주는 소녀였다. 실버는 헛기침을 하면서 타라의 말을 못 들은 척 딴소리를 했다.

"아가씨, 서둘러야 해요. 도시, 들어가려면 갈 길 멀었어요. 늦었어요."

이어서 어색한 침묵이 흐르는 동안 타라는 공기 속에서 냄새를 맡으며 재빨리 안젤리카의 뒤를 쫓았다. 그 뒤에서 페가수스가 날개를 파닥이며 고양이 울음소리를 내는데 주둥이에 송곳니가 삐죽 나와 있었다.

실버는 이마에 맺히는 땀을 닦았다. 이런 뱀파이어 모습의 타라와 맞서야 하는 일이 생긴다면 이길 자신이 없었다. 혼란스러웠다.

그때였다. 눈앞에 있던 뱀파이어의 키가 줄어들더니 갑자기 네 발로 달리는 것이 아닌가. 타라가 뱀파이어의 유전자를 이용해 하얀 늑대로 변신한 것이다. 타라/늑대가 송곳니를 드러낸 유령처럼 안젤리카 바로 옆에 불쑥 나타나자 꺽다리가 공포의 비명을 내질렀다. 잠시 후 타라라는 걸 알아차린 안젤리카는 대뜸 욕설을 퍼부었다.

"야, 미쳤어? 깜짝 놀랐잖아!"

그렇게 말하면서 안젤리카는 발길질을 날렸다. 하지만 늑대가 날렵하게 피하는 바람에 몸이 둔한 안젤리카는 땅바닥에 쿵 주저앉았다. 혼자서 일어날 수 없는 안젤리카는 뒤집어진 쇠똥구리처럼 손발을 버둥거리며 바락바락 악을 썼다.

생각보다 이 여정이 순탄치 않으리란 예감에 실버는 한숨을 내쉬었다. 실버가 뚱보를 일으키려고 엄청난 노력을 하는데 늑대는 웃느라고 몸을 비틀고 있을 뿐 도와줄 생각이 아예 없는 것 같았다.

불행히도 실버가 뚱보를 너무 세게 잡아당기는 바람에 갑자기 일어나면서 둘의 이마가 심하게 부딪쳤다.

퍽 하는 소리가 났고, 벌렁 나자빠진 뚱보는 눈이 뒤집히면서 기절했다. 실버의 비늘에 찢어진 이마에서 피가 많이 나고 있었다.

"아이쿠, 또 비늘 때문에……." 기겁한 소년이 중얼거렸다.

이러면 정말 안 되지만 타라는 눈물까지 흘리면서 웃었다. 타라가 그렇게 웃고 있을 때 실버는 레파루스 주문으로 안젤리카를 치료했다. 갈색 머리 뚱보는 깨어나자마자 실버에게 욕설을 퍼부었다.

안젤리카와 실버는 전혀 알 길이 없지만, 타라는 로빈이 죽은 뒤 처음으로 가슴을 짓누르던 슬픔이 사라지는 거 같아 웃고 있는 것이다. 뚱보로 변한 안젤리카가 까무러치는 모습까지 봤으니 타라의 기분을 전환시키는 데 효력 만점이었다. 안젤리카에게는 정말 미안한 일이지만.

타라는 네 발로 종종걸음 치듯 걸어갔다. 늑대로 변신해 있기 때문에 정찰병으로 앞장서는 것이다.

타라/늑대는 속도를 내면서 안젤리카와 실버와의 거리를 벌렸고, 온몸으로 기쁨을 표시하듯 질주 본능에 이끌리며 속도를 즐겼다.

타라/늑대는 잠시 크레크레크레를 뒤쫓았다. 그러고는 마치 달리기 시합을 하듯 심장이 터져라 달아나는 동물을 앞지르는 것으로 만족했다. 야생동물의 냄새를 맡으면서 흥분이 됐지만, 늑대 아니 타라는 잡아먹고 싶은 동물적 본능을 억제했다.

갈랑은 달랐다. 배가 고픈 페가수스가 크레크레크레에게 달려들었지만, 동물은 귀도 까딱하지 않았다. 페가수스가 초식동물이라는 건 삼척동자도 알고 있지 않은가.

그러나 잘못된 판단으로 크레크레크레는 짧은 생을 마감했으니.

식사를 끝낸 갈랑이 주둥이를 핥은 다음 타라를 뒤따르기 위해 현란한 속도로 내달렸다. 그리 오래 걸리지 않아 도시가 보였다. 타라는 혀를 늘어뜨린 채 엉덩이를 대고 앉았다. 늑대는 땀이 나지 않지만 인간처럼 헐떡거리면서 입으로 열기를 배출했다.

타라는 갈랑을 쳐다보면서 무언의 지시를 내렸다. 유령들은 오무아의 후계자가 은빛 페가수스를 데리고 다닌다는 걸 알고 있었다. 그뿐만 아니라 아더월드에서 페가수스를 영혼의 동반자로 삼은 마법사는 타라가 유일했다. 때문에 그들을 찾는 것이 그리 어렵지 않을 거라는 타라의 설득에 갈랑은 마지못해서 어둠 속 나무에 날아가 앉았다.

타라는 다시 주변을 관찰했다. 글루안트 도시 주변은 활기가 넘쳤다. 페가수스나 양탄자를 탄 병사들이 정찰을 돌고 있었다. 이런! 유령들은 생각보다 치밀했다. 발각되지 않으려면 정말 조심해야 했다.

안젤리카와 실버에게 돌아가는 데 거의 30분이 걸렸다. 둘은 신중하게 거리를 유지하고 있었다.

"어디 갔다 온 거야?" 안젤리카가 다그치듯 물었다. "그러다 잡히면 어쩌려고!"

타라는 말을 편하게 하려고 뱀파이어에서 다시 인간으로 변신했다.

"병사들이 정찰을 도는지 살펴야겠는데 너희가 너무 느리잖아."

"그래서?"

"나쁜 소식은 정찰을 돌고 있다는 것이고, 좋은 소식은 여러 번 내

앞을 지나쳐갔는데 나에게 주의를 기울이지 않았다는 거야. 그들이 찾는 건 늑대가 아니니까. 도시로 들어가도 되겠어. 그런데 문제는 갈랑이야."

"갈랑이 왜? 그 멍청한 페가슈스에게 무슨 문제라도 생겼어?"

타라는 자신의 생각을 설명했다. 안젤리카는 갈랑을 들판에 두고 가자고 했지만, 페가수스는 단호하게 거부했다. 마침내 타라보다는 마법 조절이 잘되는 안젤리카가 마법 방출을 최대한으로 제한하면서 산소마스크를 만들었다. 마법복의 호주머니에 엄청나게 많은 걸 집어넣을 수는 있어도 숨을 쉴 수는 없기 때문이다. 이윽고 갈랑은 산소 양이 일주일은 지낼 정도로 넉넉한 산소마스크를 쓰고 체인지라인 안으로 들어갔다.

타라는 실버와 안젤리카와 함께 움직이기 위해 박쥐(날아가는 기술에 별로 자신이 없기에)보다는 다시 늑대로 변신하기로 했다. 타라가 재빨리 네 발 동물로 변신하자 체인지라인이 목줄을 만들어주었다. 타라는 신중을 기하기 위해 주홍빛과 금빛 목줄을 평범한 파란색으로 바꿨다.

날아다니는 양탄자와 침대, 안락의자. 심지어 욕조들까지 끊임없이 도시를 들락거리고 있었다. 이정표가 있는 길을 일부러 피하는 타라 일행과는 달리 마법사들과 비마들은 브리앙트가 밝혀주는 도로를 따라 이동하고 있었다. 길이 막힐 것 같으면 상공을 날아다니기 때문에 교통은 그리 혼잡하지 않았다.

물론 비행 수단을 이용하는 이들만 있는 것이 아니라 걸어 다니거나 페가수스, 매머드, 말, 호랑이, 트라둑을 타고 다니는 사람들도 있었다.

집으로 돌아가기 위해 무심코 트란스미투스를 사용하려는 순간 갑자기 금지되었다는 걸 기억한 마법사들의 입에서 불평이 쏟아졌다.

트란스미투스를 비롯한 마법 금지령 때문에 생활에 불편을 겪는 트라비아 시민들에게 유령들은 이미 인심을 잃은 상태였다.

타라와 실버, 안젤리카는 가슴을 졸이면서 군중 속에 섞였지만, 아무도 뚱보 여자와 소년, 늑대에게 관심이 없었다. 주택가가 가까워질수록 경비가 삼엄해졌다. 주요 노선을 따라 도처에 적외선 안경을 쓴 병사들이 도시로 들어오는 모든 이들을 감시하고 있었다. 긴 금발의 매력적인 여자 한 명이 체포되었다. 그 충격에 아름다운 모습은 온데간데없이 사라지고 깡마른 갈색 머리 소녀의 공포에 질린 모습이 드러났다. 타라와 실버, 안젤리카는 그 틈에 경비들의 눈을 피해 도시로 들어갔다.

그들은 이내 그토록 통제가 강화된 이유를 알아차렸다. 머리 위 상공에 둥둥 떠 있는 크리스털 전광판들에서 똑같은 뉴스를 방송하고 있었다. 레지스탕스의 활약이 갈수록 커져가고 있었다. 유령들이 랑코비트에서 가장 큰 마법전력 발전소의 가동을 중단시켰기 때문에 수많은 가정에 보급되는 마법 전류가 끊겨 있었다. 그 일로 브리양트 가격이 급등하자 유령들에게 반발하면서 레지스탕스를 지지하는 시민들이 점점 늘어나는 추세였다. 따라서 병사들이 경계를 강화한 것은 레지스탕스 때문이지 세 명의 도망자들 때문이 아니었다.

타라와 실버, 안젤리카가 첫 번째 주택가를 통과했을 때였다. 갑자기 수십 명의 사람들이 몰려오더니 예쁘게 포장한 물건을 들이대면서 동시에 소리를 질러댔다.

그런데 세 사람에게서 풍기는 악취 때문인지 사람들이 금세 뒤로 물러섰다.

"빌어먹을!" 안젤리카가 나직한 소리로 내뱉었다. "펍쉬티!"

"뭐라고?"

"펍쉬티, 에이…… 발음이 잘 안 되잖아. 음, 펍시티! 이 도시에서는 공짜로 물건을 얻을 슈 있어. 하지만 네가 그 물건을 받을 경우에는 무조건 마음에 든다고 말하면서 흔쾌히 모든 테스트를 승낙해야 돼. 아니면 계약이 파기되고, 너는 감옥에 갇히게 돼."

셋은 전진했지만 사방에서 사람들이 물건을 내밀었다. 사탕, 치약, 막대사탕, 팬티형 기저귀, 칫솔, 세제, 제트 양탄자, 트럭 양탄자, 마법 세탁기, 마법 랜턴, 신발 흙털개, 책, 크리스털레오(지구의 비디오에 해당), 탈취제, 비누, 샴푸, 향수도 있었다.

인공 태양들의 빛으로 도시는 대낮처럼 밝았고, 사람들은 서로 자기 제품을 받으라고 아우성치고 있었다. 그들은 '블랑블랑블랑' 치약 덕분에 하얘진 이빨을 자랑하는 크로크-르캥을 용케 피했지만, 불쑥 나타난 드래코-티라노사우루스가 "반경 수 킬로미터 내에서 최상의 고기는 티렉스 정육점으로!" 하고 외칠 때 타라는 비명을 지를 뻔했다. 베에에 한 마리가 자신의 넓적다리를 코앞에 들이대면서 장난이라도 치듯 '아주 맛있는 다리야'라는 문구를 보여주는 끔찍한 광고판도 있었다. 물건을 선전하느라고 사방에서 터져 나오는 광고 문구들, 윙윙거리는 불빛…… 정신을 차릴 수가 없을 정도로 시끌벅적한 도떼기시장에 와 있는 것 같았다. 늑대 모습의 타라를 발견한 사람들이 우르르 몰려들었다. 개로 보였는지 개를 위한 먹이, 목줄, 목걸이, 부리망 등을 내밀었는데 전혀 필요 없는 것들이었다. 그러나 이번에는 또 다른 사람들이 거칠게 떠밀면서 비누와 탈취제를 선전하는 호객 행위를 했다. 펍시티의 주민들은 타지 사람들에게 물건을 시험해볼 기회가 많지 않기 때문에 폭동이라도 일어날 듯 분위기가 살벌해졌다. 그래서 아더월드 사람들은 시장에 내놓기 전에 기를 쓰고 자기들이 만든 물건을 시험하는 펍시티를 피하는 것이다.

그때였다. 요란한 광고 불빛 때문에 야릇하게 보이는 남자가 갑자기 버럭버럭 고함을 질러댔다. 그러더니 움직이는 모든 것에 마법의 광선을 발사하기 시작했다. 안젤리카와 타라는 땅바닥에 엎드렸지만, 실버는 끄떡도 하지 않았다. 시계가 없는(늑대의 발목에 시계를 찰 수 없기 때문에) 타라는 속으로 수를 세기 시작했다.

'애꾸눈 악어 하나, 애꾸눈 악어 둘(아더월드에서 1초는 지구보다 더 길기 때문에 단어를 추가해야 했고, 1분이 되려면 100을 세야 했다), 애꾸눈 악어 셋······.'

애꾸눈 악어 100을 셌을 때 경찰이 사이렌을 요란하게 울리면서 현장에 도착했다.

경찰은 격렬하게 몸부림치는 남자를 제압했다. 샤먼들이 나타나 남자와 중상자들을 실어갔다. 그들이 멀어져가는데 남자의 고함소리가 들렸다.

"아, 소리!" 남자가 소리쳤다. "빌어먹을 소리 좀 없애줘!"

경찰이 남자의 머리에 올려놓은 빨간 식물이 붉은 장밋빛 꽃잎을 흔들면서 귀와 눈을 덮어버렸다. 잠시 후, 남자는 진정이 되었다. 타라는 무슨 식물인지 궁금했다.

남자가 발사한 광선 때문에 파손된 건물들이 지글지글 타고 있지만, 이미 마법으로 복구된 건물들 주위는 푸프푸프들이 돌아다니면서 깨끗이 청소하고 있었다.

아! 이럴 때는 유령들이 마법의 사용을 허락하고 있는 것이다.

타라는 다시 걸어가기 시작했고, 안젤리카는 마치 크리스털이라도 되는 것처럼 조심스럽게 다루는 실버의 부축을 받아서 일어났다. 물건 선전에 열을 올리는 도시에서 사는 것은 위험해 보였다. 타라는 늑대의 낯짝을 찌푸리면서 개처럼 혀를 늘어뜨렸다. 경찰은 아더월드 시간으로 1분도 채 지나지 않아서 출동했다. 이것은 호재일까, 악재일까?

마법의 광선을 발사하던 좀 전의 남자를 생각하면서 타라는 호재이길 빌었다. 금지령에도 불구하고 여기서는 마법을 절대로 사용하지 못하는 건 아니니까. 본의 아니게 이 도시를 선택한 건데 그들이 제대로 찾아온 것이다.

타라는 머리에 식물을 얹고 다니는 사람들을 보면서 깜짝 놀랐다. 식물이 일종의 살아 있는 필터인가? 요란한 소리와 광고 불빛을 차단시켜주는 걸까?

타라는 안젤리카에게 턱의 움직임을 잘 보라고 속삭이면서 말했다.

"트라둑 똥 냄새 때문에 발각될 것 같아. 안젤리카, 우리가 묵을 만한 호텔을 빨리 찾아봐. 서둘러!"

"난 네 하녀가 아냐. 어디다 대고 명령이야?" 안젤리카가 발끈했다.

남자를 제압했던 경찰이 수상한 점을 느꼈는지 치명적인 곤봉을 흔들면서 다가왔다. 타라/늑대의 가슴속 심장이 오그라드는 것 같았다.

"여기 무슨 일로 왔소?" 한 경찰이 물었다.

안젤리카는 백 살쯤 되는 노파처럼 허리를 구부정하게 숙였다.

"별일 아니에요, 경찰관님." 안젤리카는 떨리는 목소리로 대답했다. "들판에서 트라둑들을 몰고 오다가 샤고가 났지요. 그래서 우리는……."

"저기! 호텔!" 실버가 그들의 말을 끊었다.

정말로 눈앞에 카홈보움들의 여왕 호텔에서 멋진 시간을 보내라고 선전하는 호텔 보이의 이미지가 보였다. 손님 두 명과 개가 관심을 보인다는 걸 알아챈 걸까? 호텔 보이의 이미지가 호텔은 패밀리어를 허락한다고 알리고는, 깜박이 화살표가 나타나더니 호텔로 향하는 길을 표시했다.

"괜찮은 호텔이지요." 경찰이 말했다. "좋은 밤 보내시오."

실버는 경찰의 의심이 사라지는 걸 느끼고 안도의 숨을 내쉬었다.

경찰에게 인사를 하고 깜박이 화살표를 따라가던 실버와 안젤리카는 병사들과 마주쳤을 때 등골이 오싹해졌지만, 적외선 안경을 쓴 병사들이 스쳐 지나가도 전혀 신경을 쓰지 않았다. 또다시 물건을 선전하는 이들끼리 싸움이 벌어졌을 때도 타라는 시간을 쟀다. 이번에도 경찰이 출동했는데 정확하게 애꾸눈 악어 100을 셌을 때였다. 타라는 정신을 집중해야 했다.

그런데 시내의 경찰들은 트라비아보다 훨씬 무사태평해 보였다. 펍 시티에서 경찰이 출동하는 경우는 머리가 제정신이 아닌 사람들을 제압하기 위한 것이다.

타라는 안도했다. 그러니까 마법 능력이 강력한 오무아의 후계자를 찾는 것이 아니란 말이지? 좋았어.

그들이 호텔 앞에 이르자 깜박이 화살표가 다시 보이의 이미지로 변하더니 활짝 웃으면서 인사를 했다.

"어떤 서비스를 원하십니까?" 호텔 보이가 물었다. "폅시티 서비스, 아니면 유료 서비스?"

"유료 서비스로 하죠. 욕쉴과 응접쉴이 딸린 슈위트룸 세 개를 줘요."

안젤리카의 요구에 보이의 미소가 흔들렸다.

"죄송하지만 스위트룸은 숙박비가 가장 비싼 것 하나만 남아 있습니다. 너무 비싸서 지금까지 사용한 사람이 아무도 없을 정도지요. 유료 서비스를 원해서서 정말 다행입니다. 이 도시에 있는 모든 호텔은 폅시티 서비스의 객실이 만원이거든요. 현재 광고 세미나가 열리는 중이고, 계약을 위해 전 세계에서 손님들이 와 계시지요."

타라는 그러면서 왜 두 개 중 하나를 선택하라고 제안했는지 이유가 궁금했다.

"우리 셋이 한 스위트룸에?" 깜짝 놀란 실버가 질겁했다. "안 돼요, 절대 안 됩니다."

호텔 보이는 갑자기 눈앞에 나타난 일종의 키보드를 피아노 치듯 손가락으로 치고 미안해하는 얼굴로 그들을 쳐다봤다. 만원이라는 빨간색 글자가 깜박이고 있었다.

"하지만 보시다시피 모든 호텔이 만원입니다. 빨리 주무셔야 한다면 트란스미투스 주문으로 비스케우까지 가면 되겠지만, 정부에서 트란스미투스 금지령을 내렸으니 권하고 싶지 않습니다. 택시를 대절해서 가는 방법도 있습니다. 비스케우는 여기서 한 시간 거리에 있으니까요."

안젤리카는 배가 고프고 피곤한 데다 몸에서 냄새가 나고 솜뭉치 때문에 움직임이 둔해 짜증이 폭발할 지경이었다.

"할 슈 없죠." 안젤리카는 일행에게 의견을 묻지도 않고 결정했다. "그 방을 줘요."

"알겠습니다." 보이가 허리를 숙이면서 말했다. "안으로 들어가십시오."

실버가 정말 질겁한 얼굴로 반대했지만, 안젤리카는 들은 척도 하지 않았다. 실버는 마지못해서 안젤리카를 따라 매끄러운 계단을 비틀비틀 걸어갔다.

타라는 실버를 유심히 살폈다. 소년이 두려워하고 있음을 느꼈다. 뭘 두려워하는 거지? 이유는? 타라는 실버의 행동이 왜 그렇게 어설픈지 이해가 되지 않았다.

그들이 유료 서비스를 선택했기 때문인지 모든 광고가 사라졌지만, 광고 문구와 불빛이 어찌나 요란했던지 아직도 귀가 먹먹하고 눈앞이 어른거렸다.

"휴, 불빛과 소리…… 조용하니까 살 것 같네." 늑대의 발로 눈을 비비고 싶었던 타라가 나직한 소리로 내뱉었다.

그들은 그리스 신전으로 들어가는 느낌이 들었다. 원기둥, 장식기둥, 아케이드…… 정말 근사했다. 벽의 움푹한 곳에서 분수가 콸콸 소리를 내며 흐르는가 하면 천장의 파란색 프레스코화에서 새들이 날아다니고 있었다.

파란 벨벳 커튼에 가려진 작은 층계 위에서 호텔 보이의 이미지 두 개가 그들을 기다리고 있었다.

"유료 서비스를 선택하신 손님들을 환영합니다. 우리 도시에는 유료 손님이 거의 없는데 이렇게 우리 호텔을 찾아주시니 정말 영광입니다. 오늘 저녁이나 내일 아침 뉴스를 보여드릴까요? 우리의 크리스털리스트들은 부자 이방인들과 인터뷰를 하게 되면 아주 기뻐할 겁니다."

"아뇨." 안젤리카는 딱 잘라 거절했다. "방이나 보여줘요."

"물론 보여드리겠습니다. 부인 성함이……?"

"파카도." 안젤리카는 천연덕스럽게 대답했다. "그리고 난 부인이 아니라 아가씨예요."

"알겠습니다, 파카도 아가씨. 따라오십시오."

엘리베이터가 꼭대기 층까지 붕 떠올랐는데 넓은 유리창이 도시 쪽으로 나 있었다. 스위트룸이 한 층을 다 차지해 다른 객실은 없었다. 호텔 보이는 안젤리카와 실버에게 스위트룸 전용 엘리베이터를 작동하는 마스터키를 주었다.

"얼마나 머무실 겁니까, 아가씨?" 보이가 랑코비트를 상징하는 은빛과 파란빛으로 꾸민 스위트룸을 가리키면서 정중하게 물었다.

브리앙트 불빛으로 환한 응접실에는 빨간색 실크 카펫 위에 파란색 벨벳 소파들, 탁자 두 개와 의자들이 놓여 있었다. 자극적인 꽃향기가 진동하고, 시원한 음료수들도 준비되어 있었다.

"지금으로서는 하룻밤만 묵을 생각인데 그다음은 두고 봐야겠어요." 안젤리카가 대답했다.

"그럼 크레디트-무트 금화 15닢입니다." 보이는 음흉한 미소를 지으면서 말했다. "선불이고, 내일 14시까지 사용하시면 됩니다."

안젤리카는 군말 없이 지불했다. 타라의 돈이라 아까울 것이 없다는 건가?

타라는 보이를 물어뜯지 않기 위해 이를 악물어야 했다. 크레디트-무트 금화 15닢이라니! 이건 완전히 날강도 심보였다. 지구의 화폐 가치로 계산하면 하룻밤 숙박비가 1만 2000유로(한화 약 1800만 원—옮긴이)에 해당하는 금액이 아닌가!

"그럼 쉬십시오." 보이는 크레디트-무트를 호주머니에 집어넣으면서 굽실거렸다. "무엇이든 필요한 게 있으면 바로 연락 주시고, 유료 식당을 자유롭게 이용하십시오."

"저녁은 여기서 먹겠어요." 안젤리카는 당당하게 대꾸했다. "음식은 쉬지 않게 주의해주시고요."

"잘 알겠습니다. 스위트룸 평면도는 탁자 위에 있습니다, 아가씨. 언제든 불러주십시오."

보이가 방을 나가자 안젤리카는 마스터키로 방문을 잠갔다. 타라는 그 틈에 뱀파이어보다는 자신의 모습으로 변신했고, 갈랑도 제 모습을 찾았다. 영혼의 동반자에게 무슨 일이 생길까 가슴을 졸이던 페가수스는 안도했다.

안젤리카는 재빨리 입에서 탈지면을 뱉은 다음, 옷 속에서 빼낸 솜뭉치들을 바닥에 내팽개치면서 후련한 얼굴을 했다.

"이런 변장 따위가 무슨 소용 있어!" 거북한 탈지면을 빼낸 안젤리카는 정확해진 발음으로 외쳤다. "무게가 1톤은 되는 것 같아!"

"그래도 병사들을 따돌렸잖아. 그게 중요한 거지. 실버, 네가 우리를 구해줬어."

"누가요? 내가요?" 실버는 어리둥절한 얼굴로 반문했다.

"응, 네가 때마침 호텔을 발견했다고 외치면서 경찰의 주의를 흐트러뜨렸잖아. 도망자라면 그렇게 태평할 수 없었을 텐데. 브라보!"

소년은 몹시 당황하는 것 같았다. 사실 그런 의도는 없었기 때문이다. 물론 경찰이 두렵지도 않았지만.

"실례가 안 된다면 나 먼저 씻겠어요." 실버는 코를 찡그리며 말했다.

"욕실이 세 개나 되는데 실례될 거야 없지." 스위트룸의 평면도를 들여다보며 안젤리카가 말했다.

실버는 가까이 있는 욕실로 들어가 문을 닫았다.

"침실은 두 개네." 안젤리카는 흡족한 얼굴로 중얼거렸다. "잘됐어. 실버와 내가 한 방에서 잘 테니까 타라, 너는 다른 방에서 자."

타라는 어깨를 으쓱했다. 행동이 어설픈 이 미스터리한 소년의 정체를 모르기 때문에 타라는 안젤리카의 제안이 마음에 들었다. 그리고 『궁정 비사』를 계속 읽어야 하는데 한방에 있으면 그럴 수 없지 않은가.

한바탕 입씨름이 벌어질 거라고 예상한 안젤리카는 타라가 순순히 수락하자 깜짝 놀랐다.

꺽다리는 미소를 지으면서 속으로 말했다. '미남 소년을 순순히 넘기다니 확실히 멍청한 계집애야. 시비를 걸면 베에로 둔갑시킬 작정이었는데……'

그들은 샤워를 했고, 물의 원소들이 더러운 옷까지 빨아주었다. 타라는 체인지라인이 안도의 숨을 내쉬는 걸 느꼈다. 체인지라인은 자신이 공들여 만든 옷이 더럽혀지는 걸 아주 싫어했다. 물과 공기의 원소들은 안젤리카가 팽개쳤지만 내일 다시 사용해야 할 솜뭉치를 빨고 말렸다. 솜뭉치에 똥이 묻은 건 아니지만 냄새가 배어 있었다.

타라와 안젤리카는 당번 사이렌이 식사를 가져올 때를 대비해 보이지 않게 숨었다. 실버가 음식을 받고 돈을 지불했다. 음식이 상당히 푸짐한데 이상하게도 값은 그리 비싸지 않았다. 주변에 밭과 방목장이 많기 때문에 식료품을 구입하기가 어렵지 않은 모양이다. 타라는 디저트로 키디코이를 집었다. 꼬마도깨비 파보들이 만든 예언의 막대사탕을 빨아먹자 어김없이 앞날을 예언하는 글귀가 나타났다.

그의 생각이 아니다. 그걸 알게 되면 너는 그를 때려눕힐 것이다.

"음, 난 키디코이가 좋아. 근데 이번에도 밑도 끝도 없는 글이네."
타라가 중얼거렸다.
"근데 왜 먹어?" 안젤리카가 조롱했다.
"예언의 글귀와 상관없이 맛있으니까."
식사를 끝내고 접시를 치운 다음 타라는 마법복 호주머니에서 지도를 꺼냈다.
"아! 아주 일찍도 찾아줌!" 살아 있는 지도가 투덜거렸다. "좀먹지는 않았는지 이따금 나를 펼쳐볼 생각은 해야 되는 것 아님?"
"히믈리아로 가고 싶은데……." 지도가 골을 내거나 말거나(심술쟁이 지도는 항상 불평불만이 많기 때문이다) 개의치 않고 타라가 말했다. "가는 길과 시간이 얼마나 걸리는지 알려줘."
"여기서 트란스미투스로 히믈리아의 수도로 갈 경우, 어느 도시로 가는지 구체적으로 말하지 않았음, 약 100분의 1초 걸림." 기분이 더 나빠진 지도가 퉁명스럽게 말했다.

"트란스미투스를 사용할 수 있다면 너에게 물어볼 필요가 없지." 타라는 지도의 기를 죽이기로 작정한 듯 한술 더 떴다. "양탄자를 타고 간다고 가정하고 알려줘."

"2개월 18일 25시간 38초 걸림." 지도가 말했다.

안젤리카는 타라를 쳐다보면서 앙칼지게 쏘아붙였다.

"뭐? 두 달? 너랑 두 달이나 같이 다녀? 난 거절하겠어. 다른 방법을 찾아야 해!"

"제트 양탄자가 있으면 시간이 덜 걸림. 사흘이면 갈 수 있음." 지도가 말했다. "인공공기장치를 장착한 로켓 양탄자가 있으면 몇 시간이면 갈 수 있음."

"우리는 급해." 타라가 말했다. "살아 있는 지도, 로켓 양탄자의 가격이 얼마인지 알아?"

"나는 지도임." 지도는 토라진 목소리로 말했다. "이 도시에서 로켓 양탄자를 파는 사람이 누구인지, 어디서 파는지 알려줄 수는 있지만, 가격은 모름. 그건 내 소관이 아님! 그리고 로켓 양탄자는 뱀파이어들이 최근에 발명해서 이제 막 상품화됐기 때문에 흔하지 않음."

타라는 로켓 양탄자를 생산하는 회사를 누가 경영하고 있을지 짐작이 갔다. 드라큘 대통령의 딸, 이 세상에서 트롤을 토하게 만들었던 유일한 뱀파이어 킬라일 가능성이 컸다.

"오케이, 오케이." 타라가 혼잣말을 하다가 얼른 사과했다. "미안해! 그 양탄자를 어디 가면 구할 수 있는지 알려줘."

지도는 주소를 표시했고, 타라는 크리스털 볼로 녹화했다. 위험하지만 내일은 떠나야 했다. 타라가 비상금을 남겨두긴 했지만, 일행이 돈을 쓰는 속도로 보아 머지않아 빈털터리가 될 것이다.

여러 가지 걱정을 하면서도 타라는 녹초가 된 상태라 잠을 자고 싶은 생각밖에 없었다.

안젤리카가 카나리아에게 눈독을 들이는 고양이 같은 낯짝으로 실버에게 시선을 고정하고 있지만, 타라는 아랑곳없이 둘에게 잘 자라고 인사하고 침실로 들어갔다. 그러고는 양치질을 하려고 침실에 딸린 욕실로 들어갔다.

누가 더 가여울까? 안젤리카에게 거의 노골적인 구애를 받아야 하는 실버? 아니면 실버의 날카로운 비늘 때문에 곤혹을 치러야 할 안젤리카?

오케이, 타라는 심보가 고약한 안젤리카에게 동정심을 가질 수 없었다. 그러다가 자신이 실버를 생각하고 있는 걸 문득 깨달았다. 너무 잘생기고, 너무 미스터리하고, 너무 불안해하는 소년은 판타지 소설에서 도끼를 들고 튀어나온 영웅 같았다. 대개 이런 영웅 이야기에서는 주인공이 뛰어난 무술과 용맹한 정신으로 모든 사람을 구하고, 오래전에 비열한 인간에게 빼앗겼던 왕자나 왕 또는 후계자의 신분을 되찾는 것이 보통인데…….

그건 소설에서나 가능한 일이고, 아더월드에서는 영웅도 목숨을 잃었다. 그리고 이 소년은 악당들과 맞붙어 싸우기도 전에 죽을 것 같았다.

세수를 끝내자 체인지라인이 머리를 빗겨주었다. 타라는 침대에 누웠지만 긴장을 풀지 않았다.

눈을 감기 전에 『궁정 비사』의 도움으로 유령들을 전멸시킬 방법을 궁리해야 했다. 책을 펼치고 '유령'에 이어 '전멸시키다'라고 말하자 8000건에 이르는 수많은 경우가 나타났다. 타라는 쓴웃음을 지었다. 조상들은 다른 표현을 사용했을 수도 있었다. 소멸시키다, 죽이다, 학살하다, 돌려보내다, 섬멸하다…… 등. 처음 선택한 표현으로 찾지 못하면, 가능한 한 다른 표현을 모두 시도해봐야 하는 것이다. 생각만으로도 벌써 질려버린 타라는 오히려 세세히 기록해놓은 조상들이 유감스러웠다.

타라는 집중하기가 힘들었다. 실버가 머릿속을 떠나지 않고 있었다. 소년에게 이상한 점이 어찌나 많은지 책 한 권을 쓰고도 남을 것 같았다.

단어들이 뿌옇게 보이기 시작했을 때 타라는 잠잘 준비를 했다. 창문은 걸어 잠갔지만, 문제가 생길 경우 재빠르게 개입할 수 있게 방문을 약간 열어놓았다.

실버에 대해 이런저런 생각을 하던 타라는 두 달 만에 처음으로 로빈을 생각하지 않고 잠들었다는 사실도 깨닫지 못한 채 스르르 잠이 들었다.

실버는 졸음이 몰려왔다.
실버에게는 자는 것이 끔찍하게 괴로웠다.
지금까지는 동물이 아닌 누군가를 해친 적이 없었다.

그러나 날이 갈수록 거시기가 실버의 힘을 빼앗아가고 있었다. 실버가 자제력을 잃거나 잠들기가 무섭게 거시기는 피와 살을 요구했다. 실버는 거시기를 포식시키기 위해 가능하면 사냥하려고 노력했다. 익힌 고기를 먹는 것으로는 거시기가 만족하지 않기 때문이다. 그리고 거시기에게는 사냥할 때의 흥분도 포식 못지않게 중요하다는 생각이 들어서였다.

그러나 실버는 그 비밀을 두 소녀에게 털어놓을 용기가 나지 않았다. 그래서 함께 다닌 뒤로 실버는 사냥을 중단했고, 거시기는 굶주려 있었다.

실버는 타라와 안젤리카를 예쁜 소녀로 보는 반면에 거시기는 맛있는 식사로 보고 있었다.

타라에게 인간의 피를 먹은 뱀파이어의 모습으로 있으라고 말했더라면 좋았을 텐데. 그랬다면 타라는 공격을 받아도 버텨낼 수 있지 않을까.

실버는 스위트룸을 살폈다. 몸을 옭아맬 방법을 빨리 찾아야 하는데 밧줄 정도로는 소용이 없었다. 거의 모든 걸 갈기갈기 자를 수 있는 날카로운 비늘 때문에 히플리아의 철이 아니면 당해낼 수 없었다. 게다가 두 소녀는 알아채지 못했지만, 실버는 히플리아의 철을 댄 속옷을 껴입고 있었다.

아들이 수없이 많은 바지와 셔츠를 누더기로 만들자 실버의 어머니가 생각해낸 묘안이었다. 매번 옷을 꿰매주다 철을 댄 속옷까지 만들어 입혔건만 날카로운 비늘을 당해내지 못하고 옷은 결국 너덜너덜해지고 말았다.

수갑이 있지만 고정할 만한 데가 없었다.

침대? 거시기의 힘 때문에 오래 버티지 못할 것이다. 실버는 어느 날 밤 헛간 기둥에 몸을 묶어놓고 거시기를 제압하려고 했지만, 잠을 깨어보니 기둥은 그대로 몸에 묶여 있는데 헛간이 없어진 적도 있었다.

잠든 상태로 실버가 커다란 들보를 끌고 가면서 헛간이 붕괴된 것이다. 그날 저녁 헛간에서 잔 사람이 실버밖에 없어서 다행이었다. 하지만 실버는 농장 주인에게 무너진 헛간과 아무리 찾아봐도 감쪽같이 사라진 암소 값까지 추가로 변상해야 했다.

그리고 농장 주인이 암소의 흔적을 찾기 전에 황급히 떠났었다. 물론 실버는 암소의 행방을 알지만, 거시기의 배 속에 있다는 걸 어떻게 말한단 말인가.

실버는 거리에서도 잠을 잘 수 없었다. 행인들이 위험해질 우려가 있었다. 오늘 밤도 실버는 휴식을 취하지 못할 것 같았다. 실버는 맨 처음 거시기를 제압하는 데 실패했을 때 아버지가 만들어준 아주 튼튼한 철창우리가 그리웠다. 부모님의 집을 떠난 뒤로 도시나 마을에서 멀리 떨어진 들판에서 잠을 자는 게 습관이 되었다.

실버는 꼼짝 않은 채 눈을 감고 있다가 무기력 상태를 느끼면서 눈을 번쩍 떴다. 자지 않는 방법밖에 없었다.

하지만 실버는 녹초가 되어 있었다. 방을 같이 쓰자는 안젤리카의 제안을 거절하자 굉장히 신경질을 부리는 갈색 머리 꺽다리를 피해 응접실로 도망쳐 나왔다. 실버는 소파에서 벌떡 일어났다. 잠들면 안 돼, 잠들면 안 돼…….

실버는 응접실을 성큼성큼 걸어 다녔다. 옆쪽 벽면에 책과 크리스털레오가 가지런히 꽂혀 있었다. 크리스털 스크린을 내리고, 엘프들이 아름다운 공주를 구하기 위해 거인들이 지키는 요새를 습격하는 액션 영화를 선택했다.

타라를 떠올리게 하는 영화였다. 지금까지 만난 사람들 중에서 유일하게 강한 인상을 준 소녀였다. 피를 빨아먹는 뱀파이어로 변신했을 때는 두렵기까지 했다. 타라가 미소를 지어 보일 때마다 실버는 심장이 빨리 뛰는 걸 느꼈다.

어설프고 어수룩한 실버는 타라의 동작이 아주 세련되고 매력적이라고 생각했다. 싸울 때의 모습은 정말 놀라울 정도였다. 난쟁이들은 전사들을 우상화했다. 난쟁이들 속에서 자란 실버는 마법을 싫어하면서도 그 강력한 힘은 존중하고 있었다. 아홉 살 때 아버지의 다리 위로 떨어진 나무를 공중부양시키고 다친 상처를 레파루스로 치료했을 때 부모님이 마법사라는 걸 일깨워주었는데도 실버는 마법 사용을 삼가고 있었다. 아버지와 어머니는 마법 능력이 없지만, 모든 난쟁이들과 마찬가지로 부모님은 흙과 바위를 용해시키고, 가장 단단한 화강암을 뚫고 들어가는 능력이 있었다. 이런 능력만 있을 뿐 아버지는, 타라의 친구이기 때문에 더 유명한 난쟁이 파프니르처럼 마법사는 아니었다. 난쟁이족에게 이미 살아 있는 전설이 되어버린 빨간 머리 파프니르를 만난다는 것도 실버로서는 대단한 영광인데 하물며 타라는 말할 것도 없었다.

또다시 실버는 타라를 생각하고 있음을 문득 깨달았다. 미소 지을 때의 얼굴, 불평할 때의 얼굴……. 자신의 문제에 정신을 집중해야 되는데 이상하게도 타라가 점점 더 머릿속을 차지했다.

실버는 알아채지 못했지만, 크리스털 스크린의 평면 화면에서 공주가 구조대 대장의 따귀를 갈기는 순간 소년의 초록색이 감도는 금빛 눈이 파르르 떨렸다. 거인들의 대장과 사랑에 빠진 공주는 요새를 떠나고 싶은 마음이 추호도 없었기 때문이다.

그 장면을 마지막으로 보면서 실버는 잠이 들었다.

그리고 거시기가 깨어났다.

11
빛의 손

엄청난 힘을 지니고 있다는 것은
때로 걸림돌이 될 수도 있는데……

*

거시기는 기지개를 켜면서 비웃음을 흘렸다. 소년은 필사적으로 버텼지만 결국 잠이 들고 말았다. 한 몸에서 둘이 동거한다는 것은 여러 가지로 불편했다. 거시기는 둘 중 누구의 의식이 더 강할지 가끔 의문이 들었다. 갑자기 위경련이 일어나는 바람에 생각을 중단했다.

거시기는 배가 고팠다.

두 침실에서 나는 맛있는 냄새가 식욕을 돋우고 있었다. 오늘 밤은 근사한 디너파티를 즐길 수 있겠어.

거시기는 실버의 육신을 갈퀴발톱과 송곳니, 가시, 침이 있는 괴물로 변신시켰다. 게다가 빛을 흡수하는 시커먼 키틴질이 온몸을 덮고 있어서 살상 무기나 다름없었다. 거시기에게 거추장스러웠던 실버의 겉옷이 사라지고 달랑 허리에 두르는 옷만 남았다. 많은 사람이 있는 곳에서 이따금 알몸 상태로 잠을 깨는 일이 잦다 보니 실버가 그 옷만은 반드시 걸치고 있어야 한다고 강력하게 요구했기 때문이다.

이윽고 거시기가 그림자처럼 소리 나지 않게 걸어갔다. 침실 중 하나의 방문이 약간 열려 있었다. 거시기는 망설이지 않았다.

방문을 열고 들어갔는데 침대에 누워 잠든 사람의 형체는 미동도 하지 않았다.

단숨에 침대로 달려든 거시기가 잔혹할 정도로 이불 속의 형체를 갈기갈기 찢기 시작했다.

깃털이 풀풀 날리고 있었다. 거시기는 엉망이 된 깃털 이불을 들추다가 흠칫 놀랐다. 이게 뭐야? 일렬로 놓인 베개 세 개…….

그때였다. 어디선가 느닷없이 날아온 끈끈이 그물이 거시기를 휘감았다. 격분한 거시기는 버둥거렸지만 날뛸수록 점점 더 그물이 온몸을 죄었다.

"그건 끊어지지도, 찢어지지도, 해지지도 않아." 많이 떨리면서도 애써 침착하려는 목소리가 말했다. "그물을 자를 수 있는 건 아무것도 없어. 네가 괴물이든 인간이든 버둥거려봐야 소용없다."

깜짝 놀란 거시기는 마음을 가라앉혔다. 거시기를 함정에 빠뜨리려고 했던 이들은 대체로 "오, 제발 안 돼!" 하고 외치면서 후회했다. 거시기에게 발사한 마법이 키틴질이나 실버의 비늘을 맞고 되돌아왔기 때문이다. 그런데 이 소녀는 생각보다 훨씬 영악했다. 마법을 사용하지 않고 함정을 놓았으니!

거시기는 송곳니와 가시가 가득한 아가리를 벌렸다.

"너는 이 녀석 죽이지 못해." 거시기가 악의에 차서 말하는데 슛슛

타라 덩컨

소리가 났다. "몸은 하나라도 우리는 둘인데 그러면 안 되지. 내가 녀석의 부모를 혼내주는 데는 실패했지만, 너와 네 친구쯤이야 조용히 보내줄 수 있지. 조만간."

타라가 미처 대답할 겨를도 없이 거시기가 눈을 감자 괴물의 몸이 빨간 안개 같은 것에 휩싸였다. 거시기가 사라지고 돌아온 실버는 눈을 뜨다가 로프(타라가 그물로 사용한 것은 거미줄로 짠 로프였다)에 꽁꽁 묶여 있는 자신을 보고 깜짝 놀랐다. 실버는 비늘로 비벼댔지만 로프는 끄떡도 하지 않았다.

허리에만 옷을 둘렀을 뿐 거의 알몸인데 실버는 모르고 있는 눈치였다. 타라는 얼굴이 빨개졌다. 그러나 위험을 무릅쓰고 등을 돌릴 수는 없었다. 타라는 실버의 얼굴에 시선을 고정했다.

"아가씨." 실버가 목멘 소리로 말했다. "나, 또 아가씨에게 무슨 짓 했어요? 괜찮아요?"

타라는 방금 일어났던 일이 믿어지지 않았다. 괴물이 침대를 공격했을 때 타라는 본능적으로 마법을 사용할 뻔했지만, 발각될지 모른다는 생각에 억제했다. 일단 거시기를 제압한 다음 타라는 실버와 안젤리카를 불러서 아무 일 없는지 확인하려던 참이었다.

그런데 실버가 이미 와 있으니 그럴 필요가 없었다.

"난 괜찮아요." 아직 충격에서 벗어나지 못한 타라는 대답하면서 침대를 가리켰다. "하지만 내 베개들을 저렇게 만들었어요."

타라는 자신도 모르게 다시 존댓말을 하고 있었다. 한 몸속에 존재하는 인간과 괴물을 차례로 상대하게 되다니……. 괴물은 분명히 그렇게 말하지 않았던가. 타라는 묘한 느낌이 들었다.

실버는 침대 쪽으로 시선을 던졌다. 끔찍한 모습을 보고 실버의 호흡이 멈췄다.

"아가씨, 예상하고 있었어요? 거시기 있다는 거 알고 있었어요?"

"아니, 전혀 몰랐어요." 타라는 솔직하게 대답했다. "아주…… 특이한 소년이라고 생각했지만 이 정도일 줄은 정말 몰랐어요."

타라는 어깨에 올라앉은 갈랑을 쓰다듬었고, 공포에 떨었던 페가수스도 동의한다는 뜻으로 머리를 끄덕였다.

"그런데 어떻게 베개를……?" 실버가 물었다.

"어떻게 베개로 위장할 생각을 했느냐고? 안전하다고 생각할 때도 여러 번 납치를 당한 경험이 있었죠. 그 뒤로 궁전 밖에 나와 있을 때는 침대에서 자지 않는 습관이 생겼어요. 베개를 이용해 침대에 사람의 형체를 만들어놓은 다음, 천장에 매단 해먹에서 잠을 자죠. 접착력이 있기 때문에 떨어질 염려는 없어요. 거시기가 내 침대에 달려드는 걸 보고 위에서 그물을 던질 수 있었죠."

"나, 아니었어요." 실버가 우울하게 대답했다. "거시기가 그랬어요."

타라는 다가서서 실버의 초록색이 감도는 금빛 눈을 뚫어져라 쳐다봤다.

"도대체 정체가 뭐예요?"

실버는 잠시 머뭇거렸지만 거시기가 타라를 죽이려고 했으니…… 이젠 솔직하게 털어놔야 했다.

"몰라요."

그건 타라가 예상한 대답이 아니었다.

"어떻게 모를 수 있죠?"

"그 이상의 답변, 해줄 수 없어요. 아가씨, 나도 정말 몰라요. 나와 같은 경우의 존재, 있는지 사방으로 찾아다녔어요. 어디에도 없었어요. 늑대인간들 속에도 나 같은 인간 없었어요. 나, 이 세상에 하나밖에 없는 희귀종이에요."

실버의 목소리에서 외로움에 사무친 아픔이 드러났다. 공감할 수 있을 것 같아 타라는 전율이 일었다.

"어떻게 그럴 수가! 이해가 안 되네요. 그럼 부모님은?"

"나, 아기였을 때 지금 어머니와 아버지에게 맡겨졌어요."

"그럼 친부모가 누군지 몰라요?"

"네. 나, 여덟 살이 되자 부모님보다 키가 더 크게 자라기 시작했어요. 아홉 살 때부터 마법 능력이 나타났는데…… 두 분이 양부모라고 털어놓으셨지요."

난쟁이족이 마법을 싫어하는데 그렇다면 혹시……?

"양부모가 난쟁이들이었나요? 도끼를 다루는 솜씨를 보니 난쟁이들의 기술인 것 같았어요."

"네, 맞아요. 누군가 양부모님이 농장 구입해서 작물 재배할 수 있을 정도의 큰돈 매년 보내주고 있어요. 난쟁이들과 달리 양부모님, 다른 사람들에게 팔 무기 아니라 그분들이 쓸 무기만 만들었어요. 그래서 도시에서 살 필요 없었어요."

"양부모는 실버가 특이하다는 걸 몰랐어요? 내 말은 그 두 분과 다른 것은 물론이고, 인간들과도 많이 다르다는 걸 모르고 있었냐는 뜻이에요."

"어릴 적에는 내 비늘, 지금처럼 날카롭지 않았어요. 그리고 양어머니, 아기 낳을 수 없는 분이에요. 두 분 생식세포 맞지 않아서요. 어머니는 나를 '하늘이 준 선물'이라고 불렀어요. 아, 보고 싶은 어머니!"

눈물을 흘리는 실버를 보면서 타라는 난처했다. 그렇지만 어깨를 토닥여주면서 달래줄 엄두가 나지 않았다. 피가 날 정도로 손이 찢기고 싶지도 않거니와 실버를 어떻게 위로해줄지 난감했다.

"아까 '나 아니고 거시기가 그랬다'고 했어요. 그럼 거시기를 제압할 수 없는 건가요?"

실버는 머리를 흔들었다. 아니, 거미줄 로프에 꽁꽁 묶여 있기 때문에 흔들려고 애를 쓰고 있다는 것이 맞는 표현이다.

"네, 거시기는 내가 잠들었을 때만 나타나요. 사냥, 좋아해서 가능한 한 포식시켜주고 있어요."

지구에서는 실버 같은 경우를 정신분열증, 이중인격장애라고 하는데 아더월드처럼 이런 증상을 겪는 이들이 살상 무기로 변하지 않는다는 것은 천만다행이었다.

"너희 둘, 새벽 4시에 도대체 이게 무슨 해괴망측한 짓거리야?"

등 뒤에서 외침이 들렸다.

질투 때문에 얼굴이 새파랗게 질린 안젤리카는 엉망이 된 침대와 꽁꽁 묶인 것으로도 모자라 거의 알몸 상태인 실버를 노려보고 있었다.

타라의 얼굴이 빨개졌다. 화가 난 갈랑이 날개를 파닥였다.

"후계자, 저렇게 묶어놓을 정도로 실버를 원했으면 말하지 그랬어. 내가 기꺼이 양보했을 텐데!"

타라의 말을 듣지도 않고 휙 돌아선 안젤리카는 방문을 쾅 닫았.

"실버……." 타라가 말했다.

"네, 아가씨?"

"거시기가 다른 방을 선택했으면 좋았을 텐데."

"아가씨!"

"알았어. 알았어요. 농담이에요. 안젤리카가 계속 의심을 하게 그냥 묶여 있겠어요? 아니면 풀어줄까요? 하지만 나를 덮치면 안 되는데……. (타라의 얼굴이 더 빨개졌다) 내 말 무슨 뜻인지 알죠?"

"맹세코." 두 가지 의미가 담긴 말에 실버는 진지하게 대답했다. "나는 누군가 덮칠 생각 없어요. 아까 말했어요. 깨어 있을 때는 거시기 제압하고 있다고."

"그러니까 실버와 같은 방에서 자는 것은 위험한 일이군요." 타라는 지적하지 않을 수 없었다.

"모르겠어요." 실버가 이내 대답했다. "비늘이 이렇게 날카로워진 뒤로 난 한 번도 누군가와 같이 잔 적 없어요. 부모님의 안전을 위해 철창우리가 있었어요."

"부모님이 철창우리 안에서 주무세요?"

"아니, 철창우리 안에서 자는 거, 부모님 아니고 나예요. 1년 전 처음으로 거시기 제압하지 못했을 때 아버지, 나를 위해 철창우리 만들어주셨어요. 우리 농장은 멀리 떨어진 외딴 곳이라 천만다행이었어요. 내가 스파슈니어 하나를 통째로 망가뜨렸거든요. 그래서 몇 주일 동안 스파슈 고기만 질리게 먹었어요. 스파슈 꼬치구이, 삶은 스파슈, 스파슈 죽, 차가운 스파슈, 뜨거운 스파슈, 스파슈 구이 등."

실버가 유머라고 하는 말인가? 타라는 미소를 지었다.

"아, 그럼 철창우리를 만들어서 자면 되겠어요."

"아주 멋진 우리였어요. 그런데 아가씨?"

"네?"

"이게 좀 불편한데 풀어줄 수……?"

실버가 몸을 비틀면서 온몸을 휘감은 로프 그물을 가리켰다.

타라는 아직도 생생한 괴물의 이미지를 떠올리며 잠시 망설였다.

"위험하지 않다고 확신해요?"

"약속해요. 내가 덤벼들면 아가씨, 바로 여길 공격하면 돼요. 거시기의 상체 키틴질로 덮여 있고, 그 외부를 비늘이 감싸고 있어요. 하지만 여러 개 관절로 이루어진 무릎, 아주 약해 여기 부러뜨리면 거시기는 꼼짝 못해요. 그리고 이 부위는 표면이 작아 마법의 광선이 튕겨나가지 않아요."

실버가 자발적으로 그런 약점을 알려주는 것에 타라는 깜짝 놀랐다. 물론 타라의 따뜻함을 높이 평가한 소년이 신뢰를 보인 것이다.

타라가 잡아당겨서 세 번 흔들자 로프가 풀리면서 대번에 실버의 옷이 나타났다. 일어나던 실버가 비틀거리다 벌렁 자빠졌다. 쿵 하는 둔탁한 소리가 울렸다.

"또 무슨 짓거리야?" 다른 침실에서 안젤리카가 앙칼지게 소리쳤다. "여기 자는 사람도 있잖아! 조용히 해!"

이번에는 타라와 실버가 동시에 얼굴이 빨개졌다. 일어나 앉은 소년은 꼼짝도 하지 않았다. 또다시 안젤리카가 뛰어와 소란을 일으킬까 겁이 난 것 같았다.

"왜 그렇게 계속 중심을 잃는 거죠?" 유심히 지켜보던 타라가 물었다.

실버는 침통한 얼굴로 고개를 흔들었.

"나도 몰라요. 다리가 항상 머리와 반대 방향으로 움직여요. 키가 크고 너무 무거워 동작 조절하기 많이 힘들어요. 그리고 누군가 다치게 하는 거 싫어요. 내가 넘어지는 게 나아요."

실버는 슬픈 미소를 지었다.

"사람들보다 벽이나 가구들이 저항, 약하니까요."

물론 맞는 말이다.

실버에게서 시선을 떼지 않은 채 타라는 로프를 감았다.

"정말 놀라워요." 실버는 로프를 둘둘 감아 호주머니에 넣는 타라를 쳐다보면서 말했다. "거시기의 키틴질과 내 비늘, 이걸 견디는 물질은 처음 봐요. 그게 뭐죠?"

"선물로 받은 거예요." 타라는 짤막하게 대답했다. 잠이 들면 무시무시한 괴물로 변하는 존재에게 너무 자세히 알려주고 싶지 않았다.

"그 물질로 내 옷 만들 수 있다면 유용하겠어요." 실버는 손으로 자신의 옷을 가리켰다. "히믈리아의 철을 댄 속옷을 입었는데 옷이 너무 빨리 해어지거든요."

드르르르가 타라에게 선물하기 위해 거미줄로 특별히 만들어주었던 걸 생각하면 옷을 지을 수도 있겠지만, 타라는 실버에게 대답해주지 않았다.

"지금으로서는 문제가 생길 경우 실버를 심하게 해치지 않으면서 움직이지 못하게 할 수 있는 건 이것밖에 없어요." 타라는 조곤조곤 말했다. "미안하지만 이게 뭔지 말해주지 않을 거예요. 그래야 문제가 생기면 제압할 수 있으니까."

실버는 갑자기 뻣뻣해진 몸짓으로 허리를 숙였다.

"아가씨 말, 맞아요. 나는 그 생각 못했어요. 용서하세요."

타라는 이상하지만 아주 정직한 소년에게 미소를 지어 보였다.

그러나 정직한 눈빛 너머에 타라를 통째로 삼켜버리고도 남을 괴물이 있다는 걸 한순간도 잊어서는 안 되었다.

"실버가 안젤리카에게 상황을 설명할래요? 아니면 내가 할까요?"

타라가 물었다.

실버는 물러서지 않았다.

"아니, 내가 해요, 아가씨." 실버가 용감하게 말했다.

실버는 다시 허리를 굽힌 다음 방을 나갔다. 타라는 천장을 응시하다 침대에 앉았다. 맙소사, 엉망진창이 된 침대……. 호텔 측에서 손해배상을 청구할 것이 틀림없었다.

타라는 주문을 읊으면 원래 상태로 복구할 수 있지만, 마법을 사용할 수 없기 때문에 한참 동안 생각에 잠겼다. 타라의 속임수에 이미 한 번 당했는데 거기시가 두 번은 당하지 않을 것이다. 타라는 다른 방법을 궁리해야 했다. 두 가지 의문이 생겼다. 첫째, 실버는 잠을 자지 않고 얼마나 견딜 수 있을까? 둘째, 실버가 이렇게 위험한데 앞으로도 계속 동행할 필요가 있을까?

그 순간 공포의 비명소리가 울렸다. 타라는 응접실로 뛰쳐나갔다.

안젤리카가 벽에 기댄 채 송곳니를 드러낸 괴물로 변한 거시기와 마주 보면서 오른손을 흔들고 있었다.

"안젤리카! 안 돼!" 타라가 고함쳤다.

너무 늦었다. 빛의 손이 번쩍하면서 실버에 이어 침대의자, 침실의 벽, 호텔의 벽, 지붕, 원소들로 가득한 물의 성(물이 부글부글 끓을 뻔했다)을 관통했고, 심지어는 하늘에 떠 있던 구름까지 어둠 속으로 사라지게 하는 엄청난 파괴력을 보여주었다.

남은 것은 실버밖에 없었다. 호텔의 맞은편 건물에서 자기 집의 벽과 침대, 잠옷, 천장이 사라진 걸 보면서 아연실색한 한 마법사가 입을 헤벌린 채 그들을 쳐다보고 있었다.

게다가 이번에는 실버가 허리에 두른 옷조차 남아 있지 않았다. 빛의 손이 모든 걸 사라지게 했던 것이다. 몹시 당황한 실버는 재빨리 몸을 가릴 옷을 부르는 주문을 읊었다.

갈색 머리 꺽다리는 어안이 벙벙한 얼굴로 손을 쳐다보고 있었다.

"잘 안 됐어." 안젤리카는 뭔가 못마땅한 목소리로 중얼거렸다. "오, 젤리소르의 충치여! 잘 안 됐어."

"아니, 아주 대단한 솜씨였어." 타라는 쿵쾅쿵쾅 빠르게 뛰는 가슴을 억누르면서 말했다. "주변에 있는 모든 걸 파괴했잖아!"

"아니, 잘되지 않았어." 안젤리카는 반박했다. "너의 소중한 실버가 산산조각이 났어야 하는데, 왜 아직 살아 있는 거지?"

이건 정말 뜻밖의 말이었다. 안젤리카는 실버를 죽일 뻔했는데도 완벽하게 해내지 못한 것만 걱정하고 있으니.

타라는 '너의 소중한 실버'라는 말에 개의치 않고 방으로 달려가 마법복 호주머니에 소지품을 집어넣었다.

"빛의 손은 무생물에게만 작동하는 것 같아." 타라가 설명하면서 재빨리 갈랑을 붙잡아서 산소마스크를 씌우고 호주머니에 집어넣었다. "네 손이 언덕을 파괴했을 때 나무들은 화를 면했던 거 너도 봤잖아." 타라는 안젤리카의 옷 속에 솜뭉치를 쑤셔 넣으면서 물었다. "그런데 왜 실버를 죽이려고 했어, 너 미쳤어?"

"실버 때문에 너무 무서웠단 말이야." 안젤리카는 시무룩한 얼굴로 마치 배신이라도 당한 것처럼 자신의 손을 쳐다보면서 대답했다. "침실에 있는데 실버가 나오라고 하더니(꺽다리는 자신이 다른 걸 요구했다는 걸 밝히지 않았다), 너를 죽이려고 했던 이유를 설명하다가 갑자기 펑! 하면서 변신하더니 끔찍한 모습을 보여줬단 말이야! 너무 뜻밖의 일이잖아. 그래서 난 실버가 자제력을 또다시 잃었다고 생각하고 본능적으로 행동한 것뿐이야. (안젤리카는 손을 흔들다가 솜뭉치를 떨어뜨렸다) 실버를 없애버렸어야 했는데!"

"그런다고 달라질 건 없어." 타라는 안젤리카의 목을 조르고 싶은 충동을 억누르면서 말했다. "이제 우리는 발각된 거나 다름없어." 타라는 계속해서 안젤리카의 옷 속에 솜뭉치를 쑤셔 넣으면서 지적했다. "우리를 본 마법사가 자신의 집이 파괴된 걸 곧 알아챌 거야."

정말로 눈이 튀어나올 것 같은 맞은편 집의 마법사가 너무 놀라서 막혔던 목소리를 되찾았는지 팔을 마구 흔들면서 고함을 질러대고 있었다.

타라는 간섭할 엄두가 나지 않았다. 모든 걸 복원시킬 수도 있지만 유령들이 마법을 사용했다는 걸 알아차리고 몰려오면 발각되는 건 시간문제였다.

"실버, 안젤리카가 파괴한 것을 복원할 수 있겠어요?" 타라가 물었다.

"혼자서 안 돼요." 실버가 말했다. "내 마법, 좀 불확실해요."

"아하, 너희 둘이 잘 어울리는 이유를 이제 알겠다!" 안젤리카가 비아냥거리면서 솜뭉치를 던져버렸다. "잘 봐, 내가 하는 걸 잘 보고 배워!"

큰소리는 쳤지만 쉬운 일이 아니기 때문에 안젤리카는 인상을 쓰면서 실버가 마법으로 떠받치고 있는 호텔의 벽과 맞은편 집의 벽을 복원했다. 고래고래 소리치던 마법사가 입을 다물었다. 안젤리카와 실버는 지붕과 물의 성에 이어 나무 바닥을 복원했다. 들보는 건드리지 않고 나무 바닥만 사라지게 한 것이라 천만다행이었다. 아! 스팔렌디탈의 실로 짠 빨간 카펫도 찢겨나간 상태였다.

유령들에게 마법을 사용한 사람을 찾는 능력이 있다면 타라 일행은 끝장난 것이었다. 마치 '우리 여기 있다!'고 쓴 플래카드를 흔들면서 위치를 알려준 것이나 다름없지 않은가.

"서둘러, 안젤리카!" 타라가 완벽한 마법의 조화에 만족했는지 실버에게 미소를 보내는 갈색 머리 꺽다리에게 외쳤다. "솜뭉치를 집어 넣으란 말이야! 경찰이 곧 들이닥칠 거야!"

"네가 그걸 어떻게 알아?"

"시간을 재봤으니까. 경찰이 출동하기까지 1분이 걸리는데 이미 50초가 지났어.[10] 빨리, 서둘러!"

안젤리카는 옷과 입속에 솜뭉치와 탈지면을 차례로 쑤셔 넣었고, 타라도 재빨리 변신했다. 그들은 엘리베이터로 뛰어들었다. 느릿느릿 내려가던 엘리베이터 문이 열리고, 널찍한 입구로 나가던 실버는 기둥에 부딪힐 뻔했지만 아슬아슬하게 중심을 잡고 넘어지지 않았다. 로비 카운터에 거대한 몸집의 트리톤이 있었다. 안젤리카는 크레디트-무트가 가득한 돈주머니를 던져주면서 말했다.

---

10. 아더월드의 1분은 100초에 해당된다.

"슈위트룸을 사용하다 두세 가지를 망가뜨렸는데 그 슈리비예요. 그리고 급한 일이 생겨서 떠나야겠어요!"

트리톤이 입을 열려는 순간이었다.

한 무리의 경찰이 호텔로 들이닥쳤다.

때는 이미 너무 늦었다.

겁먹은 안젤리카의 얼굴이 굳어졌고, 타라와 실버도 뻣뻣해졌다.

한 경찰이 카운터를 향해 거들먹거리면서 걸어왔다.

"거기 트리톤, 여기서 강력한 마법 행위가 감지되었다. 어떤 정신 나간 놈이 광고를 참지 못하고 발광을 했겠지만, 혹시 모르는 일이니까 수색해야겠다. 무슨 소리를 듣거나 수상한 자를 봤나, 비인간?"

마지막 말이 마치 욕설처럼 울렸다.

복종할 생각이었던 트리톤이 물방울 속에서 뻣뻣해지더니 콧구멍을 벌름거렸다.

"아무 소리도 못 들었습니다." 트리톤은 안젤리카가 준 돈주머니를 감추면서 냉랭하게 대답했다.

"거기 당신들, 이 밤에 여기서 뭐 하는 거요?" 화가 난 경찰이 안젤리카와 실버 쪽으로 향하며 물었다.

이미 몸이 오그라들어 있던 안젤리카가 입을 떼려는 순간 트리톤이 끼어들었다.

"우리 호텔에 방금 도착하신 손님들입니다."

트리톤의 거짓말에 깜짝 놀란 안젤리카는 입을 다물었다. 트리톤은 태연했다.

"그럼 호텔 객실을 조사하겠다. 자네들은 샅샅이 뒤져서 정신 나간 놈을 찾아!"

명령이 떨어지자 층계와 엘리베이터로 우르르 몰려가는 경찰도 있고, 더 빨리 가기 위해 공중부양하는 경찰도 있었다. 경찰 한 명이 출입문을 지키고 있지만 거리가 멀어서 그들의 대화가 들리지 않았다.

"우리를…… 왜 도와줬어요?" 실버가 어리둥절한 얼굴로 속삭였다.

"유령들이 침략한 뒤로 랑코비트에서 일어나는 일들이 영 마음에 안 들어요." 트리톤이 정직하게 대답했다. "조금 전 경찰의 말투도 거슬리고요. 몇 주 전부터 인간들이 우리를 업신여기고 있어요. 그게 아주 기분 나빠요. 그렇지 않아도 호텔을 그만둘 생각이었는데 나한테 돈을 줬잖아요. 경찰은 호텔 주인과 내가 알아서 해결할 테니까 이 틈에 두 분은 빨리 도망치세요."

실버는 고맙다고 인사했다. 트리톤이 출입문을 지키는 경찰을 부르자 어슬렁어슬렁 걸어왔다. 타라와 안젤리카, 실버가 옆을 지나갔지만 경찰은 관심을 기울이지 않았다. 맞은편 집의 마법사가 무너진 벽이 그렇게 쉽게 복원되는 걸 보고 너무 놀란 나머지 갈색 머리 소녀와 소년, 함께 있던 또 한 명의 소녀가 행방불명된 후계자와 많이 닮았다고 신고할 생각조차 못한 것은 천만다행이었다. 사실, 유령들이 정권을 장악한 뒤로 그 마법사는 고위층 공무원들을 만나고 싶은 마음이 전혀 없었다. 어쨌거나 마법사는 실내장식을 바꾸고 싶던 차에 벽이 새롭게 복원된 것에 만족했고, 다만 한 가지 아쉬운 것이 있다면 예쁜 잠옷을 잃은 것이었다.

밖으로 나오자마자 실버와 안젤리카, 타라는 가능한 한 호텔에서 멀어지기 위해 전속력으로 달렸다.

아직은 캄캄하지만 광고 불빛 때문에 대낮처럼 환했고, 하늘에 뜬 두 달마저 어떤 제품에 대해 대대적인 광고를 하고 있었다. 어두워서 그런지 광고 영상이 훨씬 요란하게 느껴지는 데다 수많은 군중으로 활기가 넘쳐 보였다. 경찰을 피해야 하는 그들 셋의 입장에서는 행운이 따른다고 볼 수 있었다. 셋은 가슴을 졸이며 경찰복이 보일 때마다 군중 속에 몸을 숨겼다. 타라는 살아 있는 지도에게 상점들, 특히 양탄자 상점이 문을 여는 시간을 물었다.

"하루 온종일 열려 있음." 지도가 거만하게 대답했다. "여기는 펍시티임, 장사를 멈추지 않음!"

실제로 그들 셋이 숨을 헐떡이면서 상점에 도착했을 때, 딱 달라붙는 장미색 작업복 차림의 상인이 반갑게 맞았는데 상당히 큰 상점 안이 둥둥 떠 있는 양탄자들로 빼곡했다.

"어서 오세요, 손님들! 최상의 양탄자 상점에 오신 걸 환영합니다. 여기서 원하시는 걸 찾지 못한다면 그런 양탄자가 존재하지 않기 때문이지요. 우리 상점에 있는 양탄자들은 아더월드와 지구 방방곡곡에서 온 최상품들인데 우리 행성과 지구의 중력에 적응시킨 것이에요. 소형, 대형, 빠른 것, 느린 것, 편안한 것, 이 세상에 존재하는 양탄자는 전부 있습니다. 어떤 걸 찾으십니까? 펍시티 서비스와 유료 서비스 중 어떤 걸 원하십니까?"

그들이 유료 서비스를 원한다고 말하자 얼굴이 환해진 상인은 온갖 모델의 양탄자들을 선전하는 데 열을 올렸다.

3분쯤 지났을 때 타라는 상인을 깨물고 싶은 충동이 일었다. 상인이 거기 있는 양탄자를 모조리 팔아넘기려고 수작을 부리는 게 뻔했고, 특히 콧소리가 늑대의 예민한 귀에 거슬렸기 때문이다. 예의 바른 실버조차 얼굴을 찌푸리고 있었다.

타라는 실버가 화가 나 있을 때도 거시기가 튀어나오는지 궁금했다. 이번만은 그래주길 바랐다. 거시기가 상인을 잡아먹으면 귀찮지 않을 텐데.

정말 온갖 종류의 양탄자가 전부 다 있었다. 면허가 취소된 이들을 위해 시속 30타트롤을 넘지 않는 간단한 카펫형 양탄자부터 이 대륙에서 저 대륙을 한 시간 이내에 이동할 수 있는 최첨단 로켓 양탄자에 이르기까지 없는 게 없었다. 그런데 신고서를 작성해야 할 뿐만 아니라 전문 면허증이 필요하기 때문에 그들은 로켓 양탄자를 구입할 수 없었다. 모든 나라는 눈 깜짝할 사이에 국경을 넘을 수 있는 고성능 양탄자에 관한 한 구매 조건이 엄격했다.

타라는 양탄자를 잘 모르는 데다 늑대의 모습으로는 협상할 수 없었다. 실버도 마찬가지였다. 따라서 양탄자를 선택할 사람은 안젤리카였다. 꺽다리의 눈길이 스포츠카 모델의 사치스러운 양탄자에 머물렀다. 너무 눈에 띄는 빨간색의 근사한 양탄자는 지구의 페라리라고 해도 과언이 아니었다. 타라가 으르렁거리는 소리를 냈다. 그 소리의 뜻을 알아차린 안젤리카는 한숨을 내쉬면서 소용돌이형 화장실과 물의 원소를 내장한 미니 샤워기가 장착된, 은빛과 빨간색의 8인승 양탄자에 눈길을 돌렸다. 미니 주방과 불의 원소도 설치되어 있었다. 찬장은 마법복의 호주머니처럼 몇 년은 먹고도 남을 정도의 식량을 상하지 않게 저장할 수 있었다.

"빠르고, 편안하고, 유행을 타지 않는 모델이지요." 상인이 장담했다. "접이식 좌석은 360도 회전이 가능해 침대로도 사용할 수 있으며, 호주머니에 넣고 다닐 수도 있는 아주 편리한 휴대용 양탄자입니다."

"좋아요, 이걸로 사겠어요." 안젤리카가 돈을 내밀면서 결정했다.

"훌륭한 선택이십니다." 상인이 두 손을 문지르면서 말했다. "배달은 2주일 후입니다."

안젤리카는 금화 한 닢을 상인의 손에 쥐여주었다.

"일주일 내에 보내드리지요." 상인이 다시 말했다.

안젤리카는 금화 두 닢을 추가로 흔들었다.

"당장 포장해드릴까요?" 상인이 손을 내밀면서 물었다.

안젤리카는 고개를 흔들었다.

"당장 사용할 수 있게 서류를 작성해주세요. 바로 떠날 겁니다."

"알겠습니다, 아가씨."

안젤리카는 금화 두 닢을 상인 손에 쥐여주었다.

"'난 요리가 싫어' 서비스는 필요하지 않으세요?" 상인이 농락하는 미소를 지으면서 제안했다. "양탄자 외에 제공되는 1년치의 식량에는 8800인분의 식사, 과일, 채소, 음료수, 치즈, 과자 등이 포함되지요."

상인이 손짓을 하자 안쪽 벽이 미닫이문처럼 미끄러지더니 초록색 옷차림의 배달원이 나타났는데 주위에 수백 개의 요리가 둥둥 떠다니고 있었다.

그냥 두면 상인이 어떤 요리에 무슨 향신료가 들어 있다는 설명까지 늘어놓을 것 같아 타라는 주의를 주기 위해 으르렁거렸다.

"좋아요." 안젤리카가 수락했다. "당장 양탄자에 실어요."

배달원은 약간 실망한 표정을 지었지만, 재빨리 행동에 옮겼다. 놀라운 속도로 날아가면서 음식들이 양탄자의 찬장 안으로 들어갔다. 안젤리카는 수고비로 은화 한 닢을 주었다.

"'깨끗하고 향기로운 냄새가 나는 건 좋지만 난 하기 싫어' 서비스는 어떠세요?" 상인이 계속했다. "수건, 화장지, 세척제 등 직접 마법을 사용하지 않아도 되는 것들을 제공해주는데요."

상인은 정말 장사 수완이 대단했다. 정부에서 마법을 금하고 있다는 걸 이용해 사람들에게 필요하다고 생각되는 모든 것을 팔려는 심보였다. 안젤리카는 군말 없이 돈을 지불했다. 이윽고 상인에게 돈을 다 털리기 전에 그들은 사는 걸 멈췄다.

상인이 안젤리카가 알려준 가짜 이름으로 양탄자 등록 서류를 작성하는 동안, 타라는 껍다리를 잡아끌어 턱의 움직임을 보지 못하게 가리면서 말했다.

"양탄자에 장착된 위치탐지기를 떼어달라고 해."

안젤리카는 타라를 쳐다보면서 미소를 지었다.

"너도 생각보다 바보는 아니구나, 후계자. 네 말이 맞아, 난 그 생각을 못했는데."

와우! 타라는 깜짝 놀라서 혀를 늘어뜨렸다. 안하무인인 안젤리카가 그 점에 대해 자신이 먼저 생각하지 못했다는 걸 인정하다니! 이건 기적이나 다름없었다.

안젤리카는 어려움 없이 상인을 설득해 위치탐지기 기능을 정지시키고 장치를 떼어내게 했다. 상인이 빠르게 대처하는 걸 보면 이런 일에 익숙한 것이 분명했다. 돈주머니에서 금화 한 닢이 또 사라졌다.

잠시 후, 그들은 양탄자 등록 서류를 갖고 상점을 나갔다.

그들이 펍시티를 떠날 때 크리스털 전광판에는 입속에 넣은 탈지면 때문에 빵빵한 안젤리카의 얼굴과 트리톤, 실버의 얼굴이 나타났는데 호텔의 보안 스쿠프들에 찍힌 이미지가 틀림없었다. 늑대로 변신한 타라를 패밀리어로 알고 있어서 천만다행이었다.

셋의 얼굴 밑에 경고문이 보였다. '사유재산을 파괴하고 금지된 마법을 사용한 죄로 수배 중인 위험한 인물들임.'

사람들이 수배자를 신고할 경우 보상금이 따르는지 전광판을 보는 사이에 실버는 시커먼 두건을 뒤집어쓴 채 머리를 숙이고 있다가 양탄자를 이륙시킬 수 있었다.

그들은 양탄자 엔진을 최대 출력으로 올려 날아갔고, 히믈리아 방향으로 몇 시간을 비행하다 아침 식사를 위해 정지했다. 하지만 작은 소리만 나도 그들은 깜짝깜짝 놀랐다.

사실, 실버는 누군가를 해치게 되는 것 말고는 두려움이 없기 때문에 놀라는 것은 안젤리카와 타라였다.

아더월드는 방대한 행성이지만 인구가 많지 않아서 다행이었다. 사람의 발길이 닿지 않은 야생 들판과 숲도 지구보다 훨씬 많았다. 양탄자나 페가수스는 아주 드물게 마주쳤고, 그때마다 너무 빠르게 지나쳤기 때문에 다른 여행객들은 그들을 볼 수 없었다. 실버는 양탄자 사용법을 자세히 읽은 뒤에 유리창과 지붕을 닫았고, 바깥에서는 식별이 불가능한데도 그들을 전혀 보이지 않게 할 수 있는 흥미로운 옵션을 발견했다. 그 반대로 바깥을 볼 수 있는 방법을 알아내기까지는 몇 번의 실패를 거듭하면서 10여 분이 걸렸다.

그들은 양탄자 안에서 아침을 먹을 수도 있었지만, 저린 다리를 풀어줄 필요가 있었다. 붉은색 울창한 숲 속에 숨어 있는 빈터를 발견하고 착륙했다.

주위에 아무도 없기 때문에 타라는 정상적인 인간의 모습을 되찾았다. 타라는 뱀파이어의 모습을 피했다. 더군다나 셀렌바의 DNA를 받은 뱀파이어로 변해 있으면 인간의 피를 먹고 싶은 충동 때문에 견디기 힘들었다.

미스터리한 실버의 냄새를 느낄 때마다 군침이 도는 걸 보면 소년이 부분적으로 인간인 것은 틀림없었다. 그런데 이상하게도 안젤리카의 경우는 그렇지 않았다. 타라는 불쾌감을 주는 꺽다리는 겉모습만 인간이지 속은 림보의 악마이기 때문이라는 결론을 내렸다. 아니 어쩌면 그 정도로 안젤리카를 좋아하지 않기 때문인지도 몰랐다.

양탄자에 실린 수많은 요리와 양념을 사용할 수 있는 차림표가 있었다. 그들은 요리를 선택해 즐겁게 먹어치웠다.

실버와 가까이 있을 기회를 놓치지 않던 안젤리카가 이제는 노골적으로 멀리 떨어져 앉아서 경계했다. 안젤리카는 음식을 먹기 위해 입 속에 있는 탈지면과 지금은 필요하지 않은 솜뭉치를 옷 속에서 빼낸 상태였다.

"한 가지 문제를 해결해야겠어." 갑자기 꺽다리가 말했다. "더 이상은 위험한 자와 여행하지 않겠어."

안젤리카의 말은 옳았다. 타라도 그 얘기를 어떻게 꺼낼까 궁리하던 중이었다.

실버는 고개를 떨어뜨렸다. 그리고 버림받는 아픔에 목소리가 떨릴 것이기 때문에 잠자코 있었다.

타라도 침묵했다. 도망치는 동안 많이 생각했지만 타라의 결론도 낙관적이지 않았다.

안젤리카는 팔짱을 꼈다.

"거시기란 놈이…… 실버가 잠들기가 무섭게 튀어나온단 말이지?"

실버는 초록색이 감도는 금빛 눈을 들고 고개를 끄덕였다.

"그러니까 너무 위험해. 피곤에 지쳐서 잠시 방심하는 순간 우리가 잡아먹힐 수도 있다는 거잖아. 그런데 어떻게 계속 같이 다녀? 난 싫어."

실버는 몸이 뻣뻣해졌다. 벌떡 일어나던 실버는 다리에 너무 힘을 주는 바람에 안젤리카 쪽으로 넘어질 뻔했다. 꺽다리가 비명을 지르는 순간 실버는 가까스로 중심을 잡았다.

"아가씨들 말, 맞아요." 실버는 마치 목구멍에 달라붙은 말을 억지로 떼어내는 것처럼 천천히 말했는데 어찌나 절망적으로 보이는지 타라는 목이 메었다. "내가 아가씨들 불쾌하게 했어요. 정말 사과해요. 난 트라비아로 돌아가, 레지스탕스 돕겠어요. 오랫동안 나와 동행해 줘서 고마워요. 그리고 아가씨, 공격한 거 용서하세요."

타라와 안젤리카에게 말할 겨를도 주지 않고 실버는 돌아서서 떠났다. 갑작스러운 이별에 당황한 두 소녀는 실버의 모습이 사라질 때까지 아무 말도 하지 않았다.

"그래도 조금은 반박할 줄 알았더니!" 안젤리카가 내뱉었다.

마음이 편치 않은 타라가 실버를 생각하고 있는 사이에 아더월드의 두 태양이 떠오르면서 들판이 찬란한 빛에 휩싸였다.

"거시기 때문에 우리가 위험한 건 사실이야. 실버 자신도 그걸 잘 알고 있고. 간밤에 나를 죽이지 않았던 건 순전히 우연이었어. 하지만 그렇게 실버를 떠나게 한 것이 마음에 걸려. 난쟁이족이 거시기를 반겨 줄 거란 확신은 없지만."

"난쟁이족은 실버를 가만두지 않을 거야. 거시기가 공격할 경우 난쟁이들은 그런 위험한 괴물을 살려둘 리 없으니까."

"거시기도 의식이 있는 인격체야, 안젤리카. 함부로 없애버려도 되는 존재가 아냐."

안젤리카는 위협적인 손짓으로 타라에게 입 닥치라는 시늉을 했다.

"거시기든 미남 소년이든 상관없어. 난 그래도 반박이라도 할 줄 알았어. 그런데 용기도 없는 졸장부잖아!"

몇 시간 전, 칼을 장악한 유령이 공격했을 때 실버 덕분에 목숨을 구했건만……. 기억력이 나쁜 건지, 아니면 인정이라곤 털끝만큼도 없는 건지, 타라는 안젤리카의 매정함에 혀를 내둘렀다.

무엇보다 타라는 실버가 떠난 뒤로 우울함과 허전함을 느끼고 있는 자신에게 놀랐다. 그러면서도 신하는 어느 누구도 소홀히 해서는 안 되며, 매사에 신중해야 한다는 후계자 수업을 받아서일까, 타라는 실버가 그렇게 훌쩍 떠나버린 것이 꺼림칙했다.

타라와 안젤리카는 다시 출발했다. 둘은 교대로 양탄자를 조종하면서 가능한 한 빨리 난쟁이, 트롤, 뱀파이어, 거인들의 나라들이 있는 방향으로 비행했다.

히믈리아는 타도르 산악지대에 있었다. 타라는 어느 난쟁이가 금이 넘치는 산이라 명명했다는 말을 떠올리며 정말 그 이름에 걸맞을지 궁금했다.

두 소녀는 가급적 도시를 피했고, 좌석들을 편안한 침대로 전환시켜 잠을 자면서 거의 양탄자 안에서 지냈다. 날씨가 덥지만, 강물이 너무 차갑기 때문에 양탄자에 딸린 미니 욕실을 이용하는 것으로 만족했다.

타라는 자신도 모르는 사이에 기력을 되찾았다. 체중이 많이 빠져 있어서 의식적으로 많이 먹었고, 둔해진 근육을 단련시키려고 날마다 한 시간씩 운동을 했다. 게을러서 빈둥거릴 거라고 생각한 안젤리카가 열심히 운동하는 걸 보면서 타라는 깜짝 놀랐다. 꺽다리의 체력 단련 방식도 산도르 황제가 가르치는 기술과 많이 비슷했다. 날렵하고, 공격적이고, 효과적인 기술이었다. 안젤리카에게 서로를 상대로 훈련하자고 제안했더라면 둘 중 한 명은 목숨을 잃을 수도 있었다. 훈련을 끝내고 나면 몸은 지치지만, 머릿속에 가득한 로빈의 모습이 옅어지면서 타라는 정신적 고통으로부터 해방되었다.

밤이 되면 유령들을 제거하는 방법을 찾기 위해 『궁정 비사』를 읽는 데 열중했다.

둘은 세상으로부터 고립되어 있었다. 3년 동안 습관이 된 탓인지 살아있는 돌과 대화를 나누면 큰 위안이 될 텐데, 타라는 발각될 우려 때문에 마법의 저장소인 살아있는 돌을 사용할 수 없는 것이 아쉬웠다.

타라를 위해서는 다행이지만, 안젤리카가 이상할 정도로 침묵을 지키고 있었다. 꺽다리는 기분이 나쁜 것 같았고, 타라에게 전혀 말을 걸지 않았다. 물론 한마디도 하지 않고 두 달을 보낸 경험이 있는 타라에게는 전혀 힘든 일이 아니었다. 그렇지만 자신을 유심히 관찰하고 있는 꺽다리의 시선 때문에 신경이 쓰였다.

그렇게 말을 하지 않고 지낸 지 엿새가 되었을 때 안젤리카가 불쑥 말을 거는 바람에 타라는 깜짝 놀랐다.

둘은 야생 브리앙트들의 불빛으로 환하고 시원한 개울이 흐르는 빈터에 있었다. 욕실에서 달갑지 않은 곤충으로부터 보호해주는 안티피크크크와 안티무슈티크를 발견했었다.

밤이었고, 타라가 책을 읽을 수 있게 갈랑이 브리앙트를 붙잡고 있었다. 잠시 후, 축소된 페가수스에게 잡아먹히지 않을 거란 확신이 들었는지, 날개 달린 요정이 갈랑의 등에 올라앉아서 『궁정 비사』를 비춰주었다.

"그 속에 있어?" 안젤리카가 물었다.

깜짝 놀란 타라는 잠시 머뭇거리다 대답했다.

"그게 무슨 말이야?"

"네가 찾고 있는 것, 유령들을 죽이는 방법이 그 책 속에 있냐고?"

타라는 얼른 책을 덮었다. 책 속에 누구에게도 알리면 안 되는 극비 사항이 많은 데다 교활한 안젤리카가 사사건건 참견하는 것도 달갑지 않았다.

"그럴지도 모르지." 타라는 신중하게 대답했다. "근데 왜?"

"너와 함께 다닌 지 벌써 일주일이 넘었는데 마치 목숨이 걸린 것처럼 그 책에 열중해 있으니까. 이런 상황에 그렇게 푹 빠져서 읽을 책이란 없어. 따라서 누구라도 금방 눈치챌 수 있지. 그리고 네가 그 방법을 아직 찾지 못했다는 결론도 쉽게 내릴 수 있어."

타라는 이를 악물었다. 꺽다리가 고약하지만 아주 영리하다는 걸 자꾸 잊었다.

"찾을 거야. 시간문제일 뿐이야."

"마법서야?"

"그래…… 맞아."

"몇 페이지나 되는데?"

타라는 전혀 몰랐고, 확인해볼 생각도 한 적이 없었다.

"마지막 페이지를 톡톡 치면서 페이지 수를 물으면 책이 표시해줄 거야."

타라는 아더월드에 대해 모르는 일이 아직은 수없이 많다고 생각하면서 꺽다리가 일러주는 대로 했다.

타라는 숨이 막힐 뻔했다.

"565만 2818쪽! 말도 안 돼!"

"말도 안 되기는! 그건 보통이야! 마법서에는 저자가 예를 들어 인용하는 다른 책들도 포함되어 있어. 독자들의 편의를 위한 저자들의 배려라고 할 수 있지. 너처럼 찾으면 죽는 날까지 책을 읽어야 할 거야. 훨씬 간단한 방법이 있어. 표지에 『궁정 비사』라고 적혀 있는데 나는 그 책을 잘 알아. 제국의 초창기부터 오무아의 모든 황제와 여제의 생애와 경험을 체계적으로 정리해놓은 책이지. 네 조상 중에서 유령들을 몰아낸 경험이 있기를 바라는 거지?"

이런! 안젤리카는 정말 잘 알고 있었다. 꺽다리의 아버지가 최고 마구스라는 걸 생각하면 이상한 일도 아니었다. 안젤리카가 권력에 관해 많은 걸 알고 있다는 걸 생각했어야 했는데……『궁정 비사』가 권력과 관련된 책이라는 건 부정할 수 없지 않은가.

"그래, 맞아." 타라는 솔직하게 대답했다.

"넌 정말 운이 좋아. 빌어먹을 유령들을 없애버리고 싶은 건 나도 너 못지않으니까."

"운이 좋다는 건?"

"그 책을 갖고 있지 않았다면 주저 없이 너를 죽여버렸을 테니까."

타라는 침을 삼켰다. 결코 돌려서 말하지 않는 꺽다리, 그것도 장점이라면 장점이다.

"게다가 빛의 손이 과대평가되었다는 걸 알았어." 안젤리카가 말을 이었다. "네 말대로 무생물만 박살 내니까. 그리고 유감이지만 너의 마법 능력이 훨씬 강력하다는 것도 인정해. 그래서 나에게는 선택의 여지가 없어. 협력하는 수밖에. 내가 도와줄게."

"안젤리카, 고맙지만 『궁정 비사』는 오무아의 후계자만 읽을 수 있어."

꺽다리가 짜증스러워하는 몸짓을 했다.

"당연히 그렇겠지! 네 눈에는 내가 바보로 보이니? 너는 전혀 모르지만, 나는 마법서를 어떻게 이용하는지 방법을 알아. 책에서 그런 경우를 찾으려면 두 단어를 합해도 된다는 건 알아?"

"응, '유령들'과 '섬멸하다'를 합해봤는데 '유령이 섬멸시켰다', '유령들이 전멸시켰다'…… 등은 있지만, 내가 찾는 '유령이 섬멸되었다'는 찾지 못했어."

"온전한 문장으로 해봤어?"

"아니, 아직."

"'유령들을 섬멸하고 돌려보내는 방법'으로 해봐. 그다음에 '보조 기능'을 불러 '섬멸하다'를 포함해 '섬멸했다, 섬멸되었다, 섬멸하고 있었다, 섬멸한다, 섬멸할 것이다' 등을 입력해."

타라는 안젤리카의 말대로 하면서 가슴이 두근거렸다. 보조 기능이 있다는 것조차 몰랐는데 잘되었을 리가 있을까?

책이 결과를 나타냈는데 경우의 수가 1000건 미만이었다. 엄청나게 줄어들었다. 타라는 재빨리 첫 번째 경우의 페이지를 펼쳤다. '빌어먹을 유령들이 모든 걸 섬멸했다. 유령들을 그들의 세상으로 돌려보내는 것은 불가능한가!' 실망한 타라는 두 번째 경우로 넘어갔다. '어떻게 하면 유령들을 섬멸하거나 그들의 세상으로 돌려보낼 수 있을까?'

타라는 책을 던져버릴 뻔했다.

"방법은 없고 의문만 제기하고 있잖아. 조상들은 온종일 탁상공론에 그친 것 같아! 내가 원하는 건…… 어? 이건……."

갑자기 타라가 눈을 반짝이면서 벌떡 일어났다.

"네가 읽은 마법서 중에 요리책도 있어?"

후계자의 뜬금없는 말에 안젤리카가 타라를 쳐다보며 빈정거렸다.

"왜? 왕위를 포기하고 요리사라도 되려고?"

"응, 안젤리카 석쇠구이 요리를 해보고 싶어서." 타라가 받아쳤다. "농담이야. 이 책에는 이런저런 상황에서 어떻게 대처해야 하는지 많은 것이 설명되어 있어. 나의 현명한 조상들이 위험한 상황에 처했을 때 후손들이 조회할 수 있게 수많은 경우를 기록해놓았어. 예를 들어 '림보의 악마들이 공격할 경우, 고양이털로 악마퇴치 폭탄을 만들어 보름 동안 아침마다 터뜨릴 것' 등……. 악마를 퇴치하는 방법을 기록해놓은 것으로 봐서 분명히 유령들을 퇴치하는 방법도 있을 거 같아."

"그런 책을 가질 수만 있다면 나는 이 빌어먹을 빛의 손을 줘버리겠어." 안젤리카가 부러운 듯 투덜거렸다. "하여튼 멍청한 것들은 항상 운이 좋단 말이야." 꺽다리가 목소리를 높였다. "그럼 이번에는 색인으로 가서 '방법과 해결책'을 조회해봐."

타라는 색인을 조회했고 원하는 것을 찾았다.

그러고는 한숨을 쉬었다.

"맙소사, 말도 안 돼. 10만 페이지가 넘어."

"이제 다시 한 번 '유령들을 섬멸하고 돌려보내는 방법'이란 문장을 입력해봐. 아니면 죽는 날까지 그 책을 읽어야 할 테니까. 그때는 아마 유령들이 비인간 종족들까지 장악하게 되겠지."

타라는 마음속으로 간절히 기도했다. 책을 톡톡 치고, 보조 기능을 불러 문장을 입력했다. 대번에 내용이 나타났다. '유령들을 섬멸하고, 소멸시키고, 전멸시키고, 죽이고, 학살하고, 제거하고, 때려눕히고, 쓰러뜨리고, 몰살하고, 살해하고, 해치워서 그들의 세상 비욘드월드, 림보, 지옥, 어디든 돌려보내는 방법.'

이 글을 남긴 조상은 후손들이 어떤 방법으로든 유령들을 물리치길 바라고 쓴 것 같았다.

내용은 이렇게 이어졌다.

'오무아의 후손들이여, 에드라킨족의 무시무시하고 뜨거운 나라에 유령들을 죽이는 기계가 있지만, 주의해야 한다. 그 기계가 방출하는 방사선에 닿으면 그 누구도 그 무엇으로도 치료할 수 없다. 그 기계는 아르루쉬르의 무덤 속에 묻혀 있다. 기계의 방사선은 유령들을 분해시킨다. 아더월드에 있는 유령들뿐만 아니라 다른 세계의 문이 열려 있을 경우에는 모든 유령이 단번에 끝장이 난다.'

"야호! 내가 찾았어!" 타라의 외침에 안젤리카가 소스라치게 놀랐다.

"우리가 찾은 거지!" 안젤리카가 쏘아붙였다. "뭐라고 쓰여 있는지 읽어봐. 준비하기는 쉬워?"

"응, 에드라킨족의 나라 아르루쉬르라는 곳으로 가서 어떤 기계를 파내면 돼. 그 기계만 찾으면 모든 유령을 섬멸할 수 있으니까 단번에 해결되는 거야. 고마워, 안젤리카. 너 아니었다면……."

타라는 공포에 질린 안젤리카의 얼굴을 보며 말을 중단했다.

"왜 그래?"

"네가 잘못 이해한 게 틀림없어!" 안젤리카가 외쳤다. "전부 다 읽어봐!"

타라는 모든 내용을 읽었다. 타라가 다 읽자 안젤리카는 마치 추위에 떠는 것처럼 두 팔로 몸을 감쌌다.

"우리가 졌어." 꺽다리가 침울한 어조로 말했다. "모든 게 끝장났어."

타라는 가슴이 철렁 내려앉았다.

"그게 무슨 소리야?"

안젤리카는 타라를 뚫어져라 쳐다보면서 물었다.

"에드라킨족이 누군지 몰라? 어떤 괴물인지 알기나 해?"

"에드라킨족에 대해서는 아직 공부하지 않았어. 오무아와 교역하는 종족부터 수업을 시작했거든. 에드라킨 대제사장은 어디를 가든 경호부대를 거느리고 다니며, 기회가 있을 때마다 아주 독특한 방식으로 경호부대를 배치한다는 정도만 알아."

안젤리카는 타라의 교육이 한심한 수준이라는 듯 눈살을 찌푸렸다. 이어 에드라킨족을 묘사하는 꺽다리의 어조가 어찌나 음울한지 타라는 오싹해졌다.

"에드라킨족은 인간과 교배시킨 고양이과 동물이야. 뒤쪽으로 찢어진 눈, 거의 없는 것이나 다름없는 콧구멍, 짧은 갈기, 회색과 검은색 또는 흰색의 짧은 털……. 아주 사납고 위험한 종족이야. 에드라킨족이 네 번이나 아더월드를 정복하려고 쳐들어왔는데 랑코비트의 우리 조상들이 다른 종족들과 동맹을 맺고 격퇴했어. 마법 능력이 있지만 마법은 제사장들만 사용할 수 있어. 마법을 사용하는 자는 눈 깜짝할 사이에 발각되어 후회할 겨를도 없이 목숨을 잃게 되지. 혹시 운이 좋아 살아남더라도 그들이 믿는 신, 미련한 소년 형상의 흉측한 브렌둑에게 제물로 바쳐지지. 그 신에게 혼을 빼앗기고, 불구덩이 속에서 영원히 고통을 겪게 될 거야. 지구의 종교에도 지옥과 천국이 있지?"

"응, 있어. 죄를 짓고 죽은 사람들이 악마들에게 고문을 당하면서 끝없이 벌받는 곳을 지옥이라고 하지. 네가 말하는 것과 아주 비슷해."

"아니, 전혀 달라. 네가 말하는 지옥은 천국과 비교되는 상대 개념이야. 하지만 에드라킨족의 신들이 보내는 지옥은 죄를 짓는 것과는 아무 관계없어. 무고한 제물을 선호하거든. 그래야 더 고통을 받으니까. 에드라킨족에게 잡혀서 죽으면 비욘드월드로 가지도 못해. 일단 붙잡았다 하면 영혼도 놓아주지 않으니까. 그 때문에 어떤 마법사도 저주받은 섬나라에 가지 않아. 에드라킨족은 잔혹하고 무자비하기 때문에. 그들은 상인들과 무역하지만, 그곳 정부의 허가 없이 섬에 발을 들여놓는 순간 먹잇감이 되고 말아. 모든 고양이과 동물이 그렇듯 에드라킨족은 사냥을 좋아하지만 특히 고문을 즐기지. 그들에게 붙잡히면 당장 죽는 것이나 다름없어. 이어서 견뎌야 하는 고통이 어찌나 끔찍한지 오히려 죽지 않은 걸 후회할 정도니까. 그들의 섬은 너무 덥고, 너무 습기가 많은 요새라고 할 수 있어. 제사장들이 미친 식물들의 성장을 위해 마법으로 기온을 조정하고 있거든. 주민을 통제하기 위해 제사장들과 킬러들만 돌아다닐 권리가 있는데 뭔가를 몸에 뿌려야 미친 식물들의 공격을 받지 않고 다닐 수 있다고 들었어. 그런 곳에 누가 발을 들여놓겠어? 그 저주받은 섬에 나는 안 가, 절대로."

안젤리카는 숨이 차서 말을 중단해야 했다. 타라는 얼이 빠져 있었다. 전혀 들어본 적이 없는 얘기였다. 게다가 '킬러'들이 돌아다닌다니, 생각만 해도 섬뜩했다.

안젤리카는 심호흡을 하고 말을 이었다.

"그리고 네가 알아챘는지 모르겠는데 그 기계에서 방출되는 방사선에 닿으면 누구도 치료할 수 없다는 문장이 있잖아. 그건 그 기계를 작동하면 죽는다는 뜻이야."

"응, 알고 있어." 타라는 침울하게 대답했다. "그래도 유령들을 몰아내는 것이 내 목숨보다 더 중요해. 어쨌든 난 포기할 생각이 없어."

타라의 손가락에서 반지가 소스라쳤다. 이건 또 무슨 일이지? 타라가 이제는 유령이 되겠다는 생각을 완전히 포기한 줄 알았는데…….

깜짝 놀란 안젤리카는 이맛살을 찌푸렸다. 타라는 말을 이었다.

"로빈을 그렇게 만든 잘못을 바로잡기 전에 내가 따라 죽었다면 비생산적인 일이 되었겠지. 그때 난 죽을 생각으로 아무것도 먹지 않았으니까."

안젤리카는 숨이 멎을 정도로 놀랐다. 이건 흥미로운 정보잖아! 타라가 구사한 '비생산적인'이라는 표현을 머릿속에 새겼다. 멍청한 후계자가 에드라킨족의 나라에 가겠다는 자신의 결정을 합리화하고 있었다. 타라는 눈치채지 못했지만, 안젤리카는 죽고 싶지 않았다. 타라를 지켜보고 있다가 결정적인 순간에 도망쳐야 했다. 어쨌든 안젤리카에게는 일석이조가 아닌가. 아버지의 적수인 두 사람, 타라와 마지스터를 단번에 없앨 기회인데……. 아버지가 얼마나 기뻐할까!

살기를 품은 안젤리카의 속마음을 모르는 타라는 말을 계속했다.

"하지만 아더월드를 구하다가 죽는 건 달라. 그가 그건 못하게 막지 않을 거야."

"그? 그가 누군데?"

"로빈."

"로빈? 뭐야, 로빈과 대화를 나눴다는 뜻이야? 죽은 다음에?"

안젤리카는 타라가 미쳤다고 생각하는 얼굴이었다.

"응, 로빈의 유령이 나타나서 내가 죽지 못하게 했어. 하지만 로빈에게 가기 위해 갑자기 죽는 건 막지 못할 거야. 난 죽는 게 두렵지 않아. 차라리 빨리 죽고 싶어."

멍청한 후계자가 정말로 유령이 되고 싶어하는 것 같았다. 아연실색한 안젤리카는 난생처음으로 할 말이 없어서 입을 다물었다.

"유령들과 살고 싶단 말이야? 너 완전히 돌았구나!" 안젤리카가 마침내 말했다.

타라는 즐겁게 미소를 지었다. 하지만 그 미소에 고통의 그림자가 어렸다.

"나 전염병 환자 아니니까 그런 눈으로 쳐다보지 마."

안젤리카가 신랄하게 쏘아붙이려는 순간 소름 끼치는 동물 울음소리에 둘은 소스라쳤다.

배에 구멍이 뚫린 크루이크크크 한 마리가 피를 쏟으면서 그들 앞에 와서 푹 쓰러졌는데 기름진 내장이 그야말로 콸콸 쏟아졌다. 그리고 뒤이어 나타난 존재는…… 맙소사, 거시기였다.

"너희들이 괜히 여기 있는 게 아니라고 사람들에게 알려주면 재미있는 일이 일어날 텐데, 안 그래?" 거시기가 피 묻은 송곳니를 드러내면서 비웃음을 흘렸다. "사람들이 곧 몰려올 테니까 나 대신 처리해. 그럼 이만 안녕, 계집애들아!"

거시기가 훌쩍 사라졌다.

진동하는 피비린내 때문에 구역질이 올라온 타라와 안젤리카는 벌떡 일어났다. 그때였다. 요란한 발소리에 타라가 재빨리 뱀파이어로 변신하자마자 우르르 몰려온 농부 열 명이 둘을 에워쌌다.

흥분한 농부들이 날카로운 쇠스랑을 휘두르고 있었다. 횃불과 미치광이 의사만 있으면 딱 영화의 한 장면인데.[11]

"이런 도둑년들!" 그중 한 명이 나섰는데 격분한 나머지 침을 튀기면서 말했다. "내가 612.5 신들의 축일을 위해 살찌워놓은 크루이크크크, 내 불쌍한 로시네트를 훔치다니! 내 동물값을 내놔!"

---

11. 영화 〈반 헬싱〉에 나오는 장면을 암시한 것이다. 지상의 모든 악을 소탕하는 신의 사제 반 헬싱. 전설적인 괴물 늑대인간과 프랑켄슈타인의 막강한 힘을 이용해 부활을 꿈꾸는 드라큘라의 음모를 파괴하기 위해 싸운다.

이런, 이름까지 있는 크루이크크크였다니! 보통 큰일이 아니었다.

안젤리카가 아주 거만한 태도로 나섰다.

"알았어요, 돈을 드리죠. 우리가 데리고 다니는 동물이 불미스러운 짓을 저질렀다니 미안합니다. 크레디트-무트 금화 한 닢을 드리죠. 크루이크크크 값의 열 배는 될 겁니다. 아! 떠나기 전에 이 고기값을 지불했으니 가다가 구워먹을 수 있게 갈비 넉 대와 넓적다리 하나를 준비해주세요."

안젤리카의 냉랭한 어조와 〈캐리비안의 해적〉에 등장하는 잭 스패로우처럼 손가락에 끼고 돌리는 금화가 농부들을 사로잡았다. 농부들이 쇠스랑을 내렸고, 그중에는 모자를 벗는 이들도 있었다.

"데리고 다니는 동물이라고요?" 농부는 금화에서 눈을 떼지 않은 채 기어드는 목소리로 물었다. "오, 조상의 혼령들이여! 대체 무슨 동물이죠? 림보에서 도망쳐 나온 괴물인가요?"

안젤리카가 얼른 둘러댔는데 어조는 여전히 냉랭했다.

"실험용 동물이에요. 아버지가 서로 다른 종의 동물을 교배시키는 실험을 하거든요. 이제부터는 목줄을 맬 테니까 걱정하지 마세요. 그리고 우리는 몇 시간 이내에 이 땅을 떠날 거예요. 여기 있는 내 친구는 그 동물보다 훨씬 위험하지요."

긴 송곳니를 드러내면서 무서운 얼굴을 하려고 애쓰는 타라의 핏빛 눈과 마주친 농부가 침을 꼴깍 삼켰다.

농부가 뒷걸음치는 걸 보면 성공이었다.

거북한 이빨 때문에 타라가 침을 흘리지 않으려고 애쓰고 있다는 걸 농부는 알아채지 못했다.

"거래가 이뤄진 거죠?" 안젤리카가 물었다.

"네, 그럼요, 아가씨. 로시네트를 당장 손질하지요. 고마워요, 아가씨."

안젤리카가 금화를 던져주자 농부가 받아서 이로 깨물어봤다. 타라는 껄다리의 뻔뻔함에 깜짝 놀랐다. 타라라면 이런 방법을 생각지도 못했겠지만, 안젤리카의 머릿속에는 무슨 일이든 그 대가를 치러야 한다는 생각이 박혀 있었다.

시간은 오래 걸리지 않았다. 뜻밖의 횡재에 흥분한 농부들은 고깃덩어리들을 잘라낸 다음 안젤리카에게 갈비 넉 대와 넓적다리 하나를 넘겨주었다. 그러고는 냄새를 맡고 몰려올 포식동물들을 피해 재빠르게 어둠 속으로 사라졌다.

"안젤리카?"

"왜, 타라?"

"거시기를 잡아와야겠지?"

"나는 농부들에게서 우리를 구했잖아. 그러니까 실버 문제는 네가 해결해."

타라가 대답도 하기 전에 안젤리카는 양탄자 안으로 들어가서 지붕과 칸막이벽을 닫아버렸다.

타라는 한숨을 내쉬었다. 안젤리카를 뭐라고 표현해야 할까. 못된 계집애라는 말은 너무 약한데…….

그때 으르렁거리는 동물 울음소리에 타라는 벌떡 일어났다. 정말이지 이 숲은 소란스러웠다. 산도르 황제는 잠재적인 위험이 느껴지면 확인하기 전에는 접근하지 말아야 한다고 누차 강조했다. 그래서 타라는 유리창을 두드리면서 안젤리카에게 소리쳤다.

"문제가 생겼어. 들어가게 해줘, 양탄자가 필요해."

안젤리카는 마지못해서 열어주었다.

"무슨 문제?" 안젤리카가 묻는 사이에 타라는 양탄자를 나무 꼭대기 위로 이륙시켰다.

"저길 봐!" 타라는 좀 전의 농부들에게 포위된 거시기를 가리켰다.

농부들은 숲의 야생동물에게 덫을 놓는 습관이 있는데 거시기가 그 덫에 걸린 것이다. 감춰져 있던 덫이 이제는 밧줄 끝에 매달린 채 공중에서 흔들리고 있었다.

뭔가 이상했다.

"근데 거시기가 왜 저러고 가만히 있지? 덫이 오래 버티지 못하게 생겼는데." 타라가 중얼거렸다.

"덫에 갇혀서 꼼짝 못하고 있는 것으로 보이려고." 안젤리카가 지적했다. "그러면 안심한 농부들이 다가올 것이고, 그때……."

"그때 튀어나오려고?" 타라는 새파랗게 질렸다.

"그렇지. 그래야 더 많은 사람을 잡아먹을 수 있으니까. 농부들은 도망칠 겨를도 없이 잡아먹힐 거야. 보통 영악한 놈이 아냐. 저 덫에 일부러 걸렸다는 것에 크레디트-무트 금화 만 닢을 걸게."

"내기할 필요 없어. 나도 너와 같은 생각을 했으니까. 우리가 데리고 다니는 동물이라고 말했는데…… 책임을 져야지. 내가 어떻게 해 볼 테니까 너는 빠져."

"그래, 네가 죽으면 네 유령에게 나는 빠지라고 했다는 말을 상기시킬게." 안젤리카는 기분 나쁜 미소를 흘리며 이죽거렸다.

타라는 양탄자를 착륙시키고 빈터로 뛰어내리면서 외쳤다.

"피해요! 덫이 부서질 거예요. 빨리 피해요!"

아더월드의 농부들은 언제든 마법에 문제가 생길 수 있다는 걸 알고 있었다. 거시기의 광폭한 눈길을 받으면서 농부들은 이유를 묻지도 않고 후닥닥 숲 속으로 줄행랑쳤다.

"네가 또 나를 화나게 하는구나, 어린 인간." 거시기가 으르렁거렸다. "사사건건 나를 방해하기로 아주 작정을 했어. 정말 성가신 계집애야."

거시기는 거침없이 덫을 박살 내면서 수풀 위로 쿵 하고 떨어졌다. 뱀파이어 모습의 타라가 거의 2미터에 이르는데도 거시기는 50센티미터쯤 위에서 내려다보고 있었다. 타라는 얼굴을 쳐들고 침을 삼켰다.

거시기가 두 팔을 벌리면서 키틴질 상체를 드러냈을 때 타라는 한 덩어리의 가시와 침, 갈퀴발톱 앞에 있는 느낌이 들었다.

너무 길고, 날카로워서 소름이 끼치는 덩어리……

타라는 잠시 눈을 감고 어떻게 해야 할지 생각했다.

"너는 나에게 마법을 사용할 수 없어, 어린 인간." 거시기가 주둥이를 핥으면서 말했다. "이번에는 끈끈이 그물이 나한테 안 통해."

"실버, 정신 차려! 너는 거시기가 아니잖아!" 타라는 엄습하는 두려움을 억누르면서 차분하게 말했다. "거시기는 너를 제압하지 못해. 난 너를 믿어. 내 목숨을 너에게 맡길게."

타라는 두 팔을 내리고 꼼짝하지 않았다.

이제껏 했던 가장 용감한 행동 중 하나였다.

타라가 반응하기 전에 거시기가 덤벼들었다.

타라의 눈이 동그래졌다. 그러나 타라는 움직이지 않았다. 거시기의 소름 끼치는 발과 굶주린 아가리를 피하지도 않았다.

안젤리카는 자신도 모르게 비명을 질렀다.

타라는 가시 돋친 덩치에 깔려 있었다. 뱀파이어로 변신해 있지 않았다면 충격 때문에 타라의 목이 부러졌을 것이다. 그리고 체인지라인이 뱀파이어의 가죽옷 안에 갑옷을 입혀놓지 않았다면 타라는 온몸이 가시에 찢겼을 텐데.

타라를 깔아뭉개고 있는 거시기가 부들부들 떨면서 으르렁거렸다. 공포에 질린 안젤리카는 양탄자에서 꼼짝도 못한 채 딸꾹질을 해댔다.

거시기가 타라를 집어삼키려 하고 있었다.

안젤리카는 후계자를 미워하지만, 이건 너무 참혹한 죽음이 아닌가.

이윽고 마치 꿈속에서처럼 거시기의 몸이 사라지고, 타라 위에 누운 실버가 입이 서로 닿을 듯한 자세로 소녀의 쪽빛 눈을 쳐다보느라고 사팔눈이 되어 있었다. 초록색이 감도는 금빛 눈과 쪽빛 눈이 마치 눈싸움을 하는 것 같았다.

비키라고 말해야 되는데……. 그제야 상황을 알아차린 타라가 비명을 질렀다.

"앗 따가워, 따가워! 실버, 네 비늘!"

질겁한 소년이 옆으로 굴렀다. 벌떡 일어난 타라는 너무 아파서 펄쩍펄쩍 뛰었다. 타라의 몸에 달라붙어 있던 체인지라인도 소년의 비늘에 찔려 있었다.

실버는 재빨리 옷을 나타나게 했다. 허리에 두른 옷을 빼고는 알몸이라는 걸 생각하지 못했던 것이다.

체인지라인은 거시기의 가시와 침을 버텨냈지만, 엄청난 충돌 때문에 타라가 즉사하지 않도록 운동에너지를 흡수해야 했었다. 실버가 다시 나타나는 걸 보면서 체인지라인은 타라가 받는 충격을 더 쉽게 흡수하기 위해 갑옷의 강도를 약화시켰는데 실버의 비늘을 까맣게 잊었던 것이다. 누군가 재빨리 상기시켜주었다면 좋았을 텐데.

실버는 몹시 난처한 얼굴로 허겁지겁 레파루스 주문을 읊었다. 타라는 통증이 가라앉자 안도의 숨을 내쉬었다. 뱀파이어의 가죽옷에 나 있던 구멍들까지 싹 사라진 걸 보면 체인지라인도 그 틈을 이용한 모양이었다.

피투성이가 된 타라의 옷을 보면서 눈이 동그래진 실버가 우물우물 말을 더듬었다.

"거, 거시기가…… 아가씨를…… 미, 미안해요. 저, 정말 미안해요."

실버도 자신이 더듬고 있다는 걸 알았는지 심호흡을 했다.

"아가씨, 무모했어요." 무슨 일이 있었는지 알아차린 실버가 마침내 명확한 발음으로 말했다. "거시기는 순식간에 아가씨를 집어삼킬 수 있었어요."

타라는 다리가 후들거려 땅바닥에 철퍼덕 주저앉았다.

"정말 겁이 났었어." 타라는 당황해서 어쩔 줄 모르는 실버를 쳐다보며 말했다. "이제부터 편하게 말할게. 너도 반말을 하고 나를 타라라고 불러주면 서로 훨씬 좋을 텐데."

"아가씨는 내가 공격하게 내버려뒀어요!"

"하지만 나를 죽이지 않았잖아. 그러기 전에 너는 멈췄어."

"하지만 아가씨는 내가 공격하게 내버려뒀어요!"

"타라의 모습으로 있었다면 그러지 않았겠지. 하지만 뱀파이어의 모습으로 있을 때는 훨씬 강하니까."

"하지만 아가씨는 내가 공격하게 내버려뒀어요!"

이 문장에서 실버의 뇌가 정지되어 있는 것 같았다. 아직 충격이 가시지 않은 소년의 눈빛이 흐렸다.

타라는 또다시 실버가 '하지만 아가씨는 내가 공격하게 내버려뒀어요'라고 말하기 전에 차단하고 싶었다.

"그래 완벽하게, 전적으로, 결정적으로 맞는 말이야."

"하지만 아가씨는 내가⋯⋯."

이런, 실패.

"그만!" 타라가 말을 잘랐다. "버틸 필요가 있었어. 위험을 무릅쓰지 않고서는 너와 함께 여행할 수 없을 테니까. 그건 너도 알잖아! 거시기가 너를 지배하는 것만큼 너도 거시기를 지배할 수 있어! 그건 네가 우리를 해치지 못하게 할 수도 있다는 거야. 방금 그걸 입증했어. 실버, 아주 멋졌어! 넌 우리와 함께 지낼 수 있어! 이번 일로 전화위복이 된 셈이야."

잠시 침묵이 흘렀다. 문제가 생겼던 실버의 신경세포가 재결합되었다.

"실례의 말인지 모르지만 아가씨는 완전히 돌았어요." 실버는 핏기 없는 얼굴로 손을 떨면서 말했다.

와, 드디어 다른 말을 하네. 이제는 실버의 표현이 아주 많이 좋아져 있었다.

"너 완전히 미쳤어!" 여전히 양탄자에서 내려오지 않은 채로 안젤리카가 소리쳤다.

"봐요!" 실버는 한술 더 떴다. "안젤리카 아가씨도 나와 같은 말을 하잖아요."

실버는 잠시 생각하다가 덧붙였다.

"더 크게 소리 지르는 것 빼고."

"타라 네가 죽은 줄 알았단 말이야!" 안젤리카는 고래고래 소리를 질렀다. "네가 죽으면 어떤 멍청이, 어떤 바보가 에드라킨족의 나라에 가서 유령퇴치 기계를 작동하겠어?"

타라도 그 생각을 했는데……. 안젤리카가 나를 걱정해주는 건가?

"난 괜찮아." 타라는 다리에 힘이 없기 때문에 걷기 전에 시간을 벌 생각으로 흙을 털면서 말했다. "농부들이 다시 오기 전에 이 숲을 떠나는 게 좋겠어. 오늘 밤은 내가 많이 흥분했던 것 같아. 그리고 실버가 나를 치료하기 위해 마법을 사용했어. 레파루스 주문이라 시간이 좀 걸리겠지만 경찰이 올 거야. 그들이 올 때쯤은 여기서 멀리 떨어진 곳에 있어야 해."

실버는 여전히 미안해서 죽을 것 같은 얼굴로 고개를 끄덕였다.

그들 셋은 양탄자에 올랐고, 얼마 후 10여 타트롤 떨어진 들판에 착륙했다.

양탄자는 그들 셋이 잘 수 있을 만큼 공간이 널찍했다. 하지만 안젤리카는 실버가 잠이 오지 않기 때문에 괴물로 변신하는 일은 없다고 단언하는데도 절대로 실버와 같은 공간에 있지 않겠다고 펄펄 뛰었다.

다행히 여행하는 이들을 위해 고안된 양탄자였다. 양탄자에 비치된 목록을 찾았는데 침대가 내장된 텐트 두 개가 있었다. 타라와 실버는 빈터에 텐트를 세웠다. 안젤리카가 양탄자의 문을 닫기 전에 타라는 샤워를 하고 이를 닦은 다음 『궁정 비사』를 손에 들고 나와서 텐트 앞에 앉았다. 빨리 읽어서 유령들에 관한 정보를 얻어야 하는데…….

그러나 이날 밤, 타라는 더 이상 읽고 싶지 않았다. 수많은 의문 때문에 머리가 터질 것 같았다.

게다가 거시기와 싸우면서 일부러 죽을 위험에 처했다. 지난번처럼 로빈의 유령이 유형화되기를 바란 터무니없는 희망 때문이었다. 물론 로빈이 나타나는 것이 목숨을 구해주기 위해서가 아니라는 건 타라도 알고 있었다.

로빈은 오지 않았다! 아마도 타라의 목숨이 위태로울 정도로 위험하지 않았기 때문일까? 그렇지만 타라는 혹시 로빈의 유령이 나타나주지 않을까 내심 기대했다. 만약 속이지 않았으면 나타났을까? 정직하게 말하면 타라는 속임수를 썼다. 거시기가 달려들면 부상을 당하리라는 걸 알고 있었다. 죽을 수도 있었다. 그런데도 모험을 감행한 것이다. 타라는 눈물을 닦았다.

많이 괴로웠다. 이따금 채찍에 가혹하게 얻어맞는 것처럼 가슴이 아팠다. 타라는 훌쩍거리다가 코를 풀었다.

얼마나 형편없고 한심한 짓을 저질렀나.

다시는 그런 짓을 하지 말아야 했다. 로빈과 얘기를 나누고 싶다는 이유로 목숨을 걸다니 어리석은 짓이다. 둘 다 유령이 되면 영원히 함께 지낼 수 있을 텐데. 타라는 비욘드월드가 어떤지 궁금했다. 모든 유령이 머무는 곳이기 때문은 분명 아니었다. 로빈과 함께라면 어떤 곳이든 행복할 것 같고, 그럴 자신이 있었다. 타라는 이날 밤 아무 소용이 없어 보이는 책을 손수건에 싸서 집어넣었다.

타라의 손가락에서는 크라에토비르의 반지가 충격에서 벗어나려고 애쓰고 있었다. 타라는 모르고 있지만, 거시기와 충돌할 때의 충격을 흡수한 것은 반지였다. 반지가 없었다면, 체인지라인도 무사하지 못했을 것이다.

체인지라인이 무사하지 못했다면, 반지를 끼고 있는 사람도 죽었을 것이다. 반지는 고민했지만, 타라가 죽게 내버려둘 수는 없었다. 반지를 끼고 있어줄 또 다른 누군가를 찾아야 하지 않는가. 그것도 아주 빨리.

갑자기 짤그랑거리는 소리에 이어 넘어질 듯 비틀거리는 발소리에 타라는 얼굴을 들었다.

눈앞에 실버가 서 있었다. 긴 머리에 아직도 나뭇잎 몇 개가 붙어 있었다. 걸핏하면 넘어지기 때문에 실버는 아예 신경도 쓰지 않는 것 같았다.

실버는 히믈리아의 철로 만든 긴 체인 목걸이를 손가락에 걸고 있었다. 타라의 빨간 코와 눈을 알아차리지 못한 것 같았다.

"목줄은 좋은 생각이에요." 실버가 농부들과 나누는 말을 들은 모양이었다. "굵은 나무에 묶어놓으면 나는 도망칠 수 없어요. 아가씨들을 해치지 못할 거예요. 오늘 밤은 잠이 오지 않으니까 괜찮을 거예요. 하지만 내일이나 모레는 거시기를 제압하는 데 유용할 거예요. 아가씨는 나를 믿는다고 했지만 정말 위험한 생각이에요."

양심의 가책을 느낀 타라는 얼굴이 빨개졌다. 미치도록 사랑하는 유령 때문에 죽어도 좋다는 생각으로 일부러 그랬다는 말을 어떻게 한단 말인가. 타라는 우울한 생각에서 벗어나게 해준 실버가 고마웠다.

"앉으면 안 될까? 키가 너무 커서 목이 아픈데."

실버가 어찌나 뚫어져라 쳐다보는지 타라는 울어서 얼굴에 이상한 게 묻어 있는 건 아닐까 의문이 들었다. 실버는 군소리 없이 앉아서 또다시 타라를 뚫어져라 쳐다봤다.

"아가씨는 나를 믿어주었어요." 실버가 말했는데 그 목소리에서 몹시 감격하면서도 많이 놀랐다는 걸 느낄 수 있었다. "왜죠?"

"황제와 여제로부터 3년 동안 교육을 받았어." 타라가 대답했다. "매사에 심사숙고해야 하며, 직관을 발달시키고 머리를 잘 써야 한다고 배웠지. 그래야 난관에 부딪혔을 때 보이지 않는 것까지 보려고 노력하면서 벗어날 방법을 찾을 수 있으니까. 그런데 언제부터 우리를 따라온 거야?"

질문이 아니라 대답을 기다리면서 정신을 집중하고 있었는지 실버는 잠시 어안이 벙벙한 얼굴이었다.

"헤어지고 나서 곧바로 거시기로 변신했어요. 내가 스스로 변신하기는 처음이었어요. 거시기도 깜짝 놀랐어요. 우리는 계속 달렸어요. 거시기는 믿을 수 없을 정도로 빠르고, 지구력도 강해서 잠자거나 먹기 위해서 멈출 필요가 없었죠. 오는 도중에 사냥하면서 해결할 수 있었고요. 내가 떠나기 전에 아가씨가 갈 거라고 했던 장소로 향했는데 아가씨들이 다시 이륙하고 몇 분 후에 도착했어요. 밤에는 이동하지 않고 양탄자가 멈춰 있었어요. 오랫동안 머물 때도 있어서 천만다행이었어요(안젤리카가 어찌나 깊이 잠드는지 깨우려면 타라는 애를 먹어야 했다). 그렇지 않았으면 나는 따라잡지 못했을 거예요. 거시기는 빠르지만, 아가씨들이 훨씬 빠르니까요. 며칠이 지났고, 그러다 마침내 아가씨들과 동시에 도착할 수 있었어요."

"그럴 것 같았어. 그런데 왜 우리를 공격하지 않았어? 우리가 방심하고 있었으니까 둘 중 하나를 죽이거나 중상을 입힐 수도 있었을 텐데."

실버의 초록색이 감도는 금빛 눈이 깜박거렸다.

"모르겠어요. 거시기는 아가씨들에게 겁주는 걸 더 재미있어했어요."

"바로 그래서 내가 거시기와 맞서 싸웠던 거야. 그런데 너는 우리를 공격하지 않았어! 나는 무의식적으로 네가 그 괴물을 제압할 거라고 생각했고, 그래서 위험을 무릅쓰기로 했던 거야. 그리고 사과할게."

"네? 뭘 사과해요?"

"안젤리카가 '우리가 데리고 다니는 동물'이라고 둘러댄 것에 대해서."

"그 표현이 왜요? 그게 거북해요?"

"흠흠, (타라는 목청을 가다듬기 위해 마른기침을 했다) 너를 그렇게 부르는 것이 예의에 어긋나니까."

"안젤리카 아가씨의 말은 틀리지 않았어요. 내가 아가씨들에게 죽은 동물을 내던졌고, 그래서 농부들이 몰려갔어요. 그리고 안젤리카 아가씨가 나를 어떻게 취급하든 그건 중요한 일이 아니잖아요."

자존심이 강하지 않아서 다행이라고 해야 하나?

"그래, 그게 중요한 건 아니지." 타라는 인정했다. "한 가지 문제가 생겼어. 산도르 황제의 말대로 사람들에 관한 정보는 최대한 많을수록 좋아. 그래야 예기치 않은 반응을 할 때 그들을 이해할 수 있으니까."

"네, 아버지도 비슷한 격언을 자주 말씀하셨어요. '다른 사람들을 이해해야 너 자신을 이해할 수 있다.'"

둘은 미소를 주고받았다.

"그럼 어쩌면 너는 내 문제를 이해해주겠다. 나는 유령들을 물리치는 기계를 찾으러 파트로크로 가야 해."

실버가 타라의 말을 끊었다.

"아까 안젤리카 아가씨가 말한 유령퇴치 기계, 그게 파트로크에 있어요? 에드라킨족의 나라에 있다는 거예요?"

실버의 잘생긴 얼굴이 어두워졌다. 타라를 제외하고 모든 사람이 에드라킨족을 잘 알고 있는 것 같았다.

"아! 네가 없을 때 유령을 섬멸하는 방법을 찾았어. 그건 좋은 소식이고, 나쁜 소식은 그 기계가 에드라킨족의 섬나라에 있다는 거야. 그곳으로 가서 기계를 작동시켜 유령들을 섬멸해야 하는데 아마 수십, 수백의 제사장들이 우리를 죽이려고 난리 칠 거야. 나는 거기 가야 할 이유가 있어. 내가 저지른 끔찍한 잘못을 바로잡아야 하니까. 그리고 안젤리카가 가야 하는 이유도 알아. 자기 부모님의 목숨을 구해야 하니까. 하지만 너는? 우리는 법을 어기고 도망치는 중인데 너는 며칠 동안 우리와 동행하고 있어. 나는 난쟁이족이 법을 위반하는 걸 끔찍하게 싫어한다는 걸 알아. 그래서 너를 이해할 수가 없어. 너에게는 무슨 이유가 있을까? 왜 우리를 따라다니는 거지? 처음부터 너는 나를 보호해주려고 했어. 경호원처럼. 왜지?"

실버가 일어났는데 타라의 말에 흥분해서일까? 이번에는 전혀 비틀거리지 않았다.

"아가씨는 죽을 위험을 무릅쓰고 있으니까요. 아가씨에게는 협객이 필요해요!"

"뭐라고?"

"그래서 나는 아가씨를 따라다닌 거예요. 거시기 때문에 자꾸 문제가 생기지만 그래도 아가씨를 보호하고 싶었어요. 그런데 그렇게 엄청난 모험이 기다리고 있을 줄은 몰랐어요. 이제야 내 삶의 목적을 찾은 거예요!"

타라는 태양처럼 환한 미소를 지어 보였고, 실버는 가슴이 두근거렸다. 소녀에게서 풍기는 순수하면서 고결한 느낌, 실버는 세상 끝까지라도 이 소녀를 따라가고 싶었다.

"뭔데?" 타라가 물었다.

"철창우리에도 불구하고 부모님을 해치게 될까 두려워서 나는 떠나기로 결심했어요. 앞으로 어떤 일을 하면서 살아야 할지 생각 많이 했어요. 대장장이 일을 배웠는데 나는 보통 난쟁이보다 힘이 훨씬 셌어요. 하지만 난쟁이가 아닌 존재가 만든 무기를 어떤 난쟁이가 사겠어요? 타고난 재능이 없는 내가 만드는 보석, 그것도 마찬가지였어요. 어릴 적에 어머니가 자주 들려주던 영웅 이야기들이 기억나요. 모험, 용맹스러운 기사, 악당들. 그래서 이제 나는 협객이 되기로 결정했어요."

이 말뜻은? 의아해하는 타라의 표정을 보고 실버가 설명했다.

"선의 이름으로 싸우는 기사가 되기로 결정했어요. 지구에 신앙의 이름으로 싸우는 기사가 있다는 거 알아요. 하지만 나는 신앙을 위해서가 아니라 선을 위해서 싸우는 기사가 될 거예요. 그리고 유령들을 섬멸하겠다는 아가씨의 모험, 그건 협객이 목숨을 걸고 도전할 만한 모험이에요. 아가씨는 악의 힘에 대항하고 있으니까요. 따라서 아가씨를 만난 건 내가 바라던 것 이상의 행운이에요."

환해진 얼굴, 열정으로 반짝이는 초록색이 감도는 금빛 눈, 캐러멜색 머리, 더욱 돋보이는 실버의 늠름한 체격, 어찌나 잘생겼는지 타라는 갑자기 숨이 막힐 것 같았다. 타라는 실버가 방금 한 말에 정신을 집중하려고 노력했다.

"협객 얘기로 돌아가자. 그러니까 우리의 모험에 동참하겠다는 뜻이야?"

"네."

실버가 마치 서툰 행동이 사라져버린 듯이 날렵하게 쭈그려 앉더니 초록색이 감도는 금빛 눈으로 타라의 쪽빛 눈을 응시하면서 속삭였다.

"아가씨를 경호하겠어요. 누구든 아가씨를 해치려고 하는 자는 후회하게 만들 거예요."

입으로 전해지는 실버의 숨결을 느낀 타라는 얼른 화제를 돌렸다. 소년이 얼굴을 너무 가까이 들이대고 있어서 거북했던 것이다.

"정말 궁금하네. 양어머니가 네 우유병에 뭘 넣어서 먹였기에 그렇게 힘이 세졌을까?"

"책 속의 영웅들을 보면……."

"우리는 빌어먹을 책 속의 주인공들이 아냐!" 양탄자의 지붕을 열고 몰래 엿듣고 있던 안젤리카가 갑자기 끼어들었다. "이건 현실이고, 실제 사건이야. 진실의 입들 덕분에 정부에서 악당에게는 벌을 내리기 때문에 아무도 그런 모험을 하지 않아. 우리 아더월드에서는 두꺼비로 둔갑시키는 정도라면 몰라도 아무도 누군가를 함부로 죽이지 못해, 살테렌스족을 제외하고는. 드래곤은 우리보다 더 개화된 종족이라 감히 죽이겠다고 덤비지 못하지. 아! 죽일 만한 종족으로 드래코-티라노사우루스가 있는데 그놈들은 보호동물로 규정되어 있단 말이야!"

쭈그리고 앉아 있다는 걸 잊었던 걸까, 몸이 뻣뻣해진 실버가 뒤로 벌렁 넘어졌다. 실버가 몸을 일으키면서 다시 앉는 사이에 타라는 가슴을 짓누르던 압박감이 사라지는 걸 느꼈다.

"이건 유령들을 몰아내고, 아더월드의 질서를 되찾기 위한 모험이에요." 실버가 반박했다.

"지금 빌어먹을 책 얘기가 아니라 빌어먹을 모험 얘기를 하는 거라고! 내 말 잘 들어. 타라가 그 기계를 작동하는 순간 에드라킨족의 나라를 통째로 날려버리거나…… 아니, 그보다는 자기가 먼저 호되게 당하고 말 거야. 에드라킨족이 떼거리로 몰려올 테니까. 타라는 절대 당해내지 못해. 그건 불가능한 일이니까. 다시 말해서 그 모험은 자살 행위라고! 이제 알아들었어?"

실버는 안젤리카가 '빌어먹을'이란 말을 너무 자주 사용한다고 생각했다.

"아! 하지만 우린 셋이에요."

안젤리카는 이건 또 무슨 뚱딴지같은 소리야? 하는 얼굴로 눈살을 찌푸렸다.

"그게 뭐?"

"모험에서 3은 행운의 숫자니까요. 아가씨들과 함께 모험을 하게 돼 몹시 기뻐요. 고마워요."

"기가 막혀서!" 꺽다리는 분통을 터뜨렸다. "타라, 너한테 넘길게. 너 못지않게 미친 애니까!"

그렇게 쏘아붙이고 나서 안젤리카는 머리 위의 지붕을 쾅 닫아버렸다. 그런데 너무 빨리 닫다가 머리를 부딪쳤는지 꺄악 하는 비명소리에 이어 욕설이 뒤따랐다.

타라가 미소를 짓자 실버도 소심하게 미소를 살짝 흘리는 정도로 화답했다. 어설픈 행동이 돌아온 걸 보면 아직도 타라를 불편해하는 건가? 다치게 할까 두려워서일까, 아니면 또 다른 이유가 있는 걸까? 타라는 의문이 들었다.

"그러니까 네 말은." 타라는 생각에 잠긴 얼굴로 확인했다. "너의 이상을 실현하기 위해 위험을 무릅쓰고 우리와 함께 가겠다는 거지?"

"네, 아가씨."

"사랑이나 의무 때문에 하는 것보다는 바보 같은 짓이 아니지. 좋아, 너를 환영해!"

타라가 손을 내밀자 실버는 조심스럽게 살짝 건드린 다음 이내 물러났다.

"이제는 우리가 공식적으로 동지가 되었으니까 나한테 반말을 해도 돼."

앉은 자세인데도 실버는 정중하게 상체를 숙였다. 그렇지만 계속 존대했다. 타라는 늙은 부인이 된 기분이었다.

두 개의 밝은 달빛에 속은 스트리둘 몇 마리의 요란한 울음소리가 정적을 깨뜨릴 뿐 사위는 고즈넉했다.

실버는 한밤중에 일어났다.

타라는 잠을 자고, 갈랑이 불침번을 서고 있었다. 둘은 네 시간마다 교대하기로 했다.

그림자처럼 조용히, 아니 사실은 흡사 드래코-티라노사우루스가 나무나 나뭇가지, 덤불을 스치며 지나가다가 나무뿌리나 구멍 같은 데에 걸려 넘어지는 소리를 내면서 실버는 숲 쪽으로 가고 있었다. 타라는 벌떡 일어나 실버를 미행했다.

실버는 가까운 숲 속으로 들어갔다. 타딕스와 마딕스가 훤히 비추는 빈터 주위에 야생 브리양트들이 둥지를 틀고 있었다. 이 장소의 환상적인 아름다움을 이미 알아본 사람이 있었던 걸까? 폐허가 된 하얀 대리석 신전 주위는 화려한 꽃 천지였다.

실버는 빈터 한가운데에서 걸음을 멈췄고, 입고 있던 옷 대신 달랑 짧은 반바지만 입은 차림이었다.

온몸에서 빛이 번쩍이는 조각상처럼 아름다운 실버의 모습에 숨이 멎을 뻔한 타라는 자신도 모르게 로빈에게 사과의 기도를 중얼거렸다. 전사처럼 긴 머리를 한 갈래로 땋았기 때문인지 눈부시게 아름다운 얼굴이 한결 돋보였다. 심호흡을 하면서 힘이 들어간 어깨의 긴장을 푸는 실버의 광대뼈가 달빛을 받아 반짝였다.

달빛을 받은 실버의 눈은 그 어느 때보다 금빛으로 빛나고 있었다.

실버는 손발을 길게 뻗으면서 부드럽게 근육을 푸는 일련의 준비운동에 들어갔다.

이제는 실버의 몸짓이 전혀 어설프지 않았다. 오히려 어찌나 생기가 넘치고 날렵한지 타라는 실버가 평소에는 왜 행동이 서툰지 그 이유가 정말 궁금했다.

이어서 숨을 헐떡이면서 실버가 뭐라고 중얼거리자 반바지가 강철 갑옷으로 변했다.

타라가 불필요하다고 생각했던 비늘이 실버의 몸을 보호해주는 기능이 있었던 것인가?

갑자기 어디선가 보석이 박힌 멋진 검이 실버의 손에 나타났는데 칼날에 번쩍이는 상징이 새겨 있었다. 실버는 자세를 취하면서 갑옷 옆구리에 부착된 칼집에 검을 집어넣었다. 연속 동작이 있었고, 어느새 실버의 손에 유형화된 검이 가상의 머리나 수족을 베어버린 다음 늘어진 뱀처럼 옆구리의 제자리로 돌아갔다.

타라의 눈이 휘둥그레졌다. 두 눈으로 본 것이 분명한데 도저히 믿기지 않는 장면이었다.

실버는 검도 기술을 실행하는 중이었다.

실버가 불굴의 전사였다니!

순수 혈통의 난쟁이들 중에서도 가장 강력한 난쟁이들만 불굴의 전사가 될 수 있었다. 그런데 난쟁이 양부모가 키웠을 뿐 실버는 난쟁이족이 아니었다.

언젠가 타라가 지구에는 재판관들이 있다고 했을 때 난쟁이 전사 파프니르는 불굴의 전사에 대해 말했었다. 아더월드에는 종족마다 진실의 입을 용케 피해서 달아난 악당들을 감시하고 제압하는 진압부대가 존재했다. 엘프족에는 엘프 전사들이나 엘프 사냥꾼들이 있고, 뱀파이어족에는 특별수사대가 있었다.

난쟁이족에는 불굴의 전사들이 있는데 이들은 아주 어릴 적부터 검도를 익히는 것으로 알려져 있다. 모든 난쟁이는 능수능란하게 도끼와 검, 칼, 단도를 다뤘다. 그것이 그들의 문화였다. 난쟁이들은 전투를 좋아하고, 죽는 것이 예외일 정도로 강인했다. 그러나 불굴의 전사는 차원이 달랐다. 난쟁이들 중에서도 키가 커야 하고, 대체로 세습제처럼 불굴의 전사들이 낳은 아들 중에서 선출되며, 무예를 숙달하기 위해서는 오랜 세월이 필요했다. 난쟁이들은 신체적 특성상 검으로 싸우기에 적합하지 않기 때문이다.

그런데 실버는 타라와 나이가 비슷하다고 말했다. 그것은 검도를 연마한 시간이 길어야 15년이나 16년, 17년밖에 안 되었다는 뜻이다.

3년 동안 황제로부터 하루에 몇 시간씩 훈련을 받았기 때문에 타라는 경험상 이런 기술을 연마한다는 것이 얼마나 더디고 고통스러운지 잘 알았다. 타라는 거의 어떤 무기로도 싸울 수 있고, 이제야 목표물을 공격할 자신도 생겼다.

처음에는 벽, 조각상, 태피스트리 앞에서 연습했고, 실수로 자신의 발을 내리친 적도 있었다.

이제야 겨우 적을 공격할 수 있게 되었는데…….

따라서 타라는 실버의 무술이 경지에 이르러 있음을 알아봤다. 적어도 100년이란 세월이 걸려야 완성될 수 있을 만한 무예였다. 타라는 이런 무술을 본 적이 있었다. 난쟁이들은 실리적이고, 금을 좋아하고, 명성을 좋아하기 때문에 불굴의 전사 몇 명이 아더월드에서 만든 몇 편의 영화와 지구에서 만든 〈반지의 제왕〉에도 출연해 검술을 선보였다.

파프니르에게서 불굴의 전사들에 관해 들은 뒤로 타라는 산도르 황제와 함께 그 전사들이 출연한 영화를 여러 편 보았다. 황제는 난쟁이족 불굴의 전사들이 어떻게 검을 다루는지, 어떻게 그들보다 키가 훨씬 더 크고 민첩한 종족들과 싸워 승리를 거두는지 보여주게 되어 아주 기뻐했다. 키가 1미터 70센티미터인 타라가 상대해야 하는 적들이 대체로 훨씬 키가 크기 때문에 좋은 공부가 될 거란 판단에서였다.

영화 속에서 한 난쟁이가 펄쩍펄쩍 뛰어다니다 마침내 상대를 때려눕혔을 때 타라는 배꼽을 잡고 웃었는데, 그 장면이 〈스타워즈, 클론 전쟁〉 편에서 마스터 요다가 레이저 검을 들고 날아다니던 모습과 너무 흡사해 깜짝 놀랐던 기억이 있다. 같은 검술을 사용하고 있는 것이 아닌가.

영화는 허구라는 걸 잘 알면서도 그 순간 타라는 길에서 무시무시한 전사와 마주치는 일이 없기를 바랐다. 그런데 지금 눈앞에서 도저히 믿을 수 없는 일이 벌어지고 있었다. 실버가 바로 마스터 요다에 버금가는 실력을 갖춘 불굴의 전사라니!

난쟁이족은 결코 난쟁이가 아닌 다른 종족에게 검술을 전수하지 않는다는 것도 타라는 알고 있었다. 뭐 때문에 언젠가는 적이 될지도 모를 다른 종족에게 전술을 알려주겠는가? 그건 금지된 것이라기보다는 억만금을 줘도 그 자체가 아예 불가능한 일이었다.

미스터리가 또 하나 추가되었다.

실버가 또다시 검을 뽑았는데 동작이 어찌나 유연한지 마치 춤을 추는 것 같았다. 실버가 천천히 돌면서 보이지 않는 원, 정신적인 원을 그렸다. 검을 쥐고 있는 한 아무도 그 원으로 들어가지 말아야 했다. 그 원으로 들어간다는 건 죽음을 의미하니까.

실제로 불굴의 전사에게 대적할 수 있는 사람이 누가 있을까. 팔이 넷인 티그족도 불굴의 전사에게는 상대가 되지 않았다.

실버가 팔을 내렸고 검은 허벅지 쪽에 있었다. 타라는 눈을 깜박였다. 갑자기 공중으로 치솟은 검이 공기를 가르는가 싶더니 타라가 미처 알아챌 사이도 없이 다시 칼집으로 들어가 있었다. 그 동작이 어찌나 빠른지 타라는 눈앞이 흐렸다. 실버는 놀라운 힘과 유연하면서 날렵한 무예를 동시에 보이고 있었다. 다음 동작은 훨씬 더 빨랐다. 이동하면서 검을 뒤로 날렸다가 앞으로 내리고, 다시 뒤로 날리는데 그 동작이 현란했다. 실버는 보이지 않는 적을 상대로 싸우고 있었다. 누군가 정말로 대적했다면 눈 깜짝할 사이에 갈가리 찢겼을 것이다. 검도는 가능한 한 빨리 상대를 쓰러뜨리는 것이 관건이다. 상대에게 반격할 겨를을 주지 말아야 한다. 보이지 않는 가상의 원은 침범할 수 없는 영역인 셈이었다. 검이 날면서 빙글빙글 돌고 있었다. 경탄을 금할 수 없는 광경에 타라는 목이 메었다.

그렇게 한 시간이 흘렀다. 한 시간 동안의 완전무결한 무술 훈련.

타라는 문득 실버의 능력이라면 그들의 목숨을 구해줄 수 있으리라고 생각했다. 기계의 방사선에 중독될 타라의 목숨은 구해줄 수 없어도 실버 자신과 안젤리카의 목숨은 걱정하지 않아도 될 것 같았다. 유령들이 점령한 뒤로 마법을 사용하지 못한다는 걸 알기 때문에 이런 살상 무기와 싸우게 되리라고는 전혀 예상하지 못한 에드라킨족은 패배할 것이 틀림없었다. 수십 명이 한꺼번에 박격포 같은 중화기를 사용하지 않는 한 아무도 불굴의 전사와 대적할 수 없었다. 불굴의 전사들 간의 대적이라면 몰라도. 게다가 실버에게는 괴물로 변하는 능력까지 있으니……. 타라는 특출한 전사가 옆에 있다는 것만으로도 천군만마를 얻은 듯 든든했다.

실버가 함께하겠다고 자청했지만 무고한 존재를 죽음의 길로 끌어들인다는 것 때문에 마음이 편치 않던 타라는 한결 가벼워졌다.

안젤리카는 좀 복잡했다. 타라는 안젤리카가 영리한 면도 있고, 빛의 손이라는 무기도 있지만, 이겨내리라는 확신이 들지 않았다. 하지만 실버가 안젤리카를 지켜줄 거란 생각에 마음의 짐을 내려놓을 수 있었다.

훈련이 마침내 끝났다.

검을 집어넣기 전에 실버는 놀라운 행동을 했다. 실버가 다른 손의 비늘을 세워 손가락을 깊게 베고는 칼날에 핏방울을 떨어뜨리는 것이 아닌가. 흡수지처럼 피를 빨아들이는 칼날을 보면서 타라는 또 한번 놀랐다.

미스터리한 실버가 불굴의 전사일 뿐만 아니라 혈검까지 갖고 있다니! 오무아 황궁의 무기고에 혈검 몇 자루가 있었다. 혈검 한 자루는 작은 왕국 이상의 가치가 있을 정도로 귀했다. 혈검은 규칙적으로 피를 먹여야만 칼날의 이가 빠지거나 무뎌지는 일 없이 날카로움을 유지한다. 단 강력한 마법이나 드래곤의 불에 최소 10분 동안 노출되었을 경우는 혈검이 부러질 우려가 있었다.

타라는 실버가 자신의 비늘에 손을 벨 수 있다는 것도 머릿속에 새겼다.

문득 한 가지 의문이 생겼다. 실버는 자진해서 모험에 동참하겠다고 말하면서도 왜 뛰어난 전사라는 걸 숨겼을까? 아니, 정확하게 말하면 숨긴 건 아니었다. 하지만 병사들을 상대할 때 왜 검이 아니라 도끼만 사용했을까?

타라는 살그머니 텐트로 돌아와 잠자리에 들었다. 땀에 젖은 몸을 맑은 개울물에 씻은 뒤 실버가 돌아왔을 때 타라는 깊은 잠에 빠져 있는 체했다. 그러나 타라는 텐트 출입문을 약간 열어놓고 실버를 관찰했다. 검은 보이지 않았고 평온한 얼굴이었다.

다음 날 아침, 실버는 아주 정상적으로 행동했다. 아침 식사를 준비하는 타라를 도와준답시고 음식을 태우고, 팬케이크를 불 속에 떨어뜨리고, 손에서 놓쳐 데굴데굴 굴러가는 사과를 잡으려다 나무뿌리에 걸려 자빠지면서 갈랑이 크게 다칠 뻔했다.

타라는 웃어야 할지 가엾게 여겨야 할지 난감했지만, 실버는 그 모든 어설픈 행동을 하면서도 기분은 거의 정상으로 보였다.

마침내 그들은 음식을 차려놓고 편안한 마음으로 불가에 둘러앉았다(타라는 다시 잠들지 못했기 때문에 반쯤 졸고 있었다). 양탄자에 주방이 있지만, 나무 타는 냄새를 좋아하는 실버를 위해서였다.

이상한 일이 일어났다. 발분의 버터와 비즈즈즈의 꿀을 바른 빵을 깨물려는 순간 타라는 갑자기 맛있는 빵 냄새에 사로잡혔다. 식욕과 살아갈 의욕을 동시에 잃었던 타라가 음식에 관심을 보이기는 몇 주 일 만에 처음이었다. 마음껏 빵 냄새를 맡으면서 한 입 베어 물던 타라는 입안에 그윽한 향이 퍼지는 순간 행복해서 눈을 감았다.

살아 있는 거야. 살아남았어. 여전히 머릿속에 로빈이 있지만, 아픔은 차츰 희미해지고 있었다. 머지않아 로빈을 다시 만날 거라고 확신하기 때문일까.

타라는 기지개를 켜면서 공기를 깊이 들이마셨다. 마치 그리 멀지 않은 곳에서 멋진 선물이 기다리고 있는 것처럼 기분이 좋아졌다.

물론 이렇게 행복한 순간을 만끽하는 데 그럴 만한 이유가 있다는 걸 타라는 꿈에도 생각 못했다. 크라에토비르의 반지는 가능한 한 타라를 행복하게 만들기로 작정했다. 반지는 타라의 머릿속에서 로빈의 모습을 지우며 불안과 의기소침한 상태를 최소화하고, 최대한 행복과 기쁨을 느낄 수 있게 만들어주었다. 악마의 힘을 지닌 반지로서는 행복의 개념이 이해가 안 되지만, 반지를 끼고 있는 사람이 마음의 상처 때문에 무너지게 내버려두기보다는 강력한 힘을 잃지 않도록 행복과 기쁨을 주는 수밖에 방법이 없었다.

아침 식사를 끝낸 뒤에 타라는 살아 있는 지도를 펼쳐놓고 노선을 연구했고, 일행에게 경로를 설명했다. 타라보다는 그들이 아더월드를 더 잘 알고 있으니 잘못된 것은 바로잡아달라는 의미였다. 그런데 안젤리카는 침묵을 지키고 있었다. 다크서클이 짙게 드리운 눈가, 평소에는 풀어 헤치고 있던 긴 머리를 한 갈래로 촘촘하게 땋은 상태였다. 꺽다리의 표정이 심각하고 결연해 보였다.

안젤리카가 심호흡을 하더니 빵을 풀 속으로 던지면서 말했다.

"곰곰이 생각해봤어. 밤새도록. 난 히믈리아로 갈 거야. 남은 돈을 갖고 다음 도시에 가서 양탄자를 사겠어. 그러니까 너희 둘이 에드라킨족의 나라로 가서 빨리 해결해. 내 부모님이 구제 불능한 뚱보가 되기 전에!"

타라는 정말 하고 싶지 않지만 말했다.

"우린 네가 필요해, 안젤리카."

꺽다리는 꼼짝 않은 채로 경계하는 시선을 던졌다.

"기계를 작동하기 위해서가 아니야." 타라는 안젤리카를 안심시켰다. "무덤 때문에 네가 필요해. 네가 말했잖아, 에드라킨족의 섬에서 마법을 사용하면 제사장들이 대번에 알아챈다고. 그런데 네 빛의 손은 마법 에너지가 아주 약하게 방출되잖아. 만약 내가 무덤을 파헤치기 위해 마법을 사용한다면 몇 초도 안 돼서 에드라킨족이 몰려올 거야. 이런저런 이유로 기계를 작동시키는 데 시간이라도 걸린다면 우리는 개죽음을 당하게 될 거야. 네가 무덤을 파헤쳐야 해. 기계는 아마 40미터쯤 아래 땅속 깊이 묻혀 있을 거야. 2000년 전에 살던 조상이 기록해놓은 글인데 그사이에 부식토가 엄청나게 쌓였을 테니까. 너만 할 수 있어, 안젤리카."

안젤리카는 자신의 손을 쳐다보면서 입술을 삐죽거렸다.

"이게 나의 아주 강력한 힘이 되어줄 거라고 생각했어." 꺽다리는 분통이 터지는 얼굴이었다. "그런데 결국은 나를 죽게 만들 저주의 손이 되다니!"

"네가 빠지면 우리는 성공할 가능성이 전혀 없어." 타라가 강조했다. "네가 있어야 우리는 성공할 수 있어."

안젤리카는 둘을 쳐다보다가 결정을 내렸다.

"싫어."

그러고는 돌아서려고 했다.

타라가 소리쳤다.

"싫어? 어떻게 싫다고 할 수 있어? 너는 그러지 못해, 안젤리카!"

안젤리카는 휙 돌아섰다.

"아니, 난 할 수 있어. 자, 봐! 난 짐을 다 챙겼어. 난 갈 거야. 위험한 모험에 끌릴 정도로 어리석기 짝이 없는 자칭 협객만 있으면 되잖아. 나는 실리적인 사람이야. 위험한 곳에는 가지 않아. 이상 끝."

타라와 실버의 반응에 신경 쓰지 않고 안젤리카는 짐을 들더니 턱으로 까딱 인사하고는 떠났다. 둘은 아더월드의 두 태양빛 속에 일렁이는 들판으로 멀어져가는 안젤리카를 멍하니 쳐다봤다.

타라는 쫓아가려고 했지만, 장갑 낀 손이 재빨리 어깨 위에 놓였다.

"원치 않는 전사에게 싸우라고 강요할 수는 없어요." 실버는 엄숙한 목소리로 말했다. "떠나게 두세요. 안젤리카 아가씨에게는 그럴 권리가 있어요."

안젤리카는 너무 이기적인 못된 계집애라고 소리칠 뻔했지만, 타라는 꾹 참았다. 신의에 대한 개념이 좀 다른 실버는 타라의 분노를 이해하지 못할 테니까. 타라는 마지못해서 고개를 끄덕였다.

성공할 수 있는 에이스 카드를 잃은 것이다. 죽는 건 두렵지 않지만, 안젤리카가 없으면 불리해지는데……

실버는 출발하기 전에 뉴스를 보는 것이 좋겠다고 말했다. 거시기에게 신경을 쓰느라고 좀처럼 그럴 여유가 없었지만, 이제는 정말 세상이 어떻게 돌아가는지 알 필요가 있었다. 타라는 파트로크에 대한 연구에 정신을 집중하고 싶었지만, 실버의 생각에 동의하면서 양탄자의 크리스털 볼을 작동했다.

실버는 26시간 방송하는 뉴스 채널을 선택했다.

크리스털 볼의 화면에 궁인들과 여러 나라의 대표들, 랑코비트의 왕과 왕비, 신하들의 모습이 나타났다. 타라는 눈살을 찌푸렸다. 이상했다. 낯익은 저 모습은……?

반사경 마스크로 얼굴을 가린 남자의 이미지, 긴 머리.

벌떡 일어난 타라가 고함을 지르는 바람에 멀어져가던 안젤리카가 돌아봤다.

"마지스터! 마지스터! 마지스터가 내 어머니와 같이 있어! 내 어머니를 납치하다니!"

고함소리가 어찌나 날카로운지 실버는 귀를 틀어막을 뻔했지만, 공식 성명을 발표하는 뉴스에 귀를 기울였다.

"아가씨, 마지스터가 누군가를 납치했다는 내용이 아니에요. 마지스터의 유령이 여제를 점령했고, 셀레나 덩컨이라는 분과 결혼한다는 내용이에요. 셀레나 덩컨이 아가씨의 어머니예요?"

너무나 놀란 타라는 다리가 풀려서 주저앉았다.

"이해가 안 돼. 이게 어떻게 된 거지? 하지만…… 하지만 그럼 파브리스가 마지스터를 죽였다는 뜻인가?"

그 순간 실버가 말한 두 번째 문장이 충격 때문에 무감각해진 타라의 뇌를 뚫고 들어왔다.

"어떻게 내 어머니와 결혼한다는 거지? 그 부분을 다시 돌려봐."

멀리서 안젤리카는 망설였다. 타라의 고함소리로 보아 무슨 일이 일어난 게 틀림없는데……. 호기심과 두려움 사이에서 고민하던 안젤리카는 결국 발길을 돌렸다.

"나를 돌아오게 하려는 수작이라면 경고하는데……." 껑다리가 타라 앞에 버티고 서서 물었다. "또 무슨 일인데?"

"안젤리카!" 분노의 눈빛을 이글거리면서 타라가 소리쳤다. "마지스터가 죽었어!"

"그렇다면 좋은 소식인데 왜 난리야?" 안젤리카가 받아쳤다.

"마지스터가 죽었다고! 그건 유령이 됐다는 뜻이잖아!"

이번에는 안젤리카가 털썩 주저앉았다.

"뭐?"

"마지스터가 리스베스 여제의 육신을 장악했어! 그리고 이틀 전에 내 어머니와 결혼하겠다고 발표했어."

실버는 여전히 주의 깊게 듣고 있다가 뉴스를 전해주었다.

"마지스터는 죽었지만 육신이 소생되고 있기 때문에 영혼도 곧 회복될 것이다. 그래서 덩컨 부인과 결혼할 것이라는 내용의 공식 성명이에요."

타라는 벌떡 일어났다.

"오무아로 가야겠어!"

안젤리카가 펄쩍 뛰었다.

"말도 안 되는 소리! 넌 거기 가면 안 돼!"

타라가 이를 드러냈는데…… 송곳니? 본능적으로 타라는 뱀파이어로 변신했는데 어찌나 험상궂은 얼굴인지 마치 이렇게 말하는 것 같았다. '까불지 마! 나를 화나게 하면 네 머리통을 뽑아서 농구를 할 테니까.'

그러나 안젤리카는 물러서지 않았다.

"오무아에 가면 너는 체포될 거야!" 화가 난 꺽다리가 또박또박 말했다. "오, 내 조상들의 혼령들이여! 타라, 마지스터는 제국의 모든 권력을 장악했어. 하지만 네가 유령들을 섬멸하면 마지스터에게서 영원히 벗어나는 거야."

타라가 앞으로 나서면서 핏대를 올렸다.

"네 부모의 일이 아니라고 그렇게 말하면 안 되지!"

안젤리카도 질세라 타라를 향해 얼굴을 들이댔다.

"내 목숨이 걸려 있는 문제이기도 해! 너만 모두를 구할 수 있어, 후계자! 너는 무슨 일이 있어도 실버를 데리고 에드라킨족의 나라로 가야 해!"

꺽다리는 용감했다. 여러 가지 단점에도 불구하고 이 장점만은 인정해줘야 했다.

타라는 물끄러미 안젤리카를 쳐다봤다. 이윽고 타라의 표정이 일그러졌다. 온몸이 오그라드는 느낌이 들었다. 안젤리카 문제가 의외로 쉽게 해결되었다는 생각에 타라는 속으로 쾌재를 불렀다. 꺽다리에게 똑같이 되돌려주면 되는 것이다.

"좋아, 오무아로 가지 않을 테니까 대신 너도 히믈리아로 가지 마. 우리 셋 다 파트로크로 가는 거야."

이번에는 타라가 얼굴을 들이대면서 안젤리카에게 덧붙였다.

"이제 더는 군소리하지 않기 바란다. 아니면 너희 둘을 버리고 난 어머니를 구하러 오무아로 가버릴 테니까. 알았어?"

안젤리카는 무슨 말을 하려다가 입을 다물었다. 이번에는 자신이 함정에 빠진 것이다.

"그렇게 순진한 척하지 마. 가증스러우니까." 꺽다리가 쏘아붙였다. "너도 원하는 걸 얻기 위해 사람들을 교묘하게 이용하는 아주 무서운 애니까. 좋아, 함께 모든 유령을 섬멸하러 가자. 하지만 내가 죽게 되면 평생 너를 괴롭힐 거니까 명심해."

만족스러운 표정을 지어야 할 타라가 갑자기 아연실색한 얼굴로 안젤리카를 쳐다봤다.

"유령들. 맙소사! 네 말이 맞아, 모든 유령! 그럼 로빈도 포함되는 거잖아! 로빈에게 비욘드월드로 돌아가서 나를 기다리라는 말을 하기 전에는 기계를 작동할 수 없어!"

"로빈이 유령이라면 우리의 적이야." 안젤리카가 응수했다.

"로빈이? 절대로. 로빈은 나를 죽지 못하게 했어. 로빈은 나를 사랑해. 절대로 나를 배신하지 않아."

"하지만 위험해. 뱀파이어들의 대통령이 하는 말 들었잖아? 한 유령이 알면 다른 유령도 모두 알게 된다고. 우리가 하려는 일을 로빈에게 알리면 모든 걸 망치는 거야! 너무 위험하다고!"

"로빈은 내가 어디 있는지 알고 있었어." 타라는 반박했다. "유령도 유령 나름이지. 로빈은 비밀을 지킬 거야. 무슨 일이 있어도 나는 로빈에게 알려야 해."

"안 돼!"

"알릴 거야!"

"내가 못하게 막을 거야!"

"어떻게? 그 가소로운 빛의 손으로? 그게 나를 해칠 수 있을 것 같아?"

타라의 손에서 몰려나오는 불을 본 실버는 두 소녀가 숲과 들판, 이웃 마을을 쑥대밭으로 만들기 전에 재빨리 개입했다.

"기계를 작동하기 직전에 알리는 게 어때요? 최후의 순간에 죽은 연인을 불러서 상황을 설명하고, 비욘드월드로 돌아갈 시간을 주는 거예요."

"기계를 작동하기 전이든 후든 그건 네가 알아서 해. 문제는 기계의 작동 방식이야." 안젤리카는 타라가 반박하기 전에 얼른 말했다. "일단 작동이 되어서 모든 것이 순조롭게 진행되면 너는 하프엘프를 만나러 비욘드월드로 가면 될 테니까."

위험한 일에 그들을 끌어들이고 있다는 가책 때문에 내심 괴로워하는 타라와는 달리 안젤리카는 타라의 죽음을 말하면서도 전혀 거리낌이 없었다.

타라는 마음이 가라앉았다. 마법의 불이 타라의 손으로 들어가면서 꺼졌다. 머릿속을 사로잡고 있던 엄청난 분노도 사라졌다. 타라는 싸움을 대비해 바짝 긴장하고 있던 근육을 풀었고, 안젤리카에게 승리를 양보했다.

"알았어. 그렇게 할게."

안젤리카는 내색하지 않았지만 사실은 뜨끔했다. 타라의 손에서 불을 봤고, 자신의 마법으로는 후계자의 마법을 당해낼 수 없다는 걸 알고 있었기 때문이다.

"로빈을 어떻게 불러낼 건데? 암호는 있어? 남에게 들키지 않고 둘만 통하는 암호가 있냐고?"

타라가 미소를 지었는데 빈정거리는 듯한 미소였다.

"아, 그건 문제없지. 내가 죽기 일보 직전이 되면 나타날 거야."

안젤리카는 입을 삐죽거렸다. 타라가 미쳤다고 생각하면서 안젤리카는 본론으로 들어갔다.

"아주 위험할 거야." 꺽다리는 신랄하게 말했다. "그리고 목숨이 위태로운 순간을 자주 맞게 될 거야. 그러니까 우리가 기계를 두 눈으로 보기 전까지는 로빈에게 아무 말도 하지 않겠다고 약속해."

타라는 뱀파이어의 모습이라는 걸 깜빡 잊고 입술을 깨무는 바람에 너무 아팠지만, 고개를 끄덕였다.

"약속할게." 타라는 마침내 흐르는 피를 핥으면서 대답했다.

"아가씨들!" 더 이상의 싸움을 원치 않는 실버가 끼어들었다. "다 해결됐어요. 이제 여기를 떠나요. 우리의 운명을 향한 여행을 시작합시다."

타라는 실버에게 찬성한다는 손짓을 보였다.

그들은 모닥불을 끄고 텐트를 접었다. 잠시 후 이륙한 양탄자는 에드라킨족의 섬을 향하고 있었다.

자신의 정체성을 모르는 소년, 자신이 누군가에게 상처를 주었다는 걸 아직도 모르는 갈색 머리 소녀, 복수를 꿈꾸면서 죽은 남친을 만나러 떠날 생각만 하는 금발 소녀가 양탄자에 타고 있었다.

실버가 상상한 협객들의 영웅적인 위업은 이런 것이 아니었다.

이 모험이 그리 좋지 않게 시작되었다는 생각에 실버는 불안했다.

하권에서 계속……

아더월드의 용어 해설

 아더월드_ 아더월드는 지구 표면적의 1.5배에 이르는 마법 행성으로 태양 주위를 공전하며, 하루 26시간, 1년 454일, 14개월로 이루어져 있다. 위성으로는 두 개의 달 마딕스와 타딕스가 아더월드의 주위를 돌고 있으며, 춘·추분에 조수간만의 차가 몹시 크다.

아더월드의 산들은 지구의 산보다 훨씬 더 높으며, 채굴되는 광물은 대체로 마법의 폭발성이 있어서 추출하는 것이 상당히 위험하다. 지구(육지 29%, 바다 71%)보다 바다가 차지하는 비율은 적으며(아더월드: 육지 45%, 바다 55%), 그중 두 개의 바다는 민물이다.

아더월드를 지배하는 마법은 동물상, 식물상과 마찬가지로 기후에도 영향을 미친다. 그로 인해 계절을 예측하기가 아주 힘들다(아더월드에서는 한여름에도 폭설이 내려 1미터나 되는 눈에 덮일 수 있다!).

아더월드의 7계절 분류: 계절 1 카일로스(지역에 따라 −30∼−50℃까지 내려간다), 계절 2 보탄트(지구의 봄 날씨와 유사하다), 계절 3 트레보, 계절 4 파이초, 계절 5 플루초, 계절 6 모인초, 계절 7 살탄(우기).

아더월드에는 인간, 난쟁이, 거인, 트롤, 뱀파이어, 땅신령, 꼬마도깨비, 엘프, 유니콘, 키마이라, 타트리스, 드래곤 등 수많은 종족이 살고 있다.

🌟 그 밖의 다른 행성

🐉 드란보우글리스펜쉬르_ 드래곤들의 행성. 지능이 높은 거대한 파충류인 드래곤은 마법 능력을 타고나서 어떤 형상으로든 변신할 수 있으며, 대체로 인간으로 변신해 있다.

마법사들 편에 서서 림보의 악마들과 싸우고 있다. 세계의 영토를 점령하기 위해 악마들과 대립하면서 드래곤들은 지구의 마법사들과 충돌하는 순간까지는 알려져 있는 모든 세계를 정복했다. 끊임없이 악마들과 싸워야 하는 드래곤들은 지구인 마법사들과 전쟁을 벌인 뒤에 지구인들과 동맹을 맺는 것이 유리하다는 결론을 내렸다. 지구를 지배하겠다는 계획은 포기했지만, 마법사들이 지구를 지배하는 것도 인정할 수 없는 드래곤들은 지구의 마법사들에게 아더월드에서 더 많은 마법사를 양성하고 훈련시키자고 제안했다.

수년 동안 드래곤들을 경계하면서 고심한 끝에 지구의 마법사들은 결국 그 제안을 받아들이고 아더월드에 정착했다.

드래곤들은 드란보우글리스펜쉬르를 비롯해 지구, 아더월드, 마딕스와 타딕스 등 많은 행성에 살고 있으며, 특히 인간들의 일에 사사건건 참견한다. 드래곤들이 가장 끔찍하게 싫어하는 적은 림보에 사는 악마들이다.

림보_ 악마의 세계로 악마들의 영역. 림보는 서클이라고 불리는 여러 세계로 나뉘어 있으며, 서클에 따라 악마들의 능력과 학식이 차이 난다. 제1, 2, 3서클의 악마들은 거칠고 아주 위험하다. 제4, 5, 6서클의 악마들은 마법사들과 정해진 조건 내에서 서로 도움을 주고받는다(마법사는 필요한 것을 악마에게서 얻을 수 있으며 악마의 경우도 마찬가지다). 제7서클은 마왕이 군림하는 서클이다.

림보에 사는 악마들은 저주받은 태양이 제공하는 악마의 에너지를 먹고산다. 다른 세계로 가기 위해 림보를 나갈 경우엔 생명력이 강한 존재의 살과 정신을 먹어야 한다. 전 세계를 침략하던 중 갑자기 나타난 드래곤들과의 전쟁에서 패배한 뒤로 악마들은 림보에 갇히게 되었고, 마법사나 마법 능력이 있는 존재의 긴급 요청이 있어야만 다른 행성으로 갈 수 있게 됐다. 악마들은 이런 활동범위 제한을 견디기 힘들어서 끊임없이 해방될 방법을 모색하고 있다.

악마들이 지구를 침략하려는 이유는 아쿠알릭, 즉 바닷물에 중독되어 있기 때문이다. 악마들에게 바닷물은 알코올과 같은 작용을 하는데 림보에는 바다가 없다. 게다가 지구의 바닷물 맛을 특히 좋아하기 때문이다. '모든 인간을 죽이고 짠물을 실컷 마시겠다'는 것이 악마들의 신조다.

🌿 **산티보르**_ 텔레파시 능력이 있는 식물성 존재 진실의 입들이 사는 얼음 행성.

🌿 **지구**_ 인간과 비밀 임무를 맡은 마법사들이 살고 있다.

☀ 아더월드의 나라들과 종족

🌿 **간디스**_ 거인들의 나라로 수도는 제오폴. 세력 있는 그로아르 가문이 통치하며 흑장미 섬과 황무지 늪이 있다. 나라의 문장은 '주문방지' 돌로 쌓은 벽에 아더월드의 태양이 올라앉은 형상이다.

🌿 **랑코비트**_ 인간이 지배하는 가장 큰 왕국으로 수도는 트라비아. 왕국의 문장은 은빛 초승달 아래 금빛 뿔의 하얀 유니콘이다. 베어 왕과 티타니아 왕비가 통치하고 있으며, 타라와 어머니 셀레나의 조국이다. 약 8천만의 주민이 살고 있고, 뱀파이어들을 받아들이는 드문 나라 중 하나다.

🌿 **멘탈리르**_ 보우 대륙 동쪽의 광활한 평원이며 유니콘들과 켄타우로스들의 나라. 유니콘은 생김새와 크기가 말과 같고, 이마에 나선형 뿔이 하나 있으며 발굽은 갈라져 있고 털은 흰빛이다. 지능이 떨어지는 유니콘도 간혹 있지만, 대부분은 영리하며 그 지능은 드래곤들의 지능에 견줄 수 있다. 유니콘의 이 특성을 어떤 종족의 지능이나 동

물의 지능으로 분류하기는 힘들다.

켄타우로스는 반은 남자나 여자의 형상, 반은 말의 형상을 하고 있는데 두 종류가 있다. 상반신은 인간, 하반신은 말의 형상을 한 켄타우로스와 상반신은 말, 하반신은 인간의 형상을 한 켄타우로스. 켄타우로스가 어떤 마법에 걸려 있는지는 알 수 없으나 소금이나 향유 같은 생필품을 얻기 위해서가 아니면 다른 종족들과 섞이기를 싫어하는 까다로운 종족이다. 사납고 거칠어서 영역을 침범하는 이방인들을 발견하면 가차 없이 화살을 쏘아댄다. 켄타우로스의 샤먼 부족은 평원에서 하얗고 파란 맹독성 개구리 플로프들을 잡아 그 등을 핥는 것으로 미래를 점친다고 전해진다. '찌르레기 대전'이 벌어지는 동안 켄타우로스들이 엘프들에게 몰살되었다는 것은 이 방법이 100퍼센트 믿을 만한 것이 아님을 말해준다.

살테렌스_ 살테렌스들의 나라로 수도는 살라. 나라의 문장은 파란색 투명한 소금을 물고 곧추서 있는 커다란 벌레. 왕은 없고 위대한 카샤라고 불리는 족장과 재상 일파봉이 통치하며 여러 부족으로 나뉘어 있다. 노예제도를 주장하는 종족으로 사자와 표범의 잡종인 두 발 동물이다. 침투할 수 없는 사막에서 숨어 지내면서 마법의 소금 광산을 개발한다.

셀렌다_ 엘프들의 나라로 수도는 세보른. 문장은 대각선으로 시위를 메긴 두 개의 활 위로 보이는 은빛 보름달.

엘프들은 마법사들과 마찬가지로 마법에 재능이 있다. 겉모습은 인간이며 뾰족한 귀와 고양이의 눈처럼 동공이 수직으로 움직이는 크리스털 눈, 은발이 특징이다. 아더월드의 숲과 평원에서 살며 가공할 만한 사냥꾼이다. 엘프들은 전투와 싸움, 상대를 유인하는 온갖 종류의 게임을 좋아하기 때문에 그들의 에너지를 적절히 이용하기 위해 경찰국이나 국가정보국에 고용된다.

하지만 엘프들이 옥수수나 마법의 귀리를 경작하기 시작하면 아더월드의 종족들은 불안해한다. 그건 엘프들이 전쟁을 시작할 거란 뜻이기 때문이다. 실제로 전시에는 사냥할 겨를이 없기 때문에 엘프들은 곡식을 재배하고 가축을 기르며, 일단 전쟁이 끝나면 예전의 생활로 돌아간다.

또 다른 특성으로 아이들이 걸어 다닐 수 있을 때까지 남성 엘프들은 배에 달린 육아낭 같은 작은 주머니에 아기를 넣고 다닌다. 여성 엘프는 남편을 다섯 명 이상은 가질 수 없다. 엘프는 거의 죽지 않기 때문에 아이들이 별로 없다. 하프엘프 로빈은 혼혈이라는 이유로 엘프들에게 따돌림을 받고 있다.

스몰컨트리_ 땅신령, 꼬마도깨비 파보, 요정, 고블린의 나라로 수도는 스몰빌. 문장은 원 안에 도안한 꽃, 새, 거미. 땅신령은 파란색, 꼬마도깨비는 초록색, 고블린은 회색, 요정은 여러 가지 색이다.

땅신령은 작달막하고 단단한 체구이며 오렌지색 털이 나 있다. 돌을 먹고 살며, 난쟁이들과 마찬가지로 광부들이다. 땅신령의 오렌지색 털은 고성능 가스 탐지기이다. 털이 곤두서면 별 탈이 없지만, 털이 내려앉는 순간부터 땅신령은 광산에 가스가 있다는 걸 알아채고 도망치기 때문이다. 또한 알 수 없는 이유로 인해 땅신령들만 '진실의 입들'과 교감할 수 있다.

스몰컨트리의 익살꾼인 꼬마도깨비 파보들은 키디코이라는 막대사탕을 만들어낸 이들이다. 착시 현상을 일으키거나 일시적으로 보이지 않게 할 수도 있으며 금을 좋아해 비밀주머니에 숨겨둔다. 그 주머니를 찾아낸 자는 두 가지 소원을 빌 수 있고, 귀한 금을 회수하려면 반드시 그 소원을 들어줘야 한다. 하지만 꼬마도깨비들은 반대로 해석하는 데 선수여서 예측 불허의 결과가 일어날 수 있으므로 소원을 비는 것에는 항상 위험이 따른다.

요정들은 꽃을 가꾸면서 작지만 효과적인 마법을 날리며, 고블린들은 요정과 움직이는 것은 무엇이든 잡아먹으려고 한다.

오무아_ 인간이 지배하는 가장 큰 제국으로 수도는 팅가푸르. 제국의 문장은 100개의 금빛 눈을 가진 주홍빛 공작이다. 타라의 고모인 여제 리스베스틸랑넴 탈 바르미 압 산타 압 마루와 삼촌인 황제 산도르 탈 바르미 압 마르치 압 브레비스가 통치하고 있다. 제국을 설립한 최고 마구스 데미데루스의 후손들이다. 오무아에는 약 2억의 주민이 살고 있다. 다른 나라들과 교역하고 있으며, 셀렌다를 제외하고 가장 많은 수의 엘프 군단을 거느리고 있다.

크라살비_ 뱀파이어들의 나라로 수도는 우를라. 나라의 문장은 천문관측기 위에 무한을 상징하는 누운 8자와 별이 올라앉은 형상이다.

뱀파이어는 총명하고, 인내심이 많으며, 학식이 깊다. 수명이 아주 길고, 수학과 천문학에 몰두하며, 대부분의 시간을 명상하는 데 보내면서 삶의 의미를 추구한다.

아더월드의 뱀파이어는 동물의 피를 먹고살기 때문에 가축을 키운다. 브르르르아아아, 모오오오우우우, 지구에서 수입한 말, 염소, 양 등. 하지만 몇몇 피는 금지되어 있다. 유니콘이나 인간의 피를 먹으면 미치게 되며, 수명이 절반으로 줄고, 햇빛을 쐬면 치명적인 알레르기가 일어나기 때문이다. 반면에 뱀파이어에게 물리면 독이 퍼지게 되며, 뱀파이어에게 물린 인간은 그들의 노예가 된다. 게다가 독성 피가 전이되면 뱀파이어가 되는데 이 경우의 뱀파이어는 파괴적이고 악독하기 때문에, 저주에 희생된 뱀파이어는 동족으로 구성된 특별수사대는 물론 아더월드의 모든 종족에게 쫓겨 다닌다.

크랑카르_ 트롤들의 나라로 수도는 크리아. 나라의 문장은 나무 꼭대기에 몽둥이가 걸려 있는 형상이다. 트롤 외에 식인귀, 오크, 고블린 들이 살고 있다.

트롤은 거대한 몸집에 납작한 이빨이 있는 초록빛 털북숭이로 채식주의 종족이지만, 고기를 흡수할 경우 식인귀가 될 수 있다. 식인귀가 되면 크랑카르에서 쫓겨난다. 먹고살기 위해 나무를 마구 죽이며(이것이 엘프들의 울화를 치밀게 한다), 쉽게 자제력을 잃어버리는 성향이 있어서 한번 성질이 나면 닥치는 대로 짓뭉개버리기 때문에 평판이 나쁘다.

타트란_ 타트리스, 카흠보움, 타츠보움의 나라로 수도는 시티

빌. 문장은 양피지 위에 놓인 직각자, 컴퍼스, 크리스털 볼.

타트리스는 머리가 둘인 특성을 가지고 있다. 관리 능력이 뛰어난 데다 신체적 특성 덕분에 행정관이나 정부 고위층에서 일하고 있다. 오로지 일을 중요하게 여기면서 헛된 꿈을 꾸지 않는 현실주의자들이다. 또한 꼬마도깨비 파보들이 즐겨 놀리는 대상 중 하나이며, 이 장난꾸러기들은 유머가 결핍된 종족이라는 소리를 듣지 않기 위해 수세기 동안 끈질기게 타트리스 종족을 웃기려고 애쓰고 있다. 게다가 파보들은 웃기는 데 성공한 자들 중 1등에게는 상까지 수여하고 있다.

카흠보움은 빨간 눈과 촉수들이 있는 노란색 덩어리 모습을 하고 있으며 주로 도서관 사서로 일한다. 타츠보움은 촉수로 놀라운 멜로디를 연주하는 음악가들이다.

파트로크_ 에드라킨족이 사는 나라로 수도는 키크로크. 나라의 문장은 바람의 원소에 올라앉은 불새. 에드라킨족은 강력한 마법사들이며, 생김새는 인간과 비슷하지만 귀가 뾰족하고 털로 덮여 있는 육식동물에 가깝다. 머리털은 두상의 절반 정도까지만 자라며, 코는 거의 보이지 않는다. 다른 종족을 싫어하지만 의무적으로 여러 나라와 교역하고 있다. 에드라킨족은 아더월드를 정복하기 위해 네 번이나 침략을 시도했다.

히믈리아_ 난쟁이들의 나라로 수도는 미나트. 대장장이 씨족이 통치하고 있다. 나라의 문장은 광산 지하의 전쟁용 모루와 쇠망치.

키와 몸통 폭의 길이가 똑같은 단단한 체구가 난쟁이들의 신체적 특징이다. 아더월드의 광부, 대장장이로 활동하고 있으며, 뛰어난 금속 가공업자, 보석 세공인도 거의 난쟁이들이다. 성격이 몹시 까다로운 것으로 알려져 있고, 마법을 싫어하며 아주 길고 복잡한 노래를 즐겨 부른다. 또한 돌을 통과하거나 돌을 용해시키는 특별한 재능을 지니고 있는데 마법과는 다른 차원의 힘이다.

아더월드와 주변 행성의 동·식물상 및 속담

가즈즈_ 사슴뿔이 달린 네 발 짐승으로 털이 빨간색(트롤들의 나라에서는 초록색)이다.

간다리_ 대황에 가까운 식물이며, 꿀처럼 단맛이 난다.

갬볼_ 마법에 흔히 이용되는 파란 이빨의 설치류 동물. 그 살가죽과 피에 마법이 침투하지 못할 정도로 땅을 깊이 파고 들어간다. 건조시키면 딱딱해졌다가 가루처럼 변하며, '갬볼 가루'는 힘든 마법을 실행할 수 있게 한다. 몇몇 마법사들은 갬볼 가루를 식용하는데, 그 가루가 환각 증세를 일으키기 때문이다. 갬볼 가루 복용은 아더월드에서 엄격하게 금지되어 있으며 위반할 경우 엄중한 처벌을 받는다.

글로우톤_ 털북숭이 동물. 길게 늘어나는 특성이 있어서 목을 조

르는 밧줄로 사용한다.

글루릅스_ 머리가 아주 갸름한 초록색과 갈색의 도마뱀으로 호수와 늪 근처에서 서식한다. 식욕이 왕성하며, 물속에서 숨을 쉬지 않고 몇 시간을 견딜 수 있어 목을 축이러 오는 순진한 동물을 잡아먹는다. 물가의 은신처에 굴을 파놓고 살며, 호수 바닥의 구멍 속에 먹이를 숨겨놓는다.

글리이르_ 새지만 날지 못한다. 포식동물들을 피하기 위해 트라둑과 같은 방식으로 생존한다. 냄새로 가장 끈질긴 흡혈파리 떼도 물리칠 수 있는 식물 예룩을 먹고산다.

드래코-티라노사우루스_ 뱀과 공룡의 잡종. 드래곤의 사촌이지만 지능은 많이 떨어지며, 날개가 작아서 날지 못한다. 가공할 만한 포식동물로 움직이는 것뿐만 아니라 움직이지 않는 것조차 닥치는 대로 잡아먹는다. 오무아 제국의 따뜻하고 습한 숲에서 살며, 이 지역은 관광 개발이 불가능하다.

디스쿠타리움/데비자투아르(사용하는 국민에 따라 다르다)_ 지구와 아더월드, 드란보우글리스펜쉬르, 악마들의 림보와 관련된 모든 책, 영화, 예술 작품에 관한 정보를 조회할 수 있다. 디스쿠타리움에서 나오는 목소리는 어떤 질문에도 답변을 못하는 경우가 거의 없다.

🐾 **로크 새_** 공중에서 사는 자이언트 새로, 커다란 독수리 콘도르와 비슷하다. 인공위성을 궤도에 올려놓거나 아더월드에서 마딕스와 타딕스로 여행할 때 이용한다. 다행히 아더월드의 태양빛을 먹고 살기 때문에 배설하지 않는다. 로크 새의 똥이 머리 위로 떨어질 일은 없다.

🐾 **마누릴_** 마누릴의 하얀 싹은 즙이 많아서 아더월드 사람들이 즐겨 음식에 곁들여 먹는다.

🐾 **모오오오우우우_** 뿔은 없고 머리가 둘 달린 고라니. 머리 하나가 먹을 때 다른 하나는 포식동물들을 감시한다. 이동할 때는 게처럼 옆으로 걷는다.

🐾 **무슈티크_** 벌처럼 쏘아서 아더월드 사람들의 피를 빨아먹는 공격적인 곤충. 흡혈파리보다 크기가 더 크며, 트라둑이나 브르르르아아아에 앉아 있다가 살 속을 파고드는데 치명적인 독을 분비하기 때문에 아주 위험하다.

🐾 **므르르르_** 초록색 귀가 달린 오렌지빛 고양이. 같은 능력을 가진 빨간 생쥐 뿌익을 잡기 위해 공간이동을 할 수 있다.

🐌 **므르모움_** 나무들이 숲 모양으로 거대한 군락을 이루고 있어서 따기가 아주 힘든 과일이다. 므르모움나무는 접근하는 것이 있으면 괴상한 소리를 내면서 땅속으로 파고들기 때문에 붙여진 이름이다. 아더월드에서 산책을 하다 보면 므르모움나무 숲이 통째로 사라지고 벌판만 남는 아주 놀라운 광경을 목격할 수 있다.

🐌 **미암_** 크기가 복숭아만 한 빨간 체리.

🐌 **발로르키데_** 꽃이 아주 화려한 기생식물. 이름은 개화하기 전의 노란빛과 초록빛의 봉오리에서 따온 것이다. 성장 속도가 아주 빨라서 몇 계절 만에 나무 한 그루를 죽일 수 있으며, 뿌리로 이동해서 그다음 나무를 공격한다. 그래서 아더월드의 나무들은 발로르키데들이 들러붙지 못하게 부식시키는 물질을 분비하는 것으로 생존 경쟁을 벌이고 있다.

🐌 **발분_** 거대한 고래로 붉은색이며 지구의 고래보다 두 배로 크다. 발분은 잊지 못할 멜로디의 노래를 부르며, 젖이 아주 풍부하다. 발분의 젖으로 만든 버터와 크림은 영양가가 높은 인기 식품이어서 물에 사는 트리톤과 사이렌들과 육지에 사는 거주자들 사이에 무역 교류의 대상이 되고 있다. 노래를 아주 잘 부를 때 '발분처럼 노래 부른다'는 말로 칭찬한다.

🐾 **뱅뱅**_ 붉은색 나무로 인간이 이 식물에서 추출한 빨간 가루를 먹을 경우 행복을 느끼다가 황홀경에 빠져 죽음에 이른다. 트롤들은 이 빨이 아플 때 복용한다.

🐾 **버디 드라이어**_ 바람의 원소를 이용한 무형물로 욕실에서 주로 사용한다.

🐾 **베에에**_ 아름다운 흰털 양. 마법 행성의 변화무쌍한 계절에 적응력이 뛰어나서 몇 시간 만에 털이 빠지거나 털을 자라게 할 수 있다. 그래서 털 깎는 시기에 사육자들이 그 특성을 이용해 날씨가 갑자기 몹시 더워졌다고 하면 베에에들은 즉시 털을 홀랑 벗어버린다. 아더월드에서 '베에에처럼 순진하다'는 표현을 쓰는 것은 여기서 유래한다.

🐾 **벤드룩**_ 림보의 여러 우상 중 하나인 벤드룩은 생김새가 어찌나 흉측한지 다른 우상들조차 그 끔찍한 모습에 두려움을 느낄 정도다. 벤드룩은 내장이 몸 밖으로 나와 있어 먹을 때 소화되는 과정을 구경할 수 있다.

🐾 **벨루르 목재**_ 내구성이 좋고, 아름다운 금빛 색깔 때문에 아더월드에서 실내 바닥재로 많이 사용한다. 겉보기에는 차가운 느낌이지만 양탄자처럼 푹신하다.

보벨_ 앵무새와 유사한 아더월드의 화려한 새로 마법사들의 마음을 사로잡는 마법 능력이 있다.

보우둘 필터_ 파란색 자루처럼 생긴 유기체. 아더월드의 항구에서 온갖 쓰레기를 먹어치우는 것으로 맑고 깨끗한 물을 유지해준다.

부이브르_ 야행성의 날개 돋친 도마뱀으로 길이가 30미터에 이르며, 물고기를 먹는 동물이다. 부이브르의 이마에 박힌 보석에는 독을 중화시키는 성분이 있고, 도마뱀의 부위들은 주로 묘약의 재료로 사용된다. 최초의 부이브르는 알에서 태어난 것으로 전해지고 있지만 생물학적으로 도저히 불가능한 일이다.

북극 젤레_ 흰털의 작은 동물로 혈액 속의 동결 방지 성분 덕분에 영하 80도의 기온에서도 살 수 있다. 젤레는 두 봄을 보내고 나서 정확하게 플루초 1일에 죽는데 그 털이 희귀하기 때문에 사냥꾼들은 기온이 영하 20도로 오르는 북극으로 젤레를 잡으러 간다. 그러나 젤레가 구멍 속에 숨어서 죽는 습성이 있는 데다 털이 새하얗기 때문에 찾기가 힘든 것이 문제다. 빙산 속에 숨어 있다가 구멍 가까이 접근하는 것은 모조리 잡아먹는 '크로크라'라는 일종의 바다표범들 때문에 구멍마다 손을 집어넣는 것은 아주 위험하다.

불사르딘_ 공격을 받으면 몸이 팽창하는 특성을 가진 일종의 정어리. 껍질은 칼이 들어가지 않을 정도로 아주 질기다. 아더월드에서 파괴되지 않는 것을 보면 '불사르딘 같다'고 말한다.

🌿 **불새_** 깃털에 불이 붙어 있지만 신기하게도 털이 재생된다. 아더월드의 불에 타지 않는 나무에만 둥지를 틀며, 물을 떨어뜨리면 불새를 죽일 수 있다.

🌿 **붉은 트르르_** 썩지 않는 목재. 부서지거나 맥주에 부식되지 않기 때문에 집과 술집에서 주로 사용한다.

🌿 **브룩스_** 드래코-티라노사우루스의 똥만 먹고 사는 도마뱀.

🌿 **브룸므_** 일종의 빨간 무로 아더월드 사람들이 즐겨 먹는다.

🌿 **브르르르아아아_** 거인들의 나라 간디스에서 생산하는 엄청나게 큰 소. 털은 숱이 아주 많아서 거인들이 그 털가죽으로 옷을 지어 입는다. 몹시 공격적이어서 움직이는 것이 있으면 뭐든 덤벼든다. 제 그림자를 쫓다가 녹초가 된 브르르르아아아를 보게 되는 것은 그 때문이다. 흔히 고집불통인 사람을 '브르르르아아아 같다'고 표현한다.

🐾 **브르리르_** 흰빛과 금빛이 어우러진 고양이과 동물로 다리가 여섯 개. 특히 브르리르를 사랑하는 오무아 제국의 여제는 이 동물들이 궁전에 갇혀 있다는 생각을 하지 않도록 주문을 걸어놨다. 그래서 브르리르들에게는 가구와 침대의자가 나무와 편안한 바위로 보인다. 브르리르에게는 궁인들이 안 보이며, 궁인들이 쓰다듬어주면 바람에 털이 살랑살랑 흩날리는 것이라고 생각한다.

🐾 **브르맥주_** 첫 모금에 몸이 부르르 떨리기 때문에 붙여진 이름이다.

🐾 **브리양트_** 요정의 사촌으로 아더월드의 조명 기구. 대륙에 따라 날개 달린 작은 요정 형상, 날개 돋친 뱀 형상 등 여러 가지 모습이 있다. 어둠 속에서 100와트 밝기의 빛을 발하며, 거리의 가로등이 되기도 하고 투명한 스탠드나 램프의 모습으로 아더월드의 모든 가정을 밝혀준다.

🐾 **브릴_** 브릴의 싹 요리는 아더월드에서 아주 인기가 높다. 브릴은 히믈리아에 있는 마법의 산골짜기에서 자라며 난쟁이들이 그 싹을 수확해서 아더월드의 상인들에게 비싼 값으로 판다. 게다가 히믈리아에서는 브릴을 잡초로 여겨 먹지 않기 때문에 난쟁이들은 이 불로소득에 즐거운 비명을 지른다.

🪶**브볼**_ 아더월드의 참새.

🪶**블라즈**_ 청소하는 푸프푸프와 비슷하지만 블라즈는 날아다니며 아더월드의 자이언트 거미들을 공포에 떨게 한다.

🪶**블루룹스**_ 갈색 가죽배낭 같은 모습으로 흙 속에 숨어 있다가 접근하는 곤충을 잡아먹는 식물. 어린 블루룹스들이 흰개미처럼 어미 블루룹스에게 물과 먹이를 공급하며, 다 크면 둥지를 떠나 다른 데에 뿌리를 내리고 흙 속으로 파고 들어간다. 아더월드에서는 궁지에서 헤어날 방법이 전혀 없을 때를 가리켜 '블루룹스 둥지에서 헤맨다'고 표현한다.

🪶**블루투르**_ 썩은 고기를 먹는 회색과 노란색 새로 무엇이든 소화할 수 있다. 블루투르가 죽어도 몇 달 동안 창자는 살아 있어서 먹은 것을 계속 소화시킨다. 블루투르의 창자는 독을 신선하게 보존하는 데 사용된다.

🪶**블를**_ 대부분 물속에서 생활하다 번식기에 물 밖으로 나오는 날개 돋친 물고기. 색이 아름다워 수영장 장식용으로 쓰인다.

🪶**블리르**_ 아더월드의 금빛 자두. 지구의 자두와 아주 흡사하며 더

달콤하다.

비마_ 비마법사를 축약한 것으로 마법 능력이 없는 인간들을 가리킨다.

비즈즈즈_ 빨간색과 노란색의 커다란 벌. 지구의 벌들과는 달리 비즈즈즈는 독침이 없다. 독극물을 분비해 잡아먹으려고 달려드는 포식동물을 독살하는 것이 비즈즈즈의 방어 수단이다. 비즈즈즈들이 아더월드의 마법 꽃에서 생산하는 꿀은 그 어떤 꿀에도 비길 데 없는 맛이다. 아더월드에서는 '비즈즈즈 꿀처럼 달콤하다'는 표현을 자주 사용한다.

빠그락-땅콩_ 벌어질 때 나는 독특한 소리 때문에 붙여진 이름이다. 이 땅콩에서 짜내는 기름은 향이 좋아 아더월드의 유명한 주방장이나 숙련된 가정주부들이 주로 애용한다.

빨간 바나나_ 색깔을 제외하고는 지구의 바나나와 똑같다.

뿌익_ 이 장소에서 저 장소로 자신의 몸을 물리적으로 전송할 수 있는 꼬리가 둘 달린 빨간 쥐. 천적은 같은 능력을 지닌 초록색 귀의 오렌지색 뚱보 고양이 므르르르이다.

🐛 **사카트**_ 맹독성의 공격적인 빨갛고 노란 곤충으로 아더월드에서 특히 좋아하는 꿀을 생산한다. 미식가들인 난쟁이들만 사카트의 애벌레를 먹을 수 있다. 다른 종족이 먹었을 경우에는 애벌레의 딱지가 인간이나 엘프의 소화액에 용해되지 않아 배 속에서 벌떼를 분봉할 위험이 있다.

🐛 **샤먼**_ 아더월드에서 의사 역할을 하는 치료사. 마법사는 누구나 다쳤을 때 레파루스 주문으로 상처를 아물게 할 수 있지만, 이 주문만으로는 치료할 수 없는 병도 많기 때문에 꼭 필요한 존재이다.

🐛 **샤트릭스**_ 일종의 하이에나. 검은색이며, 독이 든 이빨을 사용하는 아주 공격적인 동물로 밤에만 사냥한다. 길들일 수 있어 오무아 제국에서 샤트릭스들을 문지기로 이용한다.

🐛 **세르팡 밀리에르**_ 황무지 늪 근처에 서식하는 뱀. 납작한 비늘 덕분에 진흙 속에서도 이동할 수 있다. 물속에 집어넣으면 빠져버린다.

🐛 **소포르**_ 향기로운 꽃들이 탐스러운 식물. 최면 작용을 하는 꽃가루로 곤충과 동물을 함정에 빠뜨린다. 곤충이나 동물이 잠들면 꽃가루를 뿌려서 번식을 도와주는 매개체로 삼는다. 얼마 후 깨어난 곤충이나 동물이 다른 소포르 군락지를 지나가면서 꽃가루를 옮기기 때문이다. 소포르는 위험한

식물이 아니지만, 매개체들을 잠들게 하기 때문에 다른 포식동물에게 쉽게 노출되어 위험에 처하게 된다. 소포르 군락지 주변에서 육식동물이 자주 보이는 것은 그 때문이다.

🐾 **스너피_** 생김새는 여우와 비슷하지만 두 발로 걸어 다니며 누더기를 걸치고 옆구리에 배낭을 달고 다닌다. 닭이나 스파슌을 훔치기 때문에 아더월드의 농부들이 아주 싫어한다. 제 몸을 복제하는 특성이 있어서 감옥에 갇혀도 탈옥할 수 있다.

🐾 **스쿠프_** 아더월드의 기술로 생산되는 날개 달린 작은 카메라. 스쿠프는 지능을 가지고 있어서 촬영한 영상을 크리스털리스트에게 전송한다.

🐾 **스크로뉴플루프_** 수달과 토끼를 뒤섞어놓은 듯한 생김새. 스크로뉴플루프는 아주 어리석은 사람이나 아주 멍청한 경우를 가리킬 때 흔히 사용하는 욕이다.

🐾 **스트리둘_** 지구의 메뚜기에 해당된다. 몹시 파괴적이어서 구름같이 떼를 지어 이동할 때는 삽시간에 농작물을 휩쓸어버린다. 스트리둘은 아주 풍부한 점액을 생산하기 때문에 마법에 널리 사용된다.

🍃 **스파슈니어_** 닭장처럼 스파슈을 가두어두는 우리.

🍃 **스파슈_** 금빛의 자이언트 칠면조인데 시종일관 울음소리를 내면서 거드럭거리고 다니는 통에 사냥하기가 아주 수월하다. 흔히 '스파슈처럼 어리석다' 또는 '스파슈처럼 거드름피운다'고 표현한다.

🍃 **스팔렌디탈_** 일종의 전갈이며 스몰컨트리가 원산지이다. 땅신령들은 스팔렌디탈을 길들여서 말처럼 타고 다니며, 가죽이 아주 질기기 때문에 유용하게 사용한다. 새를 좋아하는(미각적 의미에서) 땅신령들은 스몰컨트리의 서식 동물을 절멸시킴으로써 곤충을 포함한 다른 동물에게 생태적 지위를 열어주었다. 천적들에게서 해방된 스팔렌디탈들은 위험 없이 자라면서 그 개체 수가 점점 더 늘어났다. 땅신령들 때문에 스몰컨트리는 결과적으로 자이언트 전갈, 자이언트 거미, 자이언트 다족류에게 점령되었다.

🍃 **슬루룹_** 멘탈리르 평원이 원산지인 식물이며, 그 즙은 신기하게도 후추를 친 쇠고기의 깊은 맛이 난다. 고기 맛이 나는 것은 초식동물인 유니콘 떼의 공격을 피하기 위해서다. 하지만 이 독특한 맛을 발견한 아더월드 사람들이 슬루룹 즙으로 요리하는 습관이 생겼다.

🍃 **아스토펠_** 장밋빛 작은 꽃으로 냄새를 맡으면 며칠 동안 후각을

마비시킨다. 특히 초식동물을 비롯한 모든 동물의 공격을 막기 위해 꽃향기로 후각을 마비시키는 능력이 발달되어 있다.

에프리트_ 지각단층을 둘러싼 전쟁이 일어났을 때 인간들 편에 서서 악마들과 싸웠던 악마 종족. 감사의 뜻으로 데미데루스는 마법사의 호출을 받는 에프리트에게 아더월드로 오는 것을 허락했다. 아더월드에 온 에프리트들은 자기들의 능력을 인간을 돕는 데 사용하기로 결정했고, 대부분 하인, 전령, 경찰로 일하고 있다.

엠엠로움_ 아더월드에서 재배하는 과일로 즙이 아주 많고, 달콤한 살구와 바나나를 섞은 맛이다. 엠엠로움나무는 침입자가 다가오는 즉시 땅속으로 사라지는 능력이 있다.

예륵_ 초식동물들이 도저히 먹을 엄두를 내지 못하게 썩은 냄새를 풍기는 식물. 후각이 없는 새, 글리이르만 먹을 수 있다.

원소_ 불, 물, 흙, 공기 등 여러 종류의 원소가 존재한다. 성질이 포악한 불의 원소를 제외하고 원소들은 대체로 다정하며 일상생활에서 아더월드 사람들을 도와준다.

위베른족_ 드래곤들의 시중을 드는 자이언트 도마뱀으로 금빛 비늘이 덮여 있고, 회전하는 엉덩이 덕분에 두 발로 걸어 다닐 수 있다. 드래곤보다는 덜 영리하며, 유머 감각은 전혀 없다. 드래곤의 세포 실험 과정에서 태어났으며, 드래곤의 먼 사촌으로 볼 수 있다.

유니콘_ 갈라진 쌍발굽과 이마에 뿔이 하나 달린 말. 멘탈리르 평원에서 자라는 지혜의 풀 덕분에 아주 영리한 동물이다.

자이언트 강철나무_ 마법을 사용하지 않고서는 파괴할 수 없다. 키가 무려 300미터까지 자랄 수 있으며 야생 페가수스들이 둥지를 짓는다.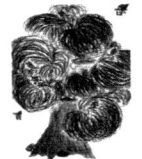

자이언트 거미_ 스팔렌디탈과 마찬가지로 스몰컨트리가 원산지이다. 땅신령들이 말처럼 타고 다니며, 그 거미줄은 아주 질긴 것으로 유명하다. 여덟 개의 다리와 여덟 개의 눈, 전갈처럼 독침이 있는 꼬리가 달려 있는 것이 특징이다. 아주 영리하며, 잡아먹기 전에 먹이에게 수수께끼를 내는 것이 취미이다.

젤리소르_ 림보에서 숭배하는 신. 입김이 어찌나 센지 향기가 나는 천으로 주둥이와 얼굴을 가려야만 신전으로 들어갈 수 있다. 악취 때문에 젤리소르의 신전에서는 파리도 살 수 없다. 다른 신들과 회의가 있을 때는 실내 공기를 고려해 송곳니를 깨끗이 닦고 들어가야 하며, 젤리소르 옆에서는 담배를 피울 수 없다.

🦋**주르스탈_** 텔레크리스털이 방송하는 아더월드의 뉴스이며, 마법사와 비마는 크리스털 볼과 크리스털 전광판으로 받아 본다.

🦋**진비지블_** 보이지 않게 모습을 감출 수 있는 카멜레온. 오무아 황실과 여제를 위해 일하는 살아 있는 녹음기이자 스파이이다.

🦋**진실의 입_** 아더월드에서 가까운 얼음 행성 산티보르 원산의 식물성 존재. 텔레파시 능력이 있어서 어떤 거짓말도 탐지할 수 있다. 말을 못하기 때문에 진실의 입들의 생각을 읽어낼 수 있는 파란 땅신령을 통해 의사소통한다.

🦋**진흙먹보_** 간디스의 황무지 늪에 사는 털북숭이 동물이며 진흙에 들어 있는 영양소와 곤충, 수련을 먹고산다. 진흙먹보들의 원시족은 아더월드의 다른 거주자들과 거의 접촉이 없다.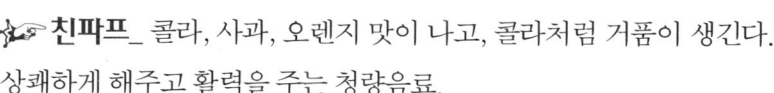

🦋**친파프_** 콜라, 사과, 오렌지 맛이 나고, 콜라처럼 거품이 생긴다. 상쾌하게 해주고 활력을 주는 청량음료.

🦋**카멜레_** 하트 모양의 식물로 잎은 식용한다. 계절과 장소에 따라 색이 변한다. 카멜레 잎만 섭취하고

도 생존한 여행자가 많아서 '여행자의 식물'이라고 불린다. 치즈 샌드위치 맛과 비슷하다.

카멜린_ 환경에 따라 색이 변하는 특성에서 이름이 유래한 희귀종 식물. 멘탈리르 평원에서는 파란색이고, 살테렌스 사막에서는 금빛이나 흰색이다. 꺾거나 옷감으로 짜도 그 특성은 유지되기 때문에 활용 가치가 높다.

칵스_ 근육을 풀어주는 효능이 있는 약초로, 달여 마시며 잠자기 직전에만 복용하라고 되어 있다. 근육에 영향을 준다고 하여 아더월드에서는 '몰몰'이라고도 부른다. '이런 칵스 같은 놈!'이라고 말하면 아주 흐늘흐늘한 사람을 가리킨다.

칸타루프_ 공격적인 식충식물이며, 주로 곤충과 설치류 동물을 잡아먹는다. 꽃잎의 색은 다양하지만 항상 눈에 거슬리는 빛깔이며, 날카로운 가시를 사용하여 마치 작살로 찍듯이 먹이를 잡는다. 크기는 큰 개만 해서 꺾기가 힘들고, 아더월드의 특선 요리에 들어가는 재료로 사용한다.

칼로르나_ 숲에 피는 매혹적인 꽃. 달콤한 장밋빛과 흰빛 꽃잎으로 아더월드의 초식동물과 모든 동물에게 특선 요리를 제공해준다. 멸종을 피하기 위해서 칼로르나는 세 개의 꽃잎을 포식동물의 접근을 감지할 수 있는 탐지기로 만들었다. 커다란 눈 모양의 이 꽃잎들 덕분에 칼로르나는 재빨리 모습을 감출 수 있다. 그런데 불행히도 호기심이 많은 칼로르나는 그 꽃잎들을 세우고 있다가 포식동물을 제때에 피하지 못하는 경우가 종종 있다. 호기심이 많은 사람을 보고 '칼로르나 같다'고 말하는 것은 바로 그 때문이다.

켈트릴_ 가볍고 아주 단단해서 갑옷과 보호대를 만드는 데 사용하는 은빛 금속. 난쟁이들이 만들어서 엘프와 인간에게 아주 비싼 값으로 판다.

크라켄_ 시커먼 다리들이 위협적인 자이언트 문어. 엄청난 크기 때문에 아더월드의 바다에서 발견되지만, 민물에서도 살 수 있다. 뱃사람들에게는 위험한 존재로 널리 알려져 있다.

크라크덴트_ 트롤의 나라 크랑카르 원산의 장밋빛 털북숭이 동물. 앞뒤가 분간되지 않지만, 세 배 크기로 늘어나는 입을 갖고 있어 무엇이든 거의 한입에 덥석 집어삼키므로 상당히 위험하다. 아더월드를 방문한 많은 관광객들이 "어머 어쩌면 이렇게 귀여울까!" 하고 감탄하다가 목숨을 잃었다.

🖎 **크레크레크레_** 레몬빛 털의 설치류 동물로 생김새는 토끼와 비슷하다. 빛깔이 화려한 아더월드의 환경을 이용해서 포식동물들을 아주 쉽게 피한다. 고기는 맛이 없는 데도 굶주린 여행가나 사냥꾼이 먹기도 한다. 아더월드에서는 크레크레크레를 사로잡아서 사육한다.

🖎 **크렐_** 아더월드의 금빛 미모사나무. 놀랍게도 지나가다가 건드리는 동물이나 사람들의 감정을 색깔로 반영한다.

🖎 **크로그로세이유_** 갈증을 풀어주는 청량음료. 아더월드 사람들이 즐기는 탄산음료 중 하나다.

🖎 **크로쉬엥_** 살테렌스 사막의 재칼. 크로쉬엥은 무리를 지어 사냥한다.

🖎 **크로아_** 두 가지 색의 개구리. 크로아는 글루룹스들의 주식이며, 신경을 거스르는 독특한 울음소리 때문에 쉽게 찾을 수 있다.

🖎 **크로우즈_** 향기가 짙은 야생 장미의 일종으로 꽃의 색깔이 다채롭다.

🖎 **크로크-르캥_** 아더월드의 바다 포식동물인 일종의 상어. 날카로

운 이빨을 무기로 주저치 않고 크라켄을 공격한다. 크로크-르캥은 아더월드의 바다에서 크라켄과 함께 뱃사람들에게 위협적인 존재이다.

🌟 **크루이크크크_** 빨간 상아가 돋친 파란색 잡식성 포유류 동물. 성질이 포악한 것으로 알려져 있으며, 고기가 맛있어서 사육한다. 야생 크루이크크크 떼는 삽시간에 밭을 황폐하게 만들어놓는다. 그래서 아더월드의 농부들은 곡물을 지키기 위해 크루이크크크 퇴치 주문을 사용한다.

🌟 **크르룩_** 바닷가재와 게의 잡종으로 집게발 열 개가 달려 있다. 아더월드 사람들이 즐겨 먹는다.

🌟 **크리크리_** 보랏빛과 노란색의 메뚜기. 이 곤충들이 수풀 속에서 울기 시작하면 어찌나 요란한지 잠을 잘 수가 없다.

🌟 **키디코이_** 장난꾸러기 꼬마도깨비 파보들이 만들어낸 막대사탕. 겉을 빨아먹으면 속에서 예언 글귀가 나타난다. 이 예언은 항상 실현되지만 그 순간에는 당사자가 이해하지 못하는 경우가 대부분이다. 모든 국가의 최고 마법사들은 그 기능을 이해하기 위해 신비한 키디코이를 연구하고 있지만 성과를 얻지 못했다. 파보들이 그 비밀을 잘 지키고 있기 때문이다.

타라 덩컨

🌿 **키마이라_** 아더월드 군주들의 고문관 역할을 하며, 사자 머리에 염소의 몸, 드래곤의 꼬리로 이뤄져 있다.

🌿 **타로데르_** 자는 동물의 살 속에 유충을 넣어서 번식하는 벌레. 타로데르에게 물리면 통증이 심하므로, 유충이 몸 속으로 퍼지기 전에 즉시 소독해야 한다. '타로데르 같다'고 하면 들러붙는 사람을 가리키는 모욕적인 말이다.

🌿 **타오르미_** 얼굴이 개미처럼 생긴 쥐인데 깨물면 굉장히 아프다. 개미집처럼 생긴 타오르미 굴 하나가 이동할 때 숲 전체가 쑥대밭이 될 수 있다. 타오르미는 아더월드의 동물이 좋아하는 꿀을 생산하지만, 그 꿀을 얻으려면 목숨을 걸어야 한다.

🌿 **타춤_** 노란색 꽃이며, 꽃가루는 아더월드의 후추로 사용된다. 자극성이 아주 강해서 타춤의 냄새를 맡으면 어떤 상태의 코든 뻥 뚫린다.

🌿 **타크_** 초록색 또는 회색 쥐로 항구 주변에서 많이 발견된다. 타크들이 며칠 만에 배를 갉아먹기 때문에 선원들이 아주 싫어한다.

🌿 **타트롤_** 지구와 아더월드는 측량 단위가 서로 다르다. 타트롤은

킬로미터, 바트롤은 미터에 해당한다. 1트롤은 3미터, 1바트롤은 1미터 50센티미터, 1타트롤은 1킬로미터 500미터.

탈루디_ 눈이 셋 달린 모자 모양의 작은 동물이며 무엇이든 녹화하는 능력이 있다. 촬영한 것을 보려면 머리에 쓰면 된다.

테오디르_ 드래곤들이 즐겨 마시는 일종의 금빛 샴페인. 인간들은 부동액 맛을 느낀다.

토예_ 마늘과 양파의 맛이 섞인 식물로 아더월드 사람들이 향신료로 사용한다.

토쿨린_ 보석으로 이뤄진 꽃이며 수시로 색이 변한다. 보석-꽃은 아더월드에서 가장 아름다운 꽃이며, 위험한 파트로크 섬에서만 재배되기 때문에 구하기가 몹시 힘들다.

톨리스_ 아더월드의 아몬드.

트라둑_ 살코기와 털가죽을 얻기 위해 켄타우로스들이 키우는 동물. 악취를 풍기는 특성이 있어서 포식동물들로부터 자신을 보호한다. 그러나 트라둑의 냄새를 맡지 않기 위해 콧구멍을 막을 수 있는 늑대 크르르

렉은 예외다. 아더월드에서 '병든 트라둑 같은 악취가 난다'라는 표현은 모욕으로 받아들여진다.

🐾 **트리**_ 작은 새로 아더월드의 숲에서는 루비 빛깔이고, 트롤들의 숲에서는 초록 빛깔이다. '트리이이이' 하면서 우는 독특한 울음소리를 따서 붙인 이름이다.

🐾 **트리크로크**_ 표적을 정확하게 찾는 마법의 무기로 세 개의 치명적인 침이 달려 있다. 공격자가 표적을 죽이고 싶은가, 잠들게 하고 싶은가에 따라 세 개의 침에 독이나 마취제가 생성된다.

🐾 **트실**_ 살테렌스 사막의 벌레. 모래 속에 숨어서 동물이 지나가기를 기다리다 동물에 들러붙어서 살갗이든 딱딱한 껍질이든 뚫어버린다. 그 알들은 혈관을 침투해서 숙주의 몸속에 퍼진다. 100시간이 지나면 알들이 부화하며, 새로 태어난 트실들이 숙주의 몸을 먹는다. 아더월드에서는 트실로 인한 죽음이 가장 끔찍한 죽음 중 하나다. 이런 이유로 살테렌스 사막을 여행하는 사람은 거의 없다. 일반적인 트실에 대한 해독제는 존재하는 반면에 금빛 트실에 대한 해독제는 없어서 공격을 받으면 죽음을 면할 길이 없다.

🐾 **페가수스**_ 날개 돋친 말. 지능은 개의 지능에 가깝다. 발굽은 없지만 갈퀴발톱이 있어서 어

디든 쉽게 올라앉을 수 있다. 야생 페가수스는 키가 무려 300미터까지 자라는 자이언트 강철나무에 거대한 둥지를 짓고 산다.

푸프푸프_ 발이 여섯 개 달리고 커다란 뚜껑이 있는 작은 상자로 아더월드의 청소기이다. 바닥에 떨어지는 모든 쓰레기를 집어삼킨다. 마법과 과학기술로 만들어진 푸프푸프는 안드로메다은하의 블랙홀과 연결되는 작은 공간이동의 문을 통해 쓸모없는 쓰레기를 자동으로 배출한다.

프르루트_ 아더월드의 식충식물로 하이에나와 포식동물을 유인하기 위해 짐승의 썩은 고기 냄새를 피운다. 동물이 다가와서 촉수에 닿는 순간 꿀꺽 삼킨다. '트라둑처럼 악취가 난다'는 표현과 함께 '프르루트처럼 악취가 난다'는 표현도 많이 쓰인다.

플로프_ 맹독성의 하얗고 파란 개구리로 멘탈리르의 평원에서 볼 수 있다.

피크크크_ 이름이 가리키는 대로 피크크크는 흡혈파리처럼 피를 빨아먹고 사는 아더월드의 곤충이다. 피크크크의 독침에 쏘이면 트라둑이나 모오오오우우우, 베에는 몸속의 피를 다 토해낸다. 다행히 피크크크는 늪 주위에 서식하면서 알을 낳는다.

흡혈파리_ 물리면 통증이 몹시 심하다. 많은 동물이 긴 꼬리를 발달시켜서 흡혈파리를 죽이는 데 사용한다.

히드라_ 아더월드에는 머리가 세 개, 다섯 개, 일곱 개 달린 히드라가 있으며, 강이나 호수에서 산다.

랑코비트의 덩컨 가문 가계도

-5015년 파이초 25일(아더월드력)을 기준으로 작성-

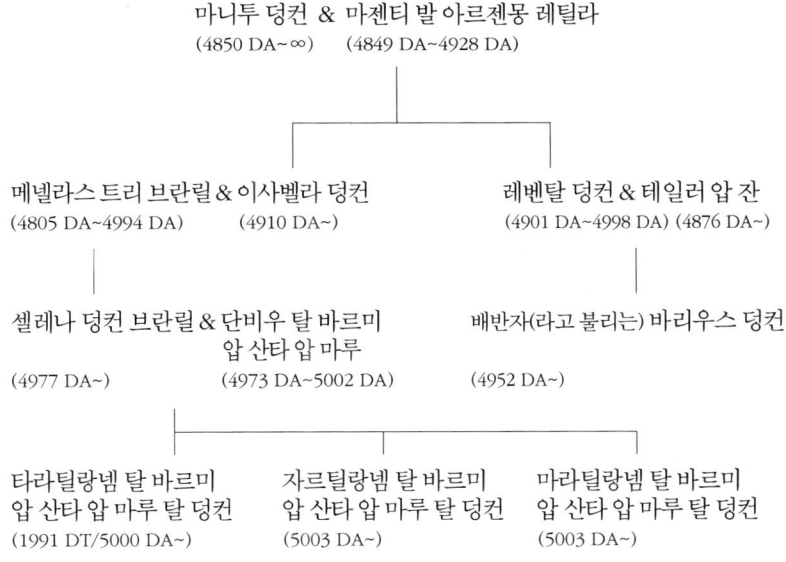

DA = 아더월드력
DT = 지구력

오무아 제국의 탈 바르미 압 산타 압 마루 가문 가계도

-5015년 파이초 25일(아더월드력)을 기준으로 작성-

'불의 주먹' 데미데루스, 오무아 제국의 시조
(-2984 DT~)

5000년 이후의 후손

오무아 여제
리스베스틸랑넴 & 다릴 크라투스
탈 바르미 압 (4950 DA~5005 DA)
산타 압 마루
(4970 DA~)

전 오무아 황제
단비우 탈 & 셀레나 덩컨
바르미 압 (4977 DA~)
산타 압 마루
(4973 DA~5002 DA)

오무아 여제의 이복오빠, 이복형제 단비우를 계승한 현 오무아 황제
산도르 탈 바르미 압 마르치 압 브레비스 (4958 DA~)

타라틸랑넴 탈 바르미 압 산타 압 마루 탈 덩컨
(1991 DT/5000 DA~)

자르틸랑넴 탈 바르미 압 산타 압 마루 탈 덩컨
(5003 DA~)

마라틸랑넴 탈 바르미 압 산타 압 마루 탈 덩컨
(5003 DA~)

DA = 아더월드력
DT = 지구력